古代文学における思想的課題

呉 哲男

森話社

［カバー画］斎藤研「誄歌《るいか》」（首都大学東京蔵）

古代文学における思想的課題　目次

第三部　万葉集論

付論

序　言

はじめに本書の企てるところを簡単に記しておきたい。本書は、主に古事記・日本書紀の中で語られる古代の国家や天皇制の成立について、従来の歴史学や文学研究プロパーでは論じることのできなかった課題を、現代思想との対話を通して「抽象力」で迫ったものである。これによって少なくとも構造論的には、国家や天皇制の成立に関する謎はなくなったと思っている（むろん、個別の問題がすべて解き明かされるということはありえないが）。

本書第一部第一～六章の主旋律をなす概念の一つに「贈与交換」がある。これはいうまでもなく人類学者M・モースの『贈与論』が提起したものであるから、本書をモース理論のあてはめと受け取る向きが多くなるのはやむをえない。しかし、この評価は誤りではないが、やや的はずれである。なぜなら、本書が援用する贈与交換論は、柄谷行人が『世界史の構造』（岩波書店、二〇一〇年）の中で提起した四つの「交換様式」（A・B・C・D）のうちのA（ミニ世界システム）とB（世界＝帝国）に対応するものだからである。柄谷は交換様式A・B・Cについて、資本・ネーション・国家の三位一体的な体系に対応するもので、これは「ボロメオの環のごとく、どの一つを欠いても成り立たないように結合されている」社会構成体であると論じている。私は文学研究の立場から、古事記と日本書紀の成立を、AとBの結合、すなわち呪術祭祀の力と律令制の法治システムに基づく国家権力とがせめぎ合う中にみようとした。またネーション＝国家の結合には、それを支える感情的な基盤として前代から持ち越された氏族《クラン》社会の贈与交換システムの関与が重要であろうと考えた。これらは古代文学が成立するための基礎的条件ともいうべき事柄であって、その解明にはどうしてもM・モースの『贈与論』までさかのぼって検討することが求められたのである。もっともそれは、M・モース理論を批判的に継承したM・ゴドリエの『贈与の謎』（一九九六年、邦訳、法政大学出版局、二〇〇〇年）を踏まえたものである。

なお、柄谷行人に関連してもう一つふれておきたいことがある。それは本書第三部第一章の「「鎮め」の論理」でもふれたことであるが、私はかつて古代人の「心」の発生を「清明心の発生」と題して論じたことがある。(1)「心」は人に内在するものではなく、超越的な外部から強制されることで生まれたが、そのことが忘れられた結果、続日本紀・宣命の中では、あたかも臣下の内面から自発的に生まれた「心」（忠誠心）であるかのようにみなされた、と。最近、この論に関して精神療法の臨床医で、理論家の長山恵一がこれをフロイトの「超自我」の認識に相当すると指摘した。(2)この評価は、私には意外であったが、さらに思いがけないことが起こった。それは柄谷が近著の『憲法の無意識』（岩波新書、二〇一六年）の中で、戦後の「平和憲法」は、マッカーサーの率いるGHQによって外部から強制されたゆえに、フロイトのいう無意識の「超自我」の仕組みが働いて、日本人の内面に深く定着するに至った、と論じたのである。しかも、この憲法第九条の「平和」が第一条の「象徴天皇制」を守り、第一条の「象徴天皇制」が第九条の「平和」を守る、というように相互に支え合っているという。フロイトの精神分析用語である「超自我」を媒介項にして、外部強制的な超越者が日本人の無意識の思考回路の中に持ち込まれると、古代では「清明心」の思想となり、現代では「平和憲法」という理念になった、ということになる。私のこのような結び付け方が恣意的で似て非なるものであるのかどうか、私自身はこれ以上検証するつもりはないが、将来の思想史家には期待するところがある。なぜなら、これまで機会あるたびに「清明心」発生の仕組みを考えることが、日本思想史の出発点になると主張してきたにもかかわらず、この提言は日本思想史学界では一顧だにされたことがなかったからである。

本書の二つめのキーワードは、Ｅ・サイードが『オリエンタリズム』（一九七八年、邦訳、平凡社、一九八六年）の中で用いた「中間的カテゴリー」（中間的領域）という概念である。第三部第二・三章「表象としての東歌㈠・㈡」はこの概念を援用して万葉集・巻十四「東歌」の誕生する基盤を解き明かしたものである。文明と野蛮という二項対立関係の中からは文学の発生する余地はない。中央ヤマト（天《アメ》）と辺境東夷（鄙《ヒナ》）という二項対立関係の中に「中間的カテゴリー」として「坂東」概念が成立すると、そこに「東夷ならぬ東国」という中央ヤマトに親和する空間が生まれ、そこで初めて「東歌」は貴族文学和歌集（万葉集）の仲間入りを果たす条件が整えられたことになる。

東歌研究は、品田悦一『万葉集の発明』（新曜社、二〇〇一年）が刊行されて以後、その衝撃のゆえか、先端的な研究が途絶えてしまった。若手万葉研究者の奮起を促したい。

なお、「中間的カテゴリー」という概念は、Ｅ・サイードの用法を離れても文学研究の方法論として有効である。たとえば、第二部第八章ではこの言葉を古代文学史の転換という大きな文脈の中に置いて考えてみた。日本の文学史が記・紀「神話」から「物語」（竹取物語など）へ転換するためには、神話のパロディとしての「神仙思想」という「中間的カテゴリー」の介入が不可欠であった、というように。

三つめのキーワードとしては、中沢新一『カイエ・ソバージュ』（講談社、二〇一〇年）の中で、縦横無尽に駆使された「メビウスの環」、すなわち位相空間論を挙げなければならない。このトポロジーの反転理論は、本書の中でさまざまに援用されているが、端的な例としては第二部第二章の「「見るな」の禁止はどこから来るのか」がある。「スピリット的古代」（中沢新一）では、人は時としてワニ（鮫）や蛇といった異類とも結婚することができた。そこへ「メビウスの環の切り裂き」ともいうべき決定的な変化が生じ、「見るな」の禁止は容赦なく侵犯されることになる。「古代文学」はいわばこの「見るな」の禁止の侵犯と共にやって来たといえる。

以上、本書は主に「現代思想」という知の宝庫との対話を通して、古代文学における諸々の思想的課題に応えようとしたものである。

注

（1）呉哲男「清明心の発生」（古代文学会編『シリーズ古代の文学3　文学の誕生』武蔵野書院、一九七七年。後に一部省略して『古代言語探究』五柳書院、一九九二年に所収）。

（2）長山恵一「天皇制の深層（2）」（『現代福祉研究』第七号、二〇〇七年。同論はネット上に公開されている）。

第一部　古事記・日本書紀論

第一章　神功皇后と卑弥呼——東アジア漢字文化圏の帝国／小帝国——

邪馬台国の女王卑弥呼が、魏王朝から「親魏倭王」として冊封の対象とされ東アジアの古代史上に出現したのは、国家とは他の国家に対しての国家であることを考えれば画期的な出来事であった。これは国家が共同体の幻想に還元できないということを含意する。この出会いは倭国が中華帝国によって海を隔てた一蛮国として認定されたということではむろんなく、互いの国の政治的・経済的理由に基づく交通の所産であった。とはいえ、倭国（古代日本）のアイデンティティーにとって女王卑弥呼が他者の他者性、あるいは対他性を獲得したことは、後述するように王朝の正統性にかかわる重大な意味がある。また、それが東アジアの「亜周辺」という地政学的な位置によってもたらされたものであることは、「古代文学における地域性」という課題にとってもゆるがせにできないテーマの一つになりうるであろう。

一

古事記と日本書紀という二つの歴史書がなぜ時期を同じくして成立したのか、という問題はくり返し問われるテーマでもあるが、とりあえずの私の回答はそれが相互補完の書であるからだ、というものであった(1)。日本書紀は、漢文体による自国史として主に律令官僚の手によって「邦家の経緯」すなわち「国家権力の源泉」を記した書物であり、古事記は倭《やまと》文体の自国史として「王化の鴻基」すなわち「王家の権威」を記した書物であった。古事記を、正史・日本書紀を支えるスペア（補完装置）とみなせば、続日本紀に古事記がカウントされていないのは当然である。しかし、別の側面からいうと、王家の書である古事記が漢文体ではなく倭文体を採用したのは、王権が官僚の支配（漢字・漢文の独占）にあらかじめ掣肘を加えておくという意味合いもあった。仮に古代の日本が漢文体の史書（日本書紀・続日本紀）しかもたなかったとすれば、おそらく古代朝鮮《コリア》（統一新羅・高麗王朝）同様、文官優位の官僚支配の国になっていただろう。そうなっていないのはいくつか理由があるにせよ、決定的に重要なのは、日本が中華帝国やその「周辺」に位置するコリアとは位相を異にする「亜周辺」国家だったことによる。中国語である漢字を受容しながら日本書紀と並んで古事記のような奇怪な文体（倭文体）の史書をもつのもこの点にかかわる。相互補完的というのはこのような意味である。

それはともかく、この国家（権力）と王権（権威）が一体となった歴史叙述を体現することが記・紀編纂者の当初の目論見であった、といえよう。その場合、歴史の始まりをどのように語るかは、記・紀とりわけ日本書紀の主たる担い手である律令官人（渡来系の知識人を含む）にとっては大きな葛藤があったに違いない。なぜなら、神話の神々（神統譜）と皇統譜を血縁でつなぎ、天上の神（天《あま》つ神）の首座に女神（皇祖天照大御神）を据えるなどといった発想は、中華帝国の史書をはじめ東アジアのどこの国の歴史にも存在しないからである。古事記は国内の共同体の幻想を最大限に喚起するうえで、皇祖天照大御神の命による天孫降臨が行われ、それが地上の大王へ継承されるという神代史の構えはむしろ必須の要件であったろう。血族観念の稀薄な古代の「日本人」にとって神と人の間が血縁で結ばれる、というのは衝撃的な事態であった。この後《のち》、万世一系が王家の特権とされるのも、（逆説的ではあるが）古代「日本人」の血族観念の稀薄さに支えられたものであった。

しかし、律令官人たちの目には、この「神代史の構え」は共同体内部の自己満足にすぎないと映ったのではないか。彼らは歴史の始まりに関してもどこかに他者の承認、すなわち他者の他者性、あるいは対他性（自他認識）を確保したかったに違いない。

そのような状況の中で『三国志』「魏書・東夷伝・倭人条」（「魏志倭人伝」）の存在は、彼らに大いなる勇気を与えたであろう。とりわけ、

> 倭国乱れて、相攻伐《こうばつ》すること年を歴《へ》たり。乃ち共に一女子を立てて王と為す。名づけて卑弥呼と曰ふ。鬼道に事《つか》へ、能く衆を惑はす。年、已に長大なれども、夫壻《ふせい》無し。男弟有りて国を佐《たす》け治む。王と為りて自《よ》り以来、見《まみ》ゆること有る者少なし。婢《ひ》千人を以て自ら侍らしむ。唯だ男子一人のみ有りて飲食を給し、辞を伝えて出入す。居処・宮室・楼観・城柵、厳かに設け、常に人有りて兵を持ちて守衛す。
>
> （倭国大乱し、更《こもごも》相攻伐し、年を歴るも主無し。一女子あり名づけて卑弥呼と曰ひ、年長じて嫁がず、鬼神の道に事へ、能く妖《よう》を以て衆を惑はし、是に於いて共に立てて王となす）（『後漢書』「東夷列伝」）

というくだりは重要な情報をもたらしたといえる。まず、その情報発信元が東アジアの中心を占める中華帝国の歴史書という権威であったこと。しかもそこには、東アジアの中でもユニークな存在である女王（卑弥呼）の手で戦争状態に終止符が打たれ秩序が回復されたとあること。その政治体制が「鬼道」（鬼神の道）に仕えるヒメ・ヒコ制の神託政治であったこと。また、女王の名が単なる地域の音声ではなく、漢文という権威に伴われて「ヒミコ」と表音表記されてダイレクトに届けられたこと、などである。

一般に、地域の音声言語はその地域内にのみ流通し、地域の外に流出することはない。それを地域外で受容し

ようとすれば翻訳という二次的回路、古代の「日本」に即していえば漢文の訓読という回路を通すしかない。しかし、人名など固有名は翻訳不能ゆえに表音表記されてダイレクトに届けられる。『宋書』「倭国伝」にたとえば「倭王武」とあるのはワカタケルの「タケル」に「武」字をあてたもので、おそらく倭国側からの情報に基づくものであろう。これも「ヒミコ」に準じて考えることができる。古代歌謡や万葉集の和歌表記が端的に示すように、表音文字（倭訓も含め）は心にダイレクトに届くかのようにみなされたという意味で「仮構された直接性」ということができる。「音声」という直接性をいかに仮構するか、ということが書記言語としての古代文学を成り立たせる必須要件であったことからすれば、外来の書物から届けられる自国の固有名表記はそれ自体に価値があった（「魏志倭人伝」には、ヒミコに「卑」字をあてたり「衆を惑はす」といった帝国史官によるネガティブな表現が散見されるが、全体として割り引いて考えてよい）。

また、「倭国乱、相攻伐歴年。乃共立一女子為王」（「倭国大乱、更相攻伐、歴年無主、……於是共立為王」）とあるように、長年の戦争状態が諸豪族の共立した女王によって終止符が打たれたというのも貴重な情報であった。これまでのような豪族たちによる単なる武力征服のくり返しだけでは、平和は維持されないことが刻印されていたからである。考古学的にも卑弥呼の時代（三世紀中頃）以前は環濠集落の時代と呼ばれ、列島全体が戦争状態にあったことが裏づけられている。ところが、女王共立以後は列島から一気に環濠集落が姿を消しているのである。(2) この女王卑弥呼の共立による秩序の回復は、「事鬼道、能惑衆」という評価と密接に関連すると考えられる。なぜなら、「定住革命」（西田正規）以後、人びとには死者の霊とどう向き合うかということが深刻な課題として浮上していたからである。一般に、定住革命というと人類がそれまでの狩猟・採集を中心とした遊動生活をやめて定住を始めたことを指すと考えられがちであるが、これは誤解である。そうではなく、定住することによって新たに発生する問題にどう立ち向かうか、ということこそが革命の名に値するのだ。たとえば、定住によって富の蓄積が可能となり、そこに格差〔階級＝国家〕が生まれるが、これに抵抗し、「原遊動性の回復」〔柄谷行人〕を目指すのが氏族《クラン》共同体の成立であり、贈与交換のシステムであった。(3)

古墳時代には死者の霊、とりわけ首長霊をどう祭るかは深刻な課題であった。狩猟・採集の時代であれば単に生者が移動すればそれでよかったが、定住によって死者の霊と共存しなければならず、死者の霊に対するコペルニクス的な転換が必要となったからだ。(4) これに深く関与したのがシャーマンとしての卑弥呼であった。「鬼道」〔鬼神の道〕の「鬼」は、『礼記』「祭法」に「人の死するは鬼と曰ふ」〔「人死曰鬼」〕とあり、『周礼』「太宗伯」に人が死んで神になることを「人鬼」といっているので、祭られた死者の霊を「鬼」〔鬼神〕と表現していたことがわかる。世界的にみても先祖祭にはしばしば祖霊が鬼の面を被って登場するが、古代中国ではこの鬼の面を「鬼頭」〔後の位牌に相当〕といった。死者の霊は頭蓋骨に憑依すると考えられていたからである。今日の日本にも「鬼頭」姓がある。今日まで伝承されている日本の神楽の祭りにおいて、演者が面を被って踊っているうちに失神し、神懸かりのトランス状態になってから神託が告げられるという祭りがあるが、この時被る面などもそのルーツはこの「鬼頭」が考えられる。神楽や能の面もその由来は「鬼頭」にあるのではないか。

桜井徳太郎は、「魏志倭人伝」において卑弥呼が「鬼〔神の〕道に事へて、能く衆を惑はす」といわれるのは、倭人伝の編纂者が卑弥呼のことを邪馬台国の王家の死者儀礼を司祭する最高の宗教的霊能者であったとみていた証拠と述べている。さらに「鬼道に事《つか》えたという職能を、死者の霊魂と交流することによって死者の遺志を現世の人々に伝えたり、死霊の統御をはかるという呪術を心得ていたものとみるならば、ヒミコはまさしくシャーマンだということになろう」とも述べている〔「鬼道〔シャーマニズム〕の問題」〕。要するに、卑弥呼は死者の葬送儀礼全般〔埋葬・鎮魂・再生など〕を統括する最高の宗教的霊能者であったというだけではなく、そこからさらに進んで死者の霊と交流し、祖先神の意志を人びとに伝えることのできる媒介者〔祭司〕と評価されていたことになる。卑弥呼が諸豪族の首長から秩序の回復者として共立されたのも、専らこのようなシャーマン（神懸かり）としての特殊能力を発揮することで氏族《クラン》社会を統合しうる者とみなされたからであろう。この神託の政治による平和の回復は、後に王朝の正統性を根拠づける重大な力として招喚されることになる。それが神功皇后（オキナガタラシヒメ）伝承であった。

むろん、記・紀の王権イデオロギーは歴代天皇の中に女王卑弥呼の存在をカウントしていない。これを認めるとかつて中華王朝の冊封下にあったという歴史的事実が明るみに出てしまうからである。また、邪馬台国の女王卑弥呼と歴代天皇の間に直接のつながりがあるのか、あるいは一旦断絶しているのかという判断は、現在の歴史学や考古学においても確定していないのであるから、当時の人びとが卑弥呼の存在を宙づり状態にしておこうとするのは当然であろう。しかし、前述のように歴史は国内共同体の自己満足であってはならないと考える律令官人たちにとって、卑弥呼（倭の女王）の存在は、それが中華帝国の歴史書という権威によって表音表記（「日本語表記」）されて発信されたがゆえに「内なる他者」として受けとめられたのではないか。彼らは王権イデオロギーとの抵触はとりあえずカッコに括っておいてでも、帝国と小帝国は音で繋がっている、と考えたかったのだ。この排除されつつも顕在化する「内なる他者」が、記・紀編纂の人びとに歴史の始まりに関する初めての自他認識をもたらしたのであるとすれば、古事記・日本書紀の基底には暗黙の了解として「女王卑弥呼」が潜在しているとみなければならない。すると、記・紀の編者が既存の垂直的な天孫降臨神話とは別に、もう一つの歴史の始まりに関する「神話」を、「倭の女王卑弥呼」を巻き込んで語り直しておきたいと考えるのは当然であろう。それが、神功皇后すなわち息長帯日売命《おきながたらしひめのみこと》（記）・気長足姫尊《おきながたらしひめのみこと》（紀）の伝承（原資料）を素材として限りなく神話的に語られた古事記・仲哀天皇条であり、日本書紀・巻九・神功皇后紀であった[5]。なぜ神功皇后（応神天皇の母）かといえば、それはあたかも王朝交替があったかのような印象を与える継体王朝の危うさと密接に関連する。

すなわち、事実上は皇統が断絶していた継体朝の危機に臨んで、新たな正統性を保証する「神話」が必要とされたからである。

中華帝国では、実際にたびたび王朝の交替があり、それは「休みなき王朝の交替」（マルクス）などと呼ばれたりもするが、そのつど「易姓革命《えきせい》」と称して「天命」が改まった。しかし、異民族の侵略によってどんなに王朝の交替がくり返されても、中華帝国を支える正統性（天の命はすなわち民の心であるという『書経』などの哲学）の原理が維持されていれば、同一帝国内の組み換えと観念されたのである。同じ帝国（小中華主義）を目指しながらも事実として異民族の侵略を蒙らなかった古代の日本では、中国的な原理を採用する必要がなかったので、皇統譜を操作しつつ一系化された大王にふさわしい「起源神話」が喚起された。それが仲哀記・神功紀の神懸かりした巫女《シャーマン》の胎内に孕まれた「神の子」誕生の物語である。この「神話」（哲学）にいかなる正統性があるかといえば、それはかつて女王卑弥呼によって秩序が回復された、その「神託政治の更新（バージョンアップ）」であるとみなされたからに他ならない。

二

東アジアにおける古代の「日本」は、いわゆる「倭の五王」の王武（雄略天皇）以後、それまでの中華帝国による冊封体制から離脱し、小中華主義（「東夷の小帝国」石母田正）を採用した。なぜそのようなことが可能であったのか。それは一言でいえば、「亜周辺としての日本」という地政学的な位置が可能としたものであった。(6) これは中華帝国（中心）の「周辺」に位置する韓半島のあり方と比較すると、その位相の違いが明瞭になる。たとえば、コリアも日本も同じように唐の律令制度を受容したが、コリアの場合はその影響が直接的で独自の律令をたてるに至らなかった。その点、日本では「周辺」国を介しての律令制度であったので、選択的な受容が可能となった。大宝律令では唐令の「三省六部」を「二官八省」に変更し、唐制にはない「神祇官」と「太政官」を創設して、「神祇官」を「太政官」の上に置き、「律令の規定では空坐となっている神祇官の上半身に「明神」としての「天皇」を位置づけた」（上山春平『受容と創造の軌跡』）のは、その典型的な例である。これによってその時々の政治権力者を「祭司」として支える律令天皇制が成立した。また、先述の古事記が採用した倭《やまと》文体についても、その契機は三国時代（高句麗・新羅・百済）の「吏読《りとう》」のエクリチュールに学んだものとされている。しかし、その後の倭文体が宣命体などを経て漢字仮名交じり文へと熟していったのとは異なり、「吏読」は中華帝国（中心）の漢文体に回収されてしまった。(7)

また小中華主義との絡みでいうと、コリアには中国皇帝制度の象徴ともいえる独自の「天下」観念がない。記・紀・万葉に頻出する「天下」意識とは対照的である。たとえば、漢王朝では「天下」の領域を「凡郡国一百三、県邑千三百十四、道三十二、侯国二百四十一」（『漢書』巻二十八・地理志下）に分け、そのうち夷狄の雑居する県を特に「道」と称して国や県邑と区別していた。同じく『漢書』巻十九・百官公卿表には「有蛮夷曰道」（蛮夷有るを道と曰ふ）ともある。いわゆる中華帝国の華夷思想である。辺境にある蛮夷の国々という点では日本もコリアも同じであるが、興味深いのはこの「道」に対する「周辺」国と「亜周辺」国との対応の仕方の違いである。小中華主義（小帝国）を志向する日本では、漢帝国の「天下」観を雛型として平城京（天下）を基点に「道」を主として東国に振り向けた。この結果、「東《ひむかし》の方の十二の道」（景行記）、「四道将軍」（崇神紀）といった独特の表現が生み出されている。(8) しかし、天武朝の「律令七道制」ではこれを面（蛮夷の住む地域）から点と点を結ぶ線（古代道路＝アウトバーン）へと転換させている。対してコリアでは独自の「天下」観念をもたないがゆえに、中華帝国の中心に対する「辺境」（蕃国）意識を手放そうとしていない。韓半島全土を意味する「朝鮮《コリア》八道」は「面」であって「点」ではない。

なお、いうまでもないが、右に述べたことはメンタリティー上の比較優位を意味するのではいささかもなく、単に大陸（中心）・半島（周辺）・列島（亜周辺）の地政学的な位相の違いを表わすものである。

三

古代の日本（大和朝廷）が小帝国として存立するためには、天皇の「徳」（王化）に靡いて朝貢する国がなければならない。前述のように、「天下」（宮都）の四方に「道」を配し、東夷（アヅマ）、北狄（エミシ）、南蛮（ハヤト）、西蕃（朝貢国＝韓半島・中国）を設定したことがそれを示している。くり返していえば、このような設定を可能にしたものこそ、中華帝国漢字文化圏の圏内にありながら圏外に立つという地域性（亜周辺性）である。

とりわけ、「西蕃」（西戎）意識を支える上で不可欠の役割を果たしたのが、記・紀に伝える神功皇后伝承である。もっとも一口に神功皇后伝承といっても、記・紀それぞれに独自の構想があって、それに関する研究の蓄積もあるが、ここでは深く立ち入らない。

問題は神功皇后伝承に関連して小中華主義（小帝国）を志向する者と、そうでない天皇との間に葛藤があり、神意を軽んじた仲哀天皇が神罰によって崩御するという、記・紀の話の劇的な展開のありようである。皇統譜における仲哀天皇（タラシナカツヒコ）の系譜的位置についてはすでに指摘があり、仲哀自身がタラシヒコ／ナカツヒコの二つに分裂していて、ナカツヒコの系統（ヤマトタケル系）が否定的に排除されつつ、タラシヒコ系皇統に取って代わられたことが明らかになっている。(9) このいわば偽装された系譜にタラシヒコ系統側から介入してきたのがオキナガタラシヒメ（神功皇后）ということになる。その際、注意すべきは仲哀の死はなぜ神功皇后の

神託を通して語られなければならなかったのか、ということである。仲哀記をみると、

その大后息長帯日売命は、当時、神を帰《よ》せき。故、天皇、筑紫の訶志比宮に坐して、熊曾国を撃たむとせし時に、天皇、御琴を控《ひ》きて、建内宿禰大臣、さ庭に居て、神の命《みこと》を請ひき。是に、大后の帰《よ》せたる神、言教へ覚《さと》して詔《のりたま》ひしく「西の方に国有り。金・銀を本として、目の炎輝く種々の珍しき宝、多《あま》たその国に在り。吾、今その国を帰《よ》せ賜はむ」とのりたまひき。爾くして、天皇の答へて白さく「高き地《ところ》に登りて西の方を見れば、国土《くに》見えずして、唯に大き海のみ有り」とまをして、詐《いつはり》をする神と謂《おも》ひて、御琴を押し退《そ》け、控《ひ》かずして黙《もだ》し坐しき。爾くして、其の神、大きに忿《いか》りて詔ひしく「凡そ、茲《こ》の天の下は、汝が知るべき国に非ず。汝は、一道に向へ」とのりたまひき。……故、未だ幾久もあらずして、御琴の音聞えず。即ち火を挙げて見れば、既に崩《さ》りましぬ。

とある。この話は、仲哀が国内の「熊曾」を撃つために神功を通して神託を請うたところ、仲哀の意に反して「西の方の金・銀の珍しき宝の国」（新羅）を授けようというお告げがあった。海外の国（新羅）を授けようという託宣神（後に天照大神と底箇男《そこつつのを》・中箇男《なかつつのを》・上箇男《うはつつのを》の三神であることが分かる）の神意を無視した仲哀は、神の怒りに触れて死の運命をたどる他はなかった。

前述のように、時代はすでに小中華主義（小帝国）を志向していた。しかるに仲哀はヤマトタケルの時代に実現をみていたクマソ討伐という国内平定のみに執着し、西方に朝貢国を求めて統治領域を拡大するという視野と意志を欠いていた。したがって「高き地に登りて西の方を見れば、国土見えずして、唯に大き海のみ有り」ということになる。神功と仲哀のギャップは、この支配領域を拡大して小帝国を目指すか否かにかかっていたのだ。

旧来のパラダイムしかもたない統治者は否定的に克服されて然るべきものとみなされた。この点を日本書紀でも確認しておこう。

> 群臣に詔して、熊襲を討たむことを議らしめたまふ。時に神有して、皇后に託《かか》りて誨へまつりて曰はく「天皇、何ぞ熊襲の服《まつろ》はざることを憂へたまふ。是膂宍《そしし》の空国《むなくに》なり。豈《あに》兵を挙げて伐つに足らむや。この国に愈《まさ》りて宝有る国、譬へば処女の睩《まよびき》如《な》す向つ国有り。眼炎く金・銀・彩色、多にその国に在り。是を栲衾《たくぶすま》新羅国と謂ふ。若し能く吾を祭りたまはば、曾て刃《やきは》を血らずして、その国必ず服ひなむ。……」とのたまふ。
> ……時に神、亦皇后に託《かか》りて曰はく「……それ汝王のかく言ひて遂に信《う》けたまはずは、汝、その国を得たまはじ。唯今し、皇后始めて有胎《はら》みませり。その子獲《え》たまふこと有らむ」とのたまふ。
> （日本書紀・仲哀天皇八年九月）

日本書紀では古事記のようにあからさまに神罰によって仲哀天皇が崩御したとは記されていない。しかし、神功に憑依した神（伊勢の撞賢木厳之御魂天疎向津媛命《つきさかきいつのみたまあまざかるむかつひめのみこと》）は、クマソ征伐に執着する仲哀を見捨て、次代を担う資格を有する天皇として神功の胎内にはらまれた「胎内天皇」（ホムダワケ＝応神天皇）を指名したことを明記する。

それにしても、なぜ海外（新羅）を対象とした小帝国の実現までもが、武力行使を前提としない神託という様式に依拠するのだろうか。一般に神託という形式は、いわゆる神懸かりをはじめとして夢のお告げ（夢託）やト占による神託など多岐にわたる[10]。また、そこに携わる人も神職の祝《はふり》をはじめとして天皇、皇后、臣下など様々に存在する。そもそも神託の原理は超越に触れる、というところにあると考えられるが、神懸かりの場合は神が人に憑依して人格が転換しトランス状態になったところに超越との接触を認めるのである。しかし、神懸かりして神の言葉を伝えるといっても、そこに人の主観すなわち共同体の意志に迎合する通常時の判断が入ってこないとは断言できない。折口信夫がいうように、神懸かりとは「皆、巫覡の恍惚時の空想には過ぎない。併し、種族の意向の上に立っての空想である」（「国文学の発生」第一稿）ということになる。実際、神功皇后の神託も小帝国を志向する共同体の意志に迎合したものであった。つまり、神託による超越とは国内の共同体の幻想の質と密接に関連するのである。

国内の政治的危機が神託によって回避された著名な例として崇神天皇の話がある。

此の天皇の御世に、役《え》病《やみ》多《あま》た起こりて、人民《おほみたから》尽きむと為《し》き。爾《しか》くして、天皇の愁《うれ》へ歎《なげ》きて神牀《かむどこ》に坐《いま》しし夜に、大物主大神、御夢《みいめ》に顕《あらは》れて曰ひしく「是は、我が御心《みこころ》ぞ。故《かれ》、意富多々泥古《おほたたねこ》を以て、我《あ》が前を祭らしめば、神の気《け》、起こらず、国も亦、安らけく平けくあらむ」といひき。

（古事記・崇神天皇）

崇神天皇の祈願を受けた大物主大神が自らの祭祀を要求し、その条件が満たされた結果、「役《え》の気、悉く息《や》み、国家《くに》、安らけく平《たひら》けし」となった、というのである。この「祈願・祭祀（幣帛）の要求・祈願の実現」からなる「神託の構造」は基本的に神功皇后のそれと一致する。前に引用した仲哀記・紀からはわかりにくいが、他の部分をみると「「今寔《まこと》に其の国を求めむと思はば、天神・地祇と、亦、山の神と河・海の諸の神とに、悉く幣帛《みてぐら》を奉り、我が御魂を船の上に坐《いま》せて、……度《わた》るべし」とのりたまひき」（仲哀記）、「時に神有して、皇后に託《かか》りて誨《おし》へまつりて曰はく「……其の祭りたまはむには、天皇の御船、及び穴門直践立《あなとのあたひほむたち》の献れる水田、名けて大田といふ、是等の物を以て幣《みてぐら》としたまへ」とのりたまひき」（仲哀八年紀）などとあるように、崇神記と同じ構造である。これは直接的には新羅へ渡る際の海上の安全を祈願したものであるが、この神託のベースには神からの贈与と人の返礼（幣帛）、人からの贈与（幣帛）と神の返礼という贈与（互酬）交換のシステムが作動している。

それでは崇神記の神託と神功皇后のそれは同質のものか、といえばそうはいえないだろう。なぜなら、崇神記の大物主神祭祀を中心とした祭祀記事は、「初国《はつくに》を知らす御真木天皇」（崇神記）という呼称が象徴するように、初めて国内秩序の統一を実現した大王という共同体の幻想に支えられていて、神託もその範囲で自己完結するものだったからである。対新羅への優越（小中華主義）を志向する神功皇后（応神天皇）にとって、崇神朝とは異なるもう一段審級の高い「神託政治」が求められた。それは一言でいえば、天皇の「徳」（王化）を贈与することで自主的に新羅からの朝貢（返礼）が期待できる、という互酬の観念である。「曾て刃《やきは》を血らずして、その国必ず服《まつろ》ひなむ」（仲哀紀）とある、武力征服を前提としない神託がそれを示している。

この「神託」を更新（バージョンアップ）する際に、暗黙の前提として招喚されたのが「倭国の女王卑弥呼」であった。前述のように卑弥呼はすでに「魏書」（『後漢書』）という帝国の権威によって、「音」で繋がる対他性を付与された存在であり、神託を共同体への迎合（自己満足）とみなす日本書紀編纂者たちをも説得する力があった。日本書紀・神功皇后三十九年〜四十三年条に「魏志倭人伝」を引用する形で、神功皇后を卑弥呼に擬しているのがその証拠である。

三十九年。是年、太歳己未にあり。魏志に云はく、「明帝の景初三年六月に、倭の女王、大夫難斗米等を遣し、郡に詣りて、天子に詣り朝献せむことを求む。太守鄧夏、吏を遣して将送り、京都に詣らしむ」といふ。

四十年。魏志に云はく、「正始元年に、建忠校尉梯携等を遣し、詔書・印綬を奉りて、倭国に詣らしむ」といふ。

四十三年。魏志に云はく、「正始四年に、倭王、復使の大夫伊声者・掖耶約等八人を遣して上献す」といふ。

右の記事が示すように、記・紀の王権イデオロギーに抵触しかねない危険を犯してまで卑弥呼が招喚されたのはなぜか。それは小中華主義への志向と皇統の危機が逆説的に一致したからである。継体天皇の擁立が「誉田天皇（応神天皇）の五世の孫」（日本書紀・継体即位前紀）というのはいかにも危うい。この危うさは皇統の歴史を少し遡ったところ（神功皇后・応神天皇）で神話的に補強されなければならない。この危機を克服するためにはシャーマニズム（神懸かり）の力の更新が必須のものとされた。「鬼道に事へ、能く衆を惑は」し、倭国の争乱を終息させ平和を回復した卑弥呼が呼びだされるのはある意味で必然であった。この能力を精神的系譜として受け継いだのが神功皇后である。むろん、記・紀の中で神功皇后が憑依して呼び寄せた神は天照大神であり、底箇男・中箇男・上箇男の三神であり、かつ伊勢の撞賢木厳之御魂天疎向津媛命などであった。しかし、私の考えでは、そもそも高度に政治的な天照大神の存在自体が、神託政治をすることで平和的秩序を樹立した卑弥呼を内在させている、とみるのである。

古代史研究によれば、いくつもの分裂と合流をくり返した王権が、継体以後の欽明・敏達・舒明・皇極（斉明）へと連なるいわゆるタラシ系皇統譜の統合の基点に据えたのは始祖王としての応神天皇であった。そこで要請されたのがこれまでにくり返し述べてきたように小帝国日本を支え、かつ一系化された大王にふさわしい起源神話、すなわち神懸かりした巫女《シャーマン》の胎内に孕まれた「神の子」誕生の物語である。

以上は、「魏志倭人伝」の女王卑弥呼の中にもう一つの王朝正統化の論理を探ろうとした、主に日本書紀編者たちの心的過程へのアプローチであった。

注

（1）呉哲男「古事記の成立」（『古代日本文学の制度論的研究』おうふう、二〇〇三年）、同「言語とナショナリズム」（『日本文学』第五二巻第四号、二〇〇三年四月）など。なお、この相互補完説に異をとなえる金井清一は「古事記と日本書紀とは互いに補い合って共に当代の律令国家建設事業の一環として成立した相互補完的な史書であると考える向きが多いと思われるが、それならば一層、古事記の成立を『続日本紀』が記さない理由について、当該論者は説いて然るべきであろう」（「古事記の成立」『國學院雑誌』第一一二巻第一一号、二〇一一年）と指摘する。しかし、続日本紀にカウントされない同時代の重要書籍は、懐風藻をはじめ他にいくらでもある（矢嶋泉『古事記の歴史意識』吉川弘文館、二〇〇八年）。

（2）都出比呂志『古代国家はいつ成立したか』（岩波書店、二〇一一年）。

（3）柄谷行人「ミニ世界システム（定住革命）」（『世界史の構造』岩波書店、二〇一〇年）。なお、贈与とは、人類が狩猟採集の遊動生活をつづけていた時代に身につけた、物は公平に分配するという観念を、定住生活後に「贈与」（ギフト）という形で内面化したものである。今日風にいうならば贈与交換は「世間の掟」に相当する強制力をもつ。私はこの「定住革命」を念頭に置いて古事記・日本書紀の表現を「ミニ世界システム」（贈与の互酬交換に基づく氏族《クラン》社会）と「世界＝帝国」とのせめぎ合いの中に位置づけようとしている。

（4）定住によって、それまでは生者が移動すればよかったものを、逆に死者の霊を移動させるというコペルニクス的な転換が生じた。葬制に関するこの衝撃を一時的に緩和する制度が殯宮儀礼であった。「大殿」は本来そこの住人であった首長の霊に与えられたものであって、古代の喪は殯で終わっていた。遷都の起源的な意味もそこにあるが、起源はすでに忘却されていたのだ。私は三十七年前に「殯宮の原型」（『古代言語探究』五柳書院、一九九二年）の中でそのことを指摘したが未だ十分に理解されていない。殯宮を仮の葬儀場などとする皮相な見解に惑わされてはならない。なお最近、烏谷知子は私のこの理論を援用すると、柿本人麻呂の殯宮挽歌などがよく理解できる、ということを論じている（『上代文学の伝承と表現』おうふう、二〇一六年）。

（5）最近では吉田修作が『憑り来ることばと伝承――託宣・神功皇后・地域』（おうふう、二〇〇八年）、同『古代文学表現論』（同、二〇一三年）の中で神功皇后について精力的に論じている。

（6）柄谷行人「亜周辺としての日本」（『帝国の構造』青土社、二〇一四年）。なお、同書は中華帝国をはじめ旧世界帝国の可能性の中から近代国家を止揚する鍵をさぐる、というモチーフで書かれているために、現代中国の習近平体制下の知識人からも歓迎されている。習近平政権の「新型大国関係」観に合致すると考えられているからであろう。これはかつてＡ・

ネグリ、M・ハートの共著『〈帝国〉』（二〇〇〇年、邦訳、以文社、二〇〇三年）がアメリカ合衆国のネオコン（新保守主義）一派から、二〇〇一・九・一一の同時多発テロが起こるまでの間、歓迎されていた構図とどこか似ている。

（7）最近、東アジアに共通する「訓読文化圏」なる概念が提唱されているが、私はあまり大きな展開は期待できそうにないと思う。なぜなら東アジア共通という時、そこでは周辺と亜周辺の位相の違いが意識されていないからである。

（8）詳細は、呉哲男「ヤマトタケルと「東方十二道」」（本書所収）。

（9）吉井巖「ヤマトタケル系譜の意味」（『天皇の系譜と神話』二、塙書房、一九七六年）、西條勉「タラシ系皇統の王権思想」（『古事記と王家の系譜学』笠間書院、二〇〇五年）。

（10）山﨑かおりは「神功皇后の神託の意義」（『古事記大后伝承の研究』新典社、二〇一三年）の中で、「記紀風土記における神託の記事」の一覧表を掲出して、「神託の諸相」を分析している。その中で「神託において祭祀要求は不可欠な要素である。……神託の中心は、神が自分の祭祀を要求することにある」と述べている。また、神功皇后の神託の意義を詳細に分析した上で「仲哀記は、仲哀天皇を否定し、神功皇后の神聖性と優位性を強調して、御子応神の即位を方向付ける、というテーマの中で構成されており、神功皇后の伝承は、その起点として位置づけられる」と結論づけている。

参考文献

西田正規『人類史の中の定住革命』（講談社学術文庫、二〇〇七年）。

桜井徳太郎「鬼道（シャーマニズム）の問題」（上田正昭・直木孝次郎ほか編『ゼミナール日本古代史』上、光文社、一九七九年）。

上山春平『日本文明史の構想1　受容と創造の軌跡』（角川書店、一九九〇年）。

石母田正『日本古代国家論　第一部』（岩波書店、一九七三年）。

吉井巖「應神天皇の周辺」（『天皇の系譜と神話』塙書房、一九六七年）、同「應神天皇の誕生について」（『天皇の系譜と神話』三、同、一九九二年）。

保坂達雄「神功皇后と「如意珠」「角鹿」というトポス」（『神話の生成と折口学の射程』岩田書院、二〇一四年）。

谷口雅博「神功皇后新羅征討伝説の神話性」（『古事記の表現と文脈』おうふう、二〇〇八年）。

井上隼人「『古事記』における角鹿の性格」（『古代文学』第五四号、二〇一五年）。

塚口義信『神功皇后伝説の研究』（創元社、一九八〇年）。

倉塚曄子「胎中天皇の神話」（『古代の女』平凡社、一九八六年）。

第二章　古事記の成立――稗田阿礼と太安万侶――

一

稗田阿礼と太安万侶について知るための基本資料は、古事記の「序文」以外には存在しない。そこで「序文」のいうところをしっかりと読み解くことが二人を知るための最善の近道となるが、原文が四六駢儷体の簡潔で流麗な漢文で書かれているせいもあってか、長い研究史の蓄積があるわりには解釈のゆれは大きい。ここでは、改めて「序文」の語る文脈にそくして稗田阿礼と太安万侶という人物の輪郭を定位し、そこから浮かび上がる古事記という書物の成立にかかわる真相に迫ってみたい。

まず、古事記の成立に稗田阿礼と太安万侶がいかにかかわったかを知るための不可欠の部分を「序文」の中から番号を付して引用しておく。

(1)是《ここ》に、㋐天皇の詔《の》りたまひしく、「朕《あ》が聞けらく「諸家の賷《も》てる帝紀と本辞、既に正実《まこと》に違ひ、多く虚偽を加ふ」と。今の時に当りて其の失《あやまり》を改めずは、いまだ幾ばくの年を経ずして、其の旨《むね》滅びなむとす。斯《こ》れ乃ち、邦家《ほうか》の経緯《けいい》にして、王化の鴻基《こうき》なり。故惟《かれおもん》みれば、帝紀《ていき》を撰録し、旧辞《きゅうじ》を討覈《とうかく》して、偽《いつわり》を削り実《まこと》を定めて、後葉《のちのよ》に流《つた》へむと欲《おも》ふ」とのりたまひき。

(2)時に舎人《とねり》、姓は稗田、名は阿礼《あれ》、年は是廿八、人となり聡明にして、目に度《わた》れば口に誦《よ》み、耳に払《ふる》れば心に勅《しる》す、有り。即ち、(イ)阿礼に勅語して、帝皇日継《ひつぎ》と先代旧辞を誦み習はしめたまひき。

(3)然れども、運《とき》移り世異《かは》りて、未だ其の事を行ひたまはざりき。……

(4)焉《ここ》に、旧辞の誤り忤《たが》へるを惜しみ、先紀の謬《あやま》り錯《たが》へるを正さむとして、和銅四年九月十八日を以て、臣(ウ)安万侶に詔して「稗田の(エ)阿礼が誦める勅語の旧辞を撰録して献上《たてまつ》れ」とのりたまへば、謹みて詔旨《みことのり》の随《まにま》に、子細に採り摭《ひり》ひつ。

(1)から(4)までの流れを概略すると以下のようになる。壬申の乱に勝利して即位した天武天皇は、

(1)諸家が朝廷に持ち込んだ帝紀・本辞が、すでに正実と違って、多くの虚偽が加えられていることを聞き及び、正しい歴史書を編纂して後世に伝えようと帝紀・本辞を再検討し撰録することを命じた。

(2)そこで識字力と記憶力に関して特殊な才能を発揮する稗田阿礼に命じて帝皇日継と先代旧辞を誦習させた。

(3)ところが天武天皇が崩御したために計画は実現をみなかった。

(4)（持統・文武朝を経て）時代が元明天皇の代になると、天武と同じ懸念を抱いた元明は太安万侶に命じて、改めて阿礼が誦習した天武勅語の旧辞を撰録させた。安万侶は阿礼の誦習を参考にしながら、帝皇日継と先代旧辞の細部にまで検討を加え、（古事記と題した書物を）元明天皇に献上した。

まず(1)では、即位した天武天皇が正しい歴史書を作らなければならない、と思い立った動機が記されている。その背景には、朝廷に仕える諸氏族が律令制度の導入によって従来の氏姓秩序が再編成されることへの危機感から、自家に都合のよい帝紀・本辞を持参して売り込みをかけたことによる宮廷の混乱が読み取れる。持ち込まれ

た「帝紀・本辞」とは何かといえば、その源流は推古朝期の「天皇記・国記」（日本書紀・推古天皇二十九年是歳条）にまで遡ることができる歴史史料で、王家の年代記を中心に諸氏族が王家に仕える由縁を記した「国記」（「本記《もとつふみ》」）が併せて伝えられていた。そこで天武は、正しい帝紀・本辞を定着させることが「邦家の経緯にして、王化の鴻基」であると考えた、というのだ。従来の「序文」研究史ではこの「邦家之経緯、王化之鴻基」という表現は四六駢儷体（美文体）特有の対句表現で、同一の事柄を平板になることを避けた漢文的な技巧に過ぎないと考えられてきた。しかし、これは不適切な解釈であって、「邦家之経緯」に対応するのが下文の「帝紀」であり、「王化之鴻基」に対応するのが「旧辞」であると読むべきであろう。なぜなら、ここにいう「帝紀」（後に主として日本書紀に結実）とは「国家権力の源泉の由来」を説く資料であり、「旧辞」（後に主として古事記に結実）とは「天皇家の権威の源泉の由来」を説く資料という違いがあるからである。天武はここで、「邦家の経緯にして、王化の鴻基」という国家と王権が一体となった理想的な歴史書の実現を大いなる理念として掲げたのであった。その理想実現に託された人物が稗田阿礼であり、元明朝では太安万侶であった。

ところで、今私は専ら天武天皇に代表される王家の立場から「序文」のいわんとすることを概略述べたが、そもそも国家（具体的には朝廷）とは王家のみならず「諸家」との共同参画によって営まれるものである。したがって、「諸家」が朝廷に持ち込んだ帝紀・本辞に多くの虚偽が加えられているから「偽を削り実を定め」（削偽定実）た、というのは諸家の立場からみれば額面通りに受け取るわけにはいかない。逆にそれこそが「削実定偽」といえないこともないからである。客観的にみて現古事記に記定された皇統譜の露骨な操作などは、ある意味では「削実定偽」の産物であろう。

たとえば、古事記・日本書紀の成立に密接に関連するであろうと考えられている記事が日本書紀・天武天皇十年（六八一）三月条にみえている。

天皇、大極殿に御《おは》しまして、川島皇子・忍壁皇子・広瀬王・竹田王・桑田王・三野王・大錦下上毛野君三千・小錦中忌部連首・小錦下阿曇連稲敷・難波連大形・大山上中臣連大島・大山下平群臣子首に(オ)詔して、帝紀と上古諸事を記定《しるしさだ》めしめたまふ。大島・子首、親《みづか》ら筆を執りて録す。

これは、天武天皇が宮廷に皇族や連系の氏族ら十二名を集めて「帝紀と上古諸事を記定」させたという記事であるが、ここに招集されたスタッフの顔ぶれをみると十二名中六名が皇族であり、残りは王家に対して相対的に自立度の高い臣姓ではなく、王家に忠誠度の高い旧連姓によって占められている。こうした皇親派によって「記定」された「帝紀と上古諸事」が本来の意図は別にして、結果的には王家に都合のよい資料がより多く採択されたであろうことは容易に想像されるところである。果たせるかな、翌年の日本書紀の記事には、「凡そ諸の応考選者は、能く其の族姓と景迹《こころばせ》を検《かむが》へ、方に後に考《しなさだ》めむ。若し景迹・行能《しわざ》灼然《いちしろ》しと雖も、其の族姓定まらずは、考選せむ色《しな》に在らじ」（天武十一年八月）とあって、天武朝の改革（律令制にもとづく能力本位の考課）が、旧来の氏姓制を重んじる諸家の反発にあい後退する様子をみてとることができる。その意味では、この急進的な律令制改革に反対する守旧派勢力が結果として諸家の持ち込み本とされる「帝紀・本辞」へと連動し、それこそが日本書紀の主たる編纂資料とされたのではないかという西條勉の見解は一考に値するものがある。[1] すなわち、日本書紀・天武十年三月条の記事はどちらかといえば古事記の「帝皇日継と先代旧辞」に親和しているのではないか、というわけである。

とはいえ、これは少数意見で、従来の通説的な理解では、「記定本」は専ら日本書紀の編纂を指していて、古事記は含まれないと考えられている。ところがそうすると、今度は逆に天武一人が同時に古事記・日本書紀の二つの史書の編纂を企てたことになり矛盾が生じる。三浦佑之は、どちらかにウソがあるとすれば、正史（日本書紀・続日本紀）に成立の記録が残されず外部資料からの検証ができない古事記「序文」の方が後世に仮託された偽書ではないか、と主張するのである。(2)

二

もつれた糸を解きほぐすには、基本に立ち帰ることが大切だ。そもそも諸氏族が帝紀・旧辞を持ち込んだ宮廷、あるいは朝廷とは何か。改めて考えると、そこには「王の二つの身体」にかかわる重要な問題が潜んでいる。「王の二つの身体」とは、いうまでもなくE・H・カントーロヴィチの大著『王の二つの身体』に倣った言葉であるが、この書物の内容はヨーロッパ中世のキリスト教の神学的思考に基づき、王の身体には生理的身体とは別に政治的身体ともいうべきものがあることを分析したもので、古事記の問題とは直接的には無関係であるが、王には王特有の政治的身体が存するという指摘は重要である。前述のように、国家（具体的には朝廷）とは王家のみならず諸氏族との共同参画によって営まれる空間である。王は一身のうちに自家の利益と諸家の利益を統合するものとして表象されなければならず、その意味では二つに引き裂かれた存在でもある。

ところで、宮廷とか朝廷の「廷」という語には、本来人びとが共同で作業する「公共の脱穀場」という意味がある。その「廷」なる公共空間に後から王の私生活の場である「後宮」を付け加えたものを総称して宮廷というようになった。むろん漢語の「宮廷」の成り立ちをそのまま古代日本の「王宮」にあてはめてよいのか問題は残るが、王という立場に共通する本質に大きな違いはないだろう。これを「王の二つの身体」というようにとらえかえして規定すると、朝廷とは共同体（諸氏族）の利益が内面化された王の政治的身体を表わし、宮廷（後宮）とは文字通り王の私生活が内面化されたもので、これを政治的に表象したものが后妃・皇子皇女をめぐる「帝皇日継」（皇位継承の次第）の営まれる空間ということができる。

王に「二つの身体」があることは律令も暗に認めるところで、たとえば王が口頭で発する王命にも「詔《みことのり》」と「勅《みことのり》」の二通りの使い分けがあった。『令集解』に引用される「古記」をみると「詔」は「臨時の大事」、「勅」は「尋常の小事」という注記がある。朝廷の国家的行事を正式な書式に基づき、のちの記録にも残される重大な命令として出されるのが「詔」で、建前上のこととはいえ、これがいわば王の公的な身体を代表する。対して、「尋常の小事」すなわち日常生活の中で側近の舎人《とねり》に直接告げられる命令が「勅」で、これはいわば王の私的な身体の表現に属するものである。[3]

これを念頭に置いて始めに掲げた「序文」の(1)から(4)をみると、傍線部の㋐と㋑および㋒㋓が対応関係にあることが分かる。(1)㋐の「詔」は天武が朝廷の国家的行事として史書の編纂を命じたもので、結果は別にしてこれは日本書紀・天武十年「記定本」の「詔」㋔と同じである。ところが、(2)㋑の「阿礼に勅語して、帝皇日継と先代旧辞を誦み習は」すと、(4)㋓の「阿礼が誦める勅語《ちょくご》の旧辞《きゅうじ》」は、天武が公式令の書式や手続きを経ない後宮の場に舎人稗田阿礼を呼び出して、帝皇日継と先代旧辞の「削偽定実」を私的に命じたものであることになる。すると逆に「勅語」の内実にあたる「帝皇日継と先代旧辞」は、朝廷の利益を代表しなければならない「帝紀」とは多少趣を異にするものであることが分かる。その意味では「勅語の旧辞」とは王家の私的な利益、すなわち王の年代記の中の皇位継承の次第（日継ぎ）を中心に据えた史書の編纂ということになる。[4] いかに絶大な権力を誇る天武天皇といえども、官僚の主導による朝廷の国家的事業としての「帝紀」（中国正史と同じ編年体による日本国家の歴史書という意味）と、皇統譜（日継ぎ）の必然性を説く「帝皇日継と先代旧辞」とを同一次元に位置づけることは、はばかられたのであろう。天武十年三月に「帝紀と上古諸事」の記定を命じた前後、いつのことかは明言できないが、少なくとも稗田阿礼を後宮に私的に呼び出した時点で、天武は国家と王権が一体となった史書編纂の完成は至難の業であることを痛感し、これを漢文体の日本書紀と倭《やまと》文体（毛利正守）の古事記とに振り分け相互補完の書とすることを考えたのではないか。「序文」の「詔と勅」の使い分けにかかわる「王の二つの身体」を以上のように考えられないであろうか。

三

そこで次の問題になるのは、天武天皇はなぜ「旧辞《ふること》」（古事《ふること》）の編纂を稗田阿礼に命じたのか、ということである。そのいきさつは序文の(2)に記されている。はじめに『古事記伝』以来の訓み誤りがあることを指摘しておきたい。それはこのくだりで、阿礼を抜擢した事情に関連するものだ。原文を引用すると次のとおりである（(A)が本居宣長以来の訓みで、(B)が私の訓み方である）。

(A)時有㆓舎人㆒、姓稗田、名阿礼、年是廿八、為㆑人聡明、度㆑目誦㆑口、払㆑耳勒㆑心。
(B)時有㆓舎人、姓稗田、名阿礼、年是廿八、為㆑人聡明、度㆑目誦㆑口、払㆑耳勒㆒㆑心。

従来、「時に舎人有り」という宣長の訓みが踏襲され今日に至っている。しかし、「有」の一字は「舎人、姓稗田、名阿礼、年是廿八、為人聡明、度目誦口、払耳勒心」全体を受けているとみなければならない。この部分は阿礼の識字能力（度㆑目誦㆑口）と記憶能力（払㆑耳勒㆑心）が特別優れていることを強調している文であるから、「有」字はそのように受け取るべきである。すなわち、「有」は、「有、対㆑無之称」（『正字通』）ではなく、『説文』に「有、不レ宜レ有也。春秋伝曰、日月有レ食之」（七篇上）とあるように、めったにないことがある、という意味である。文字能力だけでいうならば、渡来系の人びとが勝るであろう。現に、日本書紀の編纂には唐から渡来して大学寮で経書の発音を指導した音博士（続守言・薩弘恪）がスタッフとして関与していることが推定されている（森博達『日本書紀の謎を解く』）。だが、識字能力（度レ目誦レ口）と記憶能力（払レ耳勒レ心）を兼ね備えた特殊能力者となると稗田阿礼しか見当たらなかったのではないか。前述のように、天武十年三月には「帝紀と上古諸事を記定」するための編纂スタッフ十二名が登用されている。いずれもその出自や職掌から推して漢籍の素養を備えていた者たちであろう。しかし、稗田阿礼のような文字能力と記憶力を兼ね備えた人物はついに存在しなかった。「有」一字には稀有な存在としての阿礼に対する驚きの念が込められているのだ。

　また、「阿礼に勅語して、帝皇日継と先代旧辞を誦み習は」す、の「誦習」もそのことに関連するだろう。「誦」とは、単に漢字を「読む」ことではなく、『周礼』「春官大司楽」の鄭玄注に「以レ声節レ之曰レ誦」とあり、『天治本新撰字鏡』に「背レ文曰レ誦」とあるように、一旦文章を離れて声に節をつけてリズムをもたせてよむ技術をいうのである。「習」とは『説文』に「鳥数《しばしば》飛也」とあるように、同じことをくり返し「学習」する行為をいう。むろん直接的にはすでに価値が決定していた「記定本」（「上古諸事」＝「先代旧辞」）の「誦習」をさすのだろう（西條勉『古事記の文字法』）が、それだけではなく推古朝の「天皇記・国記」以来の伝統的で独特な語りのリズムをくり返すことのできる「わざ」の持ち主という意味をも含意しているのではないか。私はそれを「口誦（旧辞《ふること》）の世界への還元」（「古事記の構成力」『古代言語探究』）と呼んでいる。天武朝においてそのような技《わざ》を備えているのは稗田阿礼のみだった。また、それを可能にしたのは西郷信綱の指摘するように、阿礼がアメノウズメノミコトの子孫の猿女君の一族出身だったことによるのであろう。

四

天武の崩御（六八六年）によって宙に浮いていた阿礼の「勅語の旧辞」の「誦習」が再び日の目を見るようになったのは、持統・文武二代を間に置いた元明朝の時代であった。そこでも二つの点が問題になる。一つはなぜ元明朝か、という点。今一つは古事記はなぜ太安万侶の手で献上されたのか、ということである。

太《おほ》（多）氏は、古事記・神武天皇条、日本書紀・綏靖《すいぜい》天皇即位前紀、新撰姓氏録・左京皇別によると、神武の第二皇子、神八井耳命《かむやゐみみのみこと》の後裔氏族（臣姓）で、「多神社注進状」には、多臣蔣敷《こもしき》（日本書紀・天智天皇即位前紀）が太安万侶の祖父で、多臣品治《ほむぢ》が父にあたるという。その太（多）氏が天武天皇とのかかわりを深めるのは、安万侶の父品治が大海人皇子（天武天皇）の領地、美濃国の安八磨評《あはちまのこほり》の湯沐邑《ゆのうながし》の役職にあった時、壬申の乱の挙兵に際して活躍したことによる。その後、壬申の乱の功臣として重用され、天武十三年（六八四）のいわゆる「八色の改姓」において「朝臣」姓が与えられている。

太安万侶は続日本紀・和銅四年（七一一）条によると、四月七日付けで正五位下から正五位上に昇進している。正五位上の官職の任務にふさわしい仕事としてはいくつかの種類があるが、その中に中務大輔（中務省の次官）がある。中務大輔の職掌の一つには「国史を監修す」という項目があるので、元明天皇が安万侶に「稗田の阿礼が誦める勅語の旧辞を撰録して献上れ」と命じたことを勘案すると、この当時安万侶は図書頭として「国史を修撰」していた藤原武智麻呂の部下として国史編纂の実務を担当していた蓋然性が高い(5)。元明天皇の目にとまったのはこのためであろう。

一方、太安万侶の孫と思われる人物に多臣人長《ひとなが》がいる。多臣人長は弘仁期のいわゆる日本紀講で博士を務めている。弘仁三年（八一二）の「弘仁私記序」には、「夫、日本書紀者、一品舎人親王、従四位下勲五等太朝臣安麻呂等奉レ勅所レ撰也」とあって、これによると安万侶は日本書紀の編纂スタッフの一人でもあったという。古事記「序文」の中で駆使された四六駢儷体の流麗な文章から安万侶の漢学の学識の深さは容易にみてとれるが、その学識が弘仁期の多人長へと継承されたもので、その逆、すなわち人長による安万侶仮託ではないであろう。

また、太（多）氏一族には、学問的な伝統のみならず多自然麻呂《おほのじぜまろ》を祖とする楽家《がくけ》・多氏としての一面があり、これが今日まで継承されているのは、日本文化の奥深さを語ってあまりある。平安時代初期の楽書・琴歌譜に大歌師・多安樹《おほのやすき》の名がみえるのをはじめとして、現代の笙の名手・多忠麿の演奏などは私のレコード・コレクションの一枚にも加わっているほどである。

最後に、古事記が元明天皇に献上された必然性について考えてみよう。天武天皇が「帝紀を撰録し、旧辞を討覈」しようとした動機はいうまでもなく、自身のクーデター（壬申の乱）による王権樹立の正統性を何とか証明したかったからである。古事記は一見すると推古天皇巻で終わっているようであるが、細かくみると「日子人太子、庶妹《ままいも》……糠代比売命《ぬかでひめのみこと》を娶りて生みたまへる御子、岡本宮に坐して天の下治めたまひし天皇ぞ」（敏達天皇記）とあるように、天武の父舒明天皇の名を明記している。自身と草壁皇子への皇位継承が正統なものであることを示唆しているのだ。しかし、天武崩御と草壁皇子の思いがけない早死によって宙に浮いた「勅語の旧辞」を、なぜ元明は太安万侶に完成させようとしたのであろうか。古事記「序文」によれば古事記の完成は和銅五年（七一二）正月である。続日本紀・元明天皇和銅七年（七一四）をみると首皇子（聖武天皇）元服の記事がある。この元服と同時に立太子したことが聖武即位前紀で確認できる。「時に年十四」とある。古代史の通説的な理解では、日本書紀の完成が遅れていたので、とりあえず先にできていた古事記で首皇子立太子すなわち皇位継承の正統性を保証しておこうとしたのではないか、と考えられている。(6) 八年後に遅れればせながら正史・日本書紀が完成すると、古事記はその役割を終え、ひっそりと歴史の表舞台から姿を消し、官僚主導の実録を旨とする続日本紀にはその名を記されることもなかった、というわけである。古事記はその後、日本紀講の補助資料として利用される傍ら、宮廷の外に流失し、多氏古事記をはじめとして忌部《いむべ》氏や卜部《うらべ》氏など少数の神道家の家学として細々とその命脈を保つことになる。そのあたりの事情は、斎藤英喜『古事記はいかに読まれてきたか』などに詳述されている。(7) 古事記が再び歴史の表舞台に躍り出るのは、本居宣長の『古事記伝』を待ってのことであった。

注

(1) 西條勉「阿礼誦習本の系統」『古事記の文字法』(笠間書院、一九九八年)。
(2) 三浦佑之『古事記のひみつ』(吉川弘文館、二〇〇七年)。
(3) 青木和夫「古事記撰進の事情」(『白鳳・天平の時代』吉川弘文館、二〇〇三年)。
(4) 矢嶋泉『古事記の歴史意識』(吉川弘文館、二〇〇八年)。
(5) 上山春平『続・神々の体系』(中公新書、一九七五年)。
(6) 注3に同じ。
(7) 斎藤英喜『古事記はいかに読まれてきたか』(吉川弘文館、二〇一二年)、同『古事記　不思議な1300年史』(新人物往来社、二〇一二年)。

第三章　古事記の成立と多氏

はじめに

　ある問題が解決をみるのはそれが問われなくなったときだとすれば、最近改めて大和岩雄や三浦佑之によって論じられている古事記・序文偽作説は、太安万侶の墓誌発見によって打ち止め、というわけにはゆかないことを示している。(1)大和岩雄はなぜかくも長きにわたって序文偽作説に執念を燃やし続けるのであろうか。聞くところによれば、大和には楽家・多氏の祖として有名な多自然麻呂一族の血が流れているという。そこから憶測できることは、太安万侶による古事記編纂説に自らあえて高いハードルを設け、その上で論破されることを願っているということではないか。とはいえ、実質的な多（太）氏論である『日本古代試論』（大和書房、一九七四年）と『古事記成立考』（同、一九七五年）および現在（二〇〇八年）連載中の「『古事記』偽書説をめぐって」（『東アジアの古代文化』）のハードルは高く、これも憶測に過ぎないが、西郷信綱が折に触れて太安万侶を論じてきたにもかかわらず、一書としてまとめることを断念している風なのは、ついに大和の『古事記成立考』を乗り越えることができなかったからではなかろうか。(2)

　私自身のことでいうと、現代作曲家・一柳慧のエッセー集『音楽という営み』（一九九八年）を読んでいて初めて、そこで触れられている現代の笙の名手・多忠麿があの太安万侶の縁者であると知り驚いたものであった。私の七〇年代からの愛聴盤であった石井真木作曲「遭遇Ⅱ番」（小澤征爾指揮）の雅楽奏者が、なんと長年研究対象としてきた古事記と無縁ではないというのには不思議な感懐があった。

一　多氏と王統譜

大和の『日本古代試論』は、その書名からは想像しにくいが、本邦唯一の本格的な多《おほ》（太）氏の氏族伝承論で、多（太）氏の同族系譜がほぼ論じ尽くされているという意味では、現在望みうる最良のテキストといってよい。ここでは古事記の成立にかかわる一視点から問題を取り上げてみたい。

周知のように、古事記・中巻は初代君主神武天皇亡き後、皇子（異母兄弟）たちによる皇位継承争いの生じたことを記しているが、その顛末は次のようになっている。

> 爾《しか》くして、神八井耳命《かむやゐみみのみこと》、弟健沼河耳命《おとたけぬなかはみみのみこと》に譲りて曰ひしく、「吾は、仇《あた》を殺すこと能はず。汝命、既に仇を殺すこと得つ。故、吾は、兄なれども、上《かみ》と為るべくあらず。是を以て、汝命、上と為りて天の下を治めよ。僕は、汝命を扶《たす》け、忌人《いはひひと》と為て仕へ奉らむ」といひき。故、其の日子八井命は、〔茨田連・手島連が祖ぞ〕。神八井耳命は、〔意富臣・小子部連・坂合部連・火君・大分君・阿蘇君・筑紫三家連・雀部臣・小長谷造・都祁直・伊予国造・科野国造・道奥石城国造・常道仲国造・長狭国造・伊勢舟木直・尾張丹波臣・島田臣等が祖ぞ〕。神沼《かむ》河耳命は、天の下を治めき。

反乱の首謀者タギシミミを討つことのできなかったカムヤヰミミが、皇位を弟のカムヌナカワミミ（二代綏靖天皇）に譲り、自らは「忌人《いはひひと》」となって奉仕するというくだりである。そこには「忌人」カムヤヰミミを氏祖にかかげる一九氏の同族系譜が小字の割注形式で記されているが、その筆頭に位置づけられているのが他ならぬ意《お》富《ほ》（多または太）氏である。(3) 大和岩雄は、そこから次のように述べる。(4)

> 神八井耳命は天皇家の始祖神武天皇と三輪の神大物主神の娘との間に生まれた嫡男である。まさに天皇家と三輪の神の「密接」と「対立」を代表している。／その神八井耳命を始祖とするオホ臣らの、皇位を弟に譲って祝人となり天皇を助けたいという始祖伝承は、大和土着の三輪祭祀権をもつ古いシキ地方の勢力が、外来の勢力（天皇家）に臣従することによって、皇別筆頭系譜をもち得た経過を示していると解釈できる。……土着勢力は来臨した外来勢力と縁組みすることによって存続する。それは外来勢力が望むことでもあった。神武天皇の皇妃、三輪の神の女イスケヨリ姫は、初期天皇の皇妃になった磯城、十市、春日県主の女たちを代表するものであり、イスケヨリ姫の子、神八井耳命は、三輪山麓に入り込んで来た勢力に臣従した土着氏族の代表名でもあろう。

右の指摘は、古事記の成立のみならず古代国家の成立そのものを問う上でも重要な示唆を含んでいる。まず大和岩雄は、オホ（多）氏の氏祖説話を「大和の国譲り説話」とみなしており、上巻、大国主神の国譲り神話に「僕が住所《すみか》のみは、天《あま》つ神の御子の天つ日継《ひつぎ》知らしめすとだる天《あめ》の御巣《みす》のごとくして、底《そこ》つ石根に宮柱ふとしり、高天《たかあま》の原に氷木《ひぎ》たかしりて、治めたまはば、僕は百足《ももた》らず八十坰手《やそくまで》に隠りて侍らむ」とあるくだりとの構造的反復を認めている。その意味では、天孫降臨条でニニギの先導役を買って出たサルタビコが「阿耶訶《あざか》に坐す時に、漁して、ひらぶ貝に、その手を咋ひ合はさえて、海塩《うしほ》に沈み溺れましき」と語られて、海に溺れる滑稽な所作を挿話として伝えているのは、タギシミミの殺害を命じられたカムヤヰミミが「兵を持ち入りて、殺さむとせし時に、手足わななきて、殺すこと得ず」と描写されていることとの対応を指摘できるであろう。いずれも服従する側の屈辱的な様子が滑稽な振る舞いとして強調されている。古事記には大国主神の国譲り神話をはじめとして随所にその変奏・断片ともいうべき「国譲り」が語られているが、土着勢力（国つ神）の服属を「国譲り」として表現する理由は何か。それは戦闘の勝者が支配体制を維持し継続させる観点から征服という暴力装置を見えにくいものとするために、あたかも勝者の権威に対して土着勢力が自主的に服従してきたかのように装うためである。したがって、国譲り神話の本質は、「譲る」（原文は「献る」）という「交換」条件をとおして敗者の生命の安全が保証されるところにある。それが征服国家というものの本性なのである。多氏もカムヤヰミミの「国譲り」を「交換」条件として「皇別筆頭系譜をもち得た」のであった。

　周知のように、多（太）氏と王統譜との関係は「ミミ」を称する者を媒介として成立している。その点で、タギシミミは反乱の首謀者とされているが、「庶兄当芸志美々命、其の適后伊須気余理比売を娶りし時に、其の三はしらの弟を殺さむとして」とあるように、神武天皇の死後その皇后イスケヨリヒメと結婚している。これは開化天皇が父孝元天皇の妃を皇后とした例などを参照すると、本来はタギシミミが神武の長子として前皇后と結婚して王位継承を要求しうる位置にいたことを意味すると考えられる。するとこの異母兄弟による皇位継承争いは、カムヤヰミミの「国譲り」と祭祀（忌人）一族としての多氏の氏祖誕生をかなり強引に演出した説話だといえる。一方、「ミミ」を中心に置いた天皇家の祖を求めると、アメノオシホミミの存在が浮上する。「天照大御神の命以て、豊葦原千秋長五百秋水穂国は、我御子、正勝吾勝々速日天忍穂耳命の知らさむ国ぞ、と言依さしたまひて、天降したまひき」とあるように、本来の降臨神はニニギではなくアメノオシホミミであった。このアメノオシホミミは、タカミムスヒ（高木神）の女ヨロズハタトヨアキツシヒメを妻としてヒコホノニニギを生んでいる。このヨロズハタトヨアキツシヒメの本来の出自を「大和土着の三輪祭祀権をもつ古いシキ地方」の多氏系の女と想定することが可能であれば、「ミミ」を軸とした初期王統譜の中に多氏を位置づけることができ、大和説を別の側面から補強することになる。

現古事記の皇統譜からはすでに失われている幻の多氏と王統譜の関係を重視する黒田達也は「多氏と王統譜」の中で、大和岩雄と同じように、三輪山麓の磯城から多氏の本拠地である大和国十市郡飫富郷一帯にかけては、最初の大王であるミマキイリヒコ以前に土着の王が存在していて、多氏はこの王統の唯一の傍流氏族の位置を占めていたと推定している。(5) さらに黒田はこの多氏関連の系譜は、欽明天皇から敏達天皇へかけての段階で和珥氏系を中心とした王統譜の改変を受けたが、それ以前にはタギシミミ—継体、ヤヰミミ—安閑、ヌナカワミミ—宣化、キスミミ—欽明、オキシミミ—敏達という対応関係で位置づけられていて、多氏の氏祖系譜と密接に関連するものであったと推定している（なお、現在の歴史学的知見では、「天皇」の呼称は天武期以降と考えられているので、それ以前は王もしくは大王とするのが適切であるが、ここでは慣用に従っておく）。

二　古代国家の起源

「王家の書」としての古事記が、中巻・巻頭に初代君主の東征伝承をもつことの意義は、それが歴史的事実を反映しているか否かの問題ではなく、国家とは常に征服国家であるという意味で重要である。それは言い換えれば、国家が共同体の外部に成り立つことの証左である。とはいえ、征服そのものが国家を形成するのではない。たとえば、ある強大な勢力をもった豪族（氏族共同体《クラン》）が敵対する他のすべての豪族との戦争に勝利したとしても、それによって直ちに国家が生まれるわけではない。単にもうひとまわり大きな共同体ができるに過ぎないのだ。国家が誕生するためには、共同体の本質にある互酬性に還元されないある外的な契機が必要とされる。「白村江の大敗」のように外国に征服されるのではないか、といった衝撃が統一国家を促進させるのは一つのわかりやすい例であるが、もっと内在的なものであってもかまわない。今そのことを多氏の氏祖カムヤヰミミの婚姻形態に即して考えてみよう。

もっとも、古事記は王権のテキストなので、語り手が多氏の氏祖カムヤヰミミのその後を語ることはない。したがって、論理的な想定になるが、カムヤヰミミは多氏系の女との婚姻を通じて多氏の「娘の婿」となり、その子は「姉妹の息子」となって母系の中での同族化がすすむ。氏祖カムヤヰミミは、何世代か後には完全に多氏の内部に還元され、その時点で王権論理の視界から外れることになる。「土着勢力は来臨した外来勢力（天皇家）と縁組みすることによって存続する。それは外来勢力が望むことでもあった」が、「外来勢力」（天皇家）の優位は「縁組み」を通じて常に土着の豪族層に還元される危うさを孕んでいることになる。そのことを上野千鶴子はかつて「〈外部〉の分節」の中で次のように述べた(6)。

王権は〈外部〉から規範を押しつけるが、この権力は〈内部〉によって受容されない限り、正統化されない。〈内部〉化されてしまえば、権力はそこで消滅する。だから、権力の言説は、いつも〈内部〉と〈外部〉の間をゆれ動く。外婚制として表される婚姻は、この〈内部〉と〈外部〉の間の回路であり、〈内部〉と〈外部〉の間の相互依存を表現する。

右の論理は、国家と共同体が相互依存の関係にあるということよりも、むしろ二律背反の関係にあることをよく示している。逆説的にいえば、国家は氏族《クラン》共同体のもつ外婚制（互酬性）に還元されないところで成り立つといえる。このことは前述のように、国家が共同体の外部に在ること、換言すれば国家とは氏族《クラン》共同体（豪族層）が自らの内部の力を契機として発展・拡大したものではないことを示している。

よく知られているように、神武天皇の子・綏靖から開化天皇までのいわゆる「欠史八代」の后妃には多氏系の「磯城、十市、春日県主の女たち」がくり返し嫁している。「欠史八代」は、臣姓氏族の系譜を安定させるために作られたのだとか、神話的な存在である初代神武から歴史的な存在である崇神天皇へいきなり繋げるのではなく、間に神婚説話的なイメージを喚起する后妃たちを登場させることで、神話から歴史への接続をスムーズにみせたのだ、とかいった説明がなされている。こういった歴史学的あるいは神話学的な評価はそれとして、「大和土着の三輪祭祀権をもつ古いシキ地方の」女たちとの何代かにわたる婚姻は何を告げているのだろうか。外婚制は、女の交換を通じて行われる共同体間の贈与と返礼で、氏族共同体（豪族層）を支える互酬の原理そのものである。したがって、多氏系の女がくり返し后妃になるという過程は、「外来勢力」（天皇家）の権威が限りなく低下することを意味している。すると、「欠史八代」とは征服者の系譜が最終的には不毛に終わる危険があるということをも示しているのではないだろうか。そこで王権は、自らの権威が共同体（互酬性）に回収されてしまうことを阻止するために、言い換えれば自らの権威が完全に消滅してしまう前に、「征服」以外の新たな「外部」を求めなければならない。

このような意味でいえば、「欠史八代」の終わる崇神天皇の代から、原則として天皇の嫡妻に皇女が選ばれているのは、王権による新たな「外部」の創出を意味する、ということができる。河内祥輔の要約するところを借りていえば、六・七世紀代の天皇家は皇室内部の異母兄妹の近親婚を継続的にくり返すことで、父系による直系継承の理想的な皇位継承モデルを作り上げ、そこに皇統を形成する原理を置くようになった。結果として「近親婚と一夫多妻の合体」ともいうべき婚姻形態が皇位継承の理想的モデルとされたのである。[7]

しかし、近親婚（外婚制の否定）の導入による「外部」の創出という事態は、「文化」（自然の自己超出）の否定の上に成り立つものであるから、[8]そこには「命がけの跳躍」ともいうべき王権の危機意識が孕まれている。その意味で、崇神記冒頭の系譜記事に崇神天皇の皇女「豊鉏比売命《とよすきひめのみこと》」が小字の割注形式で「伊勢大神の宮を拝《ゐやま》ひ祭りき」と記されているのは注目される。ロイヤル・インセストの導入と皇女による伊勢斎宮の奉仕との間には密接な関連があるからである。[9]

三　皇祖神天照大御神と三輪の大物主神

前節では、王権が諸共同体（豪族層）を超えるために「征服」と「近親婚」という「外部」を必要としたことを述べたが、同じことが神についてもいえる。共同体は氏族ごとにそれぞれの地縁にもとづいた守護神をもっている。王権がそうした共同体を一つに束ねて統括するためには、各氏族共同体の上に立つ神をもたなければならない。したがって、王家の超越神は共同体の外部に在る（皇祖神アマテラスを祀る伊勢神宮が宮廷の外にあるのはその可視化である）が、上野千鶴子がいうように共同体の内部に受け入れられて初めて正統性をもちえる。すると神観念においてもやはり国家と共同体の「密接」と「対立」の二律背反の関係が指摘できる。ここではそのことを「大和土着の三輪祭祀権をもつ古いシキ地方」の多氏系の人々の信仰する大物主神と、それを超えようとする天照大神の葛藤をとおしてみてみよう。

最近の古事記研究の動向の一つとして、三輪の大物主神の神性を見直そうという動きがある。すなわち、大物主神の本質が祟り神にあるという通説を退け、大国主神の「国作り」に協力する側面に光をあてることで新しい読み方を示そうとするものである。具体的には、上巻の国作り神話が、中巻（崇神記）では大物主神の保証する国作りへと受け継がれてゆくと考え、大物主神の本質を「生成の力を内在させる神」ととらえ直すのである。[10] 矢嶋泉はこの考え方をさらに推進して、イリヒコグループ（崇神、垂仁）とタラシヒコグループ（景行、成務、仲哀、神功、応神）の間には、東西平定、国家制度の整備、新羅・百済の帰服などの諸点で対応関係が見出せるとして、かつての王統譜においてアマテラスの位置にいた神こそが大物主神ではないかと推定している。[11]

また、阿部真司は猿田正祝を援用しながら、大物主神と天照大神を祀る際に共通する古事記の特殊な用語例として「拝祭」（四例）を挙げ、

(1)思金神者、取持前事為政、此二柱神者、拝祭佐久々斯侶、伊須受能宮。（天孫降臨条）
(2)妹豊鉏比売命、拝祭伊勢大神之宮也。（崇神記・皇統譜）
(3)以意富多々泥古命、為神主而、於御諸山拝祭意富美和之大神前。（崇神記）
(4)倭比売命者、拝祭伊勢大神之宮也。（垂仁記・皇統譜）

大物主神と天照大神のみを「拝祭《をろがみまつる》」（イツキマツル・ヰヤマヒマツル）の語で丁重に扱うのは、いずれも「王権の存立基盤に決定的な位置を占めた」二神であることを物語ろうとするものだと指摘する。[12] また、大物主神（「御諸山の上に坐す神」）の出現を古事記は「海を光《てら》して依り来る神有り」と書くが、「光海《あまてらす》」と「天照《あまてらす》」は語源的には同意との考えがあることもこの際参考になる。

しかるに、かつて世界のすべての「もの」はモノ（霊性）に覆われていたが、「脱霊化」（霊を取り除くこと＝儀礼）を経てモノ（霊）とモノ（物）の分離が起こり、その結果、大物主神は相対化され、主神の地位からの転落

が始まった。かつての「国作り」の神からの格下げである。大物主は「大物主大神」（記）とは表記されても天照のように「天照大御神」（記・上巻）とは表記されないことが、そのあたりの事情をよく示している。また、万葉集がモノに「鬼」（死に神の意）字をあてて表記するのは、本来の意味が矮小化された後のものである。祟神記に大物主神の「御心」によって「役病多に起こりて、人民尽きなむ」とあっても、大物主神の本性が祟り神にあるわけではない。それは天照大神が天石屋戸にこもることで「万の妖は悉く発《おこ》りき」という状態になっても、そこに天照大神の本質があるのではないことと同断である。

このようにみてくると、早くに大和岩雄が三輪山祭祀と日神信仰の密接な関係を説いていることが注意される。大和は、三輪山山頂の日向神社から昇る太陽を遥拝する聖地こそ、多氏が本拠地としていた現在の多神社であるとして、次のように述べる(13)。

上田正昭氏はタカミムスビの神が対馬と密接な関係をもつ神であることを注目しているが、対馬のアマテルの神やタカミムスビの神がオホ神社の外宮、若宮の神であることは、大和の日神信仰に外来の日神信仰が結びついたことを示す。……オホ神社とオホ神社に関係ある十市郡の式内社が、火明命を祭る天照御魂神や、対馬のアマテル信仰とかかわり合いをもつことを書いたが、三輪山祭祀のオホの場所は、幾重にもアマテル祭祀がダブっている。『多神宮注進状』ではオホ神社は河内の式内大社天照大神高坐神社と同体異名と記している。……この神社とオホ神社が同一性格であるという『多神宮注進状』の記事は三輪山の日神信仰や対馬のアマテル信仰とダブルのである。

むろん、このように述べているからといって、大和岩雄が日本列島の広い範囲に存在する日神（天照御魂神）

信仰と王家の皇祖神（天照大御神）信仰を混同しているわけではない。この点は決定的に重要な認識であって、氏族伝承と王権伝承の交渉をどのように腑分けするかというのは今後に残された課題である。この意味で、大物主神と天照大神の交渉もまた「密接」と「対立」の関係にあるということができる。

周知のように、古事記神話の核心が高天原を主宰するアマテラスの成長物語にあり、その内実が巫女から日神（天照大神）を経て皇祖（天照大御神）神へ発展する三層構造から成ることはすでに論じられているとおりである。(14)言い換えれば、アマテラスが天石屋戸からの再生を果たして天孫降臨の司令神となり、伊勢神宮に祀られることで王家の万世一系（永久王朝）を保証するという仕組みである。とりわけ注意を喚起したいのは、古事記が語る天石屋戸神話から天孫降臨という一連の文脈の中には皇祖神アマテラスの魂（鏡）を祀る伊勢神宮の祭儀が天上（高天原）の写しとして内面化されていることである。(15)したがって、古事記のテーマには編纂の時点で現実に存在していた伊勢神宮を神話的に保証するという隠されたモチーフがあるのだ。このプロセスは一見すると皇祖神の誕生までに、氏族共同体の地方神（天照御魂神）から超越的な国家神（皇祖アマテラス）への神格の発展という歴史的順序が存在していたかのようにみなされやすいが、それは結果と原因を取り違えているにすぎない。事実は、天孫降臨神話に挿入された伊勢神宮創祀の構想から遡行するところに見出されたものが日の妻（巫女）であり天照御魂神信仰であった。すなわち、天武、持統朝の浄御原令に象徴される律令天皇制の開始にあたり従来の権威である大化前代の王制を超える、新たな権威（外部＝皇祖神と宗廟制）の導入としてアマテラス（天照大御神）は見出されているのである。(16)

四　古事記・日本書紀の成立に見る隠された動機

「高天原」を本書（正伝・主文）の構想の中にもたない日本書紀が、伊勢神宮を保証しようとする古事記のモチーフを共有しないのは当然であろう。私の考えでは、日本書紀・本書（正伝・主文）が天孫降臨の司令神としてタカミムスヒをかかげることと、延喜式・祈年祭祝詞の冒頭部にタカミムスヒの名が唱えられることとは対応していて、大宝神祇令によって成立した国家祭祀としての祈年祭の意義を神話的に保証しようとしたところに日本書紀の隠されたモチーフがあった。(17) 従来、古事記や日本書紀の神話の中には祈年祭の起源神話に相当するものはない、と考えられてきたがこれは誤りである。王家との合議体制を維持していた畿内政権（豪族連合）が、東アジアの国際情勢への対応から律令国家への変質を余儀なくされたときに、その形成主体を表象する神名としてかかげたものがタカミムスヒであった。それは決して王家の始祖神アマテラスではなかったという点に、日本書紀（祈年祭）と古事記（神嘗祭＝伊勢神宮）の差異を認めるべきである。

日本書紀の「日本」が、中国、朝鮮《コリア》という外部との関係において成り立つ国号であることはすでに指摘されているとおりである。(18) 国家とは外部に国家があることを前提にしているからそれは当然である。一般に考えられているような、共同体の延長上にその拡大されたものとして国家があるのではない。対して、古事記はフルコトブミという書名が示すように、日本書紀のような外部への意識はなく、したがって国号「日本」を用いることはない。一貫して「倭」字を採用するのは、暗に中華帝国のような「王朝交替」システムのない国であることを示唆しているのだ。

しかし、これまでくり返し述べてきたように、国家とは共同体の外部に成り立つものであると同時に、共同体の内部に受け入れられなければならない。古事記が外部をもたないのは外部への意識を欠落させているからではなく、むしろ逆に日本書紀のもつ剝き出しの外部（中国、朝鮮《コリア》、漢字、律令、儒教、仏教、貨幣、都市など）を内面化して、あたかも共同体内部に根ざした表現であるかのような形態をとっているところにその特徴がある。日本書紀のもつ漢文体を脱構築した倭《やまと》文体を採用することで獲得した口承性は、豊かな物語性がもたらす共感の共同性と効果的に響き合っている。このようにみれば古事記の外部とは、むしろ日本書紀のような外的契機のなさを装うところにあるといえよう。

五　古事記は誰が書いたか

科学の世界での仮説は、それが自然系か人文系かを問わず、具体的な反証が提出されない限り有効な学説として生きつづける。大和岩雄や三浦佑之が展開した太安万侶の古事記・序文偽作説もそのようなものとして私たちの前にある。古事記研究者には改めて重い課題が突きつけられているといってよい。

私自身は、現在までのところ序文偽作説の立場を採らないが、だからといって素朴に太安万侶が古事記を書いたという立場にたつわけでもない。たとえば、序（上表文）の有名な一節に「時有舎人、姓稗田、名阿礼、年是廿八、為人聡明、度目誦口、払耳勒心」という文があるが、ここで用いられた「時有舎人」の「有」は「時に（たまたま）舎人がいた」という意味ではない。「有」字は一般的には「有、対無之称」（『正字通』）とあるように、「無い」の反対の「有る」という意味で理解されているが、このような表面的な理解では『論語』の冒頭（「有朋自遠方来、不亦楽乎」）すら正しく解釈できない。「有」は、『説文』に「有、不宜有也。春秋伝曰、日月有食之」（七篇上）とあるように、「めったにないことがある」の意である。[19] すると、稗田阿礼の一節は「人となり聡明にして、目に度《わた》れば口に誦《よ》み、耳に払《ふる》れば心に勒《しる》す」という、めったにない才能をもった特殊能力者としての舎人がいた、と解釈しなければならないことになる。要するに、序（上表文）の作者は中国古典文に通暁していて「有」字の正しい書き方に従っているのである。ところが、このことを念頭に置いて古事記本文をみると、「ある」という訓読にひかれた結果、「有」字と「在」字を混同した例がいたるところに見出されるのだ。漢文に通じている者であれば本来ありえない誤用である。たとえば「以為人有二其河上一」（スサノヲの大蛇退治条）といった用い方がそれで、ここは正しくは「人在二其河上一」とあるべきところである。「河上には以前から人が住んでいた」の意となる。すなわち、この一事を以てしても序の作者と本文の書き手は異なると断定できるのだ。

また、安万侶の本文への関与を最小限に見積もる立場の西條勉は、安万侶の仕事を序（上表文）の作成と「訓注」や「声注」などの施注作業のみで、本文には一切手を加えていないとして、その理由の一端を次のように述べる。(20)

> 安萬侶が古事記の撰録を命ぜられた元明朝は、とても、音訓交用体の創案を公言しうるような時代ではなかった。それは、とうに、同時代の共通認識だったのである。旧辞類の表記形態が安萬侶の工夫した用字法に基づいて塗りかえられたとする「安萬侶書き下ろし」説は、今日の表記史的な観点からすれば、成立する基盤をほとんどもちえないのである。

さらに、小谷博泰は古事記の文章には「宣命体表記の成立の直前、一歩前の状態を思わせる」音訓交用体表記のすぐ近くに、今度は古事記に一般的な和化漢文表記がみられ、その前後はまるで「文の書き手がかわったかのような印象を受ける」と述べる。その理由として、和化漢文とひとくちに言っても、『古事記』の部分部分により、非常に和風傾向の強い音訓交用体と言えるものから、非常に漢文傾向の強いものまで、様々なものがある。別々の資料をつなぎあわせて書き改めたり、書き足したりしたため、このような様相を呈することになったのであろう。

と言って、暗に古事記本文の書き手（スタッフ）は複数存在したとみなしているようでもある。[21]

あるいは、神野志隆光のように序や本文の作者はXであってよいと割り切って、作品論の推進者らしく断念（思考停止）から出発する者もいる。

近年、私が注目した論文に薬会の「古事記序文の性格――駢儷文体の角度から」がある。太安万侶が書いたとされる序（上表文）には三十七句の対句があるが、唐代以降に定型化した平仄格律（平仄交錯・平仄対立）の約束から自由で、六朝期の駢儷文に特有のものであるという指摘である。ここから導き出される結論は、古事記・序は奈良朝期に書かれたもので平安朝の『文華秀麗集序』などの文体とは時代相を異にするというものである。[22]こうした音韻学を背景にした文学史的議論が今後どのように展開するか注視したいところだ。

おわりに

古事記は、大和岩雄らが主張するように反律令的な「後宮の文学」であったとすれば、七一二年に成立（？）して以来、ほとんど誰にも読まれることがなくひっそりと宮廷の外に流出して、多氏や忌部氏、卜部氏など少数の神道家の家学として細々と命脈を保つのみであった謎が氷解する。このように「『古事記』偽書説をめぐって」の立場にたつと何が理解できて、何が理解できないか、先入観を排して吟味する必要がある。長い間常識と思いこんできたことを時に疑ってみるのは精神の健全な営みである。

注

（1）三浦佑之「古事記「序」を疑う」（『古事記年報』第四七号、二〇〇五年）、同『古事記のひみつ』（吉川弘文館、二〇〇七年）、大和岩雄「『古事記』成立をめぐる諸問題」（『古事記年報』第四八号、二〇〇六年）。

（2）西郷信綱は敗戦後の再出発ともいえる論考を多氏の氏族系譜論から始めている（「古事記の編纂意識について――氏族系譜からの分析」『文学』第四〇巻九・一〇号、一九四六年）。また、比較的近いところでは「諏訪の神おぼえがき」の中で、多氏系の金刺舎人について論じている（『古代人と死』平凡社、一九九九年）。

（3）古事記はいわゆる一祖多氏の形式であるが、この部分、日本書紀は「神八井耳命、……是即ち多臣が始祖なり」（巻四・綏靖天皇即位前紀）とあって、一祖一氏を原則としている。どちらも一つの王権に対して各氏族が従属する点では同じであるが、古事記のような一祖多氏の形式では、神八井耳命はあたかも多くの氏族共同体の内部から統合されて選ばれた始祖のように見え、王権が共同体の外部からやって来た過程が巧みに消されている。一見、多氏は一九氏族と同族であるかのようにみえるがその実、均質化が進んでいて、王家への従属度は高くなっているのだ。大和岩雄が『日本古代試論』（大和書房、一九七四年）や『神社と古代王権祭祀』（白水社、一九八九年）などで、古事記と小子部連や都祁直、科野国造、常道仲国造、伊勢舟木直、尾張氏を関連づけて論じることができるのも、このことと無関係ではない。その点、日本書紀は畿内豪族の利益が反映されているので、各氏族同士の自立度は高いように表現されている。それが一祖一氏の意味である。

（4）大和岩雄「始祖伝承からみたオホ氏」（前掲『日本古代試論』）。

（5）黒田達也「多氏と王統譜」（大阪府立工業高等専門学校『研究紀要』第三〇号、一九九六年）。

（6）上野千鶴子「〈外部の分節〉記紀の神話論理学」（『神と仏』春秋社、一九八五年）。

（7）河内祥輔『古代政治史における天皇制の論理』（吉川弘文館、一九八六年）。

（8）呉哲男「「見るな」の禁止はどこから来るのか」（本書所収）。

（9）倉塚曄子「斎宮論」（『巫女の文化』平凡社、一九七九年）、上野千鶴子、注6に同じ。

(10) 矢嶋泉「『古事記』の大物主」(『青山語文』第三五号、二〇〇五年)、壬生幸子「大物主神についての一考察」(『古事記年報』第一九号、一九七七年)。
(11) 矢嶋泉「大物主神から天照大御神へ」(『大美和』第一〇八号、二〇〇五年)。
(12) 阿部真司『大物主神伝承論』(翰林書房、一九九九年)。
(13) 大和岩雄「三輪信仰とオホ氏」(前掲『日本古代試論』)。
(14) 西條勉「アマテラス大神と皇祖神の誕生」(『古事記と王家の系譜学』笠間書院、二〇〇五年)、溝口睦子『王権神話の二元構造』(吉川弘文館、二〇〇〇年)など。
(15) 高橋美由紀「古事記における伊勢神宮」(『古事記年報』第二二号、一九八〇年)。
(16) 呉哲男「古事記と日本書紀の世界観」(本書所収)。
(17) 注16に同じ。
(18) 神野志隆光『「日本」とは何か』(講談社現代新書、二〇〇五年)。
(19) 加藤常賢『漢字の発掘』(角川選書、一九七一年)。なお、詳細は呉哲男「日本書紀と春秋公羊伝」(本書所収)参照。
(20) 西條勉「古事記は、だれが書いたか」(『古事記の文字法』笠間書院、一九九八年)。
(21) 小谷博泰「記紀と表記」(『木簡・金石文と記紀の表記』和泉書院、二〇〇六年)。
(22) 薬会「古事記序文の性格——駢儷文体の角度から」(『古事記年報』第四六号、二〇〇四年)。

第四章　古事記と日本書紀の世界観

一　「亜周辺」国家の日本

古代の一時期に成立して以来、二十一世紀の今日まで存続する天皇制の意味については、これまでもくり返し問われてきた。その意味で、天皇制存続の謎はいまだ充分に解明されているとはいえない。

最近、古代天皇制が成立する背景の一つとして東アジアの地政学的条件ということが改めて注目されている。端的にいえば島国であるために外部からの侵略を免れたということであるが、当時、最高度の文明を誇った中華「帝国」を中心に、その周辺に朝鮮《コリア》、ベトナムが位置し、それとは異なる「亜周辺」に日本が位置するという位相に注目するのである。この「亜周辺」という語は、日本では湯浅赳男が翻訳・紹介したK・A・ウィトフォーゲルの『オリエンタル・デスポティズム』(1)の中で用いられている概念である。古代の東アジア社会では、まず中国に中央集権的な国家が成立し、その文明や制度が周辺国に波及したが、亜周辺に位置する日本には、中国やコリアのような権力と権威が一体化した東洋的な皇帝型専制国家はついに作られなかったというものである。結果として西欧の封建制にも似た封建制社会を構築した日本は、中華帝国の文明を受容しつつ一方で排除するという

「亜周辺」国に特徴的な独特の文明を形成するに至る。たとえば唐代律令法に基づく官僚制を採用しながら科挙のシステムは受け入れなかったり、中国語である漢字を受容しながら仮名を発明して漢字かな交じり文を創始したり、あるいは鎌倉幕府以来の、天皇家の権威と将軍家の権力を相互に使い分ける、といった日本社会の独特のありようもすべてこの「亜周辺」という概念の中で理解することができる、というわけである。ともすれば日本の歴史や文化を世界的にも稀で特殊なものとみなしたがる従来の傾向に対して、それは多分に地政学的かつ島国的な条件が作用したものだとするのは一つの客観的で冷静な見方といえるだろう。これから述べる「古事記と日本書紀の世界観」も「亜周辺」について直接の言及はしていないものの、本論のいわば隠し味になっていることをあらかじめお断りしたい。

二　王権・国家・王家

古事記（七一二年）・日本書紀（七二〇年）という日本最古の歴史書が、なぜほぼ時を同じくして編纂されたのかという疑問は、これまでもくり返し問われてきた。最近でも三浦佑之が、古事記・序文に記された天武天皇の発意になる「帝皇日継及び先代旧辞」の誦習と、日本書紀・天武十年三月条の「帝紀及び上古の諸事」の記定という、二つの性格を異にする史書編纂事業が同一人物によって、しかも同時に企画されたと伝えられているのは大変疑問であるとし、古事記・序（上表文）は偽書ではないかと結論づけている。(2) 確かに三浦の批判には一理あるが、漢文体と倭《やまと》文体という似て非なる文体の相違が二書の目的の違いを規定しているだろう。また、後に述べるように、もともと王には二つの相矛盾する身体を備えていなければならないという宿命が背負わされていて、帝紀（国家の歴史）と先代旧辞（王家の神話）を一本化するのは至難の業であった。天武はその公的な立場から律令国家の成り立ちを記録（日本書紀）するように命じたが、それが本人の思うようには仕上がらないだろうことを察知していたので、一方で天武王朝正統化のための私的な史書の編纂（古事記）を命じたのではないか。

たとえば、太安万侶が書いたとされる古事記・序文の中に、天武天皇の言葉として「邦家の経緯、王化の鴻基」という表現がみえる。この言葉は対句仕立ての中に国家と王権の一体性を表明したものであるが、はからずも古事記と日本書紀の編集方針の違いをも示唆したものになっている。「邦家の経緯」とは、律令国家の政治組織の原理を意味し、その制度上の成り立ちを歴史的に説き起こそうとしたのが日本書紀の基本的立場といえる。ところがおよそ四十年後に完成をみたときには発意者・天武天皇の意図を超えて、国家と王権は必ずしも一体のものではなく、どちらかといえば国家（朝廷）によって王権が包摂される、国家あっての王権という認識が表明された仕上がりになっている。対する「王化の鴻基」は、天皇の徳による人民の教化原理を意味し、その成り立ちを歴史的に説き起こそうとしたのが古事記の基本的立場といえる。そこには、天武の思惑どおり王権と国家は一体のものであり、どちらかといえば王家（天武王朝）によって国家が包摂される、天皇家あっての国家という認識が表明された仕上がりになっている。

このようなわけで、私は論述の便宜上「王権」（王家の権威と朝廷の権力が一体化したもの）と「国家」（朝廷の権力）と「王家」（天皇家の権威）とをそれぞれ概念が異なるものとして、区別して用いることにする。

確かに古代の王権・国家・王家の間にはいわば三位一体的ともいうべき密接な関与が認められるが、ここでは論点を明確にするためにあえて使い分けることにした。

三　日本的な禅譲革命とその否定

右に述べたように、律令天皇制国家の起源とその正統性を語ろうとする二書の基本的立場は、日本書紀が官僚主導による国家の権力を重んじ、古事記が王家の権威を重んじる、といったようにそれぞれ重点の置き方がはっきり相違している。そこにほぼ時を同じくして編纂されなければならない必然性があったと考えられる。この二つの世界観の衝突をさらに突き詰めてゆくと、共有することのできない価値観の違いといったものが浮き彫りになってくる。その最大の違いは、中国思想の影響下になる日本書紀が日本的に変容を加えた禅譲革命を認めるのに対して、古事記はそれを断固拒否している点である。日本書紀が従来の倭国という国名から転換した「日本」をあえてその書名に冠するのは、対外的には王朝の交替があったとみられてもやむをえないとの判断があったものと思われる。つまり新国家の誕生をアピールしているのだ。また巻の構成をみても聖帝・仁徳天皇の説話と悪帝・武烈天皇のそれをワンセットにして叙述するところなどには皇統の断絶を暗黙裡に容認した節がある。さらに天智紀では蘇我入鹿を暗殺したいわゆる「乙巳《いっし》の変」（六四五年）を皇権回復の放伐革命として構想し、革命成功の立役者・中大兄皇子の国風諡号を「天命開別天皇」と伝え、現王朝の始祖と位置づけている[3]。ところが、その天智朝を打倒した大海人皇子のクーデターを「壬申紀」（巻二十八）として別立てにし、反乱ではなく正当な革命であると構想する点など、いたるところに日本的な天命思想（禅譲革命）の是認が示唆されている。

こうした万世一系の観念をも相対化しかねない日本書紀の歴史観は、基本的には前述したように国家と王権を別のものとみなし、古代の天皇を律令国家の政治組織を軸とした官僚機構の中に包摂されるものとして位置づけたところに由来する。その結果は、周知のように天皇家の権威とは別に藤原北家の権力の独占へと帰着した。一方、こうした歴史観の定着を大きな危機として受け止め、それを根本的に否定しようとしたのが古事記の世界観である。古事記にとって王権と国家は一体のものであり、律令制の官僚機構といえども本来は王家（皇室）の手足となって働くものでなければならないという認識がある。古事記はそのために王権の権威（イデオロギー）を神話にさかのぼって皇祖神アマテラス大御神の誕生の物語として構想し、王家の血筋の神聖な由来（日継《ひつぎ》の継承）を絶対化しようと企てたのである。

四　皇祖神アマテラスの誕生と伊勢神宮

具体的にみてゆこう。古事記の王権神話の核心が高天原を主宰するアマテラス（天照大御神）の成長物語にあり、その内実が巫女から日神を経て皇祖（始祖）神へ発展する三層構造から成ることはすでに論じられているとおりである。(4) 言い換えれば、アマテラスが天石屋戸からの再生を果たして天孫降臨の司令神となり、伊勢神宮に祀られることで王権の万世一系を保証するという仕組みである。とりわけ注意を喚起したいのは、古事記が語る天石屋戸神話から天孫降臨へという一連の文脈の中には皇祖神アマテラスの魂（鏡）を祀る伊勢神宮の祭儀が天上（高天原）の写しとして内面化されているということである。(5) したがって、古事記のテーマには現実に存在する伊勢神宮を神話的に保証するという隠されたモチーフがあるのだ。とかくアマテラスといえば、地方で信仰されていた太陽神が歴史的に発展して国家神へと上昇したかのごとく説明されているが、事実は逆で、天孫降臨神話に挿入された伊勢神宮創祀のモチーフを契機に生まれた新しい神格であった。すなわち、天武・持統朝の浄御原令に象徴される律令天皇制の開始にあたり、従来の権威である大化前代の王制を超える、新たな権威（皇祖神と宗廟制）の導入としてアマテラス（天照大御神）は見出されたのである。

なお、伊勢神宮を宗廟というのは後述するように、祖先の霊を祀る御霊殿《みたまや》を中国式に呼んだものである。

五　タカミムスヒとアマテラス

むろん、日本書紀も神代紀（巻一・二）において王権の神聖な由来を説いてはいる。しかし、本書（正伝・主文）の他にいくつもの一書（異伝）を併記する編集方針には、むしろ王権神話を相対化するはたらきがある。書紀が古事記と同様に天皇家の神聖な由来を説くのはそれが目的なのではなく、国家、すなわち法（律令）に基づく官僚機構と常備軍の円滑な運営のために必要とみなしたからである。なぜ必要かといえば、太政官《だじょうかん》などの官僚組織そのものには国家を動かす力、すなわち中央集権化する力（権威）は存在していないからである。この点は決定的に重要な認識であって、律令制度の施行によって官僚機構それ自体は自立するが、朝廷がその権力を行使できるのは王の権威に依存しているからであり、国家の権力は建前の上では王の手足となって働く時のみに行使することが可能だからである。

神話に即してみると、日本書紀の天孫降臨条には本書（正伝・主文）の他にいくつもの豊富な異伝（第一・二・四・六書）をもつ降臨神話があり、古事記のそれと比較すると問題がはっきりする。書紀の降臨伝承はいわゆる「王権神話の二元構造」(6)として、地上に皇孫を降臨させる司令神がタカミムスヒ（高皇産霊尊）系（本書・第四・六書）とアマテラス系（第一・二書）に二分されている。それに対して古事記の降臨神話は書紀の所伝を最終的に統合した痕跡が認められ、書紀のどの伝承よりも新しい段階に位置づけることができる(7)。この点は私の持論とする、古事記は日本書紀に書かれている事柄をおおむね内面化している、という考えに矛盾しない(8)。

なぜ、日本書紀の降臨神話にはタカミムスヒ系とアマテラス系の二系統の伝承があり、古事記はそれを一本に統合したのか、という問題について従来の諸説を要約すると次のようになる。本来、タカミムスヒ系とアマテラス系の神話はそれぞれ別個の神話であり、イザナキ・イザナミ系に連なるアマテラスは天石屋戸神話と天孫降臨神話を一連のものとし、ムスヒ系に連なるタカミムスヒは天孫降臨神話と神武東征説話を一連のものとしていた。アマテラスの前身は大王家から選ばれた最高巫女たるヒルメであり、一方タカミムスヒは朝廷（国家）の構成員として大王家に直属する連系の伴造である氏族らによって祀られていた神だった。つまり、古くから国家の守護神として宮廷で祀られていたのはタカミムスヒであって、律令天皇制の成立に伴ってタカミムスヒからアマテラスへの転換が図られたというものである。(9) すると、日本書紀がタカミムスヒ（正伝）とアマテラス（異伝）の二系統の所伝を載せるのは、皇祖神アマテラス誕生にいたる過渡的形態をそのままいわば補助資料として残していたものということができる。このような意味でいえば、『山城国風土記・逸文』に「天照高弥牟須比命《あまてらすたかみむすひのみこと》」という二神を折衷したような神名がみえるのは示唆的である。

六　王の二つの身体

私の考えでは、この問題は大化前代の王制を抜きに論じることはできない。「王権神話の二元構造」とは、言い換えれば王権の二重性ということであり、それは王の二つの身体に対応している。皇祖神の名が一つに統一されずタカミムスヒとアマテラスの間で揺れ動いているのは、王の身体が二つに引き裂かれてあるジレンマを表しているのであって、タカミムスヒからアマテラスへの転換を「別個の神が入れ替わった」と見るべきではない。古事記がこの二神のうちアマテラスを究極の主神（至高神）として選択したのは、二つの身体に引き裂かれてある王の矛盾を新たな権威の設定によって乗り越えようとしたものである。新たな権威の設定とは、前述のように皇祖神アマテラスを伊勢神宮に創祀すること、つまり宗廟制の導入を指している。

それでは王の二つの身体とは何か。大化前代の王はいわゆる「畿内制」を背景に大和を中心とした地域の諸豪族の連合から推戴される、畿内連合政権の中の王であった。なぜ王（大王）が諸豪族の族長の上に立つ資格を有するのかといえば、発生的には神と人との間に立って神懸かりした王が人びとに神意を伝達する、その呪的カリスマ性の強度に由来していた。しかし、神意といっても現実に神の声を聞くわけではないから、聞きえたと称する神の声とはつまるところ諸豪族（共同体）の族長たちの利害・欲望を反映したものとならざるをえない。王（大王）の優位性はこの限りで保証されていたので、それはある意味では王の身体に取り込まれた共同体のもつ公共性ということができる。

大化前代の王は、『宋書』倭国伝の「王武」（雄略天皇）以来好んで「治天下大王」を名乗ってきたが、その「天下」の内実は時の王が実効的に支配していた日本列島の一部であり、そこに住む人びとであった。すると「治天下大王」とは具体的には「臣・連・伴造・国造・百八十部・并公民」（推古紀・二十八年）からなる国・郡の民の上に立つ王ということになる。ここには明確な上下関係があるが、しかし王と臣民の関係は前述のように超越的なそれではなかった。このような意味で天つ神《あま》（天上の守護神）を仲介としつつ王と群臣の相互承認から成り立つ「天下」とは、近代社会の概念とは異なるものの、一つの公共的な空間であるいうことができる。したがって、この「天下」を取り込む王の身体には公共性（共同性）が刻印されていたことになる。(10)

他方、王は一代限りのものではなく世襲によって後々の代まで続く永久王朝の実現を望むものである。すなわち、王とはその身体に刷り込まれた「公共性」（共同性）を「一家」（王家）によって「私《わたくし》」する存在でもあるのだ。こうして王（世襲カリスマ王）は一身のうちに互いに矛盾する身体を抱えた存在となる。王権の二重性とはこのような意味であり、それぞれ来歴を異にするタカミムスヒとアマテラスが相互に権威を確立しようとすれば、いったん王の身体へと収斂する他はなく、必然的に二様の表象のされ方がなされるということである。日本書紀が皇祖神をタカミムスヒとし、古事記がアマテラスとするのは、端的にいって書紀が王の身体の公共性（共同性）を、古事記が王の身体の私性を重視した結果である。後にみるように、古代王権はこの二つに引き裂かれてある王の矛盾を律令天皇制国家（神託に基づく律令社会）の導入によって統合しようとしたが、最終的に皇祖神の座を射止めたのはアマテラスであった。権威と権力の源泉は「私」的な王家の呪的カリスマ性が血の超越性によって保証されたところに基づく。なぜ万世一系という血のつながりが超越性をもちえたのかというと、そもそも古代の日本には中国のような血族観念というものがなかったので、その希薄な血族観念が逆に利用されたものとおぼしい。ただ課題として残されたのは、それが中国皇帝のような権威と権力が一体となった専制的な独裁国家の形態をとることはなかったという点である。

七　天帝祭祀と皇帝祭祀

かつて上山春平は、古事記・日本書紀の神代巻は中国古代において殷周革命を正当化するために書かれた五経に相当する政治哲学ではないかと述べたことがあるが、[11]この見立ては基本的に正しいと私は思う。古事記が王権支配の正統性を説明するために「高天原」の世界を創造したのは、支配の根拠を中華帝国の「天帝祭祀」に求めたことによる。高天原の「天つ神」の「事依さし」とは「天神の御子」（天子）に「天帝の命」が降《くだ》る天命思想の導入に他ならない。[12]しかし、従来から指摘されているように、「天命」を有徳の天子が「受命」する論理には王朝交替の危険が内在している。前漢後期から後漢初期にかけての漢王朝は、その安全弁として「皇帝祭祀」を併用したが、[13]その結果は王朝の意に反したものとなった。すなわち、夏・殷・周・秦と続く四代の王朝交替のあとに出現した漢は、最後の永久王朝をめざして「天帝祭祀」（「天子祭祀」）に加えて皇祖を祀る「皇帝祭祀」を実践したが、皮肉にもそれが禅譲革命の理論的根拠となって、やがては魏・呉・蜀の三国並立時代を迎え、以来禅譲革命が定着してしまう。古代の日本が模範とした唐代律令制の時代もその例外ではなかった。この現実を目の当たりにした日本王権の緊急課題が、天帝のもつ超越性を生かしつつ、一方で徳の喪失を悟った皇帝が天子の位を譲る禅譲革命の論理をいかに脱構築するか、というアポリアの克服であったのはむしろ当然であろう。

八　祈年祭と日本書紀

前述のように、古事記の天孫降臨神話に挿入された伊勢神宮の起源神話はそれに対する一つの回答であった。しかし、その検討に入る前に指摘しておきたいのは、日本書紀編纂のテーマの一つには律令国家が創出した祈年祭という祭儀を歴史的に保証しようとする隠されたモチーフがあるということだ。神祇令《じんぎりよう》において国家の挙行する祭祀として規定されているものには、月次祭《つきなみ》や大嘗祭など複数（十三）あったが、「践祚（即位）の儀」と並んで「すべて天神《てんじん》・地祇《らぎ》を祭れ」として神祇官が全国規模で執行する祭りは祈年祭だけであった。『延喜式』によれば、祈年祭の対象となる全国の神社の神々の総数は三千を超えていた。これは他の律令祭祀が宮廷や畿内とその周辺地域の大社など旧来の王権祭祀に密着した祭りに限定されていたのに対して、明らかに異質である。

祈年祭とはいうまでもなく年頭にあたってその年の豊穣を祈る祭りであり、古くから伝わる民間の農耕儀礼を継承しつつ、唐の祈穀郊という外来の祭祀の影響を受けて変質した新しい律令祭祀であるとされている。(14)

この国家的祭祀の意義は、「班幣」という行為を通して全国の神社とその祭祀を統制し、全国の神々を中央集権化して一元的な管理下に置こうとしたもので、いわば古代の一望監視装置《パノプティコン》（後の延喜式国郡図）の一つである。そしてこれは天武朝における太政官をはじめとする中央集権的な統治組織の形成に対応している。「班幣」とは、全国から召集された国造が百官の居並ぶ神祇官において「幣《みてぐら》」（神への贈与物）を「班《わか》」ち与えられ、それを諸国の神社に持ち帰る儀式をいう。その狙いは大化前代の王制における畿内政権（豪族連合）の支配領域を、宗教的な観点から従来の大和地方という狭い範囲を超えて全国へ及ぼそうとしたところにある。[15] 私の論理でいう大化前代の「公共性」（氏族《クラン》共同体）が律令国家の内部にそのまま取り込まれる形で変質していった例である。

具体的にみてゆこう。神祇官の初出例は持統紀三年八月条の「百官、神祇官に会集《まゐうごなは》りて、天神地祇の事を奉《のべた》宣《てまつ》る」にあるが、天武初年に設置された「神官」はその前身官司とされている。そして天武紀四年正月条に「諸社に祭幣《いはひのみてぐら》をたてまつる」とあるのが原祈年祭ではないかと考えられている。『年中行事秘抄』の「官史記」に載る「天武四年二月甲申、祈年祭」の記事にほぼ対応しているからである。持統紀四年正月条の「幣を畿内の天神地祇に班ちたまふ」という過程を経て、これを全国規模にまで拡大したのが大宝律令施行直後の『続日本紀』にみえる「すべて幣帛《みてぐら》を畿内と七道との諸社に頒《わか》つ」（大宝二年三月）であろう。これによって大宝神祇令の祈年祭が成立したのである。この祈年祭の意義を歴史的に保証しようとしたのが日本書紀の隠されたモチーフの一つではないか、というのが私の仮説である。

このうち注目すべきは、『延喜式』の祈年祭祝詞の冒頭に天皇直轄地の穀物神である「御年《みとし》の皇神《すめがみ》」の名に続いて、カミムスヒ・タカミムスヒの名が唱えられていることである。皇祖神であるアマテラスの名は祝詞の後半部に、あとから挿入された形で唱えられているのにすぎないのだ。これは溝口睦子らが皇室本来の守護神をタカミムスヒと断定する論拠の一つになっているものである。私は、日本書紀・本書（正伝・主文）が天孫降臨の司令神としてタカミムスヒをかかげることと、祈年祭祝詞の冒頭部でタカミムスヒの名が唱えられることとは対応していると思う。言い換えれば、大化前代の王制において実質的な権力を維持していた畿内政権（豪族連合）が、東アジアの国際情勢への対応から律令国家への変質を余儀なくされたときに、その形成主体を表象する神名としてかかげたのがタカミムスヒであったということである。それは決して王家の始祖神アマテラスではなかったという点に、日本書紀（祈年祭）と古事記（神嘗祭＝伊勢神宮）の違いを認めるべきである。なお、タカミムスヒが律令官僚機構の宗教的支配を象徴する「宮廷」神祇官の八神殿に祀られる意味もそこにあるのだろう。思うに「宮廷」（朝廷）の起源的意味は古代の共同（公共）脱穀場にあると考えられるから、そこでは古くは共同の守護神（御年神《みとしのかみ》）が祭られていたはずである。

九　天の権威と始祖の権威

再び天孫降臨神話の話題に戻ると、日本書紀神代・本書は皇祖タカミムスヒの司令に基づいて皇孫ニニギが地上に降臨し「葦原中国の主」になったと伝える。そしてその延長上に初代君主たる神武が「始馭天下天皇《はつくにしらすすめらみこと》」として即位する。即位を果たした神武天皇について日本書紀（神武四年二月）には次のような注目すべき記述がある。

詔して曰く「我が皇祖《みおや》の霊《みたま》、天より降鑑《くだりみそなは》し、朕が躬《み》を光《てら》し助けたまへり。今し諸虜《あたども》已に平《ことむ》け、海内《あめのした》に事無し。以ちて天神《あまつかみ》を郊祀し、用ちて大孝を申すべし」とのたまふ。乃ち霊時《まつりのには》を鳥見山の中に立て、其の地を号《なづ》けて、上小野の榛原・下小野の榛原と曰ひ、用ちて皇祖の天神を祭りたまふ。

ここには、神武が「皇祖の霊」の助けを借りて「治天下」を果たしたことを感謝するために「天神を郊祀」して「大孝」を述べ、「霊時」（まつりのにわ）を鳥見山に立てて「皇祖天神」を祭ったことが述べられている。すなわち、天からの受命を明らかにし、「天《あま》つ日《ひ》継《つぎ》」の継承が正しく行われたことを宣言しているのだ。すでに指摘されているように、この表現にみえる「郊祀」「大孝」「霊時」などの用語は中国漢代以降の皇帝の権威を示す祭天儀礼と宗廟祭祀のキーワードを利用して書かれたものである。一般にこの文章は実態の伴わない儒教的文飾にすぎないとみなされているが、少なくとも日本書紀完成時期の編者たちの認識は反映されていると考えられる。

しかし、この部分は注意して読まないと文脈がたどりにくくなっている。まず「皇祖の霊」は天孫降臨の流れを受けて素直に読めばタカミムスヒを指すと考えるのが自然であろう。だが神武紀には一方で「我が皇祖天照大神、以ちて基業《あまつひつぎ》を助け成さむと欲《おもほ》せるか」（即位前紀戊午年六月）とあり、また他方で「今し高皇産霊尊《たかみむすひのみこと》を以ちて、朕親ら顕斎《うつしいはひ》を作《な》さむ」（同九月）とあって、神武紀編者の書きようでは神武の皇祖はタカミムスヒともアマテラスともとれるような曖昧な認識になっている。すると次の問題は「天神を郊祀」の「天神」がタカミムスヒ、アマテラスのいずれを指すかである。「郊祀」の語は、厳密に適用すれば皇帝の特権として行われる祭天儀礼を指すもので、王家の始祖神祭祀には直接関与しない。すると「天神を郊祀し、用ちて大孝を申すべし」の「大孝」が解釈のポイントとなる。なぜなら「大孝」は中国の祭天儀礼、すなわち国家の守護神（昊天上帝）の祭りと、王朝の始祖（高祖）の祭り（宗廟祭祀）との間をつなぐ要の役割を果たしているからである。『漢書』巻二十五郊祀志下はそれを次のように記す。

平帝元始五年、大司馬王莽《おうもう》奏して言《いは》く、王者は天を父として事《つか》へる、故に爵に天子と称す。孔子曰く、人の行は孝より大なるは莫《な》く、孝は父を厳《うやま》ふより大なるは莫く、父を厳ふは天に配するより大なるは莫し。王者は其の考《ちち》を尊び、以て天に配せんと欲し、考《ちち》の意に縁《よ》り、祖を尊ばんと欲し、推して之を上せ、遂に始祖に及ぶ。是を以て周公は后稷《こうしょく》を郊祀して以て天に配し、文王を明堂に宗祀して以て上帝に配す。礼記に天子は天地及び山川を祭りて歳ごとに遍《あまね》し、と。

これは、前漢末の官僚王莽が権力継承の正統化のためには、天を祀るだけでなく、同時に王朝の創業者（高祖）をも天に配して祀り両者の承認を得る必要があることを奏言して許可された、というものである。その際、天の権威と始祖の権威を繋いだものが儒教の重んじる孝の実践であった。この国家的規模の孝の実践を「大孝」という。

おそらく神武紀の「大孝」は、この『漢書』郊祀志や『漢書』が踏まえたとされる『孝経』聖治章第十を下敷きにして書かれたものであろう。だが重要なのはそのことではなく、これによって日本書紀が王権のかかえる二重性の矛盾を止揚することができたと判断したことである。王権の矛盾を「大孝」で統合することによって日の神（国家の守護神）にして皇祖（王家の始祖）でもある二重性（公と私の結合）がいわば無矛盾化できると考えたわけである。すると文脈上「其の地を号けて、上小野の榛原・下小野の榛原と曰ひ、用ちて皇祖の天神を祭りたまふ」は、タカミムスヒとアマテラスの二神がそろって天に配祀された表現と読むべきであろう。これは神武紀（即位前紀）冒頭にカムヤマトイハレビコ（神武天皇）の言葉として「昔我が天神《あまつかみ》、高皇産霊尊《たかみむすひのみこと》・大日霊尊《おほひるめのみこと》、此の豊葦原瑞穂国を挙げて、我が天祖《あまつみおや》、彦火瓊瓊杵尊《ひこほのににぎのみこと》に授けたまへり」とあるのに対応している。

十　絶対化される皇祖神アマテラス

しかし、ここには一つの誤算があった。前述のように中国漢代の即位儀礼の矛盾は、天帝の仲介者として現皇帝の創業者（有徳受命者）を併せて祭る「孝」の実践によって克服されたかにみえたが、実は依然として王莽の論理には王朝交替の危険が内在していたのである。それは郊祀と宗廟祭祀の制度とは別に、現皇帝が自らの有徳性をやがて喪失するかもしれない人間的なものとして歴史の一齣の中に相対化し、究極の絶対者とはみなしていなかったからである。それが証拠に、この後王莽自身が王権簒奪者になって一旦前漢王朝は滅んでいるのだ。中華帝国の正統性がこのような王朝交替を経てもゆるがないのは、皇帝の上位概念に「天」があり、「天の命はすなわち民の心である」という哲学の原理（『偽古文尚書』泰誓上・下など）が存するからである。

そこで、このような原理をもたない日本王権において問われるのが、大化前代の王制とは異なる「天帝」の超越性を生かしつつ、一方で儒教的な「徳」のカリスマをいかに相対化するかである。結論としてかかげられたのは、周知のように「天《あま》つ神」を人格化して地上の君主（現御神《あきつみかみ》）との間に血縁関係をもたせ、それを法（神祇令）によって支えることであった。そもそも神と人の間に血縁関係をもたせるなどという大胆な発想はどこからきたのだろうか。それは前述のように、逆説的ではあるが古代の日本には中国のような同姓不婚《エクソガミー》に象徴される強固な血族観念というものが稀薄であったからである。こうして皇孫降臨の神話を作り、天（帝）と天皇の間に系譜上のつながりをもたせれば、もはや徳の有無をめぐって天と対峙する必要はなくなる。またそれによって、不徳の受命者から天命を移すという天帝の意志も封印されることになる。

すると、大筋において同じ展開をたどる古事記神話と日本書紀神話との違いはどこにあるのだろうか。それは皇祖神アマテラスを祀る伊勢神宮の描き方の中に決定的な差異をみることができる。古事記・天孫降臨条には、

爾《しか》くして、天児屋命《あめのこやねのみこと》・布刀玉命《ふとだまの》・天宇受売命《あめのうずめの》・伊斯許理度売命《いしこりどめの》・玉祖命《たまのやの》、并《あは》せて五つの伴緒《とものを》を支《わか》ち加へて天降しき。是に、其のをきし八尺《やさか》の勾玉《まがたま》・鏡と草那芸剣《くさなぎのつるぎ》と、亦、常世思金神《とこよのおもひかねの》・手力男神《たぢからをの》・天石門別神《あめのいはとわけの》を副《そ》へ賜ひて、詔ひしく、「此の鏡は、専ら我が御魂《みたま》と為て、吾が前を拝《をろが》むが如くいつき奉れ」とのりたまひ、次に「思金神は、前の事を取り持ちて政《まつりごと》をせよ」とのりたまひき。此の二柱の神は、さくくしろ伊須受能《いすずの》

宮に拝《をろが》み祭りき。次に、登由宇気神《とゆうけのかみ》、此は、外宮《とつみや》の度会《わたらひ》に坐《いま》す神ぞ。

とあるように、アマテラスは高天原にあって天上の至高神（皇祖神）として自らの魂（鏡）を伊勢の地（内宮）に祀るように命じている。対して、日本書紀はもともと宮中に祀られていたアマテラスが崇神天皇六年に倭《やまと》の笠《かさ》縫邑《ぬいむら》に移され、さらに垂仁天皇二十五年三月に至って初めて伊勢の地に鎮座したというように、伊勢神宮の創祀を垂仁朝という歴史上の出来事として相対化し、しかもアマテラスを天上ではなく有限な地上で祭られる存在として位置づけている。つまり、日本書紀はアマテラスという存在をやがては取って代わられるかもしれない地上的権威としてしかみていないのだ。これは中国歴代王朝の皇帝祭祀の次元を追認するもので、天皇家には到底認められない編集方針であったろう。したがって、古事記がこれを否定し、上巻の天孫降臨神話の中に絶対化したのは当然の措置といえる。

一般に、律令天皇制の下で成立した伊勢神宮（内宮・外宮）を中国的な宗廟とみなすことは否定されている。『唐律疏議』名例律第六条十悪の「謀大逆」の註に対応する『日本律』の「謀大逆」の註では、実態が存在しないとの判断から「宗廟」の語句が削除されている、というのがその根拠になっている。しかし、たとえば天智系の桓武天皇が平安王朝を開始するにあたって、延暦四年十一月と延暦六年十一月の二度にわたって実際に摂津国交野郡で「郊祀」を実践したのは、そこに王権の新たな権威を導入しようとしたからであって、そういう振る舞い自体が逆に天武・持統朝の伊勢神宮祭祀を「宗廟」制の導入とみなしていたことを語っているだろう。

なお、伊勢神宮を宗廟とみなすことができるのは、儒教の孝＝不死の観念を取り入れたことに由来する。一般に、「孝」（大孝）というと、いわゆる親孝行の意味に理解されているが、「孝」の本質はそこにはない。『論語』為政篇に、

子曰、生事之以礼、死葬之以礼、祭之以礼。
（子曰く、生けるときは之に事へるに礼を以てし、死せるときは之を葬るに礼を以てし、之を祭るに礼を以てす、と）

とあるように、究極の孝は祖先（始祖）の祭りを絶やさないことにある。子から親、親から祖父、祖父から始祖へとさかのぼる血の連続性への意識は、人に永遠（不死）の同一性の中にあるという宗教的な感情をもたらす。不死（永遠）という円環的世界観が古代人に安心して死ぬ根拠を与えているのだ。この世界観は名称は別にして普遍的なものであるが、古代日本の王権は神統譜と皇統譜の間に血縁関係をもたせるというヒントをここから得てきた、というのが私の考えである。念願とした永久王朝（万世一系）は理論的にはこれで果たされた。後《あと》は安んじて時の権力者を司祭として支える位置にわが身を置けばよい、というわけである。その意味でも古事記はその外見とは裏腹に強く儒教思想（宗廟）を内面化している。むろんそこには中国やコリアのような実践的な意味はないが。

漢文体で書かれた日本書紀はその完成以後、東アジアの漢字文化圏の一員にふさわしい国家の歴史書として正史の地位を確立する。それに対して変則的な倭《やまと》文体で書かれた古事記は七一二年に成立して以来、続日本紀に登録されないのをはじめとして、ほとんど誰にも読まれることなくひっそりと宮廷の外に流出し、多氏や忌部氏・卜部氏など少数の神道家の家学として細々とその命脈を保つことになる。しかし、あたかも古事記テキストのその後の運命と引き替えるかのように、高天原の写しとして地上世界に出現した伊勢神宮は天皇家の皇祖神アマテラスの魂を祀る聖地としての地位を不動のものとするのであった。

十一　古事記・序文は偽書か

なお、最後にここまで古事記・序を通説にしたがって用いてきたが、関連して一言述べておきたいことがある。それは最近しきりに三浦佑之や大和岩雄によって説かれる古事記・序の偽書説についてである。(16) 様々な観点から疑わしい点が指摘されているので、それぞれについて検討を加える必要があるが、ここでは誰が偽の序文を書いたのか、という問題に絞って考えを述べておこう。三浦と大和が一致して唱えるのは、太安万侶の縁者で弘仁年間に日本書紀講筵の博士として活躍した従《じゅ》五《ご》位《い》下《のげ》多《おほの》朝臣《あそん》人長《ひとなが》その人ではないか、というものである。しかし、この説は成り立たないであろう。なぜなら、九世紀前半の弘仁期は桓武天皇の皇子であった嵯峨天皇の時代だからである。周知のように桓武は自ら中国の皇帝であるかのような専制君主として振る舞い、遷都を強行し、蝦夷征討を執拗にくり返すなどして、国家財政の逼迫を顧みない恐怖政治を敷いた。(17) なかでも執念を燃やしたのは、天武天皇の直系に連なる者をすべて歴史の上から抹殺することであった。二度にわたる「郊祀」の実践は、天武系を根絶やしにした「王朝交替」の正統性を誇示するものであり、また、長岡京、平安京への遷都は天武的な空間（平城京）からの訣別を意味していた。あるいはまた中国の天子七廟制の採用は天武天皇を国忌から排除することを目的としていたともいわれている。さらに渡来系氏族に対して宿禰《すくね》や朝臣《あそん》の姓を与えようになる（『新撰姓氏録』）のも、天武八姓の秩序の解体を狙ったものであるとの指摘がある。桓武朝に事業が開始され嵯峨朝に完成をみた『弘仁格』『弘仁式』自体、天武天皇の飛鳥浄御原令を露骨に無視し天智朝の近江令に回帰することを意図したものであった。こうした時代状況の中で多人長が天武神話とも称される序文をでっちあげることなど、身に及ぶ危険を併せ考えてもとうてい不可能であろう。弘仁という時代は多氏という家の権威化はありえたとしても、序の核心をなす天武天皇の顕彰などとても書き出せる状況にはなかった。それが許されるのは元明天皇をはじめとする天武系の王朝の中でのみということになる。事実、「弘仁私記　序」によれば、嵯峨天皇が多朝臣人長に命じて講じさせたものは、古事記ではなく「日本紀」(日本書紀)であった。この勅命自体、太安万侶以来の一族の学問の伝統が評価された結果であって、その逆ではないだろう。

注

(1)K・A・ウィトフォーゲル『オリエンタル・デスポティズム』湯浅赳男訳(新評論、一九九一年)。
(2)三浦佑之『古事記のひみつ』(吉川弘文館、二〇〇七年)。
(3)呉哲男「日本書紀と春秋公羊伝」(本書所収)。
(4)西條勉「アマテラス大神と皇祖神の誕生」(『古事記と王家の系譜学』笠間書院、二〇〇五年)。
(5)高橋美由紀「古事記における伊勢神宮」(『古事記年報』第二二号、一九八〇年)。
(6)溝口睦子『王権神話の二元構造』(吉川弘文館、二〇〇〇年)。
(7)西條、前掲書。
(8)呉哲男『古代日本文学の制度論的研究』(おうふう、二〇〇三年)。
(9)西條、溝口、前掲書。
(10)呉哲男「古代日本の「公」と日本書紀」(本書所収)。
(11)上山春平『神々の体系』『続・神々の体系』(中公新書、一九七二年、七五年)。
(12)西條勉「天子受命から皇孫降臨へ」、前掲書。
(13)金子修一『中国古代皇帝祭祀の研究』(岩波書店、二〇〇六年)。
(14)丸山裕美子「天皇祭祀の変容」(『古代天皇制を考える』講談社、二〇〇一年)。
(15)早川庄八『日本古代官僚制の研究』(岩波書店、一九八六年)。
(16)三浦、注2に同じ、同「古事記「序」を疑う」(『古事記年報』第四七号、二〇〇五年)、大和岩雄『古事記成立考』(大和書房、一九七五年)、同『新版　古事記成立考』同、二〇〇九年)。
(17)早川庄八「律令国家・王朝国家における天皇」(『天皇と古代国家』講談社、二〇〇〇年)。

参考文献
湯浅赳男『日本史の想像力』（新評論、一九八五年）。

毛利正守「古事記の書記と文体」（『古事記年報』四六、二〇〇四年）。

上田正昭『日本神話』（岩波書店、一九七〇年）。

三品彰英『建国神話の諸問題』（平凡社、一九六一年）。

直木孝次郎『日本古代の氏族と天皇』（塙書房、一九六四年）。

岡田精司『古代王権の祭祀と神話』（塙書房、一九七〇年）。

梅沢伊勢三『記紀批判』『続記紀批判』（創文社、一九六二、七六年）。

寺川眞知夫「タカミムスヒ・アマテラス・伊勢神宮」（『万葉古代学研究所年報』第五号、二〇〇七年）。

西嶋定生『秦漢帝国』（講談社、一九七七年）。

小島毅『東アジアの儒教と礼』（山川出版社、二〇〇四年）。

山田純「『霊時』をめぐる〈変成〉」（『古代文学』第五三号、二〇一四年）。

松本直樹「神代記・紀の〈読み〉方を考える」（『文学』第一三巻第一号、二〇一二年）。

第五章　古事記の神話と対称性原理

古事記は、天《あま》つ神世界と国《くに》つ神世界との絶対的な差異に示されるように、世界が非対称性原理に覆われていることの由来を説く書物である。これは古事記が、王の不可侵性を神との血縁系譜につらなる新たな王者（天皇）の物語として構想しようとしたところに基づいている。言い換えれば、神代という観念が成立した古代の一時期に、それを支える物語が要請されたということである。

しかるに、われわれの暮らす二十一世紀の現実世界までもが、あたかもこれに倣うかのように非対称性原理の支配する社会になっているというのは、どういうことであろうか。現実の社会に対称性の原理など存在するわけがない、ということであろうか。社会人類学などの示唆するところでは、古代国家成立以前の氏族《クラン》制社会は贈与交換に基づく対称性原理が優位に展開する社会であったことが報告されている(1)。果たして古事記の成立とは、潜在的にはありえたであろう対称性原理が、天つ神―アマテラス―天つ神御子（初代神武天皇）という神統譜が確立する過程で「自発的に破れ」出たものであったのかどうか、検証してみたい。

一　ウケヒ神話

古事記・上巻のウケヒ神話は、イザナキの三貴子誕生からアマテラスの天石屋戸こもりに至る物語の転換点に位置しているので、これまで様々に論じられてきた。しかし、未だに通説というべき論が見あたらないところからも、古事記の神話研究がかかえる難問の一つであるといってよい。とはいえ、この神話の問題点がスサノヲの「清明心」(忠誠心)の有無とアマテラスの「子生み」(皇嗣)の話に集約されることについては、すでに諸説の共有するところである。(2) 父親にあたるイザナキから追放されたスサノヲは姉のアマテラスのいる高天の原へ暇乞いに向かう。ところがアマテラスはそんな弟の行動を「我が国を奪はむ」ためと思い込んで執拗に疑う。そこでスサノヲは高天の原の国を奪うような反逆心を持たないこと、すなわち自分は清明心の持ち主であることを証明するために「宇気比《うけひ》」の呪術による子生みを提案する。

古事記は、スサノヲが高天の原へ赴くのは姉への別れの挨拶のためであるという文脈で一貫しているので、ウケヒの結果スサノヲが「我が心清く明きが故に、我が生める子は、手弱女《たわやめ》を得つ。此に因りて言はば、自ら我勝ちぬ」と宣言すること自体に違和感はない。違和感はないがウケヒの呪術の前提となる条件設定(真偽・勝敗の基準)がないところに曖昧さが残ってしまう。一方、日本書紀・第六段正文(主文)と一書(異伝)のウケヒ(誓約)神話をみると、すべての所伝においてあらかじめ「男神」を生んだ方を勝ちとする言立てがあって、その結果を受けてスサノヲの清明心は証明されている。従来の研究史では、こうした古事記と日本書紀のあり方を比較検討した結果、本来のウケヒ神話には「男神」を生む者が勝利するという動かせない核となる伝承があったのではないかと考えられている。(3) ところがそうするとスサノヲの清明心と引き替えに、アマテラスの子生み、すなわち後に地上に降臨させるべきアマテラスの正統な後継神(皇嗣)たる「男神」誕生の話が宙に浮いてしまうことになる。そこでこの矛盾を解消すべく導入された仕組みが「物実《ものざね》」の交換だったのではないかというわけである。

右は、ウケヒ神話の基本的な論点を概略述べたものであるが、相変わらず疑問として残るのは、なぜ二神が対立するさなかにスサノヲの忠誠心を取り付けることと同時に、いわばそれと抱き合わせる形でアマテラスの後継神誕生の話が語られねばならなかったのか、ということである。むろん、互いに身につけていた「物実」を交換することでスサノヲのもつすさまじいエネルギーを取り込みながら、アマテラスの子が生まれる、そこにこの神話の眼目があるという理解があることは承知しているが、誤りではないにせよあまりにも皮相な読み方である、と私は思う。(4)

まず、スサノヲの「清明心」について。古事記の神話において、スサノヲは対称性原理を体現する「国つ神」の祖ともいうべき存在であるから、早い段階でその清明心を誓わせておきたかったということが考えられる。清明心についてはかつて論じたことがあるので、ここで確認しておくと、清明心とは人（スサノヲもアマテラスも人格神）の心に内在するものではなく、超越的な外部に向き合う中から導き出され、そこから人の心に降りてきたものである。言い換えれば、それはウケヒ（あるいは「詛《とご》ひ」「誓ひ」）の呪術を通して一旦神の領域に遠ざけられ、そこから聖なるものとして改めて人の心へ降りてきたものといってもよい。いずれにしても宗教的なタブーに付されて遠ざけられたもの（ゐや＝敬《うや》という神聖観念に対応）であるがゆえに強力な規範意識を伴うのである。(5) スサノヲがアマテラスに対して清明心（忠誠心）を誓うことは、この後の出雲世界での活躍を語るうえでもあらかじめ是非とも確認しておくべきことがらであったのだ。

次に、アマテラスの子生みについて。ここでは問題を「物実の交換」に限定しておきたい。先にふれたように、ウケヒ神話における「物実の交換」はこの神話の本質的な要素ではなく、スサノヲの清明心確認とアマテラスの「男神」誕生の矛盾を取り除くための付加的な装置にすぎないという見方が支配的である。しかし、このような考え方は早計であると私は思う。なぜなら、後述するようにアマテラスの子生みにはスサノヲの介在、すなわち互いに身につけていたものの交換が不可避の条件であったからである。古事記は、アマテラスとスサノヲのウケヒによる「子生み」を次のように記す。

各天の安の河を中に置きて、うけふ時に、天照大御神《あまてらすおほみかみ》、先ず建速須佐之男命《たけはやすさのをのみこと》の佩《は》ける十拳《とつか》の剣《つるぎ》を乞《こ》ひ度《わた》して、三段に打ち折りて、ぬなとももゆらに天の真名井に振り滌《すす》ぎて、さがみにかみて、吹き棄《う》つる気吹《いふ》の狭《さ》霧《ぎり》に成れる神の御名《みな》は、多紀理毘売命《たきりびめのみこと》。亦の御名は、奥津島比売命《おきつしまひめのみこと》と謂ふ。次に、市寸島比売命《いちきしまひめのみこと》。亦の御名は、狭依毘売命《さよりびめのみこと》と謂ふ。次に、多岐都比売命《たきつひめのみこと》。三柱。速須佐之男命、天照大御神の左の御みづらに纏《ま》ける八尺《やさか》の勾璁《まがたま》の五百津《いほつ》のみすまるの珠《たま》を乞ひ度して、ぬなとももゆらに天の真名井に振り滌ぎて、さがみにかみて、吹き棄つる気吹の狭霧に成れる神の御名は、正勝吾勝々速日天之忍穂耳命《まさかつあかつかちはやひあめのおしほみみのみこと》。亦、右の御みづらに纏ける珠を乞ひ度して、さがみにかみて、吹き棄つる気吹の狭霧に成れる神の御名は、天之菩卑能命《あめのほひのみこと》。……

是に、天照大御神、速須佐之男命に告《の》らししく「是《こ》の、後に生める五柱《いつはしら》の男子《をのこ》は、物実《ものざね》我《あ》が物に因《よ》りて成れるが故に、自ら吾《あ》が子ぞ。先ず生める三柱の女子《めのこ》は、物実汝《な》が物に因りて成れるが故に、乃ち汝が子ぞ」と、如此《かく》詔《の》り別《わ》きき。

アマテラスとスサノヲは、「天の安の河」を間にはさんで各々ウケヒを行う。その際、互いの「物実」（珠・剣）を「乞ひ度して」、高天の原の神聖な「真名井」（井戸）の水から吐き出した「気吹の狭霧」によって子を得る。そこで得た子は生んだ者の所有となるのではなく、一旦「物実」の根源をたずねてその持ち主が子の所有者とみなされるというように、ここではかなり入り組んだ論理が展開している。

まず、「乞ひ度して」（川をはさんで物のやりとりをする）という表現を「物実の交換」と理解してよいかが問われるが、日本書紀でも当該箇所を「索《もと》め取らし」「乞ひ取り」（第六段正文・主文）、「奉り・授け」「共に相換へて」（第六段一書二）と表現しているところから、珠と剣が両神の間を行き交っていたと解釈してよいだろう。問題は、なぜアマテラスの皇嗣たる「男神」（天孫アメノオシホミミノミコト）を獲得するために、スサノヲとの間であえて煩雑な手続きとなる「物実の交換」が必要とされたのか、ということである。この点は、自身の心の清濁を問われていないアマテラスまでが共にウケヒをする、という問題にもかかわる。しかもそこには「珠を乞ひ度して、ぬなとももゆらに天の真名井に振り滌ぎて、さがみにかみて、吹き棄つる気吹の狭霧に成れる神」といった、呪力によって霊の発動を促すような荘重な儀礼的表現がともなっているのである。(6) 単に矛盾を解消するための措置であるなら、かかる荘重な表現を何度もくり返すことは不要であろう。その意味では古事記のウケヒ神話の核心部分はむしろ「物実の交換」の中にこそ存するといわなければならない。

この問題を考えるうえで重要なことは、古代では人であれ物であれ個人的な「所有」という観念は存在せず、それは物に付随する霊の交換を通して実現すると考えられていたことである。「所有」はまず「共同体の所有」（E・デュルケム『社会学講義』）として始まり、それがたとえばアマテラスの「吾が子」というように個人の所有に移行するのは二次的なものである。人びとは「所有」が「共同体の所有」としてあることを、すべてのモノには「霊」が宿るというように観念した。そしてそれは互酬交換の贈与を通して、モノに宿る「霊」（所有権）が人のもとへ降りてくると考えられたのである。

人類学者M・モースの『贈与論』によれば、互酬的な贈与交換はアニミズムに根ざしている。モノにはすべて霊（アニマ）が宿っており、贈与されたモノには贈った側の「所有権」がニュージーランド先住民マオリ族のいう「ハウ＝精霊」として付随してくる。ここで重要なのは、贈与の受け手にもたらされたハウ（精霊）には持ち主のところに戻りたがる性質、すなわち「使用権」は贈られても「所有権」は移らないという性質があることだ。古代、あるいはアルカイックな社会ではこのハウ（精霊＝所有権）を放置すると大変な災厄（ハウ）に見舞われると信じられていたために、贈与の受け手には必ず返礼する義務が生じると考えられた。こうして共同体と共同体の間に贈与の義務と返礼の義務が生じ、各共同体はこの互酬交換を強制的なものとして継続的にくり返すことで相互の社会的紐帯を強化していった、という。(7) こうした贈与の義務、受け取る義務、返礼する義務が循環するアルカイックな社会では対称性の原理が優位に働いているので、それによって超越的な王や専制的な国家の発生は抑制される仕組みとなっていた。

右にみたM・モースの『贈与論』を援用すると、ウケヒ神話の問題点が浮き彫りになってくる。まず、精霊は事物そのものに宿るために、モノが神聖化されないかぎり「所有」の観念は成立しない。そこで身につけていた物を交換し、精霊が舞い戻ってくる手続きをとる必要がある。ウケヒは対象を神の領域にゆだねることで真実の判定を求めるものである。「ぬなとももゆらに天の真名井に振り滌ぎて、さがみにかみて、吹き棄つる気吹の狭霧に成れる神」という荘重な儀礼的表現は、霊を発動させてモノ(珠・剣)を神聖化するプロセスを神話的に、もしくは「所有」の観念の発生する原初の段階にまでさかのぼって表現したものである。それを「物実我が物に因りて成れる」(「物実汝が物に因りて成れる」)、「其の物根《ものざね》を原《たつ》ぬれば」(日本書紀第六段正文)というように、精霊(所有権者)の元に戻りたがる性質を確認し、たずねもとめた基点を極めたところで初めて「自ら吾が子」「乃ち汝が子」と宣言する。(8) またそれが「詔り別き」を可能とする条件でもあったのだ。以上のように考えることで、アマテラスの子生みにはスサノヲとの「物実の交換」が不可避の条件であったことが了解されるのである。

むろん、中央集権的な律令制国家を背景として成立した古事記が、氏族《クラン》制時代の論理を直接取り入れているわけではなく、あくまでも再構成を経たものである。再構成された古事記の神話論理におけるウケヒ神話の位置づけとしては、「国《くに》つ神化した天《あま》つ神」スサノヲの清明心をとりつけることによって、対称性原理を旧秩序の原理と確認しつつ、「物実の交換」を通して天孫オシホミミノミコトの帰属(所有)がアマテラス側にあることを宗教的次元(前代の権威)で保証しようとした、といえるであろう。

二　コノハナノサクヤビメ神話

コノハナノサクヤビメ神話は、地上に降臨した天孫ホノニニギノミコトが「国つ神」オホヤマツミノカミの娘、コノハナサクヤビメと結婚する話である。通説としては「天つ神御子」が山の神との結婚を通して地上世界の呪力を獲得する話と、いわゆるバナナ型神話と呼ばれる死の起源神話とが複合した神話と考えられている。しかし、私はこの神話もまたウケヒ神話と同様に、文脈の基底には対称性原理が潜在していると考えている。従来この神話は古事記の文脈に即して、オホヤマツミが二人の娘を妻としてニニギに贈ったにもかかわらず、美しいサクヤビメだけを娶り、醜い姉のイハナガヒメの受け取りを拒否したことが原因で天皇の寿命が有限なものになった、と受け取られてきた。しかし、この神話は天皇の死の起源譚が語られていることだけが重要なのではない。従来の読み方を一旦解体して、古事記のベースにある対称性原理を間に置いて考えると、この神話は原初の対称性原理を備えた「国つ神」オホヤマツミが天孫ニニギに初めて出会う場面だから肝要なのである。天孫側からみると、二神の遭遇には「国つ神」に還元されることのない「超越」にかかわるニニギの選択が語られていて、この点にこそ「天つ神」の原点があると考えられるのである。

古事記はコノハナノサクヤビメ神話を次のように記す。

是《ここ》に、天津日子番能邇々芸能命《あまつひたかひこほのににぎのみこと》、笠沙《かささ》の御前《みさき》にして、麗《うるは》しき美人《をとめ》に遇《あ》ひき。爾《しか》くして、「誰《た》が女《むすめ》ぞ」と問ひしに、答へ白《まを》ししく、「大山津見神《おほやまつみのかみ》の女、名は神阿多都比売《かむあたつひめ》、亦の名は、木花之佐久夜毘売《このはなのさくやびめ》と謂ふ」とまをしき。又、「汝が兄弟《はらから》ありや」と問ひしに、答へ白ししく、「我が姉、石長比売《いはながひめ》あり」とまをしき。爾くして、詔《のりたま》ひしく、「吾、汝と目合《まぐは》ひせむと欲ふはいかに」とのりたまひしに、答へて白ししく、「僕《あ》は、白すこと得ず。僕が父大山津見神、白さむ」とまをしき。故、其の父大山津見神に乞《こ》ひに遣《や》りし時に、大きに歓《よろ》喜《こ》びて、其の姉石長比売を副《そ》へ、百取《ももとり》の机代《つくえしろ》の物を持たしめて、奉《まつ》り出《いだ》しき。故爾くして、其の姉は、甚《いと》凶醜《みにく》きに因りて、見畏《みかしこ》みて返し送り、唯に其の弟《おと》木花之佐久夜毘売のみを留《どと》めて、一宿《ひとよ》、婚《あひ》を為《し》き。爾くして、大山津見神、石長比売を返ししに因りて、大に恥ぢ、白し送りて言ひしく、「我が女《むすめ》二並《ふたりとも》に立て奉りし由《ゆゑ》は、天つ神御子の命は、雪零《ふ》り風吹くとも、恒に石《いは》の如くして、常《ときは》に堅《かちは》に動かず坐《いま》さむ、亦、木花之佐久夜比売を使はば、木の花の栄ゆるが如く栄え坐《ま》さむとうけひて、貢進《たてまつ》りき。此《か》く、石長比売を返らしめて、独り木花之佐久夜毘売のみを留むるが故に、天つ神御子の御寿《みいのち》は、木《こ》の花あまひのみ坐さむ」といひき。故《かれ》是《ここ》を以て、今に至るまで、天皇命等《すめらみことたち》の御命《みいのち》は、長くあらぬぞ。

この話が、贈与の互酬交換に基づく古代の婚姻譚をベースにしていることは、ウケヒ神話と同じように「乞ひ遺り」「奉り」といった言葉が交わされていることからも推測できる。言い換えれば、この神話は花嫁を贈る義務と受け取る義務に関する話として読むことが可能なのだ。

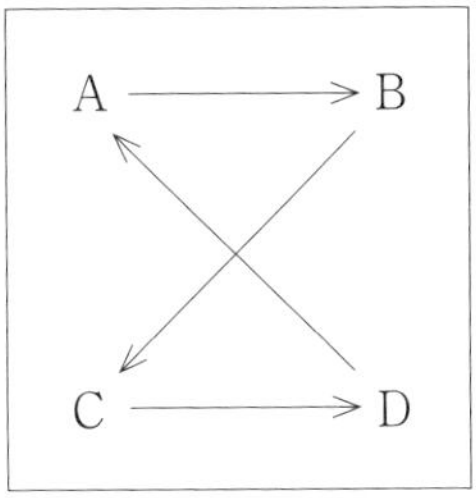

図1　C・レヴィ＝ストロース『親族の基本構造』福井和美訳（青弓社、2000年）

C・レヴィ＝ストロースは『親族の基本構造』の中で、外婚制と呼ばれるどこの民族にも普遍的に見出せる婚姻規則について分析し、それに「一般交換」（全面交換）という概念を与え、図1を用いて次のような説明している。[9] レヴィ＝ストロースの示す図は単純なものだが、交叉イトコ婚に関する説明は詳細かつ難解なので、ここでは中沢新一の明解な解説を借りると、この図には以下のような問題がはらまれていることがわかる。「Aの集団はBの集団に女性を妻としてあたえるから、B集団にたいして優位に立つ。ところがこの場合も、回り回ってAの集団は最下位であるはずのD集団から妻を得て、その下位に立たなければならない。誰かがこのような状況を飛び出していわば「超越者」となってしまうことを認めない「平等社会」では、特権的集団というのが発生できない仕組みになっている」[10]。中沢のこの指摘で重要なことは、「一般交換」（全面交換）と呼ばれる婚姻規則（外婚制）に基づく花嫁の互酬交換の行われている社会集団の中では、特権的集団というものが発生できない仕組みになっているという点である。言い換えれば、対称性原理が有効に機能していると特権的集団の発生は抑制されるということである。これを古事記のコノハナノサクヤビメ神話に即して考えると次のようになる。

「国つ神」世界の代表者たるオホヤマツミが「天つ神」世界のニニギノミコトに娘のコノハナノサクヤビメとイハナガヒメを「贈与」したのは、「一般交換」の場面でいえば、Aの集団がBの集団に女性を妻としてあたえ、B集団にたいして優位に立ったことを意味する。娘を乞われたオホヤマツミが「大きに歓喜」したのは本来的にはそのためである。本来的というのは「天つ神」という概念が発生する以前の謂である。しかし、直接語られているわけではないが（双方の交叉イトコ婚が規則的に行われているとすれば）、次の機会にB集団が「贈与」の「返礼」（義務）としてA集団に娘を妻としてあたえることになり、結果としてA、Bどちらか一方の集団が優位な立場に立つということはなくなる。「天つ神」世界と「国つ神」世界の関係も原理的には、こうした互酬交換を行うことで、原初の対称性を保ち、友好的な「平等社会」（自然状態）を実現し、なおかつそれを維持・更新することで、「天つ神」という特権的集団の発生を阻止する仕組みになっていたはずである。

なお、ここで注意したいのは、外婚制（一般交換）の前提には近親婚の禁止があることである。サクヤビメ神話に即していえば、オホヤマツミが二人の娘をニニギノミコトに妻として「贈与」する前提には、「国つ神」世界内部でのサクヤビメ・イハナガヒメ姉妹との婚姻の禁止がある。いわば父オホヤマツミが娘たちとの結婚（近親婚）を断念し、共同体内における娘の「使用権」をニニギノミコトに譲渡することにおいて、「天つ神」世界と「国つ神」世界との平和的な交流、すなわち「平等社会」は保たれるのである。こうしてタブー（近親婚の禁止）に付されたコノハナノサクヤビメとイハナガヒメは、「国つ神」世界から一旦遠ざけられ神聖化されることによって強い呪力を宿した存在へと転化する。父オホヤマツミが二人の娘を差し出すにあたって、贈与の呪力が宿る「百取《ももとり》の机代《つくえしろ》の物を持た」せて二者択一的なウケヒを立て、サクヤビメを娶れば「木の花の栄ゆるが如く栄え坐さむ」（反対に娶らなければ、木の花の栄ゆるが如くには繁栄しない）とし、またイハナガヒメを娶れば「天つ神御子の命は、雪零り風吹くとも、恒に石の如くして、常に堅に動かず坐さむ」（娶らなければ「天つ神御子の御寿は、木の花あまひのみ坐さむ」）といったウケヒの実現をはたらきかけることができたのは、全くこのためである。

このようにみてくると問題の所在がはっきりとしてくる。問題はニニギが「一般交換」の枠組みから飛び出し、オホヤマツミの贈与のうち一方の「受け取る義務」を拒否して互酬原理への回帰を断ち、原初の対称性を破った点にある。受け取ることを拒否されたイハナガヒメの「ハウ」（呪力）は宙に浮いたまま、その「所有権」をもつオホヤマツミの元に戻り、オホヤマツミは報復としてニニギに対して「天つ神御子の御寿は、木の花あまひのみ坐さむ」、すなわち天皇の命は有限であるという「ハウ」（災厄）をもたらすことになる。

このように互酬原理の枠組みから外れることは、それ自体が共同体の「死」を意味し、決して許される行動ではないのだが、ニニギは死を賭して「対称性の破れ」を引き出したことになる。これによって論理的には、ニニギは「国つ神」に還元されることのない非対称性原理を獲得することになった。

ところで、ニニギノミコトがサクヤビメだけを娶りイハナガヒメとの結婚を拒否したのは、単にイハナガヒメの容姿が醜かったからという表面的な理由だけではなく、一方で王家の理想婚とされる近親婚を担保しておきたかったからではないのか、とも考えられる。というのは、もしニニギが「国つ神」オホヤマツミの娘（サクヤビメ・イハナガヒメ）とだけ結婚すると、ニニギはオホヤマツミの「娘の婿」となり、その子は「姉妹の息子」となって母系の中での同族化が進み、王家の特権が解消されて再び互酬の原理へと回帰しかねないからである。つまり、せっかく死を賭して非対称性原理を手にしたニニギも、「国つ神」の娘との縁組みを通して常に「国つ神」（土着の豪族層）に還元される危険を孕んでいることになる。かつて上野千鶴子はそのことを「〈外部〉の分節」として以下のように述べていた。「王権は〈外部〉から規範を押しつけるが、この権力は〈内部〉によって受容されない限り、正統化されない。〈内部〉化されてしまえば、権力はそこで消滅する。だから、権力の言説は、いつも〈内部〉と〈外部〉の間をゆれ動く。外婚制として表わされる婚姻は、この〈内部〉と〈外部〉の間の回路であり、〈内部〉と〈外部〉の間の相互依存を表現する」[11]。

コノハナノサクヤビメ神話とは、この〈内部〉と〈外部〉の間の回路の「ゆらぎ」を神話的に語っているものだが、「天つ神」が「国つ神」との婚姻をくり返すことは、王家の権威が限りなく低下することを意味する。この矛盾は初代神武天皇が「国つ神」大物主神の娘と結婚するところにすでに孕まれていた。そこで王権は、外婚制という女の交換を通じて行われる贈与と返礼の互酬制原理に、自らの権威が完全に回収されてしまうことを阻止するために、新たな〈外部〉を求めなければならない。

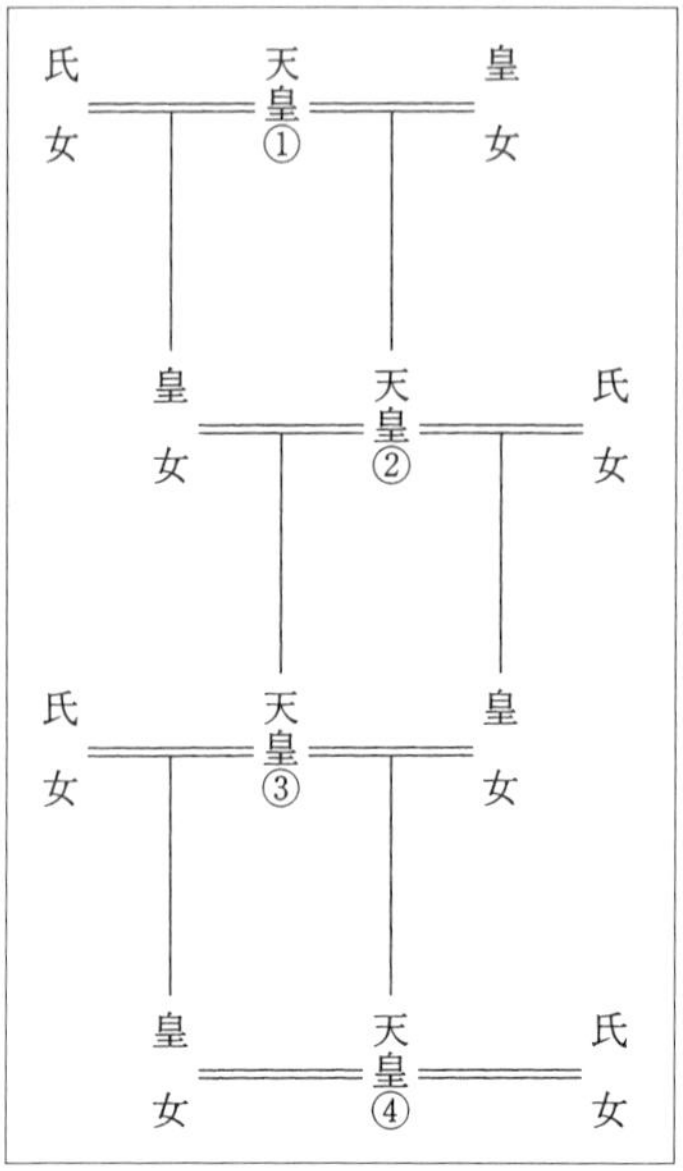

図2　天皇制を支える異母兄妹の近親婚（河内祥輔『古代政治史における天皇制の論理』吉川弘文館、1986年）

　歴代天皇についてみると、崇神天皇（所知初《はつくにを》国之御真木天皇《しらすみまきのすめらみこと》）の代から、原則として天皇の嫡妻に皇女が選ばれているのは、王権による新たな「外部」の創出を意味する。古代・中世史家の河内祥輔の要約するところを借りていえば、六・七世紀代の天皇家は皇室内部の異母兄妹の近親婚を継続的にくり返すことで、父系による直系継承の理想的な皇位継承モデルを作り上げ、そこに皇統を形成する原理を置くようになった。結果として図2のような、「近親婚と一夫多妻の合体」ともいうべき婚姻形態（私はこれを天皇制を支えるハイブリッド婚と呼んでいるが、その背景には古代日本の血族観念の稀薄さがある）が皇位継承の理想的モデルとされたのである。[12]

三　ウミサチビコ・ヤマサチビコ神話

ここまで、ウケヒ神話、コノハナノサクヤビメ神話を通して古事記の神話に潜在する対称性（贈与の互酬交換）原理についてみてきたが、M・モースのいうモノに宿る霊、すなわちニュージーランド先住民マオリ族のいう「ハウ」（災厄）は、古代日本語でいえば「サチ＝道具／幸」という言葉に対応するといえる。ウミサチビコ・ヤマサチビコ神話に即していえば「幸易《さちか》へ」ということになる。また、ウケヒ神話、サクヤビメ神話のみならず、ヤマトタケルがイヅモタケルに「刀を易《か》へむ」ともちかけた説話の背景にあるものも、あるいはホムダワケ（応神天皇）と気比大神との「名を易ふる」話の背景にあるものも、広義の「幸易へ」といえるのではないか。

古事記はウミサチビコ・ヤマサチビコ神話を次のように記す。

故《かれ》、火照命《ほでりのみこと》は、海佐知毘古《うみさちびこ》と為《し》て、鰭《はた》の広物《ひろもの》・鰭の狭物《さもの》を取り、火遠理命《ほをりのみこと》は、山佐知毘古《やまさちびこ》と為て、毛の麁物《あらもの》・毛の柔物《にこもの》を取りき。爾くして、火遠理命、其の兄《え》火照命に謂はく、「各《おのおの》さちを相易《あひか》へて用ゐむと欲ふ」といひて、三度《みたび》乞へども、許さず。然れども、遂にわづかに相易ふること得たり。爾くして、火遠理命、海佐知を以て魚《うを》を釣るに、かつて一つの魚も得ず。亦、其の鉤《ち》を海に失ひき。是に、其の兄鉤を乞ひて曰ひしく、「山佐知も己が佐知佐知、海佐知も己が佐知佐知。今は各佐知を返さむと謂ふ」といひし時に、其の弟《おと》火遠理命の答へて曰ひしく、「汝が鉤は、魚を釣りしに、一つの魚も得ずして、遂に海に失ひき」といひき。然れども其の兄、強《あなが》ちに乞ひ徴《はた》りき。其の弟、御佩《みは》かしせる十拳の剣を破り、五百の鉤を作り、償《つくの》へども取らず。亦、一千の鉤を作り償へども、受けずして云ひしく「猶、其の正本《もと》の鉤を得むと欲ふ」といひき。

是に、その弟、泣き患《うれ》へて、海辺に居りし時に、……

その綿津見大神《わたつみのおほかみ》の誨《をし》へて曰はく、……この鉤《ち》は、おぼ鉤・すす鉤・貧鉤《まぢ》・うる鉤、と云ひて、後手《しりへで》に賜へ。……もし其の然為《しかす》ることを恨みて、攻め戦はば、塩盈珠《しほみちのたま》を出だして溺《おぼほ》せよ。もしそれ愁へ請はば、塩乾珠《しほひのたま》を出だして活《い》けよ。かく惚《なや》み苦しびしめよ、と云ひて、塩盈珠・塩乾珠を幷せて両箇《ふたつ》授けて、……

この神話は、前述のM・モースの『贈与論』が典型的にあてはまる話である。

モノ（釣針・弓矢）にはすべてモノ（精霊＝アニマ）が宿っており、交換されたモノには贈った側の「所有権」が「サチ＝精霊」として付随してくる。ここで重要なのは、交換の受け手にもたらされたサチ（精霊）には互いに持ち主のところに戻りたがる性質、すなわち「使用権」は贈られても「所有権」は移らないという性質があることだ。「物実の交換」によって確認されたサチは持ち主のところへ戻りたがるために、ヤマサチビコが「海佐知を以て魚を釣るに、かつて一つの魚も得ず」という結果になる。これはウミサチビコの場合も同じである。したがって、各自のサチ（道具）でないと獲物はとることができないということで「山佐知も己が佐知佐知、海佐知も己が佐知佐知」となる。おそらく「易佐知《さちかへ》」神話は、古代国家成立以前の山と海の共同体間の贈与交換にかかわる伝承を背後にもつものであろう。サチには呪力（おぼ鉤・すす鉤・貧鉤・うる鉤・塩盈珠・塩乾珠）がこもっていて、それが発動する限り、物理的な商品交換や戦争（交易の失敗）に先だって存するものであった。そして、それこそが各共同体間に紐帯をもたらす原理でもあった。古事記の「易佐知《さちかへ》」神話は、そうした伝承をベースにしながらも、例によって「天つ神」（ホヲリノミコト）に地上世界の呪力のみならず海神《わたつみ》世界にかかわるサチ（幸）をも独占させ、日向三代の神話へと再構成したものである。水平神話（対称性原理）を垂直神話（非対称性原理）に置き換えたといってもよい。

四　天つ神と国つ神

従来、古事記の研究は、天つ神—アマテラス—天つ神御子（初代神武天皇）という神統譜から皇統譜へのつながりを軸に、上・中・下巻がいかに緊密な整合性をもって語られているか、ということを実証するのに力点が置かれてきた。いわゆる作品論である。しかし、神話の内実一つをとってみても、そのほとんどは世界の神話が普遍的に共有する異郷訪問神話、異類婚姻神話、怪物退治神話といった通過儀礼の話型を核としていて、それはいわば対称性原理そのものである。にもかかわらず、古事記の成立が中央集権的律令国家を背景としているために、「天つ神」（非対称性原理）の存在が自明の前提となっている。ここはむしろ古代の律令国家とそれが内包する神話の論理のせめぎ合い、すなわち対称性原理と非対称性原理の交差する中に「天つ神」の誕生をさぐる視点が必要であろう。

古事記の「国つ神」は、「葦原中国側の神が、天つ神に向かいあった時に、自らを規定する表現」で、「地上世界に属する神の一般的な称でなく、天に属するものに対してへりくだって名乗る時に用いられる」[13]とされている。

またこれを受けて「「天つ神」に協力する関係が古事記における「国神」のあるべき姿であり、そうした在りようが、古事記の構想である」との指摘もある。[14] いずれも古事記のテキストに即した理解であるが、これらの説明が「天つ神」という超越的な存在を所与の前提としていることはいうまでもない。

しかるに、レヴィ＝ストロースは先に示した図1に関して、ニワトリの行う「突きあい序列 pecking order」の行動がもたらす従属関係と、婚姻規則がもたらす外婚制の間には同型の論理が働くとみている。[15] すなわち、はじめにニワトリAはBを突くことによって優位に立つが、回りまわってニワトリDがAを突くと、Aは最上位でありかつ最下位となる。「突きあい関係が一回りすると、まるでメビウスの帯の周囲を一周したようにして、下位と上位がひとつながりになってしまう。……誰かがこのような状況を飛び出していわば「超越者」となってしまうことを認めない「平等社会」では、特権的集団というのが発生できない仕組みになっている」（中沢新一）のであった。国家とは常に征服国家であるが、征服国家Aは、やがて征服国家Dに征服される。国家は国家であることによって自壊（pecking order）するのだ。そもそもこのような場面に「天つ神」といった特権的集団の生まれる契機はない。

右の「突きあい序列」の論理的フレームにしたがう限り、誰も絶対的に優位な立場に立てない「平等社会」が、メビウスの帯状の変換過程として無限にくり返されることになる。そこからは、超越的な神の出現もなければ、大王の出現もなく、したがってまた成層化された国家（首長制共同体とは区別された）の形成もないということになる。注意すべきは、こうした「平等社会」（自然状態）は『後漢書』「東夷列伝」倭人条の表現を借りていえば、「倭国大乱し、更も相攻伐し、年を歴るも主無し」という「戦争状態」でもあることである。このような絶えざる戦争状態が「国家」の形成をはばむ「国家に抗する社会」（ピエール・クラストル）でもあった。だとすると永続的に国家であるためには、征服国家の印象を消すことが不可欠であった。「支配と服従の関係」ではなく「支配と保護という相互依存の関係」にあることを示すことが国家にとっての次なる課題となる。

古代の日本では、ある一時期にいわば「突きあい序列」の状況を飛び出して超越者（大王）の地位に就く者が出現している。一体、「突きあい序列」はいかにして破られたのであろうか。サクヤビメ神話のくだりでも指摘したが、ここではそのヒントを天つ神と国つ神の問題に限定して考えてみよう。

古事記の「国つ神」の用例は次のようなものを典型とする。

「僕は、国つ神、名は猿田毘古神《さるたびこのかみ》ぞ。出で居る所以は、天《あま》つ神御子《みこ》天降《あまくだ》り坐《ま》すと聞きつるが故に、御前《みさき》に仕へ奉らむとして、参ゐ向へて侍り」とまをしき。

（上巻・サルタビコ神条）

「汝は、誰ぞ」ととひしに、答へて曰ひしく「僕は、国つ神ぞ」といひき。又、問ひしく「汝は、海道《うみち》を知れりや」ととひしに、答へて曰ひしく「能く知れり」といひき。又、問ひしく「従ひて仕へ奉らむや」ととひしに、答へて曰ひしく「仕へ奉らむ」とまをしき。……即ち名を賜ひて槁根津日子《さをねつひこ》と号《なづ》けき。

（中巻・神武東征条）

一方、日本書紀では次のような例をみることができる。

時に高皇産霊尊《たかみむすひのみこと》、其の矢を見《みそこなは》して曰はく「是の矢は、昔我が天稚彦《あめわかひこ》に賜ひし矢なり。血、其の矢に染《し》む。蓋《けだ》し国神と相戦《あひたたか》ひて然《しか》るか」とのたまふ。

（巻二・神代下・九段・正文）

時に高皇産霊尊　勅《みことのり》して曰はく「昔天稚彦を葦原中国《あしはらのなかつくに》に遣《つかは》し、今に至るも久しく来ざる所以は、蓋し是国神に強禦之者《いむかふもの》有りてか」とのたまふ。

（巻二・神代下・九段・一書第六）

記・紀を比較するとその違いがはっきりする。古事記の「国つ神」は自ら名乗ると同時に、自ら進んで服属・奉仕を願い出る存在として描かれている。対して日本書紀の場合は、「国神《くにつかみ》と相戦ひ」「国神に強禦之者《いむかふもの》」というように、「天つ神」に戦いを挑み、強く抵抗する存在として描かれている。この書き分けは何を意味するかというと、日本書紀の「国つ神」は「天つ神」に敵対する存在として対象化されているために、「天つ神」側は武力を行使することで服属をせまる構えをとっていることである。ところが古事記は「天つ神」の権威に対して「国つ神」が自主的に服従するというスタイルを選択している。前述のように、国家とは常に征服国家であり、武力によって相手を強制的に服属させるものであるが、そうである限り「突きあい序列 pecking order」の枠の外には出ることができず、やがて別の国家に征服されることになる。日本書紀はこうした「天つ神」の権力行使を正当化した書物である。ところが、古事記の「国つ神」は「天つ神」の権威に自主的に服するというスタイルをとっていて、日本書紀にくらべると「国つ神」はより内面化されているといってよい。つまり古事記は論理的には「突きあい序列 pecking order」の備える対称性原理を、自ら服することで内側から破ってゆく方法を手にしたということである。この結果、初代神武天皇が「国つ神」の代表たる大物主神の娘イスケヨリヒメを皇后とする、といった「天つ神」と「国つ神」の協調世界が可能となる。

五　対称性原理への回帰

古事記は、これまで述べてきたところによれば、神話に潜在する対称性原理と非対称性原理のせめぎ合いの中から対称性原理を旧秩序と位置づけ、「天つ神」という特権的集団を誕生させる方法を論理的には獲得した。しかるに、下巻をみると次のような注目すべき記事が散見するようになる。

天皇、初め天津《あまつ》日継《ひつぎ》を知らさむと為《せ》しときに、天皇辞《いな》びて詔ひしく「我は、一つの長き病有り。日継を知らすこと得じ」とのりたまひき。然れども、大后を始めて諸《もろもろ》の卿《まへつきみたち》等、堅《かた》く奏《まを》すに因りて、乃ち天の下を治めき。（允恭天皇記）

天皇の崩《さ》りましし後に、天の下を治むべき王無し。是に、日継知らさむ王を問ひて、市辺忍歯別王《いちのへのおしはわけのみこ》の妹《いも》、忍海郎女《おしぬみのいらつめ》、亦の名は飯豊王《いひどよのみこ》を、葛城の忍海の高木角刺宮《たかぎのつのさしのみや》に坐《いま》せき。（清寧天皇記）

天皇既に崩りますに、日続《ひつぎ》を知らすべき王無し。故、品太天皇《ほむだのすめらみこと》の五世の孫、袁本杼命《をほどのみこと》を、近淡海国《ちかつあふみのくに》より上り坐《いま》さしめて、手白髪命《たしらかのみこと》に合《あは》せて、天の下授け奉りき。（武烈天皇記）

新編日本古典文学全集『古事記』の頭注が注意を促しているように、傍線を付した「堅く奏す」「坐せき」「授け奉りき」の主語はいずれも臣下である。先帝が崩御して「日継《ひつぎ》」（皇統）の継承が定まらない、といった王位継承上の危機的な状況の中で「群臣の奏上」が顕在化している点に注目したい。これを「天の下を治むべき王無し」といった緊急事態における例外的な措置と読むべきではないであろう。むしろ通常の順調な皇位継承においては、あえて特記しない方針であったのではないか。つまり、皇位継承の即位儀礼の場では奏上の主体は大臣・大連をはじめとする「群臣」にあったということである。これは何を意味するのか。端的にいうと、新王の即位は群臣によって選出され、決定権は群臣にあったということである。むろん、「天の下を治むべき王無し」といっても、それで群臣の中から新しい王が任命されるわけではない。（非対称性原理の確立した）皇位の継承はあくまでも血統を重んじた王族内から選ばれる。ただ、たとい王の生前からあらかじめ次代の継承者（いわゆる太子）が任命されていても、その即位の決定には群臣の推戴という手続きが不可欠であったということである。これは、即位の際に存する群臣による神器（鏡・玉・剣）授与儀礼の問題と併せて重要である。

古代史家の熊谷公男によると、皇位継承の即位式はおおよそ次のようなプロセスをたどって行われていたという[16]。

(1)群臣がレガリア（神器）を新大王に献上する。
(2)即位式の場に壇を設け、そこに新大王が昇って即位する。
(3)壇を築いた場所に宮を定める。
(4)大臣・大連・臣・連・伴造などの役職を任命（新任・再任）する。

この大王即位式における王位継承次第の中心は、一見すると(2)と(3)にありそうだが、実は(1)の群臣によるレガリアの献上と、(4)の大臣・大連の任命が相互に対応している点に注目すべきである。群臣の推戴によって新王が即位すると、今度は新王によって改めて群臣（大臣・大連など）が任命されるという、いわば王と群臣の間が相互に依存する関係になっているのだ。群臣（畿内豪族）が主体となって行われる即位儀礼とは、新たに即位した王が絶対的な権限をもつに至ったことを公に宣言する場ではなく、王と群臣の身分秩序を相互に改めて確認し、更新する場であったのである。大王即位式におけるこのようなあり方を熊谷公男は「王と群臣の互酬的関係」と呼んでいる。

「王と群臣の互酬的関係」とは、先に示したレヴィ＝ストロースの図1に即していうと、一旦飛び出したはずの「突きあい序列 pecking order」（対称性原理）の枠組みの中に改めて別の形で回帰したことを意味するのである。天つ神―アマテラス―天つ神御子（初代神武天皇）という皇統譜を苦労して確立し、王家に超越的な権威を付与したはずの古事記の神話（上巻）は、下巻において再び対称性原理に回帰したかにみえる。アマテラスに即していうと、上巻（天照大御神）、中巻（天照大神）、下巻（天照の記載なし）というように超越性の衰微がたどれる。私はこれを「抑圧されたものの回帰」（フロイト）と呼びたい。この互酬的関係（選挙王制）を断ち切るために、改めて超越的な「天つ神」を招喚しなければならないとすれば、古事記とは従来の作品論では説明のつかない、実に矛盾を孕んだトートロジカルなテキストである、といわなければならない。

注

（1）中沢新一『カイエ・ソバージュ』（講談社、二〇一〇年）、柄谷行人『世界史の構造』（岩波書店、二〇一〇年）。

（2）金井清一「天の安の河のウケヒの意義」（『論集上代文学』第二十二冊、笠間書院、一九九八年）、同「古事記、天の安の河のウケヒ　再論」（『論集上代文学』第三十二冊、同、二〇一〇年）、荻原千鶴「天忍穂耳命・邇々芸命の交替」（『古事記年報』第四二号、二〇〇〇年）、青木周平「スサノヲの名義とウケヒの文脈」（『上代語と表記』おうふう、二〇〇〇年）、中川ゆかり「日本書紀の漢字・漢語選択の意識――ウケヒの場合」（『上代散文　その表現の試み』塙書房、二〇〇九年）など。

（3）毛利正守「アマテラスとスサノヲの誓約」（『記紀萬葉論叢』塙書房、一九九二年）。

（4）新編日本古典文学全集『古事記』頭注（小学館、一九九七年）。

（5）呉哲男「清明心の発生」（『古代言語探究』五柳書院、一九九二年）。なお、「神の領域に遠ざける」ということに関連していえば、古代の日本語に「ゐや＝うや」（礼）の語があり、「敬《うやま》う」の語源でもある。具体的には「神の領域に遠ざける」感覚を表わしているが、この「隔ての念」（タブー）を理念化したものが「清明心」であり、天つ神や歴代天皇の権威の源泉であることに注意すべきである。

（6）なお、「ぬなとももゆらに……」の表現に関してふれておくと、三浦佑之『口語訳　古事記』（文藝春秋、二〇〇二年）は解説の冒頭部で、私の古事記における「文字の構成力」（文字表現が定着することによって逆に口誦性の価値が見出される）という考え方を批判しているが、その例証として「ぬなとももゆらに……」の表現を挙げている。「ぬなとももゆらに」や「さがみにかみて」などの「句を何度もくり返しながら、和語をそのまま生かしてリズミカルな表現を作り出し」「漢文に翻訳したのでは消えてしまう音声の語りを、漢字の音を利用した表記法（音仮名表記）を用いて強調する表現形式になっている」というのである。確かに音仮名を多用することで音声表現の特性を引き出しているのが古事記の文体の特徴として指摘でき、それが読む者の心の琴線にダイレクトに働きかける効果を発揮している（日本書紀にはそれがない）が、むしろ私はそこにこそ「文字の構成力」をみたい。「ぬなとももゆらに……」の表現が文字による再構成を経ているのもその一例といえる。「ぬなとももゆらに」の語構成は「ヌ」（玉）、「ナ」（の）、「ト」（音）であり、「もゆらに」は玉と玉がふれあったときに鳴る音の響きを表わし、それによってあたりの邪気を祓い、周囲のモノが神聖化されたとする表現である。ところが古事記では「十拳の剣を乞ひ度して、三段に打ち折りて、ぬなとももゆらに天の真名井に振り滌ぎて」というように、剣にまで玉のふれ合う表現を用いてしまっているのだ。口誦の定型句をそのまま用いているのであれば、ありえない紛らわしさである。再構成する際に筆が滑ってしまったことの証左であろう。

（7）M・モース『贈与論』吉田禎吾・江川純一訳（ちくま学芸文庫、二〇〇九年）。

（8）ハウ（精霊）やマナ（霊魂）、あるいは古代日本語の「幸《さち》」（魂）には、いずれも持ち主のところに戻りたがる性質（「使用権」は贈られても「所有権」は移らないという性質）があるという用例は枚挙にいとまがない。たとえば、ヤマトタケルの東征の物語に、オトタチバナヒメが「渡りの神」の怒りを鎮めるために、ヤマトタケルの身代わりになって人身御供（供犠）として入水する有名な場面がある。これはヤマトタケル側の海神への贈与であって、そこで海神には「暴浪自らなぎて御船進ことを得たり」という返礼の義務が生じることになる。この時、贈与に付随するハウ（霊＝幸）は持ち主のもとへ戻りたがる性質があったために「七日の後にその后の御櫛、海辺に依りき」となるのであった。詳しくは、呉哲男「ヤマトタケルと「東方十二道」」（本書所収）を参照されたい。

また、万葉集の羇旅歌の表現は周知のように、旅先の景を讃える（贈与）表現と家郷の妹（妻・恋人）を偲ぶ表現とがセットになっている。旅人が異郷の神に手向ける幣（贈与）には旅人のハウ（霊＝幸）が付随しているので、それを受け取る異郷の神には旅人の安全を保証する義務（返礼）が生じると同時に、付随するハウ（霊＝幸）を滞留させることなく持ち主のところへ戻さなければならないという反対給付（返礼の義務）、すなわち贈与の互酬の観念があった。万葉の旅人が家郷の妹（妻・恋人）を歌に詠む背景には、贈与に付随した霊が家に戻りたがっていると考える対称性原理が作用しているのである。詳しくは呉哲男「万葉集羇旅歌の基礎構造」（本書所収）参照。

あるいは、このたび（二〇一一年三月一一日）の東日本大震災の大津波によって多くの人びとが亡くなったが、その後、遺族のもとへ生前の家族の記念写真などが戻ってきたという報道に接する機会が多々あった。記念写真の一枚にも霊が宿り、その霊は家に戻りたがったのだ、と実感させられた次第であった。

（9）C・レヴィ＝ストロース『親族の基本構造』福井和美訳（青弓社、二〇〇〇年）三三〇、三四一、三九六頁。

（10）中沢新一「『神話論理』前夜」（『レヴィ＝ストロース『神話論理』の森へ』みすず書房、二〇〇六年）。

（11）上野千鶴子「〈外部〉の分節」（『神と仏』春秋社、一九八五年）。

（12）河内祥輔『古代政治史における天皇制の論理』（吉川弘文館、一九八六年）。

（13）注4に同じ。

（14）姜鍾植「古事記における「国神」について」（『萬葉』第一六八号、一九九九年）。同論では、「国神」の全用例（八例）について詳しい検討がなされている。

（15）C・レヴィ＝ストロース「神話の構造」（『構造人類学』荒川幾男ほか訳、みすず書房、一九七二年）。

（16）熊谷公男『大王から天皇へ』（講談社、二〇〇一年）。

第六章　贈与（互酬）交換としての国譲り神話――古代国家と古事記――

私は、前章「古事記の神話と対称性原理」の中で、古事記というテキストは、贈与や互酬交換からなる神話世界と、律令制の法治システムからなる国家の論理とがせめぎ合う中に成り立っていることを論じたが、その過程で出雲の国譲り神話についても同じように考えるべきであると思うようになった。

国家とは常に征服国家である。だが、古事記や日本書紀の描く建国神話の世界には、かつて倭王武の上表文（『宋書』倭国伝）にみえていたような、「昔より祖禰《そでい》みづから甲冑をつらぬき、山川を跋渉し、寧処に遑《いとま》あらず。東は毛人を征すること五十五国、西は衆夷を服すること六十六国、渡りて海北を平ぐること九十五国」といった、列島内外の敵対勢力を実力によって打倒した征服国家との面影はない。それどころか、古代国家における主権樹立の根拠となる天孫降臨神話の前提には、出雲の国譲り神話が置かれていて、そこでは服従する側に対してくり返し丁寧に同意をとりつける様子が語られている。征服はなぜ「国譲り」と言い換えられなければならないのか。征服を一時的でなく恒常的なものにするためには、支配側は平和的にクニを譲り受けたと装う必要があった。そうすることで、武力による征服国家の印象は消去できると考えられたのだ。それは天皇王権が当初より、権力の確立よりもむしろ権威の樹立に腐心していたことと対応している。勝者と敗者の対立を弁証法的に媒介・融合することができれば[1]、王朝交替をあらかじめ封印する論理にもなりうるし、また天《あま》つ神の血統による支配の正統性の説明を補完する装置ともなりうるだろう。事実その後の日本史の展開は、歴代天皇を藤原氏や武家の実権を権威づける祭司の役割を果たす者として位置づけている。この権威の確立を下支えしたものが実に出雲の国譲り神話であった。建国神話の中に出雲の国譲り神話が大きな比重を占める由縁である。その意味で、古事記の神話は大和と出雲、天つ神と国《くに》つ神（オホクニヌシ）の二重構造から成っている。(2) その結節点となった国譲り神話には、支配／服属という非対称的な関係を中和する力が働いているようにみえる。それは、かつてどこの氏族《クラン》共同体の中にも備わっていた贈与交換の原理（対称性原理＝アニミズム）と密接にかかわる。

一　服属儀礼の再検討

出雲の国譲り神話は、それまで歴史的にくり返されてきた地方豪族の国家に対する服属を一回的に集約し、かつ典型的に表現したものだといわれている。(3) 言い換えると、それは地方首長たちの服属儀礼の神話的表現だということである。服属儀礼とは大贄《おおにへ》献上などに代表される儀式を通して、国家が地方支配の根拠と位置づけているものである。そこに解釈上の問題があるとすれば、支配と被支配の関係が、服属（言向け）＝奉仕という一方向的な流れの中に固定的にとらえられていることだろう。私の考えでは、服属儀礼とはむしろ勝者と敗者の対立を融合する手続きのようにみえる。従来、研究者のだれもがこの儀礼を説明する際に、服属の「引き換えに」地域の祭祀権などが保証されるシステムであると論じている。そこではさりげなく「交換」について触れられているが、服属（言向け）＝奉仕という固定観念にとらわれて、それが贈与と返礼の互酬交換を組み込んだ装置であるとの認識を欠いている。本来、奉仕とは祭祀（幣帛）や供犠・贄・贈与といった交換概念と同一カテゴリーに属するものであるが、律令天皇制祭祀の定着を通して服属＝奉仕という方向に限定して考えられるようになってしまった。確かに服属儀礼が行われる前提には、武力による強制が先行するが、その上でなおかつ贈与と返礼の手続きが踏まれるところにこの儀礼の特徴がある。
具体的な例をあげておこう。律令天皇制祭祀で注目される儀礼の一つに出雲国造《いづものくにのみやつこ》の新任式がある。出雲国造が新任に際して上京し、大極殿で神賀詞《かむよごと》を奏上する儀式である。延喜式・臨時祭式によると「出雲国造に賜ふ負《おひ》幸物《さちもの》」として「金装横刀一口」（等）があり、「負幸の物を賜くと宣《の》る」という宣命のあとに横刀（神宝）が下賜される。国造は下賜された負幸物をもって一旦出雲へ帰るが、再度入京し改めて神宝と御贄《みにえ》を献上し神賀詞を奏上する。ここに登場する「負幸物」という語がこの一連の儀式の本質をついていることに注意しよう。一見、服属＝奉仕を確認し、大王の権力（霊力）を分与する行為のようにみえるが、実は「負幸」とは広義の「幸易《さちかへ》」（古事記・海幸山幸神話）の形式に他ならない。天皇と出雲国造の間を二年に及んで循環・回帰する神宝は贈与と返礼からなる互酬交換（相互依存）の象徴的な表現である。この出雲国造の新任式と国譲り神話とがパラレルな関係にあることは想像に難くないであろう。

そこでまず、古事記・国譲り神話（原文は「献る」）のあらすじから紹介しておこう。オホクニヌシの国譲り神話は、天つ神であるタカミムスヒとアマテラスを主体にして、国を譲らせる使者をだれにするかという話し合いから始まっている。最初にアメノホヒが選ばれて葦原中国へ派遣されるが、三年経っても「復奏」（復命）しなかった。次に派遣されたアメノワカヒコもオホクニヌシの娘と結婚して、これまた八年経っても「復奏」することがなかった。最後に選ばれた剣（武力）の神で、中臣氏の氏神でもあるタケミカズチによってようやく地上世界を譲らせることに成功する。こうして葦原中国は天孫が治める世界となるが、これを征服といわないのは、国を献上したオホクニヌシはその引き換えに「天の御舎《みあらか》」（後《のち》の出雲大社）という立派な神殿を与えられ、そこに祭られることになるからである。

素朴な問いとしては、国譲りの交渉にこんなに手こずるくらいなら、なぜ始めからタケミカヅチを派遣しなかったのか、という疑問がある。むろん、それは二度の失敗の後に成功があるという「語りの文法」を踏まえて、国譲りがいかに困難をきわめた事業であったかを語ろうとするものである。それだけに最後に迎えたタケミカズチとタケミナカタの対決はドラマチックな展開となっていて、古事記の語りの妙味を満喫させてくれるものがある。にもかかわらず、全体の印象としてはオホクニヌシへの同意のとりつけが用意周到に配された神話だ、といった感をぬぐえないのである。そしてそれこそが国譲り神話の核心なのではないか。こうした印象を裏づけるのは、国譲り神話に登場する神々がタケミカヅチを除くとほとんど出雲系の神々によって占められていることだ。天つ神側から最初に派遣された神がアメノホヒであったことはそれを象徴する。アメノホヒは、アマテラスとスサノヲのウケヒ神話の条に「故、此の、後に生める五柱の子の中に、天菩比命《あめのほひのみこと》の子、建比良鳥命（此は、出雲国造の祖ぞ）」とあって、出雲国造の始祖に位置づけられている神だ。このウケヒ神話にアメノホヒが登場するのは、いうまでもなくその後の国譲り神話への伏線であり、その意味では二つの神話は対応関係にある。

二番目に選ばれたアメノワカヒコもその実体は、アヂスキタカヒコネであって、出雲国風土記にもその神名がみえているように、出雲系の神であり、古事記編纂当時には「今、迦毛大御神《かものおほみかみ》と謂ふ」とあるように奈良県御所市の高鴨神社に祭られている農耕神である。こうして国譲り神話の文脈には、二重、三重にオホクニヌシへの「友情ある説得」が配され、なるべく平和裡に葦原中国を譲る同意を得ようとの配慮が漂う。つまり、国譲り神話には勝者と敗者の決定的な対立を回避しながら、両者を媒介・融合させようとする動機が潜んでいるように読めるのだ。なぜそうなるのかといえば、服属儀礼というものがそもそも贈与と返礼の互酬交換（対称性）の原理で成り立っているからである。

二　国譲り神話の再検討

右の視点に立って古事記・国譲り神話の結末をみてみよう。

（オホクニヌシ）答へて白ししく、「……此の葦原中国《あしはらのなかつくに》は、命《みこと》の随《まにま》に既《すで》に献《たてまつ》らむ。唯《ただ》に僕《あ》が住所《すみか》のみは、天つ神御子の天津日継《あまつひつぎ》知らすとだる天の御巣《みす》の如くして、底津石根《そこついはね》に宮柱ふとしり、高天原に氷木《ひぎ》たかしりて、治め賜はば、僕は、百《もも》足《た》らず八《や》十《そ》坰《くま》手に隠りて侍《はべ》らむ。……」と、如此白《かくまを》して、出雲国の多芸志《たぎし》の小浜《をはま》に、天《あめ》の御舎《みあらか》を造りて、水戸神《みなとのかみ》の孫櫛八玉神《くしやたまのかみ》を膳夫《かしはて》と為《し》て、天の御饗《みあへ》を献りし時に、禱《ほ》き白して、櫛八玉神、鵜《う》と化り、海の底に入り、底のはにを咋《く》ひ出だし、天の八十びらかを作りて、海布《め》の柄《から》を鎌《か》りて、燧臼《ひきうす》を作り、……

古事記は、神懸かりを伴うシャーマニックな場面ではしばしば主語が転換し、主体がどこにあるのか分かりにくい文脈になる。ここもその一例でオホクニヌシはタケミカヅチに向かい、葦原の中つ国献上に対して「天つ神御子の天津日継知らすとだる天の御巣の如くして、底津石根に宮柱ふとしり、高天原に氷木たかしりて、治め賜はば」という返礼を求め、天つ日継の住む立派な宮殿と同等の宮殿（「天の御舎」）を要求している。この要求が認められたので、主語が転換してその後クシヤタマの祭り（「天の御饗」）をオホクニヌシが受け入れる、というストーリーの展開である。

ところが、服属儀礼を服属（言向け）＝奉仕とみる論者の多くはこの部分に関して、本居宣長が「如此白《かくまを》して」と「出雲国」の間に「乃隠也。故随白而」七字を補って注釈した（『古事記伝』十四之巻・神代十二之巻）のを批判して全く逆に解釈する。その典型が、新編日本文学古典全集『古事記』の解説で、「大国主神は、服属の意を表するために、出雲の多芸志の小浜に殿舎を建て、そこに建御雷神たちを迎えて供献の儀を行う」とし、さらに「天の御舎」については「服属儀礼を行うために、大国主神が相手の神々のために建てたもの」と位置づけ、「天の御饗」についても「大国主神が服属のしるしとして天つ神の側に献上するご馳走」と念を押している。

しかし、アンダソヴァ・マラルはシャーマニズム研究の立場から、新潮日本古典集成『古事記』と『古事記注釈』を支持し、この場面は神が巫者に乗り移って人称の未分化状態になり、クシヤタマの神がオホクニヌシの祭り手になったと解釈している。[4] 後述するように、本来クニの献上には、その土地に宿る「国魂」が一旦相手に滞留したあと改めて贈り主のもとへ回帰するという性質が備わっている。巨大な神殿を造営し、そこにオホクニヌシを祭れば「僕は、百足らず八十坰手に隠りて侍らむ」、すなわち「葦原中国」ではなく出雲という限定された聖域に鎮まっていよう、といっているのだ。西郷信綱の指摘にあるように、かつてこの国の神信仰は磐座を祀ることに表象されていたが、神々が初めて神殿に住まうようになるのはオホクニヌシのこの国譲りを代償としてであった。したがって、この場面は出雲大社の縁起譚として読むのがよい。

なお、日本書紀の異伝では、むしろ古事記以上にこれが服属を前提にした対等の交換であることを明言している。

高皇産霊尊《たかみむすひのみこと》、……大己貴神《おほあなむちのかみ》に勅《みことのり》して曰く「汝が治らす顕露之事《あらはなること》、是吾が孫治《し》らすべし。汝は以て神事《かくれたること》を治らすべし。又汝が住むべき天日隅宮《あまのひすみのみや》は、今し供造《つく》らむ。即ち千尋《ちひろ》の栲縄《たくなは》を以て、結びて百《もも》八《や》十《そ》紐《むすび》とし、其の造宮《みやつくり》の制《のり》は、柱は高く太く、板は広く厚くせむ。……又汝が祭祀を主《つかさど》らむ者は、天穂日命《あめのほひのみこと》是なり」とのたまふ。是に大己貴神報《こた》へて曰く「……吾が治らす顕露之事は、皇孫《すめみま》治らしたまふべし。吾は退《さ》りて幽《かく》れ事《たること》を治らさむ」とまをす。（神代下・第九段・一書第二）

ここでタカミムスヒは、天孫が現実世界の政治（顕露之事）を担当するのと「引き換えに」幽界の「神事」をオホナムチ（オホクニヌシ）にまかせ、オホナムチの祭り手にアメノホヒを任命している。また古事記が「天の御舎」とするところをより具体的に「天日隅宮」の造営と明示している。この結果、皇孫の地上における現実的な政治を、オホクニヌシが幽事（神事）の世界から守護するという贈与と返礼からなる相互依存の体制が確立されたといえよう。

三　オホクニヌシの祟り

国譲り神話の面白さは、この神話が完了した後にも歴代の天皇に対して様々な影響を及ぼしている点である。特にオホクニヌシが霊界に引退してから後は、ヤマト王権よりも優位な立場に立ったかにみえるところが興味深い。霊的な世界はもはや武力による征服の対象にはなりえないからだろうか。たとえば、古事記・中巻の崇神天皇条をみると、国内に疫病が蔓延し多くの人民が死に絶えようとする国家存亡の危機が訪れたという。天皇がその原因をつきとめようとして「神牀」にこもり神託を受けると、その夜、崇神の夢にオホモノヌシが現われて、

是は、我が御心ぞ。故、意富多々泥古《おほたたねこ》を以て、我が前を祭らしめば、神の気《け》、起らず、国もまた安らかけく平らけくあらむ。

との神託が告げられた。祟りの原因はオホモノヌシの祭祀を怠ったためだというのである。ここに顕現したオホモノヌシとは「大国主神、亦は大物主神と名《まを》し、亦は国作大己貴命と号し」（日本書紀・神代上・第八・一書第六）とあるように、オホクニヌシの別名である。崇神天皇の世の国家的危機の原因は、国譲り神話において約束されたオホクニヌシ祭祀が守られていなかったためであった。オホモノヌシの「モノ」とは、いうまでもなくオホクニヌシの「国魂」であり、幸魂《さきみたま》・奇魂《くしみたま》でもあった。崇神はオホモノヌシの祟りを解くために、オホタタネコを神主として三輪山で三輪大神を祀り、あわせて天神・地祇を祀る神社制度を定めたという。

さらに古事記・中巻の垂仁天皇条をみると、垂仁の皇子ホムチワケのいわゆる異常出生譚がある。ホムチワケは「御子」と記されるように皇位継承の資格を有していたが、母が不本意にも天皇への反逆者の立場に立たされてしまったことと、ホムチワケ自身が成人するまで言葉が話せなかったために天皇の位につくことはできなかった、とされている。ある時、垂仁は例によって「神牀」にこもり神託を受けると、その夜の夢に「出雲大神」が現われ、ホムチワケが失語症であるのは「出雲大神」の祟りであると告げられる。以下はそのくだりである。

是に、天皇、患《うれ》へ賜ひて、御寝《みね》しませる時に、御夢《みいめ》に覚《さと》して曰く、「我が宮を修理《つくろ》ひて、天皇の御舎《みあらか》の如くせば、御子、必ず真事《まこと》とはむ」と、かく覚す時に、ふとまにに占相《うらな》ひて、何《いづ》れの神の心ぞと求めしに、その祟りは、出雲大神の御心《みこころ》なりき。

ここに現われた「出雲大神」とは「我が宮を修理ひて、天皇の御舎の如く」造営せよと命じた神、すなわち「天津日継知らすとだる天の御巣の如くして、底津石根に宮柱ふとしり、高天原に氷木たかしりて、治め」（古事記・国譲り条）ることで国を献上する条件としたオホクニヌシである。ところが今、その約束に反してオホクニヌシの神殿での祀りは放置されていた。垂仁の御子ホムチワケが言葉を話せなかったのはその祟りだというわけである。天皇はさっそくホムチワケを出雲へ派遣し出雲大神を祀る。するとそこに「出雲国造が祖、名は岐比佐都美《きひさつみ》」が現われ、「大御食《おほみけ》」を献上した。その結果、ひとまず出雲大神の怒りは解け、ホムチワケは初めて意味のある言葉を発することができたという。

この「大御食」献上に関しても従来多くの論者は、出雲国造がオホクニヌシに成り代わって天皇への服属を誓う行為と解釈している。しかし、アンダソヴァ・マラルは、この時ホムチワケが一体化したのは出雲大神であって、「大御食を献ることを通して出雲の服属が示されるのではなく、むしろ天皇の側からの「出雲の大神」の祭祀が描かれていると考えるべきである」と指摘している(5)。なお、これについては斎藤英喜が次のように述べているのが説得的である。

ここでオホクニヌシが「出雲の大神」と喚ばれていることに注意しよう。この事件をきっかけとして、オホクニヌシは「出雲の大神」として祭られる神へと変成したのである。それは「出雲の大神」の祭祀が、天皇の地上支配には不可欠であることが、再確認されたことといってもよい。神代における「国譲り」の神話が、歴史のなかで再現されたのである。ちなみに現代においても、年二回、出雲大社には宮中の使者が派遣され、供物が捧げられているという。国譲りの神話は、いまも生きているといえよう(6)。

以上のように、オホクニヌシの「国譲り神話」は、変奏されつつつくり返しヤマト王権に対して霊威の影響を及ぼしている。天皇王権と出雲のオホクニヌシをめぐって反復されるこの語りの由来は、一体どこに存するのであろうか。

四　贈与（互酬）交換としての「国譲り」

M・モースの『贈与論』およびM・ゴドリエの『贈与の謎』によれば、互酬的な贈与交換はアニミズムに根ざしている。モノにはすべて霊魂（アニマ）が宿っており、贈与されたモノには贈った側の「所有権」がニュージーランド先住民マオリ族のいう「ハウ」（精霊）として付随してくる。ここで重要なのは、贈与の受け手にもたらされた「ハウ」には持ち主のところへ戻りたがる性質、すなわち「使用権」は贈られても「所有権」は移らないという性質があることだ。古代、あるいはアルカイックな社会ではこの「ハウ」（精霊）を放置すると大変な災厄（ハウ）に見舞われると信じられていたために、贈与の受け手には必ず返礼する義務が生じると考えられた。こうして共同体と共同体の間に贈与の義務と返礼の義務が生じ、各共同体はこの互酬交換を継続的にくり返すことで相互の社会的紐帯を強化していった、という[7]。

この互酬交換には国家による武力の強制とは違った形の強制力が働いていたのだ。これを呪力にもとづく強制と言い換えてもよい。こうした社会の構成体では対称性の原理が優位に働くために、超越的な王や国家の発生は抑制される仕組みとなっていた（柄谷行人『世界史の構造』第一部第二章）。

ここでM・モースおよびM・ゴドリエの理論を「国譲り神話」に援用してみよう。すると、オオクニヌシが天皇家の祖先たる天つ神に献上した「クニ」には、贈与側の「ハウ」（精霊）が付随していることになる。献上されたクニは、贈与の受け手である古代国家には地上支配の「使用権」は与えられたものの、「所有権」そのものは移行していない。返礼としての祭祀を怠れば、大変な災厄（ハウ）に見舞われることになる。オオクニヌシ祭祀を忘れていた崇神天皇やホムチワケがこうむった災厄（ハウ）は、贈与に付随する「ハウ」（精霊）を放置していたためであったといえる。

このような互酬の観念をベースに置く服属儀礼が、服属（言向け）＝奉仕という一方向的な流れの中に収まっているとは考えにくい。どんなに強制的にクニを奪ったとしても、そこに付随するハウ（国魂）は奪えないからである。古代史研究では出雲国造の新任式を「出雲神話を背景に国譲りを再現して天皇の統治権を正統化する儀礼」と規定している。[8] むろん、中央集権国家を支える律令制定法が、共同体と共同体の分断を図って互酬関係を否定してかかるのは当然である。しかし、神亀三年二月（続日本紀）に実施された出雲国造の新任式には、一年間の潔斎を終えた出雲臣広嶋が上京して出雲大社の神宝（鏡・剣）を献上している。それを受けて天皇から下賜された神宝は、贈与の受け手からの返礼であろう。はじめに述べたように、これを「負幸物《おひさちもの》」というのは、この儀礼、延いては「国譲り」そのものが贈与と返礼から成る「交換」、すなわち広義の「幸易《さちかへ》」であったことを雄弁にものがたっている。その基底にあるのは「言向け」の論理ではなく、双方向の「手向け」の論理ともいうべきものである。

おしまいに、贈与に宿る「ハウ」（精霊）が、持ち主（所有権者）のところへ戻ってきた例を一つあげてこの論の締めくくりとしよう。それは古事記・中巻、ヤマトタケル東征説話の中の、有名なオトタチバナヒメ伝承である。東国遠征の途中、ヤマトタケルの一行は走水の海を渡ろうとするが、「渡りの神」に妨害されて暴風雨に見舞われる。その時、オトタチバナヒメは海神の怒りを鎮めるために、ヤマトタケルの身代わりになって人身御供（供犠）として入水する。これはヤマトタケル側の「渡りの神」への贈与であって、そこで海神には「暴浪、自らなぎて御船進ことを得たり」という返礼の義務が生じる。この時、贈与に宿る呪力の「ハウ」（精霊）は、持ち主のところへ帰りたがる性質があったために、「七日の後にその后の御櫛、海辺に依りき」となり、オトタチバナヒメの魂は愛する夫のもとへ戻ることができたと伝えている。

なお、今日でも陰暦十月の神無月には日本全国の神社に祀られている神々が出雲大社の地に戻ってくると伝えられているが、それが伊勢神宮（天照大御神のもと）ではないということが重要である。この国（クニ＝土地）の本来の「所有権」がどこにあったかが示唆されているからである。

注

（1）古事記と日本書紀の神統譜を総合すると、初代神武天皇の皇后はオホクニヌシ（オホナムチ・オホモノヌシ）の娘のイスケヨリヒメとされていて、この時点でもオホクニヌシと天孫の対立は融合している。

（2）オホクニヌシは「国譲り神話」のみならず、奪われた国の先住民の誇りにかけて、その前提をなす「国作り神話」についても熱心に語る。それが古事記の立場だ。反対に日本書紀は中央集権的律令国家建設のプロセスを語ることに熱心で、日本書紀・本書（異伝を除く）ではオホナムチの神話をスポイルしている。このあたりの事情は、三浦佑之『古事記を読みなおす』（ちくま新書、二〇一〇年）に詳しい。なお最近、村井康彦はオホクニヌシの奪われた国こそ邪馬台国であると論じている（『出雲と大和』岩波新書、二〇一三年）。

（3）西郷信綱『古事記研究』（未来社、一九七三年）、石母田正『日本古代国家論　第2部』（岩波書店、一九七三年）。

（4）アンダソヴァ・マラル『古事記　変貌する世界』（ミネルヴァ書房、二〇一四年）。

（5）注4に同じ。なお、私は古事記・仲哀天皇条のいわゆるホムダワケの皇子（応神天皇）と「気比大神」との「名易へ」の説話もホムチワケと同じ構造の話と考える。この説話も多くは気比の大神側からの服属儀礼の申し立てと解釈されているが、「名を易ふる幣を献らむ」の「幣」とは贈与に宿る呪力を意味し、広義の「幸易《さちかへ》」神話の形式を踏襲した表現である。

（6）斎藤英喜『古事記　成長する神々』（ビイング・ネット・プレス、二〇一〇年）。

（7）M・モース『贈与論』吉田禎吾・江川純一訳（ちくま学芸文庫、二〇〇九年）。同、森山工訳（岩波文庫、二〇一四年）。M・ゴドリエ『贈与の謎』山内昶訳（法政大学出版局、二〇〇〇年）。

（8）大津透『古代の天皇制』（岩波書店、一九九九年）。

（付記）本稿脱稿後に、「国譲り神話」を「一種の贈答（贈与と返済）の物語り」とする先説があるのを知ったので引用しておく。

国譲りの物語りは、「大国主神の服属を決定的に確認する」ことだけで終わったのではない。武力平定ではなく、「言むけ」と国の献上の物語りにふさわしく、支配者が服属者に礼をつくす物語りも、言外に語られたのである。それは、一種の贈答（贈与と返済）の物語りであった。贈答の関係は、原理的に、対等者の関係である。それ故に、国譲りと大国主神の宮殿の造営の物語りは、天皇およびその祖先の権威ばかりでなく、国つ神の権威をも語り、天つ神と国つ神の共同的世界を語ろうとした『古事記』の思想に、まことにふさわしいものであった。

（水林彪『記紀神話と王権の祭り』岩波書店、一九九一年）

なお、M・モースの『贈与論』を発展的に継承するアネット・ワイナーに『譲渡不能の占有――与えながら保持するパラドックス』なるタイトルをもつ書がある（カリフォルニア大学出版局、一九九二年、未邦訳）。この「与えながら保持するパラドックス」は「国譲り神話」の本質を示唆するもののように、私には思える。

第二部　古代文学における思想的課題

第一章　古代国家論――天皇制の起源をめぐって――

はじめに

現在、天皇制の起源をめぐる古代史家の見解は、「王（大王）から天皇へ」という展開に連続性を認めることで一致している。「治天下」と結びついて用いられる君主の呼び方は、大王と天皇しか存在しないからである。しかし、さかのぼって邪馬台国の女王卑弥呼と倭の五王の間にも直接のつながりがあるのか、それとも一旦断絶しているのかという問題になると、その判断は考古学的にも歴史学的にも一様ではない。また、地域の有力諸豪族と同盟関係を結んで連合政権を構成していた五～六世紀の「倭王家」が、いかにして超越的な天皇王権へと飛躍したか、そのプロセスをめぐってもいくつか考え方の相違がある。最近、大化前代の王制に関して、史家の間に「倭国大乱」（『後漢書』「東夷列伝」倭人条）以来一貫して倭王を「共立」した、部族連合体としてのクニグニの合議体制を評価する向きがある。しかし、有力な諸豪族の協議の中から選出された首長の権限などはたかが知れているといわなければならない。私は、対等な豪族同士の中から権力とは区別された超越的な「権威」が発生することはありえないと思うので、諸豪族の首長が全員一致して各自の主権を唯一人者に譲渡するためには、共同体の「外」（必ずしも外国の侵略とは限らない）からの何らかの強力な働きかけが作用したと考えている。それも単一の要素ではなく、複合的な「外的契機」の組み合わせの中から、有力諸豪族をしりぞける形で天皇王権は生まれたと考えるべきであろう。要するに、天皇制の起源をめぐる議論には、それを実証史学的な方面から探るだけでは限界があるので、一種の「抽象力」（マルクス）で迫ることが求められているのだ。

一　群臣の推戴について

日本書紀を通覧すると、皇位継承の即位儀礼に関連して、群臣が大王に後代の三種の神器に相当するレガリア（神璽）を献上し、即位を請うといった記事が散見する。主な用例を挙げておこう。

群卿《まへつきみたち》議りて曰く、……吉日を選びて、跪《ひざまつ》きて天皇の璽《みしるし》を上《たてまつ》る。……群臣、大きに喜びて即日に天皇の璽符《みしるし》を捧げ、再拝《をろが》みて上る。

（允恭天皇即位前紀）

冬十月の己巳の朔にして壬申に、大伴室屋大連《おほとものむろやのおほむらじ》、臣・連等を率ゐて、璽を皇太子に奉る。元年の春三月の戊戌の朔にして壬子に、有司《つかさ》に命《みことおほ》せて、壇場《たかみくら》を磐余《いはれ》の甕栗《みかくり》に設け、陟天皇位《あまつひつぎしろしめ》す。遂に宮を定めたまふ。並に葛城韓媛《かづらきのからひめ》を尊びて皇太夫人《おほきさき》とす。大伴室屋大連を以ちて大連《おほむらじ》とし、平群真鳥大臣《へぐりのまとりのおほおみ》を大臣《おほおみ》とすること、故《もと》の如し。臣・連・伴造等、各職位《つかさのくらゐ》の依《まま》につかへまつる。

（清寧天皇即位前紀）

二月の辛卯の朔にして甲午に、大伴金村連、乃ち跪きて天子の鏡・剣の璽符を上り、再拝みたてまつる。

（継体天皇元年）

勾大兄広国押武金日天皇《まがりのおほえのひろくにおしたけかなひのすめらみこと》崩りまして、嗣《みつぎ》無し。群臣、奏して剣・鏡を武小広国押盾尊《たけをひろくにおしたてのみこと》に上《たてまつ》りて、即天皇之位《あまつひつぎしろしめ》さしむ。

（宣化天皇即位前紀）

炊屋姫尊《かしきやひめのみこと》と群臣と、天皇（崇峻）を勧め進りて、即天皇之位さしむ。蘇我馬子宿禰《そがのうまこのすくね》を以ちて大臣とすること故の如し。卿大夫の位も故の如し。……天皇（崇峻）、大臣馬子宿禰の為に殺《し》せられたまひぬ。嗣位、既に空し。群臣、渟中倉太珠敷天皇《ぬなくらふとたましきのすめらみこと》の皇后額田部皇女《ぬかたべのひめみこ》に請して、践祚《あまつひつぎしろ》さしめまつらむとす。皇后辞譲《いな》びたまふ。百寮《もものつかさ》、上表《ふみたてまつ》りて勧進《すすめまつ》る。三《みたび》に至りて乃ち従ひたまふ。因りて天皇の璽印《みしるし》を奉る。

（崇峻天皇即位前紀～推古天皇即位前紀）

元年の春正月の癸卯の朔にして丙午に、大臣と群卿、共に天皇の璽印を以ちて田村皇子に献る。

（舒明天皇即位前紀）

右の資料は、一般には歴代天皇の即位儀礼の一環として、レガリア（神器）の授与が行われた例として引用されることが多い。その場合、神器授与の記載がない、他の歴代天皇のケースが問題となるが、それについて右の用例を検討すると、「嗣無し」（宣化天皇即位前紀）とか「嗣位、既に空し」（推古天皇即位前紀）といったように、いずれも皇位継承上何らかの困難な事情のともなう状況があって、そのようなケースに限り特に神器の授与が強調され、即位の正統化が示唆されている。これは逆にいえば、日本書紀では通常の順調な皇位継承においては神器授与を特に記さない方針だったのではないか、との見方が成り立つ(1)。そこから推測しうることは、大化前代の即位式には、すでにレガリア（神器）授与の儀礼は一般化していたということである。私は、制度上の確立などを含む歴史的実体はともかくとして、少なくとも日本書紀編纂の時点では、井上光貞が指摘するように、「先帝崩御による即位の場合は、その日に、群臣による神器の奉上をおこなうべしとする思想が成立していた」[2]とするのは妥当な見解であると思う。

近年、古代史学で注目されているのは、むしろ神器授与の記載そのものではなく、それを「奉上」する主体が大臣・大連をはじめとする「群臣」であったと伝えられていることである。これは何を意味するのか。端的にいうと、新王の即位は群臣によって選出されていた、決定権は群臣にあったということである。むろん、「嗣無し」といっても、それで群臣の中から新しい王が任命されるわけではない。皇位の継承はあくまでも王族内から選ばれる。ただ、たとい王の生前からあらかじめ次代の継承者（いわゆる太子）が任命されていても、その即位の決定には群臣の推戴という手続きが不可欠であったということである。これは、群臣によるレガリア授与儀礼の本質がどこにあるのか、を考える上で重要である。

右の資料を勘案しつつ、熊谷公男の復元案を参考にしながら大王即位式のプロセスをたどると、おおよそ次のような次第で実施されていたとみられる[3]。

(1)群臣がレガリアを新大王に献上する。
(2)即位式の場に壇を設け、そこに新大王が昇って即位する。
(3)壇を築いた場所に宮を定める。
(4)大臣・大連・臣・連・伴造などの役職を任命（新任・再任）する。

この「治天下大王」の王位継承次第の中心は、一見すると(2)と(3)にありそうだが、実は(1)の群臣によるレガリアの献上と、(4)の大臣・大連の任命が相互に対応している点に注目すべきである。群臣の推戴によって新王が即位すると、今度は新王によって改めて群臣（大臣・大連など）が任命されるという、いわば王と群臣の間が相互に依存する関係になっているのだ。この関係はいうまでもなく、「倭王家」が地域の有力諸豪族と同盟関係を結んで連合政権を構成していた時代の名残を色濃く映し出すものである。群臣（畿内豪族）が主体となって行われる神器奉上の儀礼とは、新たに即位した王が絶対的な権限をもつに至ったことを公に宣言する場なのではなく、王と群臣の身分秩序を相互に改めて確認し、更新する場であったのである。むしろ、ある意味では大臣・大連側に権限があって、推戴された王はその主権の代行者にすぎなかったケースもある。「天皇、大臣馬子宿禰の為に殺せられたまひぬ」（推古天皇即位前紀）などといった表現がみられるのがそういった推測を支持する。要するに、即位儀礼のプロセスを主導するのが王それ自身ではなく、群臣たちであったということは、大化前代の王制には「王ないし王族内の自由意志によって自律的に王位継承を実現できる条件がなかった」ということであり、それは言い換えれば、王権の主体性の確立がいまだ十分ではなかったということを意味している。(4) 熊谷公男は神器授与儀礼のこのようなあり方を「王と群臣の互酬的関係」と呼んでいる。

こうした王と群臣間の「互酬」の連鎖に楔を打ち込んだのが、いうまでもなく天武・持統朝における唐代律令制度の本格的な導入であった。この成功によって支配と被支配の関係が法的に固定化され、そこから権力と権威が一体化した超越王権としての天皇の出現がうながされることになる。その意味では天武・持統朝の二十三年間は日本史の中でも特異な一時期といえる。この根本的な転換を持統天皇の即位式の「神璽」授与儀礼の中にみることができる。

四年の春正月の戊寅の朔に、物部麻呂朝臣《もののべのまろのあそみ》、大盾《おほたて》を樹《た》つ。神祇伯《かむつかさのかみ》中臣大島朝臣《なかとみのおほしまのあそみ》、天神寿詞《あまつかみのよごと》を読む。畢《をは》りて忌部宿禰《いみべのすくね》色夫知《しこぶち》、神璽《かみのしるし》の剣・鏡を皇后に奉上る。皇后、即天皇位す。公卿・百寮、羅列《つらな》りて匝《あまねく》拝《をろが》みたてまつり拍《て》手《う》つ。

（持統天皇四年正月）

持統の皇位継承の即位儀礼は、従来の大王の即位式とどのような点で異なるのであろうか。一つは、群臣によるレガリア授与の儀式が中臣氏と忌部氏に固定したということであるが、この点に画期的意義を認める熊谷公男は次のように指摘している。(5)

忌部氏によるレガリアの献上は、群臣のレガリア献上の儀を引き継ぎながらも、忌部氏に固定化することによって、群臣による新大王の推戴という意味を払拭している。要するに、大王の即位式で中心的意味をもっていた群臣による新大王の推戴と、天つ神による「事依させ」がともになくなって、新天皇の即位を正当化するものは「日の御子」という血筋と先帝の意思のみになり、王権の主体性が儀礼のうえでも確立するのである。

中臣氏が「天神寿詞」を奏上し、忌部氏が「神璽の剣・鏡」を奉上る、というとき、ただちに想起されるのが古事記の天孫降臨神話との関連である。いうまでもないが、天孫降臨神話とはアマテラス大神と高木神(タカミムスヒ)の二神が、孫のアマツヒコホノニニギノ命に中臣氏の祖神アメノコヤネノ命や忌部氏の祖神フトダマノ命など五つの伴緒を従者として副えさせ葦原中国へ天降りさせる、という古事記の神話体系の中核をなす部分である。この神話と持統の即位儀礼との間に対応関係が見出せるということは、持統の即位式こそが以後の皇位継承次第の規範となる、ということを強く示唆するものであろう。言い換えれば、即位儀礼に天孫降臨神話の観念を介在させることによって、それまで絶対条件とされていた群臣による大王推戴の意義を宙づりにし、王と群臣が相互に依存する互酬的関係をイデオロギーの上からも断ち切ろうとしたのだ。併せて、天つ神と王家の間に血縁関係をもたせ、即位の正統性はアマテラス大神の子孫である「天つ日継《ひつぎ》」によって果たされるとした。このような大胆な発想はなぜ可能であったのか。実証はできないが、背景に古代日本の血族観念の希薄さ（双系制であることなど）が逆に作用したのではないか、と私は考えている。

水林彪は、大化前代の即位式にみられる「王と群臣の互酬的関係」を「選挙王政」としてとらえかえし、新たな天孫降臨神話の成立はこうした「選挙王政」を根本的に否定するものだとして、その意義を次のように評価する(6)。

ホノニニギ命が「葦原中国」の日向国に天降り、そこに宮を構えることによって、国神による葦原中国王権としての大国主神王権にかわって、天神（高天原の神）の末裔が王となる最初の葦原中国王権が成立し、これが天皇王権の起源をなすとされたのである。この神話の歴史的意義は、天皇を、支配される側（葦原中国）とは異次元の超越的世界（高天原）に属する存在とすることによって、在地首長らが同輩の中から第一人者を大王として推挙する選挙王政的構造を、原理的・思想的に否定したことにある。

みられるように、大化前代の「在地首長らが同輩の中から第一人者を大王として推挙する選挙王政的構造」は、律令天皇制導入以前の王制（王と群臣の互酬的関係）の本質的な一面を照らし出すものといえる。

二　贈与（互酬交換）の謎

ここまで、熊谷公男や水林彪の説を引用しながら大化前代にみえる王制の性格と、その限界を打破した天武・

持統朝の画期性についてみてきたが、これらはいずれもすでに確立された律令天皇制の絶対的権威を前提とした評価である。天武・持統朝における唐代律令制度導入の中に「大王から天皇へ」至る画期的な飛躍を認めることができるのであれば、同じように大化前代の「群臣の推戴による大王制」定着の中にも画期的意義を認めるべきであろう。なぜなら、たとい王位継承候補者が乱立して、即位の過程で深刻な対立が生じたとしても、それによって群臣の中から新たに王が任命され、王制自体がご破算になるわけではないからである。王位の継承はあくまでも王族内から選ばれ、王と群臣の身分的な支配関係それ自体はゆらぐことがなかった。すると、「在地首長らが同輩の中から」選出した「第一人者」（王）とは何か、それはいかなる理由によって諸豪族の首長制に還元されない「王制」として定着したのか、ということが改めて問われなければならない。

くり返すと、かつて列島内では「倭国大乱し、更《こもご》も相攻伐し、年を歴《へ》るも主無し」（『後漢書』「東夷列伝」）といった、クニグニに諸豪族が群雄割拠し、誰も絶対的な優位性をもちえない多元的な状態（戦争状態）が長く続いたが、そのような状況の中から「是に於いて共に立てて王となす」、すなわち一王を「共立」するような王制が誕生している。こうした多元的な状況を克服し、「王と群臣の互酬的関係」が確立されるに至るプロセスは、実はそれこそが天皇制の起源をめぐる問題であると同時に、古代「国家」（初期国家）の発生にかかわる場面でもあるのだ。

われわれはここで、これまで古代史家の間では史料が不足しているゆえに問われることのなかった互酬（贈与）交換の謎に出会うことになる。そこでまず思考実験のための論理モデルの提出といった意味合いで、誰も絶対的に優位な立場に立てない状況というものを、文化人類学の成果を援用しながら論理的に想定してみよう。その場合、前述したC・レヴィ＝ストロースのいう「突きあい序列 pecking order」という論理的フレームが参考になる。レヴィ＝ストロースは有名な「神話の構造」という論文の中で、ニワトリの行う「突きあい序列」の行動がもたらす従属関係と、彼が親族研究の婚姻規則の中で見出した「一般交換 generalized exchange」の間には、同型の論理が働いているとみて、さまざまに変奏された世界中の神話群もこの配列に置き換えることができれば、すべて次のような定式に還元することができるとした(7)。

$$F_x(a): F_y(b) \simeq F_x(b): F_{a-1}(y)$$

レヴィ＝ストロースは、この定式でaとbという二つの項が、それぞれxとyという機能をもっていて、ある状況下でその項および関係が逆転すると、二つの状況の間には同型の論理が働くとしている。具体的には、「突きあい序列」と「一般交換」の置換性をさすが、その説明は難解をきわめる。そこでここでは、中沢新一がこの二つの場面の共通性を図を用いて明解に説明してくれているので、そちらの方を引用しよう(8)（図1参照）。

この図をニワトリがおたがいを突きあって序列をきめる行動の場合に適用してみよう。ニワトリAはBを突くことによって、優位を表現する。BはCを突いて優位に立つ。CはDを突いて優位に立つ。そうなるとDは最下位である。ところが順番でDはAを突く。いまやAは最上位でありながら最下位となる。突きあい関係が一回りすると、まるでメビウスの帯の周囲を一周したようにして、「下位」と「上位」がひとつながりになってしまう。そのときのニワトリAの心理はまさしく「きれいはきたない、きたないはきれい」であると言えるが、状況はどのニワトリにとっても同じである。

同じことが「一般交換」の場面でも言える。Aの集団はBの集団に女性を妻としてあたえるから、B集団にたいして優位に立つ。ところがこの場合も、回り回ってAの集団は最下位であるはずのD集団から妻を得て、その下位に立たなければならない。誰かがこのような状況を飛び出していわば「超越者」となってしまうことを認めない「平等社会」では、

……特権的集団というのが発生できない仕組みになっている。

右にみるような、「突きあい序列」の論理的フレームにしたがう限り、誰も絶対的に優位な立場に立てない「平等社会」が、同心円的な円環構造を作りながらメビウスの帯状の変換過程として無限にくり返されることになる。そこからは、超越的な神の出現もなければ、王の出現もなく、したがってまた成層化された国家（首長制共同体とは区別された）の形成もないということになる。注意すべきは、こうした「平等社会」（自然状態）は同時に、「更《こもご》も相攻伐」する「戦争状態」でもあるということである。このような絶えざる戦争状態が「国家」の形成をはばむ「国家に抗する社会」（ピエール・クラストル）でもあるのだ。(9)

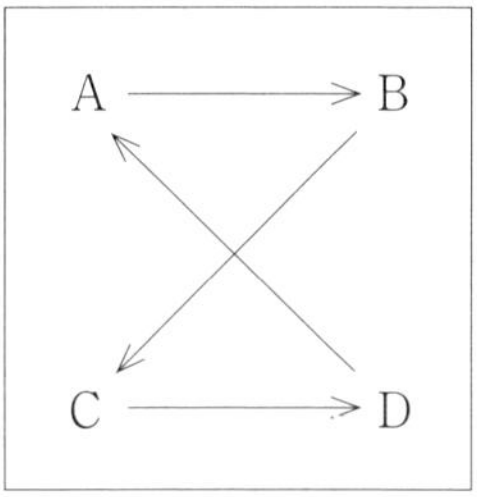

図1　C・レヴィ＝ストロース『親族の基本構造』（前掲）

「倭国大乱し、更も相攻伐し、年を歴るも主無し。一女子あり名づけて卑弥呼と曰ひ、年長じて嫁がず、鬼神の道に事へ、能く妖を以て衆を惑はし、是に於いて共に立てて王となす」（『後漢書』「東夷列伝」倭人条）と伝えられているように、古代の日本ではある一時期にいわば「突きあい序列」の状況を飛び出して「超越者」（王）の地位につく者が出現している。一体、無限連鎖であるはずの「突きあい序列」はいかにして破られたのであろうか。もし「鬼神の道に事へ」る巫女が王の地位につくための絶対条件であるならば、そのような巫女はどこの共同体にも普遍的に存在していたはずであるから、必要条件ではあってもそれだけということはないだろう。

三　コノハナノサクヤビメ神話

実は、この問題を考える上で、格好の素材を提供してくれる神話がある。それは、本書第一部第五章でも論じた古事記・上巻にみえる天孫降臨直後のニニギノミコトとコノハナノサクヤビメの結婚の話である。

是《ここ》に、天津日子番能邇々芸能命《あまつひたかひこほのににぎのみこと》、笠沙《かささ》の御前《みさき》にして、麗《うるは》しき美人《をとめ》に遇《あ》ひき。爾《しか》くして、「誰《た》が女《むすめ》ぞ」と問ひしに、答へ白《まを》ししく、「大山津見神《おほやまつみのかみ》の女、名は神阿多都比売《かむあたつひめ》、亦の名は、木花之佐久夜毘売《このはなのさくやびめ》と謂ふ」とまをしき。又、「汝が兄弟《はらから》ありや」と問ひしに、答へ白ししく、「我が姉、石長比売《いはながひめ》あり」とまをしき。しかして、詔《のりたま》ひしく、「吾、汝と目合《まぐは》ひせむと欲ふはいかに」とのりたまひしに、答へて白ししく、「僕《あ》は、白すこと得ず。僕が父大山津見神、白さむ」とまをしき。故、其の父大山津見神に乞《こ》ひに遣《や》りし時に、大きに歓《よろ》喜《こ》びて、其の姉石長比売を副《そ》へ、百取《ももとり》の机代《つくえしろ》の物を持たしめて、奉《まつ》り出《いだ》しき。故爾くして、其の姉は、甚《いと》凶醜《みにく》きに因りて、見畏《みかしこ》みて返し送り、唯に其の弟《おと》木花之佐久夜毘売のみを留《とど》めて、一宿《ひとよ》、婚《あひ》を為《し》き。爾くして、大山津見神、石長比売を返ししに因りて、大に恥ぢ、白し送りて言ひしく、「我が女二並《むすめふたりとも》に立て奉りし由《ゆゑ》は、天つ神御子の命は、雪零《ふ》り風吹くとも、恒に石《いは》の如くして、常《ときは》に堅《かちは》に動かず坐《いま》さむ、亦、木花之佐久夜比売を使はば、木の花の栄ゆるが如く栄え坐《ま》さむとうけひて、貢進《たてまつ》りき。此《か》く、石長比売を返らしめて、独り木花之佐久夜毘売のみを留むるが故に、天つ神御子の御寿《みいのち》は、木《こ》の花のあまひのみ坐さむ」といひき。故《かれ》、是《ここ》を以て、今に至るまで、天皇命等《すめらみことたち》の御命《みいのち》は、長くあらぬぞ。

コノハナノサクヤビメ神話の古事記の文脈に即した理解に関しては、新編日本古典文学全集『古事記』（頭注）が次のような解説を加えている。(10)

山上に降り立った邇々芸能命が、山の神の娘との結婚を通じて、山にかかわる呪力を手に入れる話である。邇々芸能命は、大山津見神が差し出した二人の娘のうち、醜い姉石長比売を返し、美しい妹木花之佐久夜毘売のみをとどめて、一夜の交わりを結ぶ。しかし、姉は永遠を、妹は繁栄を約束するはずであったために、繁栄はもたらされたが、寿命の有限を負うことになる。天つ神の血統である天皇の寿命が有限なのは、ここに由来するという。……天皇の寿命が永遠でない理由を、それ（「人草」の命が有限である理由）と区別して、天皇のために語るのである。

みられるように、古事記のコノハナノサクヤビメ神話は、天孫ニニギノミコトが「山の神の娘との結婚を通じて、山にかかわる呪力を手に入れる話である」が、この一連の神話を天つ神の御子が「山と海の呪力」を得て、初代君主（神武天皇）誕生の準備をするといった、文脈論的理解だけに閉じこめ、ありうべき「読み」を断念（自己完結）するのは勿体ないというべきである。なぜなら、この神話の文脈論的意味をいったん棚上げにして、その構造に注目すると、この神話は「贈与（互酬交換）の謎」を解明する手がかりをわれわれに提供していることがわかるからである。そもそもなぜニニギは山の神の娘と結婚すると「山の呪力」を得ることができるのであろうか、必ずしも自明とはいえない。

先に触れたように、レヴィ＝ストロースは「一般交換」の論理的枠組みの中に「突きあい序列」と同型の働きが作用していることを見出していた。「一般交換」とは、外婚制と呼ばれる、どこの民族にも普遍的に見出せる婚姻規則のことである。「国《くに》つ神」世界の代表者たるオホヤマツミノ神が「天《あま》つ神」世界のニニギノミコトに娘のコノハナノサクヤビメとイハナガヒメを「贈与」したのは、「一般交換」の場面で、Aの集団がBの集団に女性を妻としてあたえ、B集団にたいして優位に立ったことを意味する。娘を乞われたオホヤマツミが「大きに歓喜」したのは本来的にはそのためである。しかし、直接語られているわけではないが、次の機会にB集団が「贈与」の「返礼」（義務）としてA集団に女性を妻としてあたえれば、A、Bどちらか一方の集団が優位な立場に立つということはなくなる。「天つ神」世界と「国つ神」世界の関係も原理的には、こうした互酬交換を行うことで、原初の対称性を保ち、友好的な「平等社会」を実現し、なおかつそれを維持・更新することで、「天つ神」という特権的集団の発生を阻止する仕組みになっていたはずである。

なお、ここで注意しておきたいのは、外婚制（一般交換）の前提には近親婚の禁止があるということである。周知のように、近親婚の禁止については、レヴィ＝ストロースに「インセスト禁忌とは自然が自己を乗り越えるプロセスである」という有名なテーゼがあるが、(11)古代人がインセストを禁止したのは、何も「自然から文化への跳躍」（自然の自己超出）の意義を認識して、それを実践に移したというわけではない。結果としてそうであったということである。すると、近親婚を禁止する（外婚を命じる）際の現実的な契機、あるいは積極的な根拠といったものが、改めて問題になる。サクヤビメ神話に即していえば、オホヤマツミノ神が二人の娘をニニギノミコトに妻として「贈与」する前提には、「国つ神」世界内部でのサクヤビメ、イハナガヒメ姉妹との婚姻の禁止がある。いわば父オホヤマツミが娘たちとの結婚（近親婚）を断念し、共同体内における娘の「使用権」をニニギノミコトに譲渡することにおいて、「天つ神」世界と「国つ神」世界との平和的な交流、すなわち「平等社会」は保たれるのである。こうしてタブー（近親婚の禁止）に付されたコノハナノサクヤビメとイハナガヒメは、「国つ神」世界から一旦遠ざけられ神聖化されることによって強い呪力を宿した存在へと転化するのだ。父オホヤマツミが二人の娘を差し出すにあたって贈与の呪力が宿る「百取《ももとり》の机代《つくえしろ》の物を持た」せ、二者択一的なウケヒを立て、サクヤビメを娶れば「木の花の栄ゆるが如く栄え坐さむ」（反対に娶らなければ、木の花の栄ゆるが如くには繁栄しない）とし、またイハナガヒメを娶れば「天つ神御子の命は、雪零り風吹くとも、恒に石の如くして、常に堅に動かず坐さむ」（娶らなければ「天つ神御子の御寿は、木の花あまひのみ坐さむ」）といったウケヒ（言語呪力）の実現をはたらきかけることができたのは、全くこのためである（日本書紀・神代下・第九段一書の二ではウケヒでなく「詛《とごひ》」と表記している）。

人類学者M・モースはその古典的著作『贈与論』の中で、外婚制という名の花嫁の「贈与」には、原住民マウリ族のいう「ハウ」（呪力）が宿っていると述べ、贈与する義務、受け取る義務、返礼する義務の三つに互酬交換の原理を据え、未開社会ではこうした贈与の力によって共同体間の社会的紐帯が作られていた、と説いている[12]。ニニギとサクヤビメとの結婚が聖婚とみなされるのは、宗教的なタブー（近親婚の禁止）を前提とした贈与の力が作用したものであって、単に山の神の娘と結婚したから「山の呪力」を手に入れたというわけではないのだ。

このようにみてくると問題の所在がはっきりしてくるだろう。問題はニニギが「一般交換」の枠組みから飛び出し、オホヤマツミの贈与のうち一方の「受け取る義務」を拒否して互酬原理への回帰を断ち、原初の対称性を破った点にある。受け取ることを拒否されたイハナガヒメの「ハウ」（呪力）は宙に浮いたままその「所有権」をもつオホヤマツミの元に戻り、オホヤマツミは報復としてニニギに対して「天つ神御子の御寿は、木の花あまひのみ坐さむ」、すなわち天皇の命は有限であるという「ハウ」（災厄）をもたらすことになる[13]。

このような意味で、一般に「贈与」は両義的である。贈与のネットワークを通じて共同体間の平和的な友好関係は維持され更新されるが、ひとたび贈与が拒否されたりすると破滅的な敵対関係へと変貌する。そのあとに待ち受けているのは、どちらか一方が全滅するまで行われる報復合戦である。共同体の互酬交換の根底にはこうした壊滅的な戦争状態に対する経験的恐怖がひそんでいる。したがって、「一般交換」の互酬原理の枠組みから外れることはそれ自体が共同体の「死」を意味し、決して許される行動ではないのだ。

イハナガヒメを娶ることを拒否されたオホヤマツミが「大に恥ぢ」たのは、この結果それまで可能であった二つの世界の交通が遮断されることになるからである。古事記には他の条《くだり》でも「恥」を契機に原初の対称性が破られ、以来交通が不可能になったということがくり返し語られている。上巻の黄泉の国訪問神話では、「見るな」の禁止を侵犯されたイザナミは「吾に辱《はじ》見せつ」といい、また同じ上巻の海神《わたつみ》の宮訪問神話の出産場面でも「見るな」の禁止を侵犯されたトヨタマビメはやはり「心恥し」といって、いずれも「恥」の語を契機に二つの世界の交通の不全が語られている。(14)

このようにみれば、この時のニニギの選択――サクヤビメは「受け取る義務」にしたがいながら、一方でイハナガヒメの贈与は拒否――がいかに命がけの選択であったかがわかるであろう。それまでオホヤマツミに代表される「国つ神」世界とニニギの「天つ神」世界とは、互酬交換を通じて「平等社会」（自然状態）を保ち、対等な関係にあったが、ニニギの「命がけの跳躍」によって、二つの世界の対称性は崩れてしまったのだ。これによって「天つ神」世界と「国つ神」世界とは非対称的な関係へと変質した（いうまでもなく古事記の神話は、この関係を所与の前提としている）。この対称性の崩れは、直接外から力が加えられることによって生じたものではなく、ニニギが二つの世界の境界領域（超越）に触れてしまった結果起こったものである。するとこの結果は、ニニギの心の中の「内在的超越」（シャーマニックなもの）がもたらしたものともいえ、物理学にいう「対称性の自発的破れ」と同じ現象が起きたことになる。ニニギの「内在的超越」をきっかけに「天つ神」世界は共同体の互酬性に還元されない特権的な位置を獲得することになった。おそらく「天つ神」世界と天皇が血縁関係をもつといった大胆な発想も、こうした「内在的超越」を契機として観念されたものであろう。これまでの論理にしたがえば、この体制の中から「王」（天皇）が発生することになる。

おわりに

以上のような思考実験は、フラスコの中の一つの理論的想定にしかすぎない。しかし、これまで実証的な古代史学では共同体の首長（豪族）と天皇の間はミッシングリンクとされていたが、これによって「大王」（後の天皇に連なる）の発生メカニズムを論理的にたどることができた。述べてきたように、天武・持統朝における律令天皇制の成立が画期的であったとするならば、同様に大化前代における「大王制」の発生にも画期的意義を認めなければならない。たといそれが「群臣の推戴による選挙王政」という条件付きであったとしても、である。

注

（1）井上光貞『日本古代の王権と祭祀』（東京大学出版会、一九八四年）。
（2）注1に同じ。
（3）熊谷公男『大王から天皇へ』（講談社、二〇〇一年）。
（4）吉村武彦『古代天皇の誕生』（角川書店、一九九八年）。
（5）注3に同じ。なお、神野志隆光は大化前代の「璽・璽符」と持統紀の「神璽」との質的差異を認め、持統王権の神権的絶対性を強調している（「持統天皇の即位記事」『武蔵野文学』第四七号、一九九九年）。
（6）水林彪『天皇制史論』（岩波書店、二〇〇六年）。
（7）C・レヴィ＝ストロース「神話の構造」（『構造人類学』荒川幾男ほか訳、みすず書房、一九七二年）。
（8）中沢新一「『神話論理』前夜」（『レヴィ＝ストロース『神話論理』の森へ』みすず書房、二〇〇六年）。
（9）ピエール・クラストル『国家に抗する社会』（渡辺公三訳、水声社、一九八七年）。
（10）新編日本古典文学全集『古事記』（小学館、一九九七年）。

（11）C・レヴィ＝ストロース『親族の基本構造』福井和美訳（青弓社、二〇〇〇年）。
（12）M・モース『贈与論』有地享訳（勁草書房、一九六二年）。
（13）M・ゴドリエ『贈与の謎』山内昶訳（法政大学出版局、二〇〇〇年）。
（14）呉哲男「「見るな」の禁止はどこから来るのか」（本書所収）。

第二章　「見るな」の禁止はどこから来るのか——大物主神に関連して——

はじめに

C・レヴィ＝ストロースは、『親族の基本構造』の冒頭「自然と文化」につづく第二章「インセスト問題」の中で、自然から文化への移行を示す規範としてインセスト・タブーを置き、有名なテーゼとして「インセスト禁忌とは自然が自己を乗り越えるプロセスである」と述べ「自然の自己超出」という概念を提起した。「自然の自己超出」とは、自然が自然であることを自らに禁じることを意味し、それ自体の中に矛盾が含まれているので、これを自己言及のパラドックスと言い換えることができる。自然から文化への「飛躍」にはこうしたパラドックスがはらまれていて、この特異な禁止（インセスト・タブー）が自然から文化を区別すると同時に、自然と文化をつなぎとめる「蝶番」のはたらきをしているというわけである。レヴィ＝ストロースの「自己言及のパラドックス」のテーゼは婚姻規則に限定されない原理になりうると考えた私は、これを援用して「共同体のパラドックス」を書いた(1)。そこでは共同体の規範が次のように総括されている。

共同体はその内部の安定を保持するために様々な禁忌を設け、その外側に神の世界や死者の世界を作り出しているが、それは共同体の自己表出にすぎない。したがって、どんなに異次元空間への接触を禁止してもそれは不可避的に侵犯されるし、また逆に、共同体は存続させなければならないので禁忌の侵犯は不可能である、というトポロジカルな矛盾を抱えることになる。

これは、共同体の一元的な原理が異世界を生み出すことで相対的な安定性を保っているが、そこにはらまれるパラドックスは宙吊りにされたままである、という共同体のもつ自己完結性を批判したもので、それ自体は今日でも有効な理論である。しかし、この文章が書かれた一九八八年当時は、国家の本質は共同幻想であるという悪しき上部構造還元論が支配的であり、そうした論調が一掃された現在、この論文の果たした役割も終わったといえる。特に、パラドックスの存在を強調して共同体の自己完結性を批判した時点で私自身も思考停止状態に陥り、以来この問題を放置してきた。最近、改めて『親族の基本構造』（福井和美訳、青弓社、二〇〇〇年）を読み直してみると、パラドックスそれ自体が重要なのではなく、それによって成立する様々な「交換」（交通＝コミュニケーション）の様態を分析することが重要であると気づいた。そこで再び異世界の発生とその後の展開について考えてみる。

一

よく知られているように「見るな」の禁止のモチーフは、古事記・日本書紀など日本の古典の中だけでなく、世界中の神話や昔話の中に共通してみられるモチーフで、しかもその禁止が守られることはなく、決まって侵犯されるという話の展開も、これまた世界的に共通の要素である。そもそも神の世界や死者の世界といった人間にとって異次元の空間は、なぜ見ることが禁止され、かつその禁止は侵犯されるのか。「見るな」といわれれば必ず見てしまうのが物語り展開上の定式の一つである、といった説明は何をいったことにもならない。それでは「見るな」の禁止はどこから来るのか。まず古事記ではどのように展開されているか、上巻の黄泉の国神話からみていこう。夫イザナキは妻である死んだイザナミに会いたくて黄泉の国を訪れる。

是《ここ》に、其の妹《いも》伊耶那美命を相見むと欲《おも》ひて、黄泉国に追ひ往きき。爾《しか》くして伊耶那岐命の語りて詔ひしく「愛《うつく》しき我がなに妹《も》の命、吾と汝と作れる国、いまだ作りをへず。故、還るべし」とのりたまひき。爾くして伊耶那美命の答へて白《まを》さく「悔しきかも、速く来まさずて。吾は黄泉戸喫《よもつへぐひ》をしつ。しかれども、愛しき我がなせの命の入り来ませること、恐《かしこ》きが故に、還らむと欲ふ。しばらく黄泉つ神と相論《あげつら》はむ。我をな視《み》たまひそ」と、かく白して、其の殿の内に還り入る間、いと久しくして待ちかねたまひき。……一つ火燭《とも》して見たまふ時に、うじたかれころろきて、頭には大雷《おほいかづち》居り、胸には火雷居り、腹には黒雷居り、……併せて八くさの雷の神、成り居りき。是に伊耶那岐命見畏《みかしこ》みて逃げ還ります時に、その妹伊耶那美命の言はく「吾に辱《はぢ》見せつ」といひて、すなはち予母都志許売《よもつしこめ》を遣して、追はしめき。爾くして伊耶那岐命、黒御かづらを取りて投げ棄つるすなはちえびかづら生りき。こをひろひ食む間に、逃げ行く。なほ追ふ。……逃げ行く。なほ追ふ。……黄泉つひら坂の坂本に到りましし時に、その坂本に在る桃の子《み》を三箇取らして待ち撃ちたまひしかば、ことごとく坂を返りき。……最後《いやはて》に、其の妹伊耶那美命、自ら追ひ来つ。爾くして、千引の石《いは》を其の黄泉ひら坂に引き塞ぎ、其の石《いは》を中に置き、各対《むか》ひ立ちて、事戸《ことど》を渡す時に、……。

右に引用中の傍線部の言葉が示すように、黄泉の国という異世界が形成される際の構造上の特質は、イザナミが自身の黄泉の国での姿を「な視《み》たまひそ」（「視ることなかれ」）と禁止することと、にもかかわらずその禁が破られた結果に発する「吾に辱《はぢ》見せつ」（「私に恥をかかせた」）という二語に集約することができる。これが黄泉の国神話に固有の文脈から生まれた言葉ではなく、異世界が語られる際の構造的な特質であることは、たとえば古事記・上巻、海神《わたつみ》の宮訪問のトヨタマビメ神話と比較すれば明らかである。次の引用は有名な海幸彦・山幸彦神話の結末の部分でもある。

> 是に、海の神の女豊玉毘売命《むすめとよたまびめのみこと》、自ら参ゐ出でて白《まを》しく、「今、産む時に臨みて、此を念ふに、天つ神の御子は、海原に生むべくあらず。故、参ゐ出で到れり」と。爾くして即ち、其の海辺の波限に、鵜の羽を以て葺草として、産殿を造りき……。爾くして方に産まむとする時に、其の日子に白して言ひしく「凡そ他《あだ》し国の人は、産む時に臨みて、本つ国の形を以て産むぞ。故、妾《あれ》、今本の身を以て産まむとす。願はくは、妾《あれ》をな見たまひそ」と。是に、其の言を奇《あや》しと思ひて、ひそかに伺ひたまへば、八尋《やひろ》わにに化りて、匍匐《はらば》ひ委蛇《もごよ》ひき。即ち、見驚き畏みて遁げ退きましき。爾くして豊玉毘売命、其の伺ひ見たまひし事を知りて、心恥《うらはづか》しとおもほして、乃ち其の御子を生み置きて、白ししく「妾、恒《つね》に海つ道を通りて往来《かよ》はむとおもひき。然れども、吾が形を伺ひ見たまひしこと、是いと作《はづか》し」とまをして、即ち海坂《うなさか》を塞ぎて、返り入りましき。是を以て、其の産める御子を名けて、天津日高日子波限建鵜葺草葺不合命《あまつひたかひこなぎさたけうかやふきあへずのみこと》と謂ふ。

いわゆる異類婚姻譚型の神話で、異類（わに＝鮫）との婚姻がかえって生まれてくる子の聖性を強いものにするという話であるが、黄泉の国神話と同様にトヨタマビメが「本つ国」（海神の宮＝異世界）の姿を「見るな」と禁じたにもかかわらず、それが破られることで「心恥《うらはづか》し」（「いと作《はづか》し」）という感情を抱き、その結果離縁という結末を迎える神話である。現世《うつしよ》と異世界の分離が夫婦神の別離（破局）という形で表わされている。この二つの神話を比較すると、「見るな」の禁止と「恥」が対応関係にあることは明らかで、「恥」の語は禁忌の侵犯の反作用を表象するものである。すなわち、たとい夫婦（イザナキ・イザナミ、ホヲリ・トヨタマビメ）という親密（ハイムリッヒ）な関係であっても、「本つ国」（異世界）の不気味（アンハイムリッヒ）な姿（「うじたかれころろきて」「八尋わにに化りて、匍匐ひ委蛇ひき」）を見られることで「恥」の感情を抱いてしまえば、二人（二神）は二度と世界を共有することはできない、というわけである。ここでは「親密な世界／不気味な世界」（ハイムリッヒ／アンハイムリッヒ）が自己言及的なものであることに注意したい。

ところで、すでに「共同体のパラドックス」において指摘したように、黄泉の国や海神の宮といった異世界は、古事記の叙述の中ではイザナキやホヲリの訪問以前にあらかじめ存在していたかのように語られているが、本来は逆であって、イザナミやトヨタマビメが「我をな視たまひそ」と禁止すること、すなわち見てもよい世界（現世）と覗き見てはいけない世界（異界）の間に境界領域（「黄泉ひら坂」「海坂」）を設定することで初めてその存在が可能になった世界である。その意味ではこの二つの話は異世界の起源を語ろうとする神話でもあるのだ。それが自己言及的なものであるゆえ、他者の了解を必要としない一方的な禁止（命令）となっている。これはレヴィ＝ストロースが、インセスト・タブーが自然と文化を分けると同時につなぐ蝶番の役割を果たしたと述べたことに符合する。その場合、私は現世と異界という二つの相容れない世界が抱える矛盾を共同体の一元性という原理から説明したが、「見るな」の禁止とその侵犯が現世と異界を分けると同時につなぎとめる蝶番の役割、すなわち連続するエネルギーの流動体として新たな展開を導く、特殊な統合であるという点への考慮を欠いていた。

今、そのことをトポロジーの図形（「メビウスの環」）にあてはめて考えてみよう。周知のように、通常の円環（「トーラスの環」）は表と裏の区別がはっきりしていて、その平行線がどこかで交わるというようなことはない。

しかるに「メビウスの環」（図1参照）には表と裏の区別がなく、表と裏は行き来が可能である。この表と裏を現世と異世界に置き換えてみると、二つの世界は連続しているということができる。つまり認識的には生者と死者は行き来が可能であって、イザナキのように黄泉の国を訪れることも、またそこから「黄泉帰る」こともできた。あるいはホヲリやトヨタマビメのように「海陸相通」（日本書紀・神代下）じることが可能であった。通常の環と「メビウスの環」の違いは、たとえば一枚の細長い紙の両端を糊付けする際に、紙の両端に逆向きの力が働くようにひとひねり加えるか否かによって生じる。私はこの「ひとひねり」が「見るな」の禁止に相当すると思う。レヴィ＝ストロースの顰に倣っていえば、この「ひとひねり」が「人間」の最初の「自己超出」といえる。たとえば、インセスト・タブーを設定することで初めて「時間」（親子の世代）が生まれるように、「見るな」の禁止は人間の内在的な「超出」にかかわるのである。

中沢新一は「神の発明」（『カイエ・ソバージュ』第四部）の中で「スピリットとともにある古代」人が神を発明するプロセスについて論じているが、古代人の空間認識のモデルとして「メビウスの環」を用いて説明している。私も「共同体のパラドックス」を書いた時にはトポロジーの反転（位相空間）を念頭に置いて考えていたので共鳴するところが多い。中沢は「メビウスの環」の「ねじれ」を人間が「超越」に触れようとするための行為であるとし、スピリット的古代ではそれによって生と死がひとつづきの出来事として思考されると述べている。また、「スピリットとともにある古代」の人びとの心に生じた決定的な変化を「メビウスの環の切り裂き」（図2参照）として次のように説く。(2)

「メビウスの帯」を中心線にそってハサミを入れて、真ん中で切り裂いていくと、面白いことに輪は二つにバラバラにならずに、ひとつながりの大きな輪ができますが、この輪には表と裏の区別ができています。それまでは、表から裏への移動はいとも簡単におこなわれたのに、切り開かれた後では、もう表から裏に行くこともできなくなっているし、裏から何かが表に渡ってくることもできなくなってしまいます。……／スピリット的思考の内部に、同じような輪の切り離しがおこったとすると、そのとたんに世界を体験しまた認識するやり方が一変してしまいます。……／内部と外部の間には、簡単に越えられない隔壁ができ、人々はものごとを「双分的」に処理するようになります。誰にでもあんなに豊かに「見えていた」スピリットたちの住む世界は、人々の意識の表面からは消え去って、かわってそこに登場してくるのが「神《ゴッド》」たちの世界なのです。

中沢の右の論法をアナロジーとして援用すると、「見るな」の禁止の侵犯こそが「メビウスの環の切り裂き」に相当するものであることがわかる。引用したトヨタマビメ神話が語っているように、「見るな」の禁止が侵犯されていなければトヨタマビメは「恒《つね》に海つ道を通りて往来《かよ》はむ」ことが可能であった。また「如《も》し我に辱《はぢみ》せざらましかば、海陸相通《うみくがあひかよ》はしめ、永《とこしへ》に隔絶《へだ》つること無からましを」（「もし私に恥をかかせるようなことがなければ、これから先も海と陸を往来させて、ふたりの仲が永遠に途絶えてしまうこともなかったでしょうに」日本書紀・神代下・第十）ということであった。しかるに、「メビウスの環の切り裂き」によって決定的な変化が起きた。認識世界は内部と外部の二つに分けられ、そこに

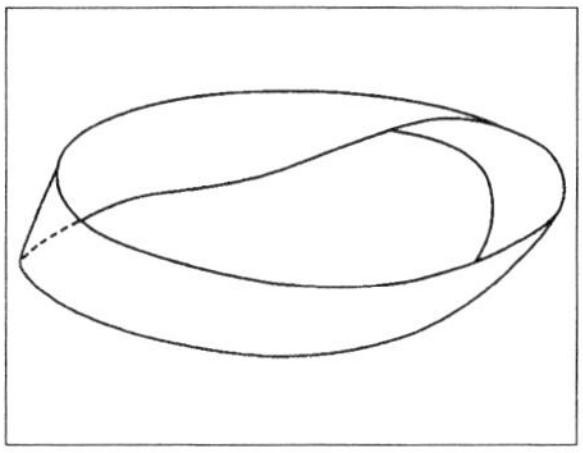

図１　メビウスの帯（中沢新一「神の発明」『カイエ・ソバージュ』第４部、講談社、2010年）

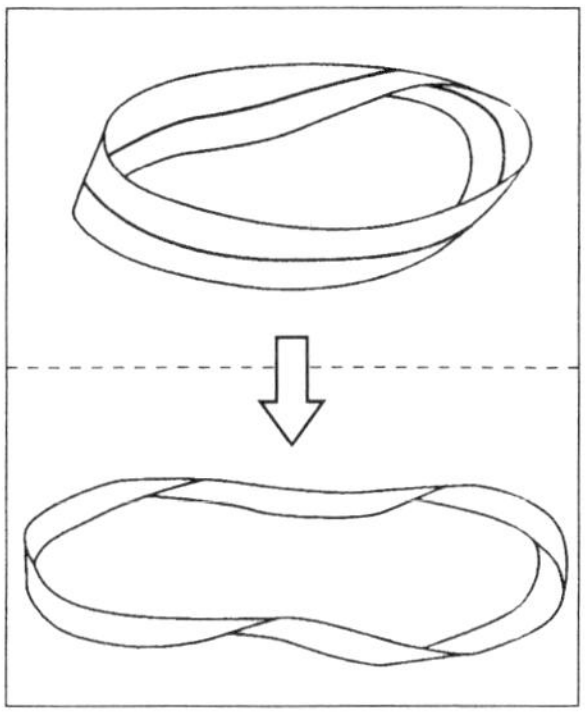

図２　メビウスの帯を中央線で二つに切ると大きな輪（表と裏）ができる（同）

「簡単に越えられない隔壁ができ」ることで、人びとはものごとに聖と俗、現世と異界といった双分的な処理を施すようになる。世界が二つに分離された結果、異世界の側にはこれをつかさどる「神」の登場が促されることになる。このように、トポロジーの図形（「メビウスの環」）を用いて空間認識の思考実験を行うと、「見るな」の禁止はどこから来るのか、という根源的な問いに対する答えもきわめて明瞭にイメージすることができる。また、そこから古事記や日本書紀に表現された異次元空間の往還の問題をとらえかえすと、記・紀の神話はすでに決定的な変化、すなわち「メビウスの環の切り裂き」を経た後の神話であることがわかるのである。

　ところで、黄泉の国神話と海神の宮神話を比較してすぐに気づくことは、同じ異世界が語られているにせよ、一方は死者の国というネガティブな世界であり、他方は海神《わたつみ》の宮という万能な神の世界の話である、という違いがあることである。黄泉の国神話において、イザナミの蛆のわいた腐乱死体を覗き見て恐れをなしたイザナキは黄泉の国からの逃走をはかる。そこから追いつ追われつのいわゆる逃竄譚の展開へと入ってゆくが、この時イザナキを追う「予母都志許売《よもつしこめ》」や「黄泉軍《よもついくさ》」は、「鬼神」（死神）として表象されている。この「鬼神」（死神）を「桃の子《み》」で撃退するのは、桃が酸を作って出生を意味するめでたい果実であったからである。ここでイザナキは後世の桃太郎伝説を先取りして、生は死に打ち克つというメッセージを発信しているのだ。日本書紀・神代上・一書第九の同じ場面に、「此れ、桃を用ちて鬼を避《やら》ふ縁《ことのもと》なり」（本来は中国の古代信仰）とあるのがその証拠である。すると、古事記の黄泉の国神話は、死者の国という異世界の起源を語りつつもその後の展開としては、イザナキが死者の国（異界）訪問から逃走へという試練を経て文字通り再生（黄泉帰り）を果たすことで、いわばひとまわり成長して審級の高まった神として皇祖神アマテラスを生む、というストーリーへとつながっていることが了解される。あるいは、イザナミに即していえば後の出雲神話を準備するものだともいえる。当然のことかもしれないが、古事記の黄泉の国神話はあくまでも「神」が発明されて以後の王権（古代国家）神話の一環であるという楔が打ち込まれているのだ。

一方、ポジティブな海神《わたつみ》の世界を訪問するホヲリはトヨタマビメに恥をかかせた結果、夫婦神の破局を招いてしまうが、二神の間の子として海神の呪力を備えた「神の御子」である「天津日高日子波限建鵜葺草葺不合命」を得る。ここには、山の神の表象であるホヲリ（山幸彦）と海の神の表象であるトヨタマビメが合体することで増幅された呪力によって初代君主神武天皇（カムヤマトイハレビコ）の誕生が用意されるという構図がみてとれる。(3) 要するに、黄泉の国神話も海神の宮神話も神話の名にふさわしく異世界の起源を語っているのだが、かきたてられる興味のみかけとは裏腹に古代国家の成立という高い抽象度の洗礼を受けてもいるのである。これは現世と異界という境界領域（「黄泉ひら坂」「海坂」）の確定が、ひいては古代の国家秩序をもたらすのだということを示唆してもいよう。

二

さて、ここまで「見るな」の禁止はどこから来るのか、という問いを設定しその原理的、もしくは構造的な特質について検討してみた。次にそれを歴史の文脈の中に置いて、古代国家の成立が強いる「スピリット的古代」の変容に迫ってみたい。「スピリット」とはこの場合、精霊とか霊魂という意味であるが、その背景にはすべての「モノ」には霊が宿るというアニミズム信仰がある。周知のように、古代日本語の「モノ」には物質を表わす唯物的な「もの」から、霊的存在としての唯心的な「もの」まで、両者にまたがる多様な意味がある。古事記・日本書紀に登場する「大物主神《おおものぬしのかみ》」の名は、いうまでもなくこの霊的存在としての「モノ」を核とする神名であるが、スピリットそのものでないことは下の「主《ぬし》」の語が表わしている。記・紀の大物主神の性格を検討した寺川眞知夫は「この神の名は、葦原中国にあって未だ祭祀を受けない、物と一体の関係にある精霊たるモノを統治・支配する神であった」と指摘している。[4] するとスピリットそのものではない大物主神のありようをみることは、「スピリットとともにある古代」人の心に生じた決定的な変化である「メビウスの環の切り裂き」の、その後の軌跡をたどることにもつながるであろう。

実は、この大物主神が登場する説話の中にも「見るな」（驚くな）の禁止とその侵犯によって夫婦関係が破綻する話が出てくる。それが日本書紀・崇神天皇十年九月条にみえる、いわゆる箸墓伝承である。

倭迹迹《やまとと》日《と》百襲姫命《ひももそびめのみこと》、大物主神《おおものぬし》の妻となる。しかれども、その神つねに昼は見えずして、夜のみ来ます。倭迹《やまとと》迹姫命《とびめのみこと》、夫に語りて曰く「君つねに昼は見えたまはねば、明らかにその顔を見たてまつることを得ず。願はくはしまし留りたまへ。明朝に仰ぎて美麗《うるは》しき威儀《みすがた》を見たてまつらむと欲《おも》ふ」といふ。大神対《こた》へて曰く「言理灼然《ことわりいやちこ》なり。吾れ、明朝に汝が櫛笥《くしげ》に入りて居む。願はくは吾が形にな驚きそ」とのたまふ。ここに倭迹迹姫命、心の裏に密かに異《あや》しび、明くるを待ちて櫛笥を見れば、遂に美麗《うるは》しき小蛇有り。其の長さ大《ふと》さ衣の紐の如し。則ち驚きて叫《さけ》啼ぶ。時に、大神、恥ぢて忽ちに人の形に化《な》り、其の妻に謂《かた》りて曰はく、「汝、忍びずて吾に羞《はぢみ》せつ。吾、還りて汝に羞《はぢみ》せむ」とのたまふ。仍《よ》りて大虚《おほぞら》を践みて御諸山《みもろやま》に登ります。ここに倭迹迹姫命、仰ぎ見て悔《く》いて急居《つきう》。則ち箸に陰《ほと》を撞《つ》きて薨《かむさ》ります。乃ち大市に葬る。故、時人、其の墓を号《なづ》けて箸墓と謂ふ。この墓は、日《ひる》は人作り、夜は神作る。

この箸墓説話は、「驚くな」の禁止と「恥ぢ」（箸）の語が対応関係にあり、蛇との婚姻が語られている点で、海神の宮神話と同じ異類婚姻譚型の神話に属している。また、類似の話型を用いることで、俗なる人の世界と聖なる神の世界の分離が語られている（「この墓は、日《ひる》は人作り、夜は神作る」）。しかし、それ以上に重要なことはこの話が神話の範疇ではなく、実質的な初代君主とされる崇神天皇（御肇国天皇《はつくにしらすすめらみこと》）の時代の話として載っていることとである。三輪山の神の祭祀を背景にしながら、大物主神とヤマトトトヒモモソビメ（ヤマトトトビヒメ）の結婚の破綻が崇神朝という歴史の一コマの中に置かれていることの意味は何か、そこが問題である。まず注目すべきは、大物主神の妻で孝霊天皇の皇女、ヤマトトトヒモモソビメ（ヤマトトトビヒメの名が本来とすれば孝元天皇皇女）の存在である。崇神紀十年九月条によると、四道将軍の一人として北陸道に派遣された大彦命は上京の折、和珥坂で童女の歌う童謡《わざうた》を聞き不審に思って天皇に奏上する。すると「是《ここ》に天皇の姑《みをば》倭迹迹日百襲姫命、聡明《さと》く叡智《さか》しくましまして、能《よ》く未然《ゆくさきのこと》を識《し》りたまへり。乃ち其の歌の怪《しるまし》を知りまして、天皇に言《まを》したまはく、……」とあって、モモソビメは即座にこの歌が武埴安彦の反乱の前兆であることを見抜いたという。つまり、ここでモモソビメは予知・予兆能力をそなえたシャーマンとしての性格が与えられているのである。ちなみに、日本書紀では特殊な予知能力をもった人を「識未然」という語で評しているが、この言葉が与えられているのはモモソビメと聖徳太子（厩戸皇子）の二人だけである。また崇神朝ではたびたび「災害《わざわひ》」に見舞われていたので、その原因を八十万神を集めて占ったが、「是の時に、神明《かみ》、倭迹迹日百襲姫命に憑《かか》りて」（崇神紀・七年二月）とあって、大物主神に憑依したモモソビメが「神語」すなわち大物主神の神託を引き出している。こうしたシャーマンとしての能力をそなえた巫女たるモモソビメが三輪大神の「神妻」になるところにはどういう意味があるのだろうか。前に、「見るな」の禁止とその侵犯が現世と異界を分けると同時につなぎとめる蝶番の役割を果たすと述べたが、モモソビメこそ「メビウスの環の切り裂き」によって分断されたスピリットと人の間を修復・媒介する役割を担う存在だといえる。その意味ではモモソビメは大物主神のいわば矛盾をはらんだ分身（自己言及）でもあるだろう。

ところで、一般に聖婚伝承は神と巫女の結婚によって「神の御子」が生まれ、その御子が一族の守護神の祭り手になるという様式をもつが、そこからみると大物主神とモモソビメの聖婚を語る箸墓伝承には肝心の聖なる御子誕生の話が欠けている。一方、古事記に目を転じると、中巻の神武天皇条の中にこれと似た、もう一つの三輪山神話が語られている。それは神武の皇后となるイスケヨリヒメが大物主神を父にもつ「神の御子」であった由来を説く話である。古事記と日本書紀はそれぞれ異なる構想のもとに書かれたテキストではあるが、二書は相互補完的な機能を発揮しているので、大物主神とその神妻が神武（記）と崇神（紀）の二つの場面に出てくるところには何らかの内的関連があるはずである（後述）。

（神武天皇が）更に大后と為《せ》む美人《をとめ》を求めし時に、大久米命の白《まを》しく、「ここに媛女《をとめ》有り。是《これ》、神の御子と謂ふ。其の、神の御子と謂ふ所以は、三島の湟咋《みぞくひ》が女《むすめ》、名は勢夜陀多良比売《せやだたらひめ》、其の容姿麗美《うるは》しきが故に、美和の大物主神、見感《め》でて、其の美人の大便《くそま》らむと為し時に、丹塗矢《にぬりや》と化《な》りて、其の大便《くそま》らむと為し溝より流れ下りて、其の美人のほとを突きき。爾《しか》くして其の美人、驚きて、立ち走りいすすき。乃ち、其の矢を将ち来て、床の辺に置くに、忽ちに麗しき壮夫《をとこ》と成りき。即ち其の美人を娶りて、生みし子の名は、富登多々良《ほとたたら》伊須須岐比売《いすすきひめ》命と謂ふ。亦の名は、比売多々良伊須気余理比売と謂ふ。故、是を以て神の御子と謂ふぞ」とまをしき。

この話は、皇統譜の始発に位置づけられた神武がその正妃を「神の御子」の中に求めるというところに重点が置かれているが、それを可能にしたのが国つ神である「美和の大物主神」とセヤダタラヒメとの聖婚であった。こうした語りが広く伝承される背景には、地方豪族の族長層が一族の祭りの担い手に神話的な権威を与えようとしていた心性をみることができる。すると、崇神紀の箸墓伝承も、本来は大物主神とモモソビメとの間に聖なる御子が生まれる、というものであったろう。ところがそれが「倭迹迹姫命、仰ぎ見て悔《く》いて急居《つきう》。則ち箸に陰《ほと》を撞《つ》きて薨《かむさ》ります」というような意外な結末を迎えるのは、「見るな」（驚くな）の禁止とその侵犯という話型を導入して大物主神とモモソビメの破局を語ろうとしたことによる止むえざる結果であった。というよりも、これが単なる神婚伝承という定型の反復でないところには別の意図がありそうである。なお、「箸に陰《ほと》を撞《つ》」く「箸」は食事に用いるそれではなく川屋で使う籌木、すなわちクソベラであった。[5] 蛇（男根＝陰部）＝箸（恥）＝ホト（陰部）という連鎖の中に聖婚神話の痕跡が読みとれる。

三

本質的には三輪の地（狭義のヤマト）の国作りの神であったと考えられる大物主神は、しかし記・紀の神話の中ではスクナヒコナに代わって大国主神（オホアナムチノカミ）の国作りを手助けする神として登場する。

> 是の時に、海を光《てら》して依り来る神有り。其の神の言ひしく「能く我が前を治めば、吾、能く共与《ともに》相作り成さむ。若し然らずは、国、成ること難《かた》けむ」といひき。爾くして、大国主神の曰ひしく「然らば、治め奉る状は、奈何《いか》に」といひしに、答へて言ひしく「吾をば、倭《やまと》の青垣の東の山の上にいつき奉れ」といひき。此は、御諸山の上に坐す神ぞ。
>
> （古事記・上巻）

> 時に、神《あや》しき光海を照し、忽然《たちまち》に浮び来る者有り。曰く「如《も》し吾在らずは、汝何ぞ能くこの国を平《ことむ》けむや。

吾が在るに由りての故に、汝その大き造《なせ》る績《いさをし》を建つることを得たり」といふ。是の時に大己貴神《おほあなむちのかみ》問ひて曰はく「然らば汝は是《これ》誰ぞ」とのたまふ。対へて曰く「吾は是汝が幸魂《さきみたま》・奇魂《くしみたま》なり」といふ。大己貴神の曰はく「唯然《しか》なり。……今し何処《いづこ》にか住《とどま》らむと欲ふ」とのたまふ。対へて曰く「吾は日本国《やまとのくに》の三諸山《みもろのやま》に住らむと欲ふ」といふ。故、即ち宮を彼処《そこ》に営《つく》り、就《ゆ》きて居《ま》しまさしむ。此《これ》大三輪の神なり。

（日本書紀・神代上・八段一書第六）

大国主神の国作りをサポートする、本来的な姿からは格下げされた神として現われた大物主は、記・紀ともにここではその名を開示せず「此は、御諸山の上に坐す神ぞ」「此大三輪の神なり」というように示唆的な表現にとどめられている。ところが、ハツクニシラススメラミコト（記＝所知初国之御真木天皇、紀＝御肇国天皇）と讃えられる崇神天皇代においては冒頭から、

この天皇の御世に、役病《えやみ》多《あま》た起こりて、人民《おほみたから》尽きむと為《し》き。爾くして、天皇の愁へ嘆きて神牀《かむとこ》に坐しし夜に、大物主大神、御夢に顕れて曰ひしく、「是は、我が御心ぞ。故、意富多々泥古《おほたたねこ》を以て、我が前を祭らしめば、神の気《け》、起こらず、国も亦、安らけく平らけくあらむ」といひき……。是に天皇、大きに歓びて詔はく、「天の下平ぎ、人民栄えむ」とのりたまひて、即ち意富多々泥古命を以て、神主と為て、御諸山《みもろやま》にして、意富和之《おほみわの》大神の前を拝み祭りき。……此に因りて、役《え》の気、悉く息《や》み、国家《くに》、安らけく平けし。

（古事記・中巻）

というように、「大物主大神」と明示して現われる。また崇神紀においても同様の記載が、

五年に、国内《くぬち》に疾疫《えやみ》多く、民死亡者《まかれるひと》有りて、且大半《なかばにす》ぎなむとす。六年に、百姓流離《さすら》へ、或いは背叛《そむくもの》有り。其の勢、徳を以ちて治め難《かた》し。……是の夜に、夢《みいめ》に一貴人《ひとりのうまひと》有り。殿戸に対ひ立ち、自ら大物主神と称《なの》りて曰はく「天皇、復な愁へましそ。国の治らざるは、是吾が意《みこころ》なり。若し吾が児《こ》大田田根子を以ちて吾を祭らしめたまはば、立どころに平《たひら》ぎなむ。亦海外《わたのほか》の国有りて、自づからに帰伏《まゐしたが》ひなむ」とのたまふ。

（日本書紀・崇神七年二月）

とあり、オオタタネコを自らの特権的な祀り手として指名する文脈の中に登場する。はじめに「御諸山の上に坐す神」（記）、「大三輪の神」（紀）として国作りを助けた大物主神は、崇神朝においてなぜ突如として民の半ばを死なせるような祟り神として顕現したのであろうか。

記・紀の崇神朝は全体の構想としては、最初に「この天皇の御世に、役病多た起こりて、人民尽きむと為き」（記）という危機的状況に際し、大和朝廷お膝元の大物主神を正しく祀ることで克服したことを記す。そしてその後に「初めて男の弓端の調・女の手末の調を貢らしめき」（記）といった徴税制度の整備にふれ、国家制度の基盤に必須な常備軍（四道将軍の派遣＝紀）や税制の確立が語られている。この点を評価したものが「ハツクニシラススメラミコト」という称号である。とりわけ注目したいのは古事記では大物主をはじめとする神々の祭祀を総括して「国家《くに》、安らけく平けし」というように、クニに対して唯一「国家」の表記を用いている点である。また日本書紀でもこれに対応するところを大物主神の神託として「亦海外の国有りて、自づからに帰伏ひなむ」と語らせ、「海外之国」の表記を用いている。国家とは、共同体の内部に回収しうる共同幻想ではなく「他の国家に対しての国家」であるから、崇神朝におけるこうした「国家意識」の成立（歴史的事実としてではなく）は、一つの画期をなすものといえる。つまり、古事記の「国家」の表記は狭義のヤマトの国ではなく「所知初国之御真木天皇」の「初国」や日本書紀の「海外之国」を前提にした表現だということである。しかし逆説的ではあるが、まさにこの点にこそ祟り神として大物主神が顕現する理由があった。それは一言でいえば、古代国家の成立によってそれまで抑圧されてきたものが回帰してきたということである。その意味でいえば、古代国家の成立とはもう一つの「メビウスの環の切り裂き」であった。「驚くな」の禁止とその侵犯の話型を用いて語られた大物主神とモモソビメの破綻は、このような文脈の中で読みとるべきである。

抑圧されたものが回帰する徴候は、神統譜から皇統譜へのつながりをスムーズに移行させるための装置として設定された、いわゆる欠史八代（綏靖・安寧・懿徳・孝昭・孝安・孝霊・孝元・開化の各天皇）の構想の中に潜んでいる。そこでのポイントは、通説のように欠史八代の天皇の皇妃が「倭の六の県主」（磯城・十市・高市・葛城・山辺・曾布）の娘の中から選ばれている点である。上田正昭の指摘するように「とくに三輪王権の本拠であった磯城県主家の祖先とする者が多いことに注目される。これは、磯城地方の首長らを服属させて、三輪祭祀権を掌握し、その地に磯城御県を設け、御県神社をまつって王領化していった事情をめぐる歴史意識がこのような系譜をささえる精神であった(6)」。また、モモソビメがこのシキ県主の祖で綏靖天皇の皇妃カハマタビメの系譜につらなっていることは、西條勉が「この女性が、新たに興った王権に服属する磯城勢力のいわばシンボル的な存在とされていることと関連するにちがいない。モモソヒメの死は、磯城勢力がとり行ってきた原三輪山祭祀の終焉を意味すると思われる(7)」と述べるとおりである。原三輪山祭祀の終焉とは、それまでモモソビメに代表される巫女によって担われてきた大物主神（三輪の地主神）祭祀が、ヤマト王権による新たな介入で引き裂かれたことを意味する。古代史研究にいうイリヒコ系（三輪）王朝からタラシヒコ系王朝への転換に対応するだろう。大物主神とモモソビメの破綻はその説話的な帰結である。「倭なす　大物主の」（崇神紀八年十二月・歌謡）と詠まれ三輪の地の国作りの神でもあった大物主神が、崇神朝において突如として民の半ばを死なせるような祟り神として顕現した理由もそこにある。

崇神記・紀は、大物主神の「神の気《け》」を鎮めるべく新たな祀り手としてオホタタネコを呼び寄せることに成功したと記すが、系譜記事を参照するとモモソビメ（に代表される巫女）の怒りを鎮めるための策としては欠史八代の天皇の皇妃としてシキ県主系の娘たちを配したことが読み取れる。古代史研究では、地方豪族の首長の娘を天皇の妃として差し出すことは、天皇（中央王権）が豪族との婚姻関係を結びつつ地方を服属させてゆく過程として論じられているが、それはモモソビメの立場からみれば「共に一女子を立てて王となす。名づけて卑弥呼といひ、鬼道に事へ、能く衆を惑はす。年已に長大にして夫壻なく、男弟あり国を佐治す」（「魏志倭人伝」）とあるような巫女のもつ伝統的な女性祭祀権、いわゆるヒメヒコ制の二重統治システムに楔が打たれたことを意味する。これによって卑弥呼以来の女性祭祀権は祭政分離という重大な変質を迫られたのである。西條勉が指摘するように、古事記が崇神天皇条においてオホタタネコの祭祀について詳細に語る一方で、ヤマトトトヒモモソビメについて沈黙することの意味は、オホタタネコ祭祀の特記を通して崇神朝における祭政分離（男性による政治の一元化）を主題化しようとしたところにある。(8)

なお、モモソビメとオホタタネコの描かれ方は表と裏の関係にある、というような西條の見解が導き出されるのは記・紀を相互に比較したところで初めて見出せる視点である。しかし、このような研究方法を否定する神野志隆光は、古事記の大物主神についてもその本質は「祟り神」でなく、国作りの完成（古代国家の成立）を果たした「崇神天皇の物語」の一側面（名を表わすことなく大国主の前に現われ、神武天皇の大后の父神であったことを示しつつ、崇神朝において正しく祀られた大物主大神）として読むことを主張している。(9)一理あるが発展段階論的であり、かつ予定調和の感があることは否めない。

おわりに

モモソビメとの結婚を破綻させられる一方で、初代神武天皇の「大后」イスケヨリヒメの父神として神武の聖性を保証する役割を負わされたりもする大物主は、他方でまた祟り神として出現するなど、真のアイデンティティーはどこにあるのかと思わせる引き裂かれた存在である。しかし、これこそが「スピリットとともにある古代」人の心に生じた決定的な変化である「メビウスの環の切り裂き」の面影を宿すものであり、その多様なあり方は神野志の主張する予定調和な読み方には収まりきらないものがある。その意味で大物主神は「スピリット的古代」の一面を象徴的に表わすが、本来こうした存在は大物主に限らない。たとえば「御柱祭」で有名な諏訪大社の祭神はタケミナカタであるが、古事記の神話を離れた諏訪の地の人びとの間ではタケミナカタの本体は「ミシャクジ」(御石霊)の神とされている。「巨石に宿る霊」とは古代日本の典型的なスピリットである。「スピリット的古代」(中沢新一)では、人は時としてワニ(鮫)や蛇といった異類とも結婚することが可能であった。そこでの認識は現世と異界がひとつづきの出来事として思考されていたからである。そこへ「メビウスの環の切り裂き」ともいうべき決定的な変化が生じ、「見るな」の禁止は容赦なく侵犯される。「そのとたんに世界を体験しまた認識するやり方が一変し」「内部と外部の間には、簡単に越えられない隔壁ができ」「誰にでもあんなに豊かに「見えていた」スピリットたちの住む世界は、人々の意識の表面からは消え去」る。かわってそこに登場するのが古事記・日本書紀の神話や王権史に描き出された神々だということになる。それによって変形された世界の一例として崇神記・紀の三輪山神話を読むことができるであろう。

注

（1）呉哲男「共同体のパラドックス」（『古代日本文学の制度論的研究』おうふう、二〇〇三年）。
（2）中沢新一「神の発明」（『カイエ・ソバージュ』第四部、講談社、二〇一〇年）。
（3）吉井巌「火中出産ならびに海幸山幸説話の天皇神話への吸収について」（『天皇の系譜と神話』塙書房、一九六七年）。
（4）寺川眞知夫「大物主神の神名と性格」（『大美和』第一二六号、二〇一四年）。
（5）平林章仁『三輪山の古代史』（白水社、二〇〇〇年）。
（6）上田正昭『私の古代史』上（新潮社、二〇一二年）。
（7）西條勉「ハックニシラススメラミコトの成立」（『古事記と王家の系譜学』笠間書院、二〇〇五年）。
（8）注7に同じ。
（9）神野志隆光「国作りと大物主神」（『大美和』第一一八号、二〇一〇年）。

参考文献

吉田修作「見るなの禁――異界との別れ」「「見感で」と「見驚き畏み」異界との交感」（『古代文学表現論』おうふう、二〇一三年）。

第三章　文字の受容と歴史の記述――いくつもの日本へ――

はじめに

「ひとつの日本」から「いくつもの日本」（赤坂憲雄）へと世界観を転換するためには、その前提作業として「ひとつの日本」という考え方がどのような経過をたどって成立したのか検証しておくことが不可欠である。

ひとつの「日本」という観念がどのようにして生じたのか、ここでは古代にさかのぼって「文字」の受容と「歴史」の記述という観点から考えてみよう。その場合、日本列島が中国大陸、韓半島、日本海の延長上に位置しているという地政学的な配置が決定的に重要な意味をもってくる。この偶然ともいえる要素は、しかし、一般に人々が思っている以上の大きな意味がある。たとえば、かりに日本列島の位置が現在の小笠原諸島の位置にずれていたとすれば、これから述べる古代日本の「文字の受容と歴史の記述」というテーマも、恐らく十五世紀頃からのこととして書き出さねばならなかったであろうという一事を想像してみても納得がいくであろう。

いうまでもなく、地政学という概念は右にふれたようなたんなる地理的条件のみを指すのではなく、それにともなう政治的力学に重点を置く言葉であるが、この地政学的位置という立場から日本列島の歴史を俯瞰すると、そこには通奏低音のごとく一貫するひとつの特徴を指摘することができる。それは一言でいえば、中国大陸と日本列島の間に韓半島が介在することで、結果として日本は中国文明の直接的な影響（脅威）から絶えず守られてきたという事実である。大陸「文明」の脅威を先進「文化」の恩恵へと変換可能にしたものが、人間の移動をはじめとする、韓半島からの文物の流入であったことは、いくら強調しても強調しすぎるということはない歴史的事実である。よく「日本は大陸文明を選択的に受容した」といわれるが、そもそもその選択的受容を可能にしたのは、間に韓半島の文化が介在していたからであった。

一　文字の衝撃

一般に、文字とことばは対の概念として用いられ、そこには何か共通の本質が備わっているかのように考えられがちであるが、本来は異質なものである。なぜなら人間の生活はことばなくしては成り立たないが、文字は必ずしもそうではないからである。日本列島に住む人々も、自らの力で文字を発明することはなかったが、無文字であったということは、しかし特別のことではない。現在でも文字を必要としない民族（あるいは人々）は存在しているからである。すると、あえて文字をもちたがったのはなぜかと問うことが大切である。端的に、それは権力への志向であった。文字はまず権力としてあった、というところから出発しなければならない。

古代の人々は、擬制的にではあっても同一血族集団の者は心も共通していて、心が同じであると使うことばも等しいとみなされた。ことばとは口から出てくる心だと考えられていたからである。したがって、倭人が「百余国」（『漢書』地理志）に分かれていたとすれば、そこでは「百余国」語が話されていたことになる。彼らは自分たちの話すことばが「言語」（共通語）であるなどとは考えてもいなかったので、たとい氏族《クラン》間で話が通じなかったとしてもそれで不都合はなかった。共同体が異なれば使うことばも異なるのが当然だったからである。

ところが、このような状況のもとでひとたび戦争がおこると悲惨な結果になった。ことば（心）が異なる者は同じ人間とはみなされないので、どんな残酷なことでも許されたからだ。そもそも異民族の者に対しては「残酷」という概念は存在していなかったであろう。したがって、戦争に敗れた側は皆殺しになるか、奴隷になるかの選択しか残されていなかった。近年の考古学の教えるところによれば、吉野ヶ里遺跡（前八〇年頃）などに代表される集落は環濠集落と呼ばれ、外敵の侵入を防ぐための楼観や二重三重もの環濠が作られていて、それが近畿地方にまたがって設けられているのは、この頃北部九州で激化し始めた戦争が、やがては本州にまで拡大した表われではないかという。邪馬台国の女王卑弥呼が豪族たちから共立されるまでは、このような戦争状態が断続的に続いていたようだ。中国史書に「倭国大いに乱れる」（『後漢書』巻八十五「東夷列伝」）とあるのはこのあたりの事情を示しているのであろう。よく知られているように、吉野ヶ里遺跡には敵に首を奪い取られた（もしくはその逆の）戦士の埋葬された遺骨が数十体にも及んで発掘されている。頭蓋骨は霊魂の宿るところなので、胴体と分けて埋葬することに宗教的な意味のあることはいうまでもないが、いずれにせよこれらのことは当時の豪族たちによる数世紀に及ぶ苛酷な戦闘のくり返しをよく物語っている。

これを支配層の王権の問題としてみれば、武力征服のくり返しだけではいずれの豪族が「正統」であるかの決め手にはならなかったことを示している。武力によって王位に就くことができるということは、武力によって王の座を奪われるということでもあり、その地位はきわめて不安定かつ流動的なものであった。すると、王権を平和的に維持するためには武力を超えた、軍事的な打倒の対象になりえないような、何か普遍的な権威のようなものが模索されるようになるのは自然の勢いであろう。

しかし、日本列島の内部的な要因からは「正統」というような普遍的な観念の生まれた形跡は見出せない。王の「正統性」というような超越的な観念は、中華帝国の文明（文字の使用）と共に列島の外部からもたらされたとみるべきである。当時の東アジアにはすでに中国帝国の権威を背景にした漢字文化圏が形成されていたので、「帝国」の周辺諸民族がこのユニヴァーサルの一員になるためには漢字・漢文を使用することが不可欠であった。文明、言い換えれば野蛮ではないということは文字が使えるか否かにかかっていたからである。

前述のように、文字をもたない列島内部では部族ごとに「百余国」語のことばが話されていて、この無数のことばの存在は東アジアの漢字文化圏への参入という点では、むしろ障害となるものであった。それに対して、漢字・漢文はいかなる地域でいかに発音しようとその意味は不変である。文字のもつこの不変性（普遍性）が支配層の人々には、氏族間ごとの差異を打ち砕く優越的な言語として認識されたのである。外部的には、中国王朝へ朝貢して服従を誓うという矛盾した行動をとりながら、列島内部ではこの優位な言語である漢字使用を後ろ盾にして東アジア文化圏の情報を独占することこそが、錯綜した豪族間の勢力争いに終止符を打ち、結果として大和朝廷を中心とした一元的な古代国家成立への道を開くことを可能にすると考えられたのだ。

このようにみれば、当初倭の王たちが中国王朝との外交関係、すなわち西嶋定生のいう「冊封体制」に競って組み込まれようとしていたのは、いかに彼らが文字のもつ超越性に衝撃を受けたかを示すものである。

二　上表文の作成

記録に現われた最初の文字（漢字）の受容は、中国の史書である『後漢書』巻八十五「東夷列伝」のくだりに、建武中元二年（五七）のこととして、「倭の奴国、貢を捧げて朝賀す。使人は自ら大夫と称ふ。倭国の極南界なり。光武は賜ふに印綬を以ってす」とみえているものである。周知のように、この「印綬」は天明四年（一七八四）に北九州博多湾口の志賀島から偶然に出土した（真偽不明の）「漢委奴国王」という金印のことである。むろん、奴の国王と漢王朝との間に正式な外交関係が結ばれていたことが証明されたからといって、この時すでに列島内の支配層の人々が漢字・漢文を正確にマスターしていたということを意味するものではない。しかし、少なくとも奴の国王はみずから手にする印綬（印文）が、武力的な打倒の対象になりえないような権威であることは認識していたことだろう。続いて、五十年後の安帝永初元年（一〇七）のこととして、「倭国王の帥升等、生口百六十人を献じ、願ひて見へんことを請ふ」（『後漢書』「東夷列伝」倭人条）とみえている。前回の冊封（朝貢）が、倭国の一地域の首長である奴の使いであったのに対して、今回は倭国内の首長たちを統括した「倭国王」（倭王）が派遣の主体となっていることが注目される。この時、皇帝へのみやげ物として献上された「生口」とは、戦争に敗れて奴隷となった者のことであり、それが百六十人もの多数に上るのは、「倭国王」にとってはその見返りとして贈られたであろう「印綬」（文字）にそれ以上の価値があったことを示している。

二三九年（景初三）、魏の皇帝が、その出先機関である帯方郡の太守を仲介に朝貢した倭の女王卑弥呼に対して「金印・紫綬」をあたえ「親魏倭王」（『三国志』「魏書倭人伝」）に封じたのもこの延長上にあるといってよい。魏の王朝が文字（親魏倭王という印綬）を介して卑弥呼を倭王として承認したということは、現実には列島内において女王卑弥呼に服さない勢力があったにせよ、東アジアの文字のネットワーク（漢字文化圏）の次元では一つの理念として、倭国は卑弥呼のもとで平和的に統一されるべきだという強力なメッセージたりえたのである。こうした理念は、むろん武力的な打倒の対象にはなりえないので、列島内では秩序維持の決め手となったのであった。

西嶋定生が指摘しているように、中国王朝では周辺諸民族の王が朝貢する場合には、必ず親書として漢文による上表文の提出を義務づけている。後述するように、冊封体制下では、中国帝国は各国内部の法制度に直接的な干渉をしないかわりに、国境を開いて自由な交易空間、いわゆる朝貢貿易の保証と文字（漢文）の使用を求めている。倭国はその後も断続的に遣使朝貢をくり返していることからすれば、上表文作成のための漢字・漢文の習得は喫緊の課題であったろう。

倭の上表文ということで最も有名なのが、いわゆる「倭の五王」の一人である武王のそれである。この武王がワカタケル大王（雄略天皇）を指すことは、歴史学をはじめとする関連諸学が一致して認めている。『宋書』（巻九十七「倭伝」）の順帝昇明二年（四七八）には、その武王が奉った上表文として「封国は偏遠にして藩を外に作す。昔より祖禰躬ら甲冑を擐らし、山川を跋渉し、寧処するに遑らず」という四六駢儷体の堂々たる漢文を載せている。さらに続けて、「東のかた毛人五十五国を征し、西のかた衆夷六十六国を服し、渡りて海の北の九十五国を平らぐ。王道融泰し、土を遐畿に廓す」と述べ、宋の皇帝の臣下たる倭王武は、皇帝の領土を拡大するためにあらゆる努力を惜しまなかったと自讃しているのである。

倭の上表文の文体史という点からみれば、恐らくこの文章は一つの到達点を示すものであろう。こうした洗練された漢文の表現は、当時にあってはいまだ列島人のよくなしうるところではないので、中国系か朝鮮系の渡来人の手になるものであろうと考えられているが、あまりにも名文なので作者の沈約《しんやく》自身が書いたのではないかという説もある。これに関連して興味深いのは、日本書紀の雄略天皇条をみると、身狭村主青、檜隈民使博徳という渡来系の人物がしばしば登場して活躍していることである。しかもワカタケル大王（雄略天皇）がこの二人を重用していたことは、「愛寵みたまへるは史部《ふひとべ》の身狭村主青、檜隈民使博徳等のみなり」という表現のあることからも知ることができる。「史部」というのは文筆を専門とする史官である。外交の場面でもっぱらこの二人が重用されたのは、漢文の能力をはじめとして中国語・朝鮮《コリア》語・倭語など多言語を操ることができたからであろう。雄略がこの二人をいわば側近のブレーンとして寵愛したのは、雄略自身の政治姿勢を考える上でも重要であるが、右の上表文の作成などもこうした人物の活躍を背景として理解すべきであろう。むろんこの二人が実在の人物であるという証拠はどこにもないが、古代の実在が確認できない人物に関しては、典型的な人物に付す「タイプ名」という概念を適用することが有効であると私は考えている。この場合も、雄略朝に中国・朝鮮《コリア》系の史部が多数活躍していたことは確実であるから、そうした人々を核としながら、それを集約した表現として「身狭村主青・檜隈民使博徳」なる人間が造形されたと考えればよいのだ。その場合、側近のブレーンに文字を熟知する者を抱えていれば、王自身には必ずしもそれは要求されなかったようである。後世の話であるが、信長や秀吉もろくに漢字が読めなかったということを山本七平が指摘している。読み書きが必要な時には側近の僧侶にまかせていた。今日残っている信長直筆の手紙をみると、ほとんど仮名書きで、言語道断は「こん五たうたん」と書かれているという。

いずれにしても、列島内では「倭王」の正統性をめぐって、中国王朝から認めてもらうための上表文作成への努力が、相当長期にわたって重ねられていたとみることができる。それは同時に、百済・新羅・高句麗といった古代朝鮮《コリア》三国の三つ巴の勢力争いをも巻き込む東アジア文化圏内の生き残りをかけた体制作りを意味していた。

三　冊封体制の転換

ここまで、たびたび「冊封体制」という言葉を用いてきたが、この概念は古代の「日本国家」の成立について考える上でたいへん重要である。改めて説明すると、前近代の中華「帝国」では、皇帝は周辺諸民族の首長に対して、原則的にはみずから直接支配に乗り出すことはせず、「王」の称号を与えて国王に封じるという、間接支配体制をとっていた。周辺国の首長が朝貢に応じて君臣関係の臣下としての礼を尽くしさえすれば、皇帝は朝貢に費やした以上のみやげを持ち帰らすというのが慣例であった。これは支配・被支配の関係というよりもむしろ贈与の互酬関係に近いものであった。中国王朝がなぜこのような態度をとったかといえば、それはいわゆる中華思想による。漢民族は礼の文化を体現した大国であるのに対して、周辺地域は夷狄、すなわち野蛮人の住む所で、そういう国は皇帝の徳に感化されて自主的に服するべきという思想である。これに対して、周辺国の首長は朝貢に応じていれば、結果として国内支配の正統性を中国王朝から認められたことになるので、自身の王権の強化・拡大に役立つと考えたのである。

中国王朝の「外藩」（服属国）に対するこうしたゆるやかな支配体制は、倭国内において一元的な支配体制の実現を目指す者にとってはたいへんな幸運であったといわなければならない。冊封されていれば皇帝から冊書を授与され、そこに記された文字の効用は、前述のように各氏族間の差異を打ち砕く優越的な言語として作用し、倭王はそうした文書を独占的に管理するものとしてふるまえたからである。一方、皇帝への朝貢に応じるという矛盾した態度は、それが間接的な支配であっただけに列島内では顕在化しなかったとみられる。

しかし、こうした国内におけるダブル・スタンダードの維持が可能であったのは、冊封体制が贈与の互酬交換というゆるやかな支配体制であったためだけではない。というのは、同じような冊封体制下にあった韓半島の国々においては、後の奈良・平安朝にみられるような比較的安定した独自の中央集権的律令国家は実現されていないからである。端的にいって、韓半島における楽浪郡や帯方郡といった中国王朝の出先機関の存在は、異民族侵入の危険を絶えず顕在化させるものであって、そのようなところでは「万世一系」というような観念のうまれる余地はない。もし、日本列島内に楽浪郡や帯方郡のような機関が設置され、中国「帝国」の直接支配が絶えず意識に上るような状態が続いていたとすれば、事情は古代の朝鮮《コリア》三国あるいは統一新羅王国と同じような絶えず不安定で流動的な経過をたどっていたであろう。このような意味においても、列島内において大和朝廷が一元的な古代国家成立への道をひたすらいそしむことができたのは、中国大陸と日本列島の間に韓半島が介在していたために、それが緩衝《ワンクッション》となって異民族侵入の直接的脅威をしばらくの間忘れることができたからである。

この、「しばらく文明の脅威を忘れることができた」間に、列島内において古代国家が成立したといっても、あえて過言でないと私は考えている。というのは、倭国は、二六七年から四二〇年までの約百五十年間と、四七八年から六〇〇年までの約百二十年間、さらに律令が編纂された天武・持統朝の約三十年間は、中国「帝国」に対して朝貢使節を派遣していない。一時的ではあっても冊封体制から離脱しているのである。この期間こそがしばらく異民族侵入の脅威を忘れることができた時期で、この間隙をぬって「日本」語、「日本」国家をはじめとする、古代「日本」文化の基礎が作られたと考えられるからである。

具体的にみていこう。建武中元二年（五七）から始まった中国王朝への朝貢は、倭女王の壱与が二六六年に晋に遣使して以来とだえる。これ以降、倭王の讃が宋の永初二年（四二一）に文帝に使いを送って冊封を再開するまでのおよそ百五十年間は、中国皇帝の文字による正統性の認証を後ろ盾に、もっぱらそのエネルギーを列島内の統一に振り向けた時期といえる。倭王讃の朝貢の再開は、列島内の統一にある程度のめどが立ち、その余勢を駆ってのことだろう。その流れにある、倭王武の上表文は、前述のように宋の皇帝の「天下」たる領土の拡大に臣下として力を尽くしたことを述べ、その上で朝鮮《コリア》諸国の王を従える地位を求めたものであった。

ところが、同じ時期に倭王武（ワカタケル大王）が列島内の豪族に下賜したものと考えられる江田船山古墳鉄刀銘には、皇帝の「天下」とは矛盾する「治天下……大王」の文字が刻まれているのである。稲荷山古墳鉄剣銘にみえる「左治天下」も同じ精神であろう。いうまでもなく、中国「帝国」の「帝国」たるゆえんは中国国内ばかりでなく、ヴェトナム、韓半島、日本列島の諸王たちをも支配下に置くところで成り立つ概念である。したがって、そこに君臨する皇帝（天子）の「天下」とは、東アジア漢字文化圏の全領域を秩序化していることを象徴する文字であって、皇帝以外のものが使用することは許されない。

そうであれば、ワカタケル大王（倭王武）が自称した「治天下大王」とは、一旦東アジア漢字文化圏のネットワークを遮断して、日本列島内部でのみ通用する文字への転換を意味することになる。この小中華主義への転換、すなわち閉じられた文字の使用はいわば冊封体制の内面化（訓字の定着）といえる。現実には、主として韓半島との政治的・経済的・軍事的な交流が途絶えたことなどないのだが、虚構であれ一度外部との交通を遮断しないと「天孫降臨神話」といった自己完結的な世界像は形成できないものなのである。

四 「日本」の成立

七世紀末の天武・持統朝は、冊封体制から離脱し、東アジアとの交通を一旦閉じて、「文明」の内面化を大々的に施した時期である。中国「帝国」の史書に倣った歴史書の編纂を開始したのも、その一環として位置付けることができる。日本書紀の天武十年三月条に、天武天皇が川島皇子以下の皇族と、有能な臣下たちに命じて「帝紀と上古の諸事を記定《しるしさだ》めしめたまふ。大島・子首、親ら筆を執りて録す」とあるのは、これが養老四年（七二〇）に完成した日本書紀の事実上の編纂開始を述べたものとみなされている。

この史書が、書名にあるとおり「日本」という国号にこだわっているのは、本文中に実に二百十七例の用例にわたって使われているという指摘にもみてとれる。周知のように、日本列島は対外的には中国などから「倭」という国号で呼ばれていた。この文字にはやや侮蔑的なニュアンスが含まれていたので、大和朝廷では何とか名称の転換を図ろうと考えていた。律令の一篇である『令集解』所引「古記」の公式令には「明神御宇日本天皇」の表記がみえており、大宝令制定の七〇一年頃には「日本」の国号は用いられていたようである。問題はその使用がどこまで遡れるかということであるが、東野治之は六七四年から七〇三年の間にしぼられると推定している。

この論証が認められると、六七四年は天武三年にあたるので、「日本」の国号は天武・持統朝に制定された蓋然性が高いことになる。すると、一時的にせよ唐帝国との交流を断ち、自己完結的な国家像を形成しようとしたこの時期に見合う、国号の選択であったことになる。

たとえば、ヤマトタケルノミコトのことを古事記では「倭建命」と表記し、日本書紀では「日本武尊」と表記していることが示すように、古事記と日本書紀の間では、ヤマトの表記をめぐって価値の転換が図られているのである。日本書紀の世界観には、「日本」国家が中華帝国に十分対峙しうるもう一つの世界の中心であるという意識が顕著である。

日本書紀は、中国との交流を語る一方で、韓半島における「任那」日本府の存在について執拗に言及し、また高句麗・百済・新羅の朝鮮三国《コリア》がしばしば朝貢していて、あたかも日本の隷属国であるかのような記述をする。さらに、斉明紀以降には国内の蝦夷（蛮夷）らが服従を誓いに朝廷にやってきたという記事が頻出する。こうした独善的な表現は、それ自体が日本書紀の歴史意識を規定するものであり、かつての倭国が中国「帝国」の冊封体制下にあった歴史的事実を抹消すると同時に、それを国内に振り向けることで、冊封体制を内面化しようとしたものである。石母田正は、日本書紀の編纂に映し出されたこうした古代日本国家の態度を中国「帝国」をモデルとした東夷の「小帝国」意識と呼んでいる。

五　「日本語」の成立

「日本」の国号の成立に触れたので、関連して「日本語」の成立についても触れておこう。私は、基本的に漢字がなければ日本語もなかったと考えている。したがって、言語学者が漢字受容以前の「日本語の起源」について論じているのは不思議であった。文字以前の古代日本語の音韻体系とかいっても、それは漢字音から推定復元したものだからである。

また、漢字受容以前に日本列島に居住していた人々の話す言葉が「日本語」であったと考えるのも独断である。たとえば、ある時期、加耶地域など韓半島南部と、北九州地域の間では共通の言語文化圏が存在していたと推定されているので、この段階ではこの言語を「日本語」とも「朝鮮語《コリア》」とも規定できない。そこでは何語ともつかぬ、ある多言語状況が現出していたのだ。どこの国でも外来語には「訓」で対応するのだが、日本語の最大の特徴は漢字のほとんどすべてに「訓」があって、それが定着していることである。漢字を内面化することに成功したのだ。この「訓」の定着こそが、中国語でも朝鮮《コリア》語でもない「日本語」の誕生を意味すると考えることができる。したがって、それほど古い時代の話ではないのだ。

民族の音声言語である「ことば」を異質言語である漢字を使用しながら「意味」（訓）として用いる独特の書記法（倭文体）は、発生的には日本人が開発したものではなく、朝鮮《コリア》の「吏読《りと》」などがその先駆的な試みであったとされている。藤井茂利、小谷博泰、犬飼隆ら言語学者の主張するところに従えば、そもそも万葉仮名や音訓交用文の使用も朝鮮《コリア》で考案されたもので、韓半島からの渡来人たちがその朝鮮《コリア》式書記法を日本へもたらした。さいわい韓半島の言語は日本列島のそれと文法的にも似ていたので、「吏読」の方法は日本語に適用しても比較的あてはめやすかったとされる。

この点に関連した伝承が、日本書紀・敏達元年五月条に載っている。それによると、高句麗から使者とともに上表文が届けられたので、古くから朝廷に仕えている史たちを招集して三日かけて解読させたが誰も読めなかった。すると、新たに渡来していた船史の先祖・王辰爾という者が読み解いてみせた。敏達天皇は大いに喜んで、王辰爾を側近としてとりたてたが、古い史たちはひどくしかられたという話である。同じ渡来人でも「古渡」の人と「今来」の人という区別があったように、外交文書の読解などを通して朝廷に仕える「史部」にも新旧世代の交代があったことを示す説話である。日本語学の沖森卓也は、馬淵和夫説を踏まえながら、この時の上表文は「吏読」式の俗漢文で書かれていたので、旧世代の史部たちには読めなかった、そのいわばカルチャー・ショックから公的にも朝鮮式書記法が広まったのではないかと推測していて興味深い。さらに沖森は、和文体の成立する契機をここに求めている。それによると、「吏読」の語順は日本語の語順と同じであり、新羅の「壬申誓記体」と『法隆寺金堂四天王像銘』との間には文体の違いはほとんどない。「その意味で、「和風」とは「韓風」そのものであって、和文は朝鮮の「俗漢文」から発生している」といい切っている。

天武朝の紀年木簡を含む飛鳥池遺跡木簡の発掘など、近年各地から続々と発掘されて話題となっている七世紀後半から八世紀にかけての木簡のほとんどがこの「吏読」式の俗漢文、すなわち日本語文の文体（倭文体）で書かれていることは改めて注目すべきであろう。中国古典文、すなわち正式の漢文で書かれた木簡は「習書」木簡などごくわずかな例を除くと発掘されていないのである。こうした問題に関連して、平川南の講演での次のような発言はきわめて示唆に富むものがある。それによると、木簡のふるさとは中国にあるが、中国の木簡と日本の木簡にはほとんど接点らしきものは見当たらない。ところが、韓国の木簡には中国の木簡とほとんど同じものがあると同時に、日本とも記載様式まで合致した木簡がある。「つまり、半島には中国のものと、日本のものを解く両方のものがあるということですね。韓国では、現在約百二十点の木簡が発見されています。わずか百二十点の木簡だけれども、この韓国の木簡を研究しない限り、日本の二十万の木簡の特質は解けないというのが、この間韓国にいった時の印象でした」。

こうした提言を受けて思うことは、古代朝鮮においてせっかく漢字を訓読みに直す「吏読」などを考案したのに、なぜそれは日本の漢字仮名交じり文のような書記法へと着地せず、大陸の漢文体に回収されてしまったのだろうかという疑問である。むろん、「朝鮮《コリア》語は日本語のように単純な単音節語ではなく、子音も母音も数が多いため、子音と母音をアルファベットのように組み合わせる方式を考え出さねばならなかった、その意味では日本語以上に異質言語であった」というような言語学的な説明は可能であろう。しかし、果たしてそれだけのことであろうか。ただちに想起されるのは、はじめに触れたように、韓半島の地政学的位置ということである。中国大陸に直結し、絶えず異民族の侵略にさらされる地域にあっては、漢字に対して自らの音声言語、すなわち民族のことば（訓）を定着させる物理的な余裕は与えられなかった。逆にいえば、大陸と列島の間に韓半島が介在していたので、古代の日本では漢字に「訓」を与え定着させるだけの余裕、すなわち漢語を内面化するのに十分な時間をもつことができたということではないだろうか。

なお、付言すれば、最近の研究で古事記の文体は、基本的にはこの二十万の木簡をベースにしてそれを洗練させたものであることが明らかになっている。このことは言い換えれば、古事記は日本書紀のような正格の漢文体を採用しなかったということを意味している。たとえば、古事記・上巻の黄泉の国訪問条に「千引石引塞其黄泉比良坂其石置中」という表現があるが、これは正格の漢文でもなければ後代の規範的な和文でもない。いわばその間で引き裂かれた矛盾に満ちた文体（倭《やまと》文体）である。しかし、もし「日本本来の文章」というようなものがあるとすれば、それはこの古事記のテキストにみえる和文とも漢文ともつかないような奇怪で歪んだ文字列そのものであって、本来の「日本語の出自」もここをおいて他にはない。

六　東アジアの普遍思想

さて、ここまで文字の受容を中心に、日本書紀の歴史記述の仕方をもみてきたが、次に思想史上の問題について考えてみよう。この時期、大和朝廷は世界宗教としての仏教と、普遍思想としての儒教を受容したが、これは支配下に置く多くの氏族たちの固有信仰や思想を認めていたのでは大和朝廷そのものが立ち行かないと判断したためである。

まず、儒教の受容からみてみよう。古事記の応神天皇条は百済からの渡来人ワニ（王仁）が『論語』十巻と『千字文』一巻を献上したことを伝える。同じことがらを日本書紀では応神紀十六年二月のこととして、皇太子のウヂノワキイラツコにかかわらせて、次のようにいう、「王仁来たり。すなわち太子菟道稚郎子、師としたまひ、諸典籍を王仁に習ひたまふ。通達りたまはずといふことなし」と。『日本書紀』では、すぐれた能力の持主であるワキイラツコを古代日本における最初の儒教思想の摂取者として位置づけているのだ。

ところで、記・紀の仁徳天皇条には、庶民の生活の困窮をみるに忍びなかった仁徳が、租税の徴収を三年間中止したために人々から「聖帝」と称えられたという説話が載っている。このエピソードが「仁徳」天皇という名の由来にもなっていることはよく知られている。私はこの説話の文献批判を行った結果、この伝承は本来は仁徳の異母弟にあたるウヂノワキイラツコのものであったのではないかと推定した。そのように考えると、儒教思想の摂取者とその実践者との間に思想的な一貫性が得られるからである。従来、ワキイラツコについてはその系譜をはじめとして不明な点が多いことから、その実在すら疑われている人物である。しかし、古代の実在が確認できない人物に関しては、前述のように典型的な人物に付す「タイプ名」として考えればよい。古代の有力な「皇親」氏族であったワニ（丸邇）氏の伝承を核としながら、それを集約する表現としてウヂノワキイラツコが造形されたのである。ただその思想的な実質は百済系渡来人のワニから与えられたものであろう。ワニ（丸邇）氏系のワキイラツコがワニ（王仁）に学んだというところにも二人の親密さが示唆されている。つまりウヂノワキイラツコとは、「五経博士」王仁の内面化された表現なのだ。

次に仏教思想の受容についてみよう。日本書紀・推古元年四月条に、厩戸皇子（聖徳太子）の超人的な能力を記すくだりがあり、その後に「内教を高麗の僧慧慈に習ひ、外典を博士覚哿に学び、並に悉に達《さと》りたまひぬ」と紹介されている。これは、聖徳太子を仏教思想の最初の本格的な摂取者と位置づけたものである。高句麗僧・慧慈が日本にやってきたのが推古三年で、太子が二十二歳のときであった。その後しばらく太子の事績は推古紀に見当たらず、九年後に憲法十七条の制定が記されている。するとやはり憲法十七条の思想的骨格は慧慈らによって与えられたものとみるのが穏当であろう。

厩戸皇子（聖徳太子）が氏族の信仰する神々を超える世界宗教の実践者であったことを示すエピソードが日本書紀・推古二十一年十二月条にみえている。それは路傍の「飢者」に食物と衣服を与え、その後「飢者」が死んだと聞くと丁重に葬らせたという説話である。これはいわゆる「行路死人」伝承を基本とするもので、旧来の考え方では身寄りのない「行路死人」を放置すると共同体に災厄が降りかかると信じられたために、祟りを恐れて鎮魂するという方法がとられてきた。しかし、ここでの太子の態度は氏族共同体の宗教では回収することのできない「行路死人」を、世界宗教としての仏教で救済するというものであった。当時の人々にとっては、この「飢者」が実は神仙の人であったという後日談よりも、むしろ太子の思惟方法そのもののほうが衝撃的であったのではないだろうか。

最近、いわゆる聖徳太子は架空の存在であるという説が提出されて話題となっているが、日本書紀のテキストがどのような太子像を描こうとしているのか、ということを考えている私などにとっては問題外である。これも「タイプ名」として考えればよい。厩戸皇子が実在していたのは確実であるから、それを核としながら仏教思想を体現した典型的な人物として造形されたのが聖徳太子であった。

ところで、興味深いのは、ウヂノワキイラツコにせよ、聖徳太子にせよ、東アジアの普遍思想を最初に摂取した人物が天皇ではなく、皇位につくことのなかった皇太子とされている点である。しかも二人の思想の摂取の仕方は「達《さと》りたまふ」という共通の表現がされている。私はここには日本書紀独特の歴史観がはたらいているのではないかと思う。すなわち、あえて天皇の位につかなかった太子たちは、無冠の帝王として実際の王以上の徳を備えた人物であったという位置づけである。この二段構えの王権思想は、書紀の形而上学的領域の拡大を企図したものであろう。古代中国ではこういった人物を「素王」といっている。

おわりに

私は、学生時代に日本文学を専攻するかたわら中国哲学を学んだが、高齢の諸先生方に共通する一つの偏見に気がついた。それは、日本が中国文明を受け入れる際、たしかに韓半島を経由したが、それはたんなる通り道にすぎないというものである。しかし、それは歴史の正しい見方ではない。ここでは、列島にやって来た渡来人を中心に韓半島の文物が大陸「文明」の脅威を先進「文化」の恩恵へと変換した様子について述べてみた。

参考文献
石母田正『日本古代国家論　第1部』(岩波書店、一九七三年)。
犬飼隆「木簡から万葉集へ」(『古代日本の文字世界』大修館書店、二〇〇〇年)。
大津透・米谷匡史ほか編著『古代天皇制を考える』(講談社、二〇〇一年)。
沖森卓也『日本古代の表記と文体』(吉川弘文館、二〇〇〇年)。
柄谷行人『日本精神分析』(文藝春秋、二〇〇二年)。
熊谷公男『大王から天皇へ』(講談社、二〇〇一年)。
神野志隆光「「日本」をめぐって」(『萬葉』第一七九号、二〇〇二年)。

小谷博泰『上代文学と木簡の研究』（和泉書院、一九九九年）。

呉哲男「ウヂノワキイラツコについて」（『古代日本文学の制度論的研究』おうふう、二〇〇三年）。

西條勉『古事記の文字法』（笠間書院、一九九八年）。

寺沢薫『王権誕生』（講談社、二〇〇〇年）。

西嶋定生『倭国の出現』（東京大学出版会、一九九九年）。

東野治之『遣唐使と正倉院』（岩波書店、一九九二年）。

平川南『墨書土器の研究』（吉川弘文館、二〇〇〇年）。

藤井茂利『古代日本語の表記法研究』（近代文芸社、一九九六年）。

毛利正守「古事記の書記と文体」（『古事記年報』第四六号、二〇〇四年）。

山本七平ほか編著『漢字文化を考える』（大修館書店、一九九一年）。

第四章　日本書紀と春秋公羊伝——皇極紀の筆法を中心に——

一

中国の歴史では、一つの王朝が混乱から末期に至ると新王朝樹立の理論として春秋公羊学が招喚される。わが国においても南朝の正統性を主張した『神皇正統記』の骨格には公羊学があるとされ(1)、また桓武天皇が『春秋』を意識していたというのは周知のところである。最近でも東野治之が、桓武の息のかかった伊与部家守が大学寮の教官となって『春秋』の講義をしたのは、父系・母系とも天武系とは全く縁のない桓武が新皇統の正統性を公羊学の理論によって基礎付けようとしたのではないかと指摘している(2)。この見解は同意できるが、しかしこれは桓武天皇が唐突に思いついたといった類のものではなく、部分的にではあってもすでに日本書紀の構想に組み込まれていたものと思われる。わかりやすい例では聖帝仁徳天皇と悪帝武烈天皇をワンセットにして皇統の断絶を示唆する点や、中大兄皇子と中臣鎌足の協力によって蘇我入鹿を打倒し、皇権を回復する「乙巳《いっし》の変」の構想などにそれをみることができる。

ここではその「乙巳の変」を叙述の中心に据えて構成された「皇極紀」（日本書紀・巻二十四）には、あらかじめその雛形として漢代春秋公羊学が意識されていたのではないか、ということをさまざまな角度から検証してみたい。

二

一般に歴史叙述のスタイルには三種類ある。(1)は、日々の記録を基に事実を忠実に再現しようとする実録風のもの。(2)は、物語的興味を主眼とした歴史の記録。(3)は、史実を基にしながら事実よりもそこに実現された事柄の価値批判を重視する、いわば歴史哲学風のものである。古代の歴史書にはこれらの要素が截然と分けられている場合と渾然一体となっている場合がある。日本書紀に即していえば、巻一・二「神代紀」は神話を物語的興味から歴史仕立てにしたもので、そこに事実としての意味はない。逆に巻二十九「天武紀下」と巻三十「持統紀」の巻末二巻は、『続日本紀』と地続きの実録風の書といえる。他の巻は(1)と(2)の中間的なものが多い。

こうした中にあって「乙巳の変」を柱に据える「皇極紀」は、これまで入鹿殺害という史実を基にした歴史叙述と考えられてきたが、近年の文献批判では、中大兄皇子と鎌足の主導による悪臣蘇我氏の打倒というコンセプトは事実と異なるという指摘が定着しつつある。最近でも、「乙巳の変」の直後に皇極天皇が譲位し軽皇子（孝徳天皇）が即位しているところから、「乙巳の変」の主導権を実際に握っていたのは孝徳であり、皇位継承争いの一環として古人大兄とその後ろ盾である入鹿を排除しようとしたもの、とする見解がある。[3] 加えて、孝徳朝で右大臣に就任した蘇我倉山田石川麻呂の存在を重視し、蘇我氏の宗主権をめぐる内部抗争であったとの説も提出されている。[4] 今日、こうした説が説得力を増している状況は、これまでの日本史学が日本書紀の記述を鵜呑みにして、長年にわたって蘇我氏に対し否定的評価を与え続けてきたことへの反省と無縁ではない。聖徳太子に先立って仏教を受容し普及させた蘇我氏の先駆性や、積極的に韓半島からの渡来人と交流して先進技術を導入したその開明性などを正当に評価すべきである、というわけである。単純な善悪の二項対立史観など現実に成り立つはずはないのであるから、こうした声が高まるのはある意味で当然であろう。

それでは、歴史学的評価とは別の「皇極紀」そのものへの評価はどのように考えたらよいのだろうか。「皇極紀」の叙述は事実関係を無視した専ら物語的興味による歴史記録とみるべきであろうか。答えは否である。私の考えでは、「皇極紀」の編者が企図したものは必ずしも事実を忠実に再現する点にあったのではなく、歴史叙述のスタイルを借りて先験的な理念を表明するところに重点があったのではないか、と思うのである。すなわち、「皇極紀」の編者たちが第一義的にめざしたものは「乙巳の変」のドラマチックな再構成（善悪二項対立の図式）を利用しながら、君臣の義を乱し王家の道に反した蘇我本宗家が没落するのは当然だという皇統の理念の表明、いわば古代的な歴史哲学の構築だったのではないか、ということである。

日本書紀が成立した（七二〇年）四十年後の天平宝字四年（七六〇）に時の権力者・藤原仲麻呂によって、藤原氏一族の顕彰を目的とした『藤氏家伝』がまとめられた。このうち上巻の「鎌足伝」（「大織冠伝」）は仲麻呂自身の手になるとされている。日本書紀の「皇極紀」と「鎌足伝」を比較すると入鹿暗殺を中心とした「乙巳の変」の記述は、内容的にはほとんど一致している。横田健一は両者を比較対照させながら原典批判を行った結果、両者には「入鹿誅滅物語」とも呼ぶべき共通の原資料が存在していて、「皇極紀」と「鎌足伝」はそれぞれの立場からこの同一資料を用いて事件の経過を叙述したのではないか、と指摘している。(5)

そこでここでは、「鎌足伝」の中から「皇極紀」を考える上で示唆的と思われる二、三の点についてあらかじめ検討しておきたい。まず、

嘗、群公の子、咸、旻法師の堂に集ひて『周易』を読みき。（『藤氏家伝　注釈と研究』訓読文・20～21）

とあって、中臣鎌足が孝徳朝に「国博士」に任じられた僧旻から『周易』の講義を受けていたという点である。これに対応する「皇極紀」（三年正月）の条は、

中臣鎌子連、……中大兄……倶に手に黄巻を把り、自ら周孔の教を南淵先生の所に学ぶ。

とあり、鎌足と中大兄は南淵請安を師匠として周公と孔子の教えを学んだとある。どちらも儒教の講義を受けたという点では共通しているが、「鎌足伝」がそのテキストを『周易』と特定しているのは示唆的である。なぜなら「易」とは殷から周への王朝交替、すなわち易姓革命の根拠を理論的に提供するテキストであったからである。もっともここにいう「易」は先秦時代のそれではなく、漢代以後の緯書の影響を受けて複雑化したものであったことは、僧旻が流星や彗星現象で発言したという「舒明紀」（日本書紀・巻二十三）の記事から推測できる。

大星、東より西に流る。……是に僧旻僧の曰く、「流星に非ず。是天狗なり。其の吠ゆる声、雷に似れるのみ」といふ。（舒明紀九年二月）

長星西北に見ゆ。時に旻師の曰く、「彗星なり。見ゆれば飢う」といふ。（舒明紀十一年正月）

僧旻の発言には、漢代以後に精密化した「災異予占」説の影響をうかがうことができるのである。

僧旻から革命思想を吹き込まれた鎌足が「蘇我入鹿が君臣長幼の序をわきまえず、国家を我がものにする野望を抱いていることに憤慨した」（「皇極紀」三年正月）というのもうなずける。そこから今の状況は正しくない、必ず王家が治める元の正しい道に戻さなければならない、という結論に至るのは当然であろう。それが「鎌足伝」の次の一文である。

是に中大兄、大臣に謂りて曰はく、「王の政大夫より出でて、周の鼎、季氏に移らむとす。公如之何にかせむ。願はくは奇策を陳べよ」といひたまひき。大臣具に乱を撥《をさ》め正に反《かへ》す謀を述ぶ。中大兄、悦びて曰く、
……（58～61）

ここに「撥乱反正」とあるのは、本章にとってきわめて重要な意味をもつ。なぜなら「撥乱反正」とは、乱世を治めて秩序を取り戻すためには革命を是認するという意で、『春秋公羊伝』の思想の核心を一語で要約したキーワードに当たるからである[6]。これは、「鎌足伝」が「乙巳の変」を『春秋公羊伝』の思想に基づいて「撥乱反正」と解釈していたことを明確に示すものである。むろん「撥乱反正」の用語は、『史記』や『漢書』が漢の高祖の天下統一を正当化する際に用いた言葉であるが（『史記』高祖本紀[7]、『漢書』高帝紀）、そもそもこれらの典拠は『春秋公羊伝』にあったのだ。公羊学が漢代以降の中国思想にいかに広範な影響力を及ぼしたかは、たとえば『史記』が単に『春秋』という場合はすべて『春秋公羊伝』を指している、という一事をもってしても了解できる。公羊学は、漢代以後、魏晋南北朝から隋唐王朝にかけて、各王朝の支配の正当性を語る上で最も支配的であった禅譲革命思想と密接な関係をもっていたのである。

関連して触れておくと、「皇極紀」が「周孔の教を南淵先生の所に学ぶ」と伝えるのも、『周易』の記事に劣らず重要である。なぜなら、中大兄と鎌足が学んだ「周孔之教」とは、一般に考えられているような儒教的徳目を身に付けて人格を完成させる「君子の学」といった意味ではありえないからである。周公と孔子に共通する点は、二人とも王になる資格がありながら実際には王位につかなかったという点であり、その意味では現実の王を超えた理念上の王、無冠の王として漢代から隋・唐の諸王朝において特別の評価を受けていた政治的存在である。すなわち漢代公羊学にいう「素王」「新王」として人びとから尊崇されていたのである（後述）。後漢の光武帝や魏の文帝、梁の武帝が、王朝の創業者として掲げたものは、「玄聖素王」たる孔子の存在を自らになぞらえるというものであった。中大兄と鎌足が学んだとされる「周孔之教」もこのような文脈の中で読まれなければならない。

最後に、「鎌足伝」の次の文にも注目しておきたい。鎌足の病死の知らせを聞いた天智天皇（中大兄皇子）が、その死を惜しんで述べたという次の条である。

上哭し甚だ慟みたまふ。……詔して曰はく、「……斯れ誠に千載の一遇なり。文王は尚父を任し、漢祖は張良を得たり。豈朕が二人の如くにあらむや。……（232～242）

ここでは、天智天皇の口を借りて鎌足の忠臣振りを、周の文王に仕えた太公望や漢の高祖（劉邦）に仕えた張良にたとえているのである。

以上、二、三の点をみわたしただけでも「鎌足伝」の明確な意図が明らかになる。すなわち、忠臣鎌足が中大兄（天智天皇）と組むことで、ともに儒教の革命思想を学び、当時専権をほしいままにしていた蘇我本宗家を打倒し、皇権の回復に偉大な貢献を果たした、というメッセージである。

仲麻呂は、藤原氏の起源である鎌足の功績を回顧しつつ、そこに王家の忠臣であり続けた藤原氏の歴史を喚起しようとしたのであるが、その思想的根拠としては『春秋公羊伝』が用いられたのであった。

三

つづいて「皇極紀」そのものの分析に入ろう。「皇極紀」の巻末は次の一文で締めくくられている。

庚戌に、位を軽皇子に譲り、中大兄を立てて皇太子としたまふ。（四年六月）

これは皇極天皇が軽皇子（孝徳天皇）に王位を譲ったということで、天皇が生前に譲位した史上初めての例である。史実か否かではなく日本書紀がそう語っているということがここでは重要である。中国風にいえば、「乙巳の変」という宮廷革命を受けて禅譲（王朝交替）が行われたということである。形式的には、皇極即位の年に雨乞いの儀礼が行われ「遂に雨降ること五日、天下を溥《あまね》く潤」したために「至徳天皇」と称えられた（元年八月）が、その徳がすでに失われて天命が移行したことを悟った天皇が自主的に皇位を譲ったということを意味する。

日本書紀が皇極朝を全体としては否定的にみていることは、皇極の出自が親等の遠い（父は知奴王）ところから来る中継ぎの天皇であることにもよるが、何よりも蘇我氏本宗家の専横を許してしまったその統治責任が大きいであろう。加えてここで特に注目したいのは、頻繁に発生する天変地異や不吉な童謡《わざうた》の記事などの示唆するものである。私が「皇極紀」と『春秋公羊伝』の関連を最初に思いついたのもこの点とかかわる。いわゆる『春秋』の独特の書法の一つに日食を頻繁に記録する様式があるが、その際「春、王二月、日有食之」（隠公三年）、「秋七月、日有食之、既」（桓公三年）などとあるように、「有」字を用いた特徴的な表記がなされているのである。これは『説文』が「有、不宜有也。春秋伝曰、日月有食之」（七之上）と説くように、めったにないことがある、異変がある、さらにいえば革命が近く起こるといった含意がある。すなわち、春秋学では日月食などの出現を単なる自然現象とみるのではなく、政治的異変の起こる前兆とするのである。とりわけ漢代の公羊学派は、それを王の失政や祥瑞にからめ、そこにあるべき君主像（素王）を提示している。

『春秋』には日食現象だけでなく、彗星・雹・大雨・大雪・寒暑の異常といった気象現象やその結果起こる洪水・旱魃、また地震・火災・飢饉・虫害といった様々な災異現象を敏感に記録するという態度があり、『公羊伝』ではそれを「記異也」（異変有り）と位置づける。(8) この筆法を継承し、これを人事に対応させて一つの政治理論を構成し、漢王朝の正統性を根拠づけたのが、漢代公羊学の大立者・董仲舒であったのは周知の通りである。その主張を要約すると、もし王に天にもとる失政があれば、天は災・異を降して警告を発し、これで改めるところがなければさらに怪異を出して譴責し、なお反省がなければ破滅に至るだろうというものである。(9) 董仲舒の災異思想には儒学の伝統である「自戒」がこめられていたが、これを反転させ、災異の中に天意・天戒のみならず、天の予言すなわち讖（予兆）を見出し、天が降す祥瑞としての符命・符応の思想をとなえたのが同じ公羊学派の劉向・劉歆親子であった。かくしていわゆる陰陽五行思想、讖緯思想が出揃うことになるが、これらの思想が利用されて前漢末の王莽による王権簒奪があり、かつ後漢・光武帝の漢王朝再興があり、さらに魏の曹丕による宮廷革命が起こったことはこれまた周知の通りである。

「皇極紀」編者は、右にみた後漢以後の讖緯思想の影響を受けている可能性が高い。なぜなら「皇極紀」は天皇の失政、具体的には蘇我氏本宗家の勢いが大王家を圧倒していた政治状況と気象異変との間には密接なかかわりがある、という筆法をとっているからである。蘇我氏の専横を許してしまった報いが一連の災異現象を招いたという書きざまである。「皇極紀」は、天変地異の奇怪な現象の続出を記録することで、それが大王家と蘇我氏本宗家による王権の正統性をめぐっての災異と祥瑞の応酬であることを語ろうとしているのだ。

災異の記事はまず君主失政、すなわち蘇我氏による大王家批判として幕を開ける。

雲無くして雨ふる。……是の月に霖雨す。（皇極紀元年三月）

是の月に霖雨す。（同四月）

是の月に、大きに旱す。（同六月）

客星、月に入れり。（同七月）

地震りて雨降る。辛卯に、地震る。是の夜に、地震りて風吹く。丙午の夜中に、地震る。是の月に、夏令を行ふ。雲無くして雨降る。（同十月）

大雨ふり雷なる。丙辰の夜半に、雷一たび西北の角に鳴る。庚申に、天の暖けきこと春気の如し。辛酉に雨下る。（同十一月）

壬戌に、天の暖けきこと春気の如し。（同十一月）

天の暖けきこと春気の如し。甲申に、雷五たび昼に鳴り、二たび夜に鳴る。庚寅に、雷二たび東に鳴りて、風ふき雨ふる。辛亥に、天の暖けきこと春気の如し。（同十二月）

右に引用したものはいずれも皇極天皇が即位した年の記事である。霖雨、旱、地震、異常気象、星が月の中に入る（星辰逆行）現象、季節はずれの政令などは基本的には君主失政による凶事と解釈されるので、そこからは蘇我氏本宗家側のすさまじい天皇批判がうかがえる。こうした中に「丙子に、蘇我臣入鹿が豎者、白雀の子を獲たり。是の日の同じ時に、人有りて、白雀を以て籠に納れて、蘇我大臣に送る」（「皇極紀」元年七月）といった「白雀」の祥瑞記事が割り込んでいるのは、天が祥瑞を降して蘇我氏に王位に就くようシグナルを発している、という意味合いに読める。王家の危機がさらに深まった状況である。ただこうした天皇家側の劣勢の中で、祈雨の儀礼を蘇我蝦夷と競い勝利しているのは、皇極女帝が大王としての存在感を示した唯一の例であるといってもよい。(10)

翌年（「皇極紀」二年）になると、天皇の善政を称賛する祥瑞と失政を批判する災異の記事が交互に表われ、蘇我氏と大王家との政治的葛藤の一進一退が示唆される。

五色の大きなる雲、天に満ち覆ひて寅に闕けたり。一色の青き霧、地に周り起こる。（皇極紀二年正月）
桃華始めて見ゆ。乙巳に、雹ふりて草木の華葉を傷へり。（同二月）
是の月に、風ふき雷なり氷雨ふる。冬令を行へばなり（同三月）
大きに風ふきて雨ふる。丁亥に、風起こりて天寒し。己亥に、西風ふきて雹ふり天寒し。（同四月）
月蝕ゆること有り。（同五月）

右の記事は、近い将来、政治的異変が起こるであろうという予兆の意味があるが、こうした記事に交じって池の水の変色という現象と政治的異変とを結びつけた例がある。これはそれまでの失政批判から一歩進んで、蝦夷・入鹿の側が古人大兄皇子を傀儡に立てつつ皇権簒奪の意志を示したものと解釈できる。(11)しかもそれは武力革命ではなく、かつて王莽が実践した符命・符応による禅譲（王朝交替）を迫るものとして。

茨田池の水、大きに臭りて小虫水に覆へり。其の虫、口黒くして身白し。……茨田池の水、変りて藍汁の如し。死にたる虫水に覆へり。溝続の水、亦復凝結り厚さ三四寸ばかり、大き小き魚の臭れること、夏に爛れ死にたるが如し。是に由りて喫ふに中らず。（「皇極紀」二年七月、八月）

はじめに触れたように、『春秋』では日食の記事を「日有食之」（隠公三年以下三十七例）という独特の書法で記す。これを「記異也」すなわち「異変有り」と解釈するのが『公羊伝』である。『漢書』五行志などの日食・月食の記事もすべてこの表記法を踏襲している。「皇極紀」が災異・祥瑞・予兆を「有」字を用いて記すのも、『公羊伝』や『漢書』五行志などの筆法を自覚的に取り入れようとする姿勢を示す、と考えることができる。

有人、以白雀納籠、而送蘇我大臣。（皇極紀元年七月）
五月庚戌朔乙丑、月有蝕之。（同二年五月）
戊午、蘇我臣入鹿独謀将廃上宮王等、而立古人大兄為天皇。于時有童謡曰、……（同二年十月）
戊申、於剣池蓮中、有一茎二萼者。豊浦大臣妄推曰、是蘇我臣将来之瑞也、……（同三年六月）
……老人等曰、移風之兆也。于時有謡歌三首。（同三年六月）
四年春正月、或於阜嶺、或於河辺、或於宮寺之間、遥見有物、而聴猿吟。……旧本云、是歳、移京於難波、而板蓋宮為墟之兆也。時人曰、此是伊勢大神之使也。（同四年正月）

政治が安定せず人びとの間に社会的な不安が高まると、どこからともなく歌いだされるという「童謡《わざうた》」（謡歌）。

その「童謡」（謡歌）を「詩妖」として一連の災異の中に位置づけたのが「皇極紀」である。しかもその童謡が「有」字をともなって表現されているところがミソである。「皇極紀」という巻は「異変有り」（『春秋公羊伝』）というスタイルで語られる歴史叙述の方法なのだ、ということを編者自身が意識していたことになる。すると、たとえば「有人、以白雀納籠、而送蘇我大臣」の一文も通常は「人有りて」と訓まれているが、『説文』に「有、不宜有也」（めったにないことが有る）と説くのを踏まえれば、「人、白雀を以ちて籠に納れて、蘇我大臣に送る有り」と訓むのが適切ということになる。

周知のように、童謡の用例は『漢書』五行志に多く引用されている。それによると、王侯もしくは臣下に不敬といったネガティブな行為があって罰が下ると、事後的に童謡がそれを予言していたと解かれる構造で、「詩妖」とされる。(12)「皇極紀」の童謡（謡歌）もほぼその規定に沿ったものといえる。二年十月の童謡も、後に「時人」によって山背大兄王が入鹿に滅ぼされる事件の予兆と解かれているが、(13)「独り僭ひ立たむことを譲る」とあるように、入鹿の不敬に筆誅が加えられてもいる。それが三年六月の謡歌《わざうた》につながり、「或人」によって罪なくして滅ぼされた上宮一族のために天誅が降る予兆であったと解読されるのである。(14)むろん中大兄王らによる「乙巳の変」の正当性を保証する働きをしている。

大王家と蘇我本宗家による災異と祥瑞の応酬は、結果的には天皇家の勝利に落ち着くが、祥瑞の決着は「皇極紀」をまたいで孝徳朝に「白雉」が出現したところで完結することになる。

> 詔して曰はく、聖王世に出でて天下を治むる時に、天則ち応へて其の祥瑞を示す。曩者、西土の君、周の成王の世と漢の明帝の時とに、白雉爰に見ゆ。……古より今に迄るまでに、祥瑞時に見えて、有徳に応ふること、其の類多し。所謂鳳凰・麒麟・白雉・白烏・かかる鳥獣より草木に及るまで、符応有るは、皆是天地の

所生せる休祥嘉瑞なり。……

（孝徳紀白雉元年二月）

皇極天皇から孝徳天皇への譲位は、姉弟間のものであるから厳密には王朝交替などとはいえないが、「乙巳の変」の宮廷革命を経て、大化改新の断行に際しての詔に「符応有るは、皆是天地の所生せる休祥嘉瑞なり」とあるのは、日本書紀が一連の事件の本質を禅譲革命（王朝交替）として認識していたことを濃厚に物語っている。その場合の主体は孝徳（出自が傍系で天智への中継ぎ天皇）ではなく中大兄であろう。

四

はじめに、「皇極紀」は事実の忠実な再現に興味があったのではなく、出来事の価値批判、すなわち「王権のあるべき姿」という理念を描き出すことに関心があったのではないかと述べたが、そのように考えた理由の一つに蘇我本宗家の描き方がきわめて類型的である、ということがあげられる。蘇我氏の王権への関与について、最近の歴史学では両極の説が出されている。一つは大山誠一が説くもので、蘇我馬子は事実上大王であった、皇極朝は二王が並び立つ、王権そのものが流動的な時代であった、というものである[15]。他方そうした見解を強く否定するのが、たとえば遠山美都男で、「蘇我氏は、あくまで王権の身内的存在として、王権の補完的要素として、王権内部に組み込まれて存在することが蘇我氏の特性であり、その最大の存在意義であったことを思えば、のちに蘇我氏が大王家に対抗し、果てに王権を簒奪しようと企てたなどとは到底考えがたい」と述べる[16]。後述の、藤原氏が「王権の身内的存在として」繁栄することと共通の本質をもつ氏族という位置付けである。このような対蹠的な説の中に「皇極紀」を置いてみると、そのいずれにも属さない蘇我氏の「類型性」がむしろ「皇極紀」の特徴として浮かび上がってくるのである。

是の歳に、蘇我大臣蝦夷、己が祖廟を葛城の高宮に立てて、八佾の舞をし、遂に作歌して、曰く、……

（元年十二月）

又尽に挙国の民、併せて百八十部曲を発して、預め双墓を今来に造り、一は大陵と曰ひ大臣の墓とし、一は小陵と曰ひ入鹿の墓とす。更に悉くに上宮の乳部の民を聚めて、塋兆所に役使ふ。是に、上宮大娘姫王、発憤りて歎きて曰く、「蘇我臣、国政を専擅にして、多に無礼き行す。天に二日無く、国に二王無し。何の由にか意の任に悉に封せる民を役はむ」といふ。

（元年十二月）

壬子に、蘇我大臣蝦夷、病に縁りて朝らず。私に紫冠を子入鹿に授けて、大臣の位に擬ふ。復其の弟を呼びて、物部大臣と曰ふ。大臣の祖母は、物部弓削大連の妹なり。故、母が財に因りて、威を世に取れり。

（二年十月）

戊午に、蘇我臣入鹿、独り謀りて上宮の王等を廃てて、古人大兄を立てて天皇とせむとす。時に童謡有りて曰く、……蘇我臣入鹿、深く上宮の王等の威名の天下に振ひますことを忌みて、独り僭ひ立たむことを謨る。

（二年十月）

戊申に、剣池の蓮の中に、一茎に二萼ある者有り。豊浦大臣妄に推して曰く、「是、蘇我臣が将来の瑞なり」

といひ、即ち金の墨を以て書きて、大法興寺の丈六の仏に献る。（三年六月）

是の月に、国内の巫覡等、枝葉を折り取り、木綿を懸掛でて、大臣の橋を渡る時を伺ひ、争ひて神語の入微なる説を陳ぶ。其の巫甚だ多くして、具に聴くべからず。老人等の曰く、「移風らむとする兆なり」といふ。（三年六月）

冬十一月に、蘇我大臣蝦夷・児入鹿臣、家を甘檮丘に双べ起つ。大臣が家を称びて上の宮門と曰ひ、入鹿が家は谷の宮門と曰ふ。男女を称びて王子と曰ふ。家の外に城柵を作り、門の傍に兵庫を作る。……恒に力人をして兵を持ちて家を守らしむ。（三年十一月）

右は、蘇我氏本宗家が「国政を専擅」し、臣下の身分を超えた僭上の振る舞いに及んでいたことを、ことさらの如くに強調して描いてみせる件《くだり》である。「祖廟を立て」「八佾の舞」を舞い、蝦夷・入鹿親子の墓を「大陵」「小陵」と命名し、「紫冠」を授与するといったことは、いずれも大王の位にある者にのみ許される行為であり、自らを天皇になぞらえたパフォーマンスに他ならないが、問題はそれらが戯画的に描き出されていることで、どうみてもそれは皇極朝の歴史的事実の再現という意図を超えている。「皇極紀」編者の念頭には、蘇我氏の振る舞いをカリカチュアライズすることで、蘇我氏本宗家という存在をある特定のイデオロギー的な図式にあてはめようとする意図が働いていた、と考えざるをえないのである。私は、そこには『春秋公羊伝』に基づく二つの思想が含意されているのではないかと思う。一つは、皇極朝は二王並立の「乱世」であって、「反正」（武力革命）としての中大兄皇子らによる「乙巳の変」のクーデターは正当なものであるという「撥乱反正」の思想。今一つは、『春秋公羊伝』のもう一つのキーワードである「大一統」の思想である。[17]「大一統」とは一統を貴ぶの意であり、万物が統べてみな一に帰する、一王のもとに統一された世界を尊ぶという考え方である。蘇我氏の専横は全くこれに反するもので、皇権は回復されなければならない。上宮大娘姫王の口を借りて「天に二日無く、国に二王無し」というのは、「大一統」の思想を言い換えたものである。また、クーデターが成功した孝徳天皇即位直後の大槻の樹下での誓盟に「君は二政無く、臣は朝に弐無し」とあるのも、この延長上にある考え方であろう。「大一統」を目的とするならば、「撥乱反正」（革命）は認めるというのが『公羊伝』の考え方であり、両者は密接に関連するものだ。

かくして歴史の審判は下され、皇統に反し君臣の義を乱した蘇我本宗家は没落した、とするのが「皇極紀」であり、それは実録の歴史というよりも、むしろ皇統の理念の側から要求された歴史哲学の構想だった、といえる。

「皇極紀」のベースに述べてきたような『春秋公羊伝』の影響があるとすれば、「皇極紀」編者は漢文学に相当通暁していた者でなければならない。そこで参考にしたいのが中国語音韻学の森博達の説である。[18]周知のように森は、日本書紀はβ群とα群と巻三十に截然と三分されるとし、このうちα群を中国人の述作とみる。さらにα群（巻十四～二十一・二十四～二十七）はβ群に先行し、しかもα群は巻十四（「雄略紀」）と巻二十四（「皇極紀」）とに二分されて編纂が開始されたとする。巻二十四の「皇極紀」からのスタートは、大化改新が古代のもう一つの「画期」であり、その契機が蘇我入鹿の暗殺にあったので、まずその経緯を語る必要があったのだと結論づけている。森のα群とβ群の仮説に対する反証はこれまでのところ提出されていないので有力な見解といえる。私の考えでは、この時利用されたのが『公羊伝』の「大一統」と「撥乱反正」の思想ではなかったか、ということである。

もっとも、「皇極紀」の述作者が中国渡来人であったとしても、皇極朝という二王並立の乱世に「乙巳の変」を成功させ、大化改新の断行へと導いた功労者として鎌足をたたえるために『公羊伝』採択の方針を立てた、もしくは許可したのは藤原不比等であろう。『公羊伝』には革命是認という両刃の剣が盛り込まれているために導入には抵抗もあったが、「大一統」を前提に自家のルーツである中臣鎌足の功績を顕彰するために不比等が押し切ったのではないだろうか。このような想定に説得力をもたせるためには、不比等と『公羊伝』の関係についても少し立ち入って検討しなければならない。

五

続日本紀・淳仁天皇、天平宝字四年（七六〇）八月に、藤原不比等が天皇家の外戚（聖武天皇の母の父であり、孝謙天皇の母の父であることを指す）であることを顕彰した次のような記事がある。

> 勅して曰はく、子は祖を尊しとす。祖は子を亦貴しとす。此れ不易の彝式にして聖主の善行なり。其れ先朝の太政大臣藤原朝臣は唯に功天下に高きのみに非ず、是れ復皇家の外戚なり。是を以て先朝正一位太政大臣を贈る。斯れ実に我が令に依りて已に官位を極むと雖も、周礼に准ふるに猶足らぬこと有り。窃に思ふに、勲績宇宙を蓋へども、朝賞人望に允らず。斉の太公の故事に依りて、近江国十二郡を以て封して淡海公とすべし。

ここで注目されるのは、『春秋公羊伝』にはその冒頭に継嗣原則と外戚追尊原則が述べられているが、不比等が天皇家の外戚にあたることを顕彰する根拠として、その一節が利用されていることである。

立適以長不以賢。立子以貴不以長。桓何以貴、母貴也。母貴則子何以貴、子以母貴、母以子貴。

（隠公元年正月）

（適を立つるには長を以てし賢を以てせず。子を立つるには貴を以てして長を以てせざればなり。桓は何を以てか貴き、母の貴ければなり。母の貴ければ則ち子は何を以てか貴き、子は母を以て貴く、母は子を以て貴ければなり）

天平宝字四年とは、まさに時の権力者・藤原仲麻呂によって『藤氏家伝』が編纂された年であり、同年の不比等の追贈も仲麻呂の奔走した結果であることはいうまでもない。前述のように、「鎌足伝」の中の「乙巳の変」が『公羊伝』の「撥乱反正」の思想に拠っていることは明らかであり、その同じテキストを根拠に不比等の顕彰がなされたことになる。思想的には一貫しているのだ。また、藤原氏が天皇家と血縁関係を結ぶという戦略を立てたのは不比等が初めてであり、その際、正当化の思想的根拠として『公羊伝』を立てるということを、不比等自身が意識していた可能性は十分にある。この選択がその後、思想史的にもいかに大きな意味をもつかは、桓武天皇が母系に有力氏族をもたない弱点を同じ『公羊伝』の一節で補い、それを「春秋の義」すなわち五経の礼制に則った正統な皇位継承である、とみなすところを以ってしても明らかである。

詔して曰はく、春秋の義、祖は子あるを以て貴しとす。此れ則ち典経の垂範、古今の不易なり。朕、四海に君として臨むこと、茲に五載なり。追尊の典、或は猶未だ崇めず。興言に此を念ひて深く懼る。朕が外曾祖贈従一位紀朝臣に正一位太政大臣を追贈すべし。

（続日本紀・桓武天皇、延暦四年五月）

詔して曰はく、春秋の義、祖は子あるを以て貴しとす。此れ則ち礼経の垂範、帝王の恒範なり。朕、禹内に君とし臨みて茲に十年なり。追尊の道、猶闕如くること有り。興言に此を念ひて深く懼る。朕が外祖父高野朝臣・外祖母は土師宿禰に並に正一位を追贈し、その土師氏を改めて大枝朝臣とすべし。

（続日本紀・桓武天皇、延暦九年十二月）

右の経緯については遠藤慶太の論証があり、「『公羊伝』による外戚の追尊は藤原恵美押勝によって始められ、桓武天皇はその手法を襲用した」と指摘する通りである(19)。

なお、藤原氏と桓武天皇との密接な関係は、不比等の三男で、藤原宇合の子・藤原百川の画策によって山部親王（桓武）が皇太子の地位についたことからもうかがえる。百川と桓武天皇の親密ぶりは、百川の薨伝に、

天皇、甚だ信任し、委ぬるに腹心を以てしたまふ。内外の機務、関り知らぬこと莫し。今上（桓武）の東宮に居せしとき、特に心を属しき。

（続日本紀・光仁天皇、宝亀十年七月）

とあることによって明らかであり、その関係が山部皇太子時代以来のものであることが知られる。すると、桓武天皇即位の正統化を『春秋公羊伝』に拠って行うことを示唆したのは藤原氏であった可能性が高い。これは後述の伊予部家が『春秋』を家学とするに至った以前に、すでに藤原氏が『公羊伝』に深く関与していた事実を示すものである。

六

ところで、日本の儒学受容史上、『春秋公羊伝』という古典が最初に脚光を浴びたのは桓武天皇の時代である。最近でも東野治之が指摘しているように、桓武天皇の皇位継承を『春秋』の権威、とりわけ『公羊伝』の継嗣と外戚の原則を援用して正統化しようとしていたというのは通説の通りである。桓武は光仁天皇の山部皇太子時代に伊与部家守を遣唐使の一員として唐に派遣し『春秋』三伝を学ばせて帰朝させている。最大の眼目は公羊学（原始公羊学ではなく漢代以降の公羊学）の本格的な摂取であった。帰国後の家守は大学寮の教官となって学生たちに『公羊伝』の講義を授けている。その意図は、光仁朝から皇統がそれまでの天武系から天智系へと転換したため、新皇統の正統性を公羊学の理論によって基礎づけようとした、というものである。[20] さらに東野は概括的に次のように述べる。

奈良時代の末、それまで続いてきた天武系の皇統が称徳天皇を以て絶え、天智天皇の孫、光仁天皇が即位した。光仁は聖武天皇の娘を皇后としていた点で、わずかに天武系につながっていたが、その子の桓武は父系、母系とも天武とは全く縁がない。桓武の外戚の顕彰や、天武天皇を国忌から省き、光仁の父、施基皇子を新たにくわえるなどのことは、このような状況のもとで必要とされた施策であった。……光仁は天智天皇の孫とはいえ、桓武ともども、それまでは一介の臣下として天武系の皇統に仕えてきた。宮廷内の地位確立には、かなりな困難があったに相違ない。そこでこれを正当化する役割を期待されたのが、王朝交替を当然のこととする儒教思想であったと考えられる。特に王朝の正統性を問題にする『春秋』がとりあげられたのも偶然ではあるまい。／元来『春秋』という書物は、孔子が魯の年代記に手を入れ、独特の筆法によって名分の乱れを正し、事の是非を明らかにしたものであるとされる。『春秋』の三伝、それぞれに特色はあるものの、孔子が『春秋』にこめた撥乱反正の意を解き明かすことを目指しているといってよいであろう。特に公羊伝は、「一統を貴ぶ」という観点から、王朝の正統性を論ずることに力点を置き、後代まで一種の政治批判の書としても大きな影響力をもった。新しい皇統の正統性を裏づけるには、『春秋』は恰好の書であったといえよう。

このような意味において、桓武が自らの即位を「革命」と位置付け、平安京への遷都を断行し、郊天祭祀という中国皇帝の特権的儀礼を実践したのは、自らを皇帝になぞらえ新王朝の開始を宣言したものである。そしてそのイデオロギー的な支えを『公羊伝』に求めたといえる。だが、桓武の外戚の顕彰をはじめとする『公羊伝』利用の雛型は、すでに触れたように藤原氏にあり、桓武の手法は藤原仲麻呂による不比等顕彰のやり方を踏襲したものといえる。

『公羊伝』の利用は、実は両刃の剣である。『公羊伝』は、一王による王道の実現を主張するが、そこに至るまでの次善の策として、正当な理由のある「弑」「殺」は正しいという判断がくり返し提示される革命是認論である。したがって、天命が前王朝から現王朝に移行したのと同じように、別の皇統にとってかわられる危険性をつねに孕んでいるのである。そのあたりの逡巡を示すのが延暦十七年（七九八）の太政官符にみえる『公羊伝』『穀梁伝』の「二伝は、棄てて取らず」という一文ではないか。

延暦十七年三月十六日の官符に云はく、応に春秋の公羊・穀梁二伝を以て、各一経と為し、学生に教授すべき事。右、式部省の解を得るに称はく、「学令を案ずるに云はく、「正業を教授せむに、左伝には服虔・杜預の注」といへり。上件の二伝は、棄てて取らず。是を以て古来の学ぶ者、未だ其の業を習わず。而るに去る宝亀七年を以て、遣唐使明経請益講博士正六位上の伊与部連家守、読習して還り来る。仍りて延暦三年を以て官に申し、始めて家守をして三伝を講受せしむ。然りと雖も、未だ符を下すこと有らず、輙く例と為し難し。此れよりその後、二、三の学生、其の業を受くる有り、即ち彼の伝を以て、出身に預からむことを冀ふ。……窃かに唐令を検するに、詩・書・易・三礼・三伝、各一経と為し、広く学官に立つ。望み請ふらくは、上件の二伝、各小経に准じ、永く講授するを聴し、以て学業を弘くせむことを。仍りて官裁を請ふ」といへば、大納言従三位神王宣す、勅を奉るに請ふに依れ、と。

（「学令」集解、経周易尚書条所引、延暦十七年三月十六日官符）

右の言い方は以下のことを推測させる。五経博士の来朝以来日本には春秋三伝が揃って受容されていたが、天武皇統下では『公羊伝』『穀梁伝』の二伝は危険思想が盛り込まれているという理由で大学寮での講義は許されず、桓武朝になってようやくそれが解禁された、ということであろう。一口に『春秋』といってもその性格は異なっていて、中国の古典世界では平時の『春秋左氏伝』、乱世の『公羊伝』『穀梁伝』といわれ、王朝の安定した継続期には『左氏伝』の実録風な史書が歓迎され、王朝の混乱期から新王朝樹立への理論としては『公羊伝』『穀梁伝』の大義名分を重んじる理念的な史書がもてはやされるといわれている。すると、天武朝は大友皇子を武力で打倒した事実上の王権簒奪王朝であるから、その正当性を基礎付ける理論としては『公羊伝』がふさわしいことになる。しかし、天武・持統朝はどうやら『公羊伝』採択へとは動かなかった。その理由として考えられることは、天武系皇統の脆弱さである。この皇統は最初の草壁皇太子即位に躓いて以来、安定的に直系男子を供給できる体制になかった。多くの女帝を間に立てることでかろうじて天武直系男子の継承を実現してきた王朝には『公羊伝』のような革命是認の思想はタブーであった。かくして『公羊伝』『穀梁伝』は五経の系列にありながら隠蔽されなければならない。「二伝は、棄てて取らず」の一文はこのように読むことができる。

しかし、藤原氏にとっては皇統が天武系か天智系かというのはあまり問題にならない。そんなことよりも自家のルーツである中臣鎌足の功績は最大限に顕彰しなければならない。皇極朝という二王並立の乱世に「乙巳の変」を成功させ、「大化改新」の断行へと導いた功労者として鎌足をたたえるためであるならば、事の是非を明らかにすることを旨とした『公羊伝』の採択には必然性がある。『公羊伝』の導入は、天武の皇位簒奪の印象を薄めたい日本書紀編者（特に天武直系皇親派の舎人親王）にとってはタブーであったが、直前の天智（天命開別天皇）朝の説明としては許容範囲であったのだろう。このような意味で、「皇極紀」の歴史語りに『公羊伝』導入の方針を立てたのが藤原不比等であった蓋然性は高い。

藤原氏にとっては皇統が天武系か天智系かというのはほとんど問題にならない、という論拠の一つにいわゆる「不改常典」の導入がある。不改常典は、元明天皇即位の詔（宣命）に天智天皇が定めた「改るましじき常の典」として初めて登場するが、その内容は皇位の直系継承を定めたものとされる。その直系とは具体的には、天武天皇―草壁皇子―文武天皇―聖武天皇と続く天武系直系男子を指すといわれている。そうであれば、天智天皇の定めた法を根拠に天武直系を保証するのは矛盾に感じられるが、篠川賢の指摘するように、皇女すなわち「近親婚によらない直系継承を皇統の原理として定めたもの」と解釈すれば矛盾はなくなる。(21) つまり、藤原不比等は悲願である外戚の地位を得るために、外孫である首皇太子（聖武天皇）にはぜひとも皇位に就いてもらわねばならず、その将来への布石として元明天皇の詔に天智天皇（大友皇子の母は首皇子と同様皇女にあらざる「氏族」の女）の法を持ち出したということになる。しかし論理的には、「不改常典」（近江令）によって皇統の天武（飛鳥浄御原令）

系であることは一旦否定されたことになる。

藤原氏を皇族化し、その権威を高めるために「不改常典」を導入した、それと同じような手法にいわゆる「黒《くろ》作懸佩刀《つくりかけはきのたち》」（天平勝宝八年「東大寺献物帳」）の伝授がある。この黒作懸佩刀に関する伝えは、はじめに草壁皇子が日ごろ佩侍していた刀を時の太政大臣・藤原不比等に賜り、文武天皇即位の折に、今度は不比等が文武に献じ、文武が崩じると再び不比等に与えられ、不比等の死んだ日にさらに聖武天皇に献じられたというものである。[22]このうち最初の草壁皇子—藤原不比等の関係が後に作られた「神話」であったとしても、文武—不比等—聖武の伝世の事実には疑いがない。ここには、天武天皇の直系男子による皇位継承を確かなものとするための「神話作用」が働いている。すなわち天皇家と藤原氏による相互依存の「共犯関係」が認められるのである。

しかし、これを不比等に即してみれば、「不改常典」「黒作懸佩刀」のいずれの例をとっても皇統譜に関する一貫したポリシー、すなわち原理・原則のようなものは見当たらない。言い換えれば、藤原氏にとっては天武系か天智系かの意識は存在せず、いわば「藤原王朝」（藤原氏との婚姻による皇統の形成）の創出に向けて利益になることであればすべて取り込むという姿勢が露わである。

なお、こうした日本書紀の編纂方針に反撥して作られたものが古事記であった、という考え方も成り立つであろう。

七

日本書紀と『春秋公羊伝』とのかかわりについて論じる際、触れておかなければならないのが「素王」の思想である。「素王」は『公羊伝』自体には存在しない語であるが、漢代公羊学の特色の一つである。『公羊伝』の最終章をみると、「君子何為れぞ春秋を為《つく》る。乱世を撥《をさ》めて諸《これ》を正しきに反《かへ》すは、春秋より近きは莫ければなり。……春秋の義を制して以て後聖を俟つは、君子の為《しわざ》も亦此れを楽しむこと有るを以てなり。春秋の義を制して以て後聖を俟つ」（哀公十四年）とある。「撥乱反正」に基づいて夏殷周三代の聖王のような王の出現（新王朝の樹立）を待望するという意味である。「後聖を俟つ」の「後聖」とは誰のことか、という点を巡って中国の儒学史には実に長い議論がある。董仲舒は第二の対策文の中で「孔子作春秋、先正王而繫万事、見素王之文」（「孔子春秋を作り、先ず王を正して万事を繫《か》け、素王の文を見《あら》わす」『漢書』董仲舒伝）と述べて、「後聖」を「素王」と言い換え、孔子＝素王説を打ち出した。孔子は王者の事業（王事）を成し遂げ、それを『春秋』の筆法（災異を降すこと）に盛り込んだのであるから、漢王朝は天意に応えて儒教を国教に採用するよう武帝に迫ったのである。王道を正した孔子こそ「素王」すなわち無冠の帝王というわけである。董仲舒が唱えた「素王」説以後、後漢の光武帝や魏の文帝、梁の武帝など歴代の王朝の創業者たちは、いずれも我こそは孔子の予言した「素王」の再来であると名乗ったのであった。

　ところで、日本書紀編纂者たちの中にもこの「素王」の思想に震撼し、その考え方を深いところで感じ取っている者がいた。王になるべき資質をもちながら王になれなかった理想の政治家は、東アジアの端の「小帝国」にも存在すると考えたかったのだろう。「推古紀」の中で歴代天皇紀にもみることのできない破格の扱いを受けている上宮厩戸豊聡耳皇子がその人である。皇子を地上を支配する世俗の王（天皇）よりも上位に置くのは、孔子＝素王説に通じるものがある。事実、日本書紀（推古紀）は上宮豊聡耳皇子を「素王」とみなした節がある。「推古紀」二十九年二月の説話に高麗僧慧慈の話があり、その冒頭部に「誓願曰、於日本国有聖人。曰上宮豊聡耳皇子。固天攸縦。以玄聖之徳、生日本之国。苞貫三統、纂先聖之宏猷、……是実大聖也」とあるからである。このうち「玄聖」の語は『荘子』天道篇「玄聖素王之道」を出典とするとされている。これについては、粕谷興紀に

「推古紀の『玄聖』について」という詳細な考証があり、この部分は上宮豊聡耳皇子の儒者としての面を孔子になぞらえて讃えたもので、後の仏教者としての面と、両者を一身にそなえていたから「是れ実の大聖なり」と誉め讃えられたのだ、と結論づけている[23]。

また、中西進は「素王・聖徳太子」と題する論の中で、「玄聖素王の道」の実践者たる太子は、王族に生まれながら王にならなかった釈迦の存在に重なり、古代の日本には太子をはじめとする中大兄皇子、草壁皇子、首皇子など素王の系譜ともいうべきものがあると指摘する[24]。確かに古代の日本には、皇統の直系継承を創出する猶予期間としての皇太子制という独特の制度が存在し、それを「素王」としてとらえ返した、という考え方も成り立つ。その意味で中西論は誤りではないが、「素王」の語の概念規定があいまいであるために実体化され過ぎたきらいがある。「素空也」(『廣雅釋詁』)とあるように「素王」の「素」とは「空無」、何もないという意味である。したがって、「玄聖の素王」とは孔子にあらず、老子にあらず、釈迦にあらざる「無名」の王というのがその本来の意味である。換言すれば、それは現実に存在する国家とは似ても似つかない理想の国家に待望される全く理念の上の王という意味である。日本書紀は、厩戸皇子(上宮豊聡耳皇子)やウヂノワキイラツコなどの存在を素王になぞらえ王権の精神的領域の拡大をはかった、と考えられる。特にウヂノワキイラツコは、歴史学者の久米邦武が「聖徳太子は菟道稚郎子の後身」(『聖徳太子実録』)であると指摘したように、古代日本の最初の「素王」であった[25]。するとここにも、あるがままの事実の再現ではなく事柄の価値批判を重視する、歴史哲学の書としての日本書紀の特徴が浮かび上がるのである。

なお、ウヂノワキイラツコや聖徳太子の歴史的実在を疑う説があるが、古典文学を研究する立場からいうと、問題の次元が違うという他はない。ここで問われていることは、日本書紀のテキストは、どのような太子像を描こうとしているのか、ということだからである。

注

(1)『神皇正統記』の末尾、後醍醐天皇条に「昔、「仲尼ハ獲麟ニ筆ヲタツ」トアレバ、ココニテトドマリタクハベレド、神皇正統ノヨコシマナルマジキ理ヲ申ノベテ、素意ノ末ヲモアラワサマホシクテ、シヒテシルシツケ侍ルナリ」とある。孔子が西方に狩りをして麒麟を得たという故事は、『春秋公羊伝』の終章、哀公十四年からの引用。孔子が『春秋』の筆をここで止めたことを踏まえる。

(2)東野治之「日本古代の『春秋』受容」(『文学』二〇〇〇年七・八月号)。

(3)遠山美都男『古代王権と大化の改新』(雄山閣、一九九九年)。

(4)篠川賢『日本古代の王権と王統』(吉川弘文館、二〇〇一年)。

(5)横田健一『白鳳天平の世界』(創元社、一九七三年)。

(6)『春秋公羊伝』哀公十四年に「君子曷為春秋。撥乱世反諸正、莫近春秋。……制春秋之義以俟後聖、以君子之為亦有楽乎此也」とある。

(7)『史記』高祖本紀に「高祖起微細、撥乱世反之正、平定天下、為漢太祖、功最高、上尊号為高皇帝」とある。また『漢書』高帝紀にも同文が載る。

(8)「(経)春、王二月、己巳、日有食之　(伝)何以書、記異也」(隠公三年)。他に「秋、七月、壬辰、朔、日有食之、既」(桓公三年)、「冬、十月、朔、日有食之」(桓公十七年)、「春、王三月、日有食之」(荘公十八年)、「六月、辛未、朔、日有食之」(荘公二十五年)、「九月、戊申、朔、日有食之」(僖公五年)など、全三十七例ある。このうち、「記異也」(異を記すなり)が十二例、「記災也」(災を記すなり)が三十四例ある。

なお、「有」字に関連して付け加えておくと、前稿(「研究余滴　日本書紀と春秋公羊伝」『相模国文』第三二号、二〇〇五年三月)で私は、「東方十二道」(古事記)を「ひむかしのかたとをあまりふたつみち」と訓み、「憲法十七条」(日本書紀)を「とをあまりななをち」と訓むように、十の位と一の位の間に「あまり」を入れて訓む習慣がある(平安時代の古訓)のは、漢籍に「吾十有五而志于学」(『論語』為政篇)などとある「有」字の用法の翻訳と断定した。この場合の「有《ゆう》」字は「又《ゆう》」(そして、その上)の意であり、『類聚名義抄』には、「有、アリ、アマリ、アマル」とあるからである。しかし、数字の表現法には世界的にみて共通性があるので、もう少しゆるやかに考えておきたい。

(9)賢良対策文「臣謹案春秋之中、視前世已行之事、以観天人相與之際、甚可畏也。国家将有失道之敗、而天廼先出災害、以譴告之、不知自省、又出怪異、以警懼之。尚不知変、而傷敗廼至」(『漢書』董仲舒伝)。

(10)「壬午に、雨を祈ふこと能はず。故、（蘇我大臣）読経を停む。八月の甲申の朔に、天皇、南淵の河上に幸して、跪きて四方を拝み、天を仰ぎて祈りたまふ。即ち雷なりて大雨ふる。遂に雨ふること五日、天下を溥く潤す。是に、天下の百姓、倶万歳と称して曰さく、至徳天皇なり、とまをす」（皇極紀元年七月、八月）とある。

(11)新編日本古典文学全集『日本書紀3』「皇極紀」の頭注は、『後漢書』巻二十五「五行志」三「河東ノ池水、色ヲ変ジテ皆赤クシテ血ノ如シ」とあるのを引用した上で、劉昭注「京房占曰ク、兵マサニ起コラントス」を引く。

(12)「晋恵公時童謡曰、恭太子更葬兮、後十四年晋亦不昌、昌廼在其兄。是時恵公頼秦力得立。立而背秦内殺二大夫。国人不説。及更葬其兄恭太子申生而不敬。故詩妖作也」（『漢書』五行志、中之上）。

(13)「時人、前の謡の応を説きて曰く、岩の上にといふを以ちては、上宮に喩ふ。小猿といふを以ちては、林臣に喩ふ。米焼くといふを以ちては、上宮を焼くに喩ふ。……」（皇極紀二年十一月）。

(14)「是に或人、第一の謡歌を説きて曰く、……中大兄と中臣鎌子連と、密に大義を図りて、入鹿を誅戮さむとする兆なりといふ。第二の謡歌を説きて曰く、……此即ち上宮の王等の性順くして、都て罪有ること無くして、入鹿が為に害されたり。自ら報いずと雖も、天の、人をして誅さしむる兆なりといふ」（皇極紀四年六月）。

(15)大山誠一「日本書紀と聖徳太子」（『聖徳太子の真実』平凡社、二〇〇三年）。

(16)遠山美都男『大化改新』（中公新書、一九九三年）。なお、遠山論の前提には、長山泰孝の「古代貴族の終焉」（『続日本紀研究』第二一四号、一九八一年三月）が踏まえられている。

(17)「元年者何、君之始年也。春者何、歳之始也。王者孰謂、謂文王也。曷為先言王而後言正月、王正月也。何言乎王正月、大一統也」（『春秋公羊伝』隠公元年正月）。

（元年とは何ぞ、君の始の年なり。春とは何ぞ、歳の始めなり。王とは孰れをか謂ふ、文王を謂へるなり。曷為れぞ先に王を言ひて而る後に正月を言ふや、王の正月なればなり。何ぞ王の正月といふや、一統を大なりとすればなり）

(18)森博達『日本書紀の謎を解く』（中公新書、一九九九年）。

(19)遠藤慶太「九世紀の史書と経学――『春秋』をめぐって」（『続日本紀の諸相』塙書房、二〇〇四年）。なお、同論の注15に、私の趣旨とは異なるが「『大織冠伝』では「唯中大兄、雄略英徹、可与撥乱」との下りがあり、『春秋』の編纂動機を総括した「公羊伝」の問答「君子曷為春秋。撥乱世反諸正、莫近惟春秋」（哀公十四年　西狩獲麟）を出典とするであろう」との指摘がある。本章の草稿を最初に公表したのは第五十七回萬葉学会全国大会（二〇〇四年十月十七日、「要項集」参照）なので、同時期に同じ指摘をしていたことになる。ただし、引用する場合には「大臣具に乱を撥め正に反す謀を述ぶ」（58～59）を引くのが適切であろう。

（20）注2に同じ。

（21）篠川賢『飛鳥の朝廷と王統譜』（吉川弘文館、二〇〇一年）。なお、篠川論の前提には、河内祥輔『古代政治史における天皇制の論理』（吉川弘文館、一九八六年）の「六世紀型の皇統形成原理」と「八世紀型の皇統形成原理」論が踏まえられている。

（22）上田正昭『藤原不比等』（朝日新聞社、一九七六年）。

（23）粕谷興紀「推古紀の『玄聖』について」（『萬葉』第一〇一号、一九七九年）。

（24）中西進「素王・聖徳太子」（『東アジアの古代文化』第一〇四号、二〇〇〇年八月）。

（25）呉哲男「ウヂノワキイラツコについて」（『古代日本文学の制度論的研究』おうふう、二〇〇三年）。

参考文献

『藤氏家伝』の訓読は、矢嶋泉ほか編『藤氏家伝　注釈と研究』（吉川弘文館、一九九九年）による。

『春秋公羊伝』関連、および災異思想関連で参考にしたものは左記の通りである。

江畑武「推古・舒明・皇極三紀の災異記事」（『日本書紀研究』第五冊、塙書房、一九七一年）。

山田純「天智紀の歴史叙述――災異記事を中心として」（古代文学会、二〇〇五年五月例会口頭発表）。

日原利国『春秋公羊伝の研究』（創文社、一九七六年）。

同『春秋繁露』（明徳出版社、一九七七年）。

野間文史『春秋学』（研文出版、二〇〇一年）。

重澤俊郎『周漢思想研究』（弘文堂書房、一九四三年）。

同『中国哲学史研究』（法律文化社、一九六四年）。

加藤常賢「春秋学」（『中国古代文化の研究』二松学舎大学出版部、一九八〇年）。

安居香山・中村璋八『緯書の基礎的研究』（漢魏文化研究会、一九六六年）。

小島毅『東アジアの儒教と礼』（山川出版社、二〇〇四年）。

平勢隆郎『春秋と左伝』（中央公論新社、二〇〇三年）。

第五章　古代日本の「公《おほやけ》」と日本書紀

はじめに

この国の「公《おほやけ》」観念の変遷は、おおよそ三つの画期に分けて考えられる。一つは、統一国家発生以前のオホヤケ（大きな家）／ヲヤケ（小さな家）で、この原初的なオホヤケ（豪族居館）という和語（ヤマトコトバ）には、豪族の首長を中心にした氏族《クラン》共同体の共同性が備わっていた。これについては諸家の間で見解が一致している。第二の画期は、中国律令制の導入に伴って漢語の「公・私」概念が普及し、「公」字の訓に「オホヤケ」の訓みが定着したことである。本章が問題とするのも専らこの点にかかわるが、その場合「私」字に「ヲヤケ」が対応しなかったことが問題として残る。三つ目はいうまでもなく、西欧近代の public/private の対概念が輸入されて、それが公／私と翻訳されたことである。

従来、大別して右のような経過をたどった日本の「公《おほやけ》」観念の歴史は、溝口雄三、吉田孝、水林彪などの見解を踏まえながら、総じて次のように否定的に評価されることが多い。「……中国型の国家と社会の分離を前提とした「官」—「民」が、律令以前の「オホヤケ」—「ヲヤケ」の大小関係の読み替えとして登場したことは、日本の「公私」観に大きな特色をもたらすことになった。……日本の「公私」観念は、国家と社会の分離ではなく癒着を前提とし、しかも社会を入れ子状に包摂する形で国家を措定するのである」（石毛忠・今泉淑夫ほか編『日本思想史辞典』）。確かに、中国古代の「天下を公平となす」（『呂氏春秋』『礼記』）といった絶対的な観念や、近代の public/private 観からみれば、この評価が誤りというわけではないが、これだけでは「公」字の訓に「オホヤケ」をあてた意義が見失われてしまう。「公」字を「オホヤケ」と訓む過程には、「ミヤケ」（御家・宮家＝屯倉）という和語との間にせめぎ合いがあり、「オホ・ヤケ」のもつ共同体の共同性が「ミ・ヤケ」のそれを凌駕したことの意義を過小評価すべきではない。それは誤解を恐れずにいえば「オホヤケ」の語に宿るアニマ（言霊）の強度が「ミヤケ」のそれを上回ったということでもある。おそらく、中世の「公界《くがい》往来」（自由・平等）の観念もこの共同性を抜きにしては語れないであろう。

くり返すと、本章で詳しく述べるように「オホヤケ」（公）という言葉は、統一国家発生以前の「豪族居館」（その内実は農民＝戦士共同体）に由来すると想定できる。倭王権が成立し、その支配領域が拡大する過程で地域の「豪族居館」（オホヤケ）の仕組みは一掃され、大和朝廷直轄の「ミヤケ」制へと解体・再編される。古代史家の説くところでは、この「ミヤケ」（屯倉）制が、大化前代（律令制以前）の王権の政治的・経済的・軍事的基盤を培ってきたといわれている。さすれば、古代の「公」観念は「ミヤケ」という言葉に冠せられてしかるべきであろう。ところが実際には「ミヤケ」を差し置いて、「豪族居館」（農民＝戦士共同体）に由来するオホヤケが「公《おほやけ》」と称されているのである。このねじれ現象は、たとえば「私家と郡家」（日本書紀・天武天皇十四年十一月条）という表現に象徴的である。「私家」は日本書紀・古訓では「ワタクシノヤケ」と訓まれているが、おそらく奈良・平安朝にかけて新たに作られた訓で、その実体はオホヤケ（豪族居館）である。対する「郡家」は「コホリノミヤケ」と訓まれる律令制下の天皇（朝廷）直属の地方機関で、「官」（公）の最たるものである。それにもかかわらず「ワタクシノヤケ」が、「オホヤケ」（公）であるという逆説は、実に興味深いといわなければならない。

従来、この点については、石母田正のパラダイムに依拠して、未開（氏族制）と文明（律令制）の二重構造とか、地域（農村）共同体のイメージをもつオホヤケ（「豪族居館」）が、国家的なオホヤケ（公）としての天皇ヒエラルヒーに包摂され、いわば入れ子構造式に共存してきたと説かれる。そして全体としては、「在地首長のオホヤケが共同体的機能をもっていたことは、共同体の共同性が民会によってではなく、首長によって代表されるという、日本古代の共同体のあり方と深くかかわって」（吉田孝）いる、というようにネガティブに評価されてきた。とりわけ溝口雄三は、中国古代の「公」観念が天と人民（生民）との対応関係の中で基礎づけられている（『書経』）のに対して、古代日本の「公」観念にはそうした絶対的な原理は見出されず、観念そのものがきわめて脆弱であるために「公」が「官」に横滑りする歴史がくり返されてきた、と批判している。

私は、右のような見解には与しない。なぜなら、古代の天皇制と人民（農民＝戦士）の間に立つ形で機能したオホヤケ制は、いわば中間勢力としてその後の日本史（中世の自治組織など）の中に独特の地位を占めるに至っているからである。すなわち、それはある段階で近代西欧文明の成立に先行する西欧の封建制にも似た封建制社会を形成する原動力になっているのだ。それが、中国の律令制度を全面的に受け入れたにもかかわらず、権力と権威が一体化した東洋的な皇帝型専制官僚国家の出現を阻止する力としても働いてきたことに注目すべきである。建国六十周年を迎えた現代の中国が、秦の始皇帝以来の専制国家（独裁政治体制）であるという一点で一貫しているのと比べてみれば、その違いは歴然としているだろう（そのよしあしは相対的なものだが）。中間勢力としてのオホヤケ制（豪族居館の共同性）の有無が二者のありようを分かってきた、というのが私の一つの見立てである。なお、「オホヤケ制」というのは私のいわば造語であって、歴史学者はそんな制度の存在を認めていない。

一

日本書紀の中で、律令の規範的な意味を帯びて「公」の語が用いられるようになるのは巻も後半に入ってからである。その中ではっきりとした思想性が打ち出されてくるのは、推古紀（巻二十二）十二年四月条のいわゆる聖徳太子の十七条憲法であるといってよい。十五条に、官人の心得として公私の別を明確にせよとの条文が次のように示されている。

私《わたくし》を背《そむ》きて公《おほやけ》に向《ゆ》くは、これ臣の道なり。凡そ夫れ、人、私有れば、必ず恨み有り、憾《うら》み有れば、必ず同《ととのほ》らず。同らざれば、私を以て公を妨ぐ。憾み起れば、制に違ひ法を害る。故、初章に云へらく、上下和諧せよといへるは、それ亦是の情《こころ》ならむかと。

このうち「背私向公」の出典が、『韓非子』五蠹篇の「自環者謂之私、背私謂之公」（自ら環する者之を私と謂ひ、私に背く之を公と謂ふ）にあることが指摘されている（日本古典文学大系『日本書紀』下巻）。確かに『韓非子』は、法家思想の立場から『荀子』や『老子』書などとの議論を通して、君主の統治技術として「公私」の峻別の必要性を説き、彼の核心思想の一つを形成しているが、こうした思想が推古朝期に官人の心得として摂取され、十分に理解されていたかどうかという点には疑問がある。むしろ、「公私」概念やその思想的背景の理解とは別に、十七条憲法の形式を荘重なものに整えるべく条文全体にわたって経書や仏典からの重要語句が網羅的にそろえられた、その一例とみるべきであろう。

ところが、同じ表現が天武紀（巻二十八）四年六月条に、

大分君《おほきだ》恵尺《ゑさか》、病みて死せむとす。天皇、大きに驚き、詔して曰はく、「汝恵尺、私を背きて公《おほやけ》に向《おもぶ》き、身命を惜しまず。雄々しき心を遂《と》ぐるを以て大き役《えだち》に労《いたは》れり。恒に慈愛《めぐ》まむと欲へり。故、爾《なんぢ》既に死すと雖も、子孫は厚く賞《たまもの》せむ」とのたまふ。仍りて外小紫位に騰《あ》げたまふ。

としてみえている。いわゆる壬申の乱に際して、大海人皇子側について武勲を残した地方豪族の大分君恵尺が病で危篤の床についた。その知らせを聞いて悲しんだ天武が恵尺の戦役での功労を讃えた一文である。「背私向公」（私心を捨てて公事に従った）というのは、ここでは官人一般の心得を全うしたということではなく、専ら身命を賭して壬申の乱を戦い抜いた恵尺の、主君への忠誠心を讃えたものである。

周知のように、日本書紀の天武紀（巻二十八・二十九）は壬申年の功臣に対する爵位授与の記事で一貫している。たとえば、

丙戌に、諸の有功勲者《いさをしきひと》に恩勅《めぐみのみことのり》して、顕《あきら》に寵《めぐ》み賞《たまもの》す。（天武紀元年八月）

乙酉に、有功人等に、爵を賜ふこと差有り。（天武紀二年二月）

癸丑に、大錦上坂本財臣卒せぬ。壬申の年の労に由りて、小紫位を贈ふ。（天武紀二年五月）

壬辰に、伊賀国に在る紀臣阿閉麻呂等に、壬申の年の労勲之状《いたわりいさをしさ》を詔して、顕に寵み賞す。（天武紀二年八月）

丙戌に、兵衛大分君稚見死せぬ。壬申の年の大役に当たりて、先鋒として瀬田の営を破れり。是の功に由りてて外小錦を贈ふ。（天武紀八年三月）

などとある通りである。天武紀四年六月条の「背私向公」もこうした一連の文脈の中に収まっている言葉である。壬申の乱を制した天武王権が「天皇、新に天下《あめのした》を平《む》けて、初めて即位《あまつひつぎしらしめ》す」（天武紀二年八月）と宣言しているように、ここでは新王朝を樹立したクーデターに荷担することが、私心を捨てて「公《おほやけ》に向《おもむ》く」ことを意味していたのである。

右の記事は、天武王権の重要施策の一つが壬申の乱の功臣を重用することであったことを示している。これはいうまでもなく、新王朝における課題であった権力集中の強化策に対応するもので、そこでは、壬申年の戦功者にはたとい地方の弱小豪族であっても新たに爵位を与えてもてなし、その特別な優遇措置を子孫にまで及ぼす一方で、いかなる名門氏族であっても武功のなかった一族の力は徹底的に削いでゆく、といった『韓非子』の法家思想を彷彿とさせる信賞必罰の論理が採用されている。

よく知られているように、天武天皇の政治思想を端的に表わした言葉として、「凡そ政要《まつりごとのぬみ》は、軍事《いくさのこと》なり」（天武紀十三年四月条）がある。この認識は、仁徳紀（巻十一）に描かれたような理想的な儒家政治国家を志向したものでも、また道家思想に基づく「小鮮を烹る」がごとき「小国寡民」のユートピア政治を目指したものでもなく、どちらかといえば、春秋戦国時代を勝ち抜いて初めて中国全土を統一した秦の始皇帝が採用した法家の現実主義の思想に近い。天武のいう「凡そ政要は、軍事《いくさのこと》なり」という認識も、始皇帝の顰みに倣ったもので、天武をリアルな国家認識をもつ君主として描こうとしているのだ。このようにみてくると、天武紀（巻二十八・二十九）の書法と『韓非子』の法家思想との間には思いの他、親和するものがありそうだ。前述のように、『韓非子』の中心思想の一つが「公私」論にあることは、天武紀の中で「背私向公」の「公」が強調されることと無関係ではないだろう。

ところで、十七条憲法の条文とは別に、推古紀の二十八年是歳条に、推古朝における国史編纂事業として著名な「皇太子・島大臣、共に議りて、天皇記と国記、臣・連・伴造・国造・百八十部、併せて公民《おほみたから》等の本記を録す」の一文をみることができる。このうち「公」との関連で問題になるのは、「公民」なる語が推古朝期に実質を伴った概念であったか否かという点である。日本書紀では、「公民《おほみたから》」に相当する語に「百姓《おほみたから》」（農民＝戦士）があり、これが詔勅の慣用句として

集侍《うごなはりはべ》る群卿大夫と臣・連・国造・伴造、併せて諸の百姓《おほみたから》等、咸聴《みなうけたまは》るべし。（孝徳紀大化二年三月）

諸の国司・国造・郡司と百姓《おほみたから》等諸に聴くべし。（天武紀十二年正月）

といった用例の中に見出せる。ところが、この慣用句が続日本紀・宣命になると、

集侍《うごなはりはべ》る皇子等・王等・百官人等、天下公民《あめのしたのおほみたから》、諸聞きたまへと詔る。（文武紀元年八月）

親王・諸王・諸臣・百官人等、天下公民、衆聞きたまへと宣る。（元明紀慶雲四年）

とあるように、「百姓《おほみたから》」から「公民《おほみたから》」へと転換している。こうした用語の転換から考えうることは、推古紀の「公民」は本来「百姓」（農民＝戦士）とあったものを奈良時代の日本書紀編纂（七二〇年）に際して、律令制下の宣命（続日本紀・宣命）との整合性をもたせるべく書き換えられた、との推察が可能である。ちょうど大宝令に則って「評《こほり》」を全面的に「郡《こほり》」と書き換えたように。そうであるならば、推古朝期の「公民」は十五条の「背私向公」と同様に、実質を伴った概念ではなく書紀編纂時の文飾（潤色）とみてよいだろう。ただし、それは

「公」という語が形式的表現に終始していたという意味ではなく、むしろ日本書紀の理念の表明という点では「公地公民」制の貫徹という律令制度に直結するものであったといってよい。

以上のようにみてくると、「オホヤケ」概念の質的転換が天武紀を指標として模索されていたとみても大過なさそうだ。

二

「公」字は、日本書紀古訓では「オホヤケ」と訓まれ、現在の読み方とも一致している。古訓は、奈良・平安時代以来の「訓み」（和訓）であるが、すでに日本書紀編纂の頃には「公」字を翻訳する日本語として「オホヤケ」という言葉がふさわしいとする共通の土壌のようなものが存在していたと考えられる。なぜなら後に論じるように、「オホヤケ」という言葉には相当古い由来があって、「公」という漢語のために新たに作られた訓読語ではないからである。その点でも「私」字を「ワタクシ」と訓むのとは根本的に異なる。むしろ、「公」という漢字の存在が日本社会の中で意識され始めた時期には、すでにそれに近い概念として「オホヤケ」という言葉が存在していたので、「公」字の訓にあてられたのだと思われる。

問題はしかし、推古紀や天武紀で用いられた「公」（「背私向公」）概念と、後にみる「オホヤケ」の原義の間には、いわば千里の径庭ともいうべき落差があることだ。従来、この点については、未開と文明の二重構造とか、古代律令国家の頂点に立つ天皇の「公」権力ヒエラルヒーが、その下部に地域共同体の共同性（公共性）をそのまま包摂した結果である、とかいわれてきた。ここではそうした通念の正当性をも再検討することになる。

いうまでもなく「オホヤケ」は、はじめから private の対概念としての public といった、近代西欧の規範的な抽象概念を備えていたわけではない。オホヤケは本来「小家《をやけ》」という語に対する「大家《おほやけ》」（「大宅、於保也介」『和名抄』）であって、周囲に垣をめぐらし、門を構え、その敷地内に屋敷や倉を備えた相当に大規模な施設や機関のことを指していた。考古学にいうところの「豪族居館」である。ただ注意しなければならないのは「豪族居館」といっても単に豪族層の住む建物を指す語ではないことである。その意味では、ヤ（屋舎・棟）、イヘ（家）がもっぱら家族や集団の営む生活拠点としての建物を指すのとは概念を異にする。吉田孝の指摘するように、むしろ穀物や武器などの財を収納する、一つの独立した政治的施設・機関である、という点では「三宅《みやけ》」（屯倉・官家・御宅・三家・屯家・屯宅＝弥夜気・弥移居）の語と密接に関連しているということができる。[1]

たとえば、播磨国風土記・賀古郡条に、

> 益気《やけ》の里。土は中の上。宅《やけ》と号くる所以は、大帯日子の命、御宅《みやけ》をこの村に造りたまひき。故、宅村《やけむら》と曰ふ。

とある。これは、ヤケ（オホヤケ・ヲヤケ）とミヤケの関連を直接的にうかがわせる伝承である。また同じ播磨国風土記・揖保郡条には、

> 大家《おほやけ》の里。土は中の上。品太の天皇、巡り行しましし時に、宮をこの村に営《つく》りたまひき。故、大宮《おほみや》と曰ふ。
> 後、田中の大夫《まへつぎみ》、宰《みこともち》たりし時に、大宅《おほやけ》の里と改む。

とある。穀物や武器などを収納する大きな施設という意味を担った「オホヤケ」の語がそのまま地名として残されていた「大家《おほやけ》の里」に、「品太の天皇」（応神天皇）が巡行した折り、その場所に宮を構えたので、そこを「大《おほ》

宮《みや》」と改めた。また後日、同じ場所に国守の「田中の大夫《まへつぎみ》」が居住した折りには、再びそこを「大宅《おほやけ》」（大家《おほやけ》）と改めたというのである。すなわち、この伝承が開示する意味は、「オホヤケ」（地名）が天皇の居住する際には「大宮」と称され、在地の豪族が住む場合は「大宅《おほやけ》」（大家《おほやけ》）と称されたということで、同一の地が居住する主体の違いによって名称を異にしていたということである。これは後にミヤケとオホヤケの関連を論じる際の重要な判断材料ともなる伝承である。

残念ながら、オホヤケの第一義的意味（豪族居館のオープン・スペース）を示す直接的な用例を古文献の中に見出すことはできない。播磨国風土記・揖保郡条が示すように、文献的には第一義から転じた地名や氏族名の用例が残されているだけだからである。しかし、オホヤケの本来的な意味を推測する手がかりがないわけではない。たとえば、日本書紀（巻十六）、武烈即位前紀条の歌謡に、

……薦枕　高橋過ぎ　物多に（暮能婆幡磨）　大宅過ぎ（於褒野該須擬）　春日の　春日を過ぎ……

とあって、地名（大和国添上郡大宅）の「大家《おほやけ》＝大宅《おほやけ》」を褒め讃える言葉として「物多に《ものさは》」の枕詞が冠せられている。これは本来、在地首長（この場合は大宅臣）などの住む大きな施設が、穀物や武器など多くの物品・設備を収納した建物としての機能をもつところからの命名であろう。

同じく日本書紀（巻二十九）、天武十四年十一月条には、軍防令に対応する次のような記事をみることができる。

丙午に、四方《よも》の国に詔して曰はく、「大角・小角・鼓・吹・幡旗と弩《おほゆみ》・抛《いしはじき》の類は、私家《わたくしのやけ》に存《お》くべからず。咸《ことごとく》に郡家《こほりのみやけ》に収めよ」とのたまふ。

天武の詔によって、軍隊の指揮に用いる旗や鼓、武器となる弩・抛の類を所有することを禁じたものであるが、禁制の対象となる「私家」を日本書紀古訓では「ワタクシノヤケ」と訓み、コホリノミヤケ（郡家＝評家）に没収を命じているのである。そもそもこのような大がかりな武器を装備できる「私家」に相当するのは、個人のイへ（屋舎・棟）やヲヤケ（小家）ではありえず、地域首長のオホヤケ（「大家《おほやけ》＝豪族居館」）を措いて他に想定するのは難しいだろう。

オホヤケの語構成をみると、「オホ＋ヤケ」であって、オホは「数・量・質の大きく、すぐれている」（岩波『古語辞典』）意である。「ヲ＋ヤケ」の「ヲ」は、「オホ」に対するもので実質的な意味はない。やがてオホヤケに吸収され、ことばとしては消滅した。一方、ミヤケの語構成は「ミ＋ヤケ」で、「ミ」が天皇ないしは朝廷の直轄領であることを示し、かつミ（御）がオホ（大）の上位概念であることをも示している（天照大御《ミ》神と大物主大《オホ》神の違い）。したがって、天皇・朝廷がかかわるか否かという点を除外すれば、オホヤケ（ヲヤケ）とミヤケは、「ヤケ」の機能を共有しているということができる。

ミヤケは、「御宅《みやけ》」（『和名抄』）や「屯宅《みやけ》・屯家」（古事記）が本来の表記であろうが、農業経営拠点としての生産物を収納する倉庫の機能が重視されるようになると「屯倉」と書かれるようになった。日本書紀（巻十八）、宣化元年二月条に、

> 夫れ、筑紫の国は、遐邇《かじ》の朝《まゐ》で届《いた》る所、去来の関門とする所なり。是を以て、海表の国、海水を候ひて来賓し、天雲を望みて奉貢せり。胎中之帝より朕が身に洎《いた》るまでに、穀稼を収蔵し、儲糧を蓄積したり。遙に凶年に設け、厚く良客を饗へす。国を安みする方、更に此に過ぐるは無し。故、朕、阿蘇乃君を遣して、河内

国の茨田郡の屯倉《みやけ》の穀を加へ運ばしむ。蘇我大臣稲目宿禰は、尾張連を遣して、尾張国の屯倉《みやけ》の穀を運ばしむべし。物部大連麁鹿火は、新家連を遣して、新家屯倉《みやけ》の穀を運ばしむべし。

とあって、ミヤケの原義が「屯倉《みやけ》の穀」すなわち「穀稼を収蔵し、儲糧を蓄積」する施設・機関であることをうかがわせる。

周知のように、ミヤケの制度に関しては古代史の中で多年の研究蓄積があり、一言で要約するのは難しいが、概括すると天皇（大王）・朝廷の地方支配の拠点として、人（奉仕）・物（貢納）・土地を恒常的に調達しうる全国的な組織（機関）といえる。それは、主として大化前代の倭王権の政治的・経済的・軍事的な基盤をなしてきたといわれている。[2] いわゆる大化の改新の詔（日本書紀・巻二十五、孝徳大化二年正月条）により、中央集権化の阻害要因（国造の関与）として一旦廃止されたが、律令制に則った「郡家《こほりのみやけ》」として改めて再編成されている。その多様なあり方から、これを時間的に前期ミヤケ制（六世紀以前に畿内に設定されたもの）と後期ミヤケ制（六世紀中頃から畿外に設定されたもの）に分けたり、内容的にA_1・A_2型屯倉と、B_1・B_2型屯倉に分けて考える説などもある。[3] 古代史家の間で細部に異論があるのは当然であるが、ミヤケ制による支配が律令制以前の古代国家形成の根幹にかかわるものであったという点では、諸家の認識は一致している。

日本書紀は、こうしたミヤケ制の多様化する現象を方法化していて、ミヤケの表記を周到に書き分けている。すなわち、韓半島に設置された政治的・軍事的拠点としてのミヤケに関連するものについては「官家」、そこでの国語表記は「弥移居」、国内のミヤケに関しては「屯倉」というように、である。[4] むろん、ここでの問題は、それが史実を反映しているか否かではなく、日本書紀の方法の問題としてのとらえ方である。

ところで、このミヤケ（屯倉）制は、少し視点を変えるだけで資料の乏しい古代のオホヤケ制を考える上でもきわめて重要な資料となりうる。これは、従来の研究史の中でもまったく等閑に付されてきた点で、たとえば、日本書紀（巻十七）継体二十二年十二月条をみると、

筑紫君葛子、父の坐《つみ》によりて誅《ころ》されむことを恐り、糟屋屯倉《みやけ》を献りて、死罪を贖《あがな》はむことを求む。

とある。古代史家の間ではよく知られた記事であって、ミヤケを論じる際に必ずといってよいほど引用されるくだりでもある。いわゆる「磐井の乱」に連座して罰せられることを恐れた筑紫君葛子が、反乱の贖罪としてミヤケを天皇家に献上したという説話である。なぜこの説話が、古代のオホヤケ制を考える上で重要なのかといえば、筑紫国造磐井父子は在地の豪族であるから、彼らの所有するヤケ（在地首長のために共同体の成員が貢納奉仕する施設を備えたオープン・スペース）は本来「ミヤケ」ではなく「オホヤケ」と称せられていたはずだからである。「糟屋屯倉《みやけ》」は継体天皇に献上された結果ミヤケと称されたのであって、それ以前、つまり本来的には「糟屋のオホヤケ」の一部であったということである。こうした例は枚挙にいとまがないのであって、たとえば古事記・安康天皇条にも、目弱王をかくまうことで雄略天皇に敵対してしまった都夫良意富美（葛城円大臣）が、雄略の軍勢に屋敷を取り囲まれて敗北をさとった時、娘と「五処《いつところ》の屯宅《みやけ》を副へて献らむ」といって、贖罪として「屯《み》宅《やけ》」（日本書紀・巻十四、雄略即位前紀条では「宅《やけ》　七区《ななところ》」とある）の献上を行っているのである。いうまでもなく都夫良意富美は葛城氏の豪族であって、有力豪族葛城氏の没落が「屯宅《みやけ》」の献上にからめて語られている。新編日本古典文学全集『古事記』の頭注が、この「五処《いつところ》の屯宅《みやけ》」を「この段階では都夫良意富美の私有地であるが、献上すれば朝廷の直轄地になる」と注しているように、本来は豪族葛城氏の「五処のオホヤケ」であった。その

意味では雄略即位前紀条の「宅《やけ》七区《ななところ》」の方が実体に即した言い方であるといってよい。いずれにしても「五処の屯宅」(記)や「宅七区」(書紀)の表記が、そもそもミヤケとはオホヤケの一部が朝廷に割譲されたものであることを雄弁に語っている。その意味では、ミ・ヤケはその語構成とは別に、その本質はミヤ・ケ(宮家)であるといってよい。

こうした筑紫の豪族磐井の乱や葛城氏の没落にまつわる服属伝承は、各地の豪族が天皇(大王)王権との政治的抗争に敗れ、各地のヤケ(オホヤケ・ヲヤケ)を「贖罪」として王権に献上し服従を誓ってゆく過程を象徴的に示す、もう一つの「国譲り神話」として機能しているといえる。

さらに安閑紀(巻十八)をみると、実に全国三十七ヵ所にも及ぶミヤケの設置が列挙されており、その集中的な記載方法はあたかもミヤケ制度の確立を語るためだけに、言い換えれば地方豪族のオホヤケ制を抑圧するためだけに日本書紀の安閑紀一巻が構成されたのではないか、といった趣すら感じさせる。たとえば、安閑紀元年閏十二月条に載る伝承では、いわゆる「武蔵国造の乱」(同族の内部抗争)を背景に、武蔵の在地豪族、笠原直小杵に荷担した上毛野君小熊が、朝廷の怒りを買ってその勢力を削がれた話がミヤケ(屯倉)の設置にからめて語られている。ここでは、天皇(大王)権力と結んだ笠原直使主が感謝の気持ちとして「横渟・橘花・多氷・倉樔、四処《よところ》の屯倉」を朝廷に献上する一方で、逆に上毛野君氏の本拠地付近には「上毛野国の緑野屯倉」(安閑紀二年五月条)が設置されているのである。これは直接語られているわけではないが、東国支配の拡大を目論んでいた倭王権が武蔵国造の内部抗争を機に介入し、東国一帯に絶大の影響力を誇示していた上毛野君氏の勢力を、ミヤケの設置をテコとして排除しようとしたものである。

このような「オホヤケ」から「ミヤケ」への解体・再編は、いうまでもなく倭王権の支配領域の拡大に対応しているのだが、表立っては語られることのないオホヤケ側からみれば、それは地方首長のオホヤケ制の衰退が全国規模で進行していたことを物語るものであった。その意味で、オホヤケ制とミヤケ制の消長は表裏一体の関係にあったのである。このようにみれば一掃されたオホヤケが、文献的には地名や氏族名の用例としてしか残されていないのはある意味で当然のことといえよう。

従来、なぜこのようなまっとうな指摘がなされなかったのであろうか。それは旧来の歴史学者が古代の諸制度を考える際、天皇（大王）制国家の成立を所与の前提として考えてしまうからである。その結果、オホヤケもミヤケ制と同様に朝廷の設置したヤケで、ミヤケはオホヤケとも呼ばれていたのだと逆の発想してしまう。それでは前述の播磨国風土記・賀古郡条の「宅《やけ》と号くる所以は、大帯日子の命、御宅《みやけ》をこの村に造りたまひき。故、宅《やけ》村《むら》と曰ふ」という発想と一つも違わないことになってしまうではないか。むろん、私はミヤケの前身はオホヤケにありなどと言いたいのではない。そうではなく、日本書紀の方法を超えて、オホ・ヤケの視点からミ・ヤケをみる想像力が必要だといいたいのである。武蔵南部の「横渟・橘花・多氷・倉樔、四処《よところ》の屯倉」や「上毛野国の緑野屯倉」設置説話に象徴されるように、中央から派遣された役人が豪族居館（オホヤケ）の傍らにミヤケを構えてにらみをきかすという構図は、倭王権によって東国最大の豪族上毛野君氏側に楔が打ち込まれたというだけではなく、ほぼ全国の地方豪族が同じような状況に追い込まれていたことを示している。

すると次の問題は、地域豪族の所有する大規模な施設・機関としてのオホヤケ（大家・大宅）が、何ゆえに朝廷の直轄領地としてのミヤケ（屯倉・官家）を差し置いて漢語「公・私」の「公」概念を獲得したのかということになる。前述のように、豪族のヤケ（支配拠点としての豪族居館＝オープン・スペース）はいわば「私有地」であるから、常識的判断に従えば、ミヤケ（屯倉）こそオホヤケ（公）の訓がふさわしいと考えられる。事実、平安時代には「天皇」や「官」をオホヤケ（公）と称した用例（『類聚名義抄』など）が存するのである。日本書紀古訓でも「官」字を「ミヤケ」と「オホヤケ」に使い分けた例（応神紀三十一年八月）があるので、そこから類推すれば「公」字をめぐってそれを「ミヤケ」と訓むか「オホヤケ」と訓むかのせめぎ合いのあったことが想定できるのだ。

この点を考える上で注目すべき問題提起をしたのが、吉田孝の「イヘとヤケ」（「オホヤケ考」を含む）と題する論考である。イヘとヤケの違いを周到に論証した上で、吉田は『新撰姓氏録』に記す氏族の出自を分析して、「全体の傾向としては、オホヤケ氏は臣系豪族的な性格が強く、ミヤケ氏は連系豪族的な性格が強い」と指摘し、「ミヤケが朝廷と結びついていたのに対して、オホヤケはどちらかといえば一般的・在地豪族的な性格を持つ語であった」と述べて、オホヤケの本来的な担い手を在地首長、地方豪族とする視点を打ち立てたのであった。そして、その在地首長のオホヤケが一方で農村共同体的・公共的機能を担っていたので、結果的に「公」字の受容に際してもそれをオホヤケと訓む意識が働いたのであろう、としたのである。さらに「在地首長のオホヤケが共同体的機能をもっていたことは、共同体の共同性が民会によってではなく、首長によって代表されるという、日本古代の共同体のあり方と深くかかわって」いることも指摘している(5)。吉田論は、オホヤケが文献的には地名、氏族名としてしか見出せないことや、従来のミヤケ制度の研究史の蓄積を考慮してのことか、「推測」や「憶測」という言葉を多用した慎重な言い回しで「仮説的作業」であることを強調しているが、本章が吉田の「オホヤケ考」をベースとして出発していることはいうまでもない（ただし、吉田孝の共同体評価が石母田正のパラダイムに依拠している点には批判的）。

ここで改めて「私家《わたくしのやけ》」（天武紀十四年十一月）について考えてみる。漢語の「公・私」概念は中国律令制度の導入に伴って新たに採用されたものだが、前述のように「オホヤケ・ヲヤケ」の訓に対応していない。ヲヤケは語としてはすでにオホヤケに吸収されていたために、漢語「私」字に対しては新たに「ワタクシ」なる訓が必要となった。そこで来歴不明の「私家《わたくしのやけ》」なる古訓が生まれたが、「郡家《こほりのみやけ》」との対関係でいえばオホヤケ（農村共同体的公共）性を残している。豪族の私有地としての「私家《わたくしのやけ》」が逆説的に「オホヤケ」（公）と称されるにはそれなりの理由があったことになる。そこでさらに天武紀十四年十一月条に注目してみると、「四方《よも》の国に詔して」とあるように、「四方」は「畿内」（「凡始畿内、及四方国」日本書紀・大化二年三月条参照）に対する「畿外」の意で、この時の武器回収の命令は全国の地方豪族に向けてのものであることがわかる。この回収命令の実効性がどの程度のものであったのかはわからないが、そのような詔勅を出さざるをえないほどに、全国の「私家《わたくしのやけ》」には「大角・小角・鼓・吹・幡旗と弩《おほゆみ》・抛《いしはじき》の類」が保管されていたことになる。また、天武朝に至って改めてこのような命令が出されたこと自体、それ以前のオホヤケとミヤケの区分の曖昧さを示してもいる。むしろこの事態は、「郡家《こほりのみやけ》」といっても畿外のミヤケが中央の直接支配下にあったとは考えにくい状況であることを語っているのであろう。その意味で、大津透が畿外のミヤケは中央豪族による国造層を通じての間接支配であったとして、屯倉制について「基本的に畿外のそれは国造が支配していて、国造制に包含される」と指摘しているのは示唆的である。[6]

そもそもミヤケ制は、それが前期ミヤケであろうと後期のそれであろうと、地方支配という一点において地域に受け入れられる制度でなければならず、かつ地域に主体があってはいけないという二律背反の矛盾に満ちた制度である。その意味では律令制下の均質な一元支配といっても、すぐに形骸化してしまう構造をはらんでいるのだ。すると、ミヤケ制に一掃されたかにみえたオホヤケ制も、その核心部分、すなわち氏族共同体の共同性（農民=戦士共同体の公共性）という原理、すなわちオープン・スペース（自由往来）の観念は、国造制下の地方豪族の中にあってもしたたかに生き延びていた可能性が強い。ここで詳細を論じることはできないが、朝廷を構成しつつ一方で豪族層の代表でもある大臣制をどう位置づけるかがその鍵となる。最初に指摘したミヤケとオホヤケのねじれ現象もこうした文脈の中に置いて考えなければならないのである。

三

吉田孝の指摘にあるように、オホヤケ（大宅・大家）氏がミヤケ（三宅）氏に比較して天皇家との関係が相対的に自由な臣系豪族に偏在していたとしても、その事実をただちに公共（public）概念としてのオホヤケ（公）に結びつけるのは論理の飛躍である。しかし、そうはいってもオホヤケの語源をどんなに遡ってみてもその一義的意味を文献の中に見出すことはできない。吉田が「仮説的作業」とことわる所以でもある。そこでここでは「推測の推測」となるかもしれないが、「公」字の文字学的起源をたどることで、それがオホヤケ（大家《おほやけ》・大宅）のもとの意味に対応していることを指摘して、吉田孝の仮説を補完してみたい。

前に、日本書紀巻二十二・二十八の「背私向公」の出典が、『韓非子』五蠹篇の「自環者謂之私、背私謂之公」にあることをみた。この『韓非子』の解釈を援用する『説文』「公」字の字解では、これを「八」と「ム」の二字に分けて説明している。まず「八」については、

公、平分也。从八ム。八猶背也。『韓非』曰、背ム為公。（八部）

とし、次に「ム」については、

ム、姦邪也。『韓非』曰、蒼頡作字、自営為ム。（ム部）

と解釈する。「自営為ム」（自ら営《かこ》むをムと為す）とは、自分で勝手に囲い込んで自分のものにしてしまうという意味であり、その「ム」に背反して（八猶背也）オープンにするものが「公」であると解釈している。「公」字の甲骨文は、であり、金文は、であるから、「ム」の原字が□や○であることがわかる。□・○は、その字形通り自分で囲い込んで独り占めにする意であり、それに対して八は、その囲い込みからの開放、すなわちオープン・スペースという意味のあることがわかる。『韓非子』と『説文』の解釈は、「ム」（私）を「姦邪」とみなした時代の解釈としては正しいということができる。

それでは、囲い込みとそこからの開放というのは具体的にはどういうことであろうか。ここでは中国古代の「公私」研究における先駆的かつ必須の文献である加藤常賢の「公私考」から引用する。(7)

> 囲むと謂っても種々ある。牆垣で宮を囲むのも□なれば、田地に境界を設定するのも□であり、車を以て囲む軍営も□である。囲む以上限定するのであるから、他の侵入を排除するのは当然である。ここに於いてかその範囲の独占と独居が成立する。……古代に於いては貴賤共に牆垣を廻らして住居とし、宮と称したから、□はまた人々の住居の意でもあった。……□が囲繞で何等かの意味に於ける独占であり、八が開分の意でありとすれば、公即ち八□は独占的囲繞の開放と謂っても過誤ではなかろう。公字の義の一つである宮囲の公から考えて見るに、開放して衆人と共にする囲繞した宮とは公共宮、即ち共同使用宮の意でなければならぬ。共同使用宮なれば衆人は自由に出入していい筈である。『白虎痛』爵篇に公を「通也」と解して居る。この通とは往来やまざる道の意であるから、公が何であったかが解ると思ふ。思ふに内則に見える羣室の古形で共同集会所、共同作業場であったと思ふ。

右にみた加藤常賢の「公」字についての見解を、そのままオホヤケ（大家《おほやけ》）にあてはめて考えてみると、氏族族長の屋敷の穀物や武器など多くの物品・設備を収納した施設のうちの公共的部分、すなわち共同体の成員の出入りが自由な、開放された公共的建築部分（オープン・スペース）を特にオホヤケと称したとみることができる。このオホヤケ性に共同体の共同性が含意されているのはいうまでもない。

ところで、中国の「公私」概念の思想的展開を論じた著作としては、溝口雄三の『中国の公と私』が著名である。(8)吉田孝も「イへとヤケ」の中で、「溝口のオホヤケ説が本章で検証してきたオホヤケの性格と基本的に一致することはいうまでもない」と評価している。溝口論も吉田論を引用することで互いの論の相乗効果を狙っているが、しかし私のみるところ、この書の基本的発想は前述の加藤常賢「公私考」に拠るものであり、にもかかわらず溝口が「公私考」を否定的に引用するのは、加藤常賢の研究のプライオリティーを隠蔽するものである。

なお時代は降るが、日本国内にも「ム」字に関連して共同体の共同性という理念を具体的に表わす、御弓神事という伝統行事のあることが報告されている。瀬戸内海、鞆の浦の沼前神社（『延喜式』所載）に伝わる民俗行事で、松本健一の説明によれば以下のごとくである。

沼前神社でおこなわれる御弓神事は、各村々からの代表者が弓を射て、誰が一番かを競い、その行事を神様に奉納するものだ。……約二八メートル先の的をねらって弓矢の勝負をするわけであるが、その的には「䝁」と書いてある。「䝁」は作字であるが、この字は男たちがひじ（ム《わたくし》）を張って「この収穫物はオレのものだ」と争う様子を表現した形象文字の作字である。これは、のぎへんをつけてもつけなくても「わたくし」という意味をもつ「ム」という文字が、ひじを張って収穫物を争い独り占めしていく、という意味にもとづいている。ただ、そこで、自分が勝った、自分が強いので収穫物を独り占めにする、ということになると社会に争いが絶えない。それゆえ、神前で弓を射る勝負を利用して争いをおさめ、今年も同じように共同の海で鯛をとって、この海で共存してゆく、という共生の形式にしないといけないのである。この的の裏側を見ると、「勝負無し」と書いてある。……これこそが共同体を維持し、海辺に生きていくものたちの共生の理念にもとづく生き方であった、といえようか。(9)

右のような文章に接すると、私にはどうしても中世の自治組織やオープン・スペースとしての「公界《くがい》往来」(『大内氏掟書』)の由来に想いを馳せてしまうのだ。

さて、オホヤケ(大家《おほやけ》)の起源的な意味を文献の中でたどることに限界がある以上、他の方法としては考古学の成果を援用することも必要である。周知のように、一九八一年に群馬県で三ツ寺遺跡が発見されて以来、現在に至るまで弥生・古墳時代の「豪族居館」が全国規模で続々と発掘され、五〜六世紀代の豪族の暮らしぶりにも新しいスポットがあてられつつある。ここでは、オホヤケ(大家《おほやけ》・大宅)の実態を解明する上で参考になると思われる三ツ寺遺跡(推定五世紀後半期)の「豪族居館」のあり方に注目してみよう。都出比呂志によれば、三ツ寺遺跡を基礎とした「豪族居館」の考古学的条件としては、次の五点が指摘されている。(10)要約すると次のごとくである。

(1)広い面積の方形区画を占地すること。
(2)幅の広い周濠をめぐらせ、石垣や柵列によって区画を明確にするだけでなく、併せて防御機能を備えた屋敷地とする。

(3)屋敷地内は柵列によって正確に四分割されており、内部の機能分化が発達している。首長の住む主屋である大型建物を中心に、従者のための長屋などの付属建物が配置されている。

(4)水に関連する祭祀施設や遺跡がある。

(5)従者の住居や工房施設がある。

都出による以上のような「豪族居館」の基礎的条件をふまえた上で、吉田晶はオホヤケ（大家《おほやけ》＝公）という言葉こそ用いていないが、三ツ寺遺跡の「豪族居館」のもつ「公共的機能」の側面を次のように強く打ち出している。それによると、

首長権の象徴としての首長居館のなかでとくに重視したいのは、居館が首長の私的生活の場であるとともに、地域社会の各種の「公共的機能」を担う場でもあった、ということである。……三ツ寺の場合はその前面の広場をも含めて、地域の政治・裁判をはじめとした各種の儀礼などの行われる公共の場であったことは確かであろう。原之城遺跡の西北隅に設けられた六棟以上からなる倉庫群がどのような物品を収納していたかは不明である。だが黒井峯遺跡の農民集落の屋敷地内にそれぞれの倉庫の存在したことからすると、居館内の倉庫群に収納された物品は、もとより首長の私富に関するものもあるが、このほか中央への貢納物の保管や凶作に対する備荒貯蓄や地域開発に必要な備蓄なども想定できるのではなかろうか。後に「国家的制度」によってこれらの機能が担われる以前の段階で、右のような諸機能を果たすことは首長の地域支配にとって重要な意味をもっていたと考えられるからである。……以上のような五世紀後半から六世紀代の首長居館のあり方には、この時期の倭人社会の「公共性」の首長制的構造が端的に示されている。居館が地域社会の公共的機能を凝縮する場であるということは、首長が地域社会の公共的機能を人格的に体現するという首長制社

会の構造に由来する。[11]

とある。右の考古学や古代史学の論述にふれて、私の念頭に浮かぶのは、吉田晶のいう「国家的制度」以前の「豪族居館」の機能こそ、これまで縷々述べてきた「オホヤケ」の内実を示すものではないかということであり、その機能が「国家的制度」以後には「ミヤケ」制へと解体再編《ディコンストラクション》されていった、という構図である。

おわりに

最後に、オホヤケ制についての今後の展望を述べておきたい。吉田孝は「共同体の共同性が民会によってではなく、首長によって代表される」という点に日本古代の共同体社会の限界を指摘した。これは、前述の瀬戸内海・鞆の浦の沼前神社に伝わる民俗行事などの事例がオホヤケとは称されていなかった、という意味では正しい指摘である。しかし、より本質的な問題として次のようなことが考えられる。

それは王（および首長）の二つの身体という問題である。大化前代（律令制以前）の王は、大和を中心とした地域の諸豪族の連合から推戴される、いわゆる畿内連合政権の中の大王（天皇）であった。なぜ王（大王）が諸豪族の族長の上に立つ資格を有するのかという問題については、別に論じているのでここでは触れないでおく。[12]およそ五世紀から七世紀前半までの大王制は、畿内を中心とする豪族層の選挙王政によって支えられていたので、大王の権力といってもそれは族長たちの利害を調整したものとならざるをえなかった。王の優位性はこの限りで保証されていて、その意味では豪族のもつオホヤケ性は王の身体に内面化されていたといいうる。つまり王と群臣の相互承認から成り立つ「治天下」とは、一つの公共的な空間でもあったということだ。

一方、王は一代限りのものではなく世襲によって後々の代まで続く永久王朝の実現を望むものである。すなわち、王とはその身体に内面化されたオホヤケ性を「一家」によって「私」する存在でもあるのだ[13]。これが王の二つの身体という問題であり、これを王宮建築の構造に即していえば、王の身体の「私」性の外化されたものが「後宮」であり、オホヤケ（オープン・スペース）の外化されたものが「朝廷」ということになる。実はこれ自体は地域豪族首長の「豪族居館」のあり方にも重なる問題である。すると、改めて加藤常賢のいう「公共宮」「共同作業所」や、吉田晶のいう豪族居館の「公共的機能」の意味がクローズアップされてくるであろう。

注

（1）吉田孝「イヘとヤケ」（『律令国家と古代の社会』岩波書店、一九八三年）。
（2）舘野和己「屯倉制の成立」（『日本史研究』第一九〇号、一九七八年）、鎌田元一「屯倉制の展開」（『律令公民制の研究』塙書房、二〇〇一年）、仁藤敦史「古代王権と「後期ミヤケ」」（『国立歴史民俗博物館研究報告』第一五二集、二〇〇九年）など。
（3）舘野和己、注2に同じ。
（4）彌永貞三「「弥移居」・「官家」考」（『名古屋大学文学部研究論集』第三五号、一九六四年）。
（5）注1に同じ。
（6）大津透「律令国家と畿内」（『律令国家支配構造の研究』岩波書店、一九九三年）。
（7）加藤常賢「公私考」（『中国古代文化の研究』明徳出版社、一九八〇年）。
（8）溝口雄三『中国の公と私』（研文出版、一九九五年）。なお、溝口には他に『一語の辞典　公私』（三省堂、一九九六年）などがある。
（9）松本健一『海岸線の歴史』（ミシマ社、二〇〇九年）。
（10）都出比呂志「古墳時代の豪族居館」（『岩波講座　日本通史2　古代1』岩波書店、一九九三年）。
（11）吉田晶「中央権力機構の構成」（『古代日本の国家形成』新日本出版社、二〇〇五年）。
（12）呉哲男「古代国家論」（本書所収）。

（13）呉哲男「古事記と日本書紀の世界観」（本書所収）。その初出の中で「王の二つの身体」について論じたが、その時のモチーフが本章へと発展した。

参考文献

石毛忠・今泉淑夫ほか編「公私観」（『日本思想史辞典』山川出版社、二〇〇九年）。

田原嗣郎「日本の「公・私」（上・下）」（『文学』一九八八年九・十月号）。

溝口雄三「中国の「公と私」（上・下）」（『文学』一九八八年九・十月号）。

水林彪「わが国における「公私」観念の歴史的展開」（水林彪ほか編『日本史における公と私』青木書店、一九九六年）。

水林彪「日本的「公私」観念の原型と展開」（佐々木毅・金泰昌編『公共哲学3　日本における公と私』東京大学出版会、二〇〇二年）。

網野善彦『無縁・公界・楽』（平凡社、一九七八年）。

第六章　オホヤケ（公）の系譜学的遡行――日本書紀・古事記から――

はじめに

古代文学研究のドグマの一つに、唐代律令制をはじめとする中国文化の受容を絶対視する見方がある。かりにそれが事実であれば、古代の日本は中国のような皇帝型専制国家になっていなければならない。そうなっていないのは、前述したように古代の日本が中華帝国やその「周辺」に位置し、朝鮮《コリア》とは位相を異にする「亜周辺」国家だったことによる。中国語である漢字を受容しながら日本書紀と並んで古事記のような奇怪な文体（倭文体）をもつ作品が生まれることになったのもこの点にかかわる。また、一部の国語学者が待望するような、韓国木簡における「俗漢文」の大量出土が期待できないのも同じ理由による。韓半島の木簡表記は帝国の「周辺」に位置するがゆえに漢文体に吸収されてしまう他はないからである（ちなみに、古代朝鮮《コリア》には独自の「律令」や「天下」の概念はない）。

本章で論じる、皇帝型専制国家（中央集権的律令国家）の形成を阻止する原理としての「オホヤケ（公）」も、つまるところ「亜周辺」国家日本の特徴の一つといえるものであるが、こうした問題は、日本書紀・古事記を「系譜学的に遡行する」（M・フーコー）ことで初めて明らかになるものであって、古事記・日本書紀の作品としての自己完結性を重視する最近の研究法には逆行しているかもしれない。しかしそれに対しては、私はあえてマルクスの顰みに倣って次のようにいいたい。テキストは作られる、しかし思うようにではない、と。

一　国譲り神話の歴史化

西郷信綱は、「国譲り神話」(『古事記研究』)の中で、古事記「うけひ神話」条においてアマテラスとスサノヲの「物実」交換から生まれた五男神の一柱であるアメノホヒの子・タケヒラトリノミコトの氏祖注記として「此は、出雲国造・無耶志国造・上菟上国造・伊自牟国造・津島県直・遠江国造等が祖ぞ」とあり、またそれに続くアマツヒコネノミコトの氏祖注記にも「凡川内国造・額田部湯坐連・茨木国造・倭田中直・山代国造・馬来田国造・道尻岐閉国造・周芳国造・倭淹知造・高市県主・蒲生稲寸・三枝部造等が祖ぞ」とある点に注意を喚起し、このような出雲系の神々と地方国造とを同族の系譜に結びつけるかのような注記の背景には、全国規模で進行した地方首長の宮廷への服属というもう一つの「国譲り神話」があるのではないかと指摘している。

その際、重要であるのは、古事記が地方国造《クニヌシ》の朝廷への組み入れを氏祖注記以上には語ろうとしていないのに対して、日本書紀では巻十八の「安閑紀」に集中して無耶志・伊自牟・凡川内といった地方国造《クニヌシ》の服属の由来を「屯倉《ミヤケ》」献上の起源譚として伝えていることである。西郷はこの点に関して「武蔵国造、伊自牟国造らにかんするミヤケ設置の話というのは、神話的にはとりも直さず地方的規模での「国譲り」が行われたこと」を示していて、大国主神の国譲り神話そのものが「相当長期間くり返されてきた地方首長たちのあれこれの国譲りを一回的に典型化し集約してかたったものである」と評価している(1)。

そこで、ここでは一例として「安閑紀」元年閏十二月条に載る、武蔵国造の同族内の権力闘争をからめた「屯倉」献上の伝承をみてみよう。

武蔵国造笠原直使主《アタヒオミ》と同族の小杵《ヲキ》と、国造を相争ひて、年を経て決め難し。小杵、性阻《サガ》しくして逆ふること有り。心高びて順《マツロ》ふこと無し。密かに就きて、援《タスケ》を上毛野君小熊に求めて、使主を殺さむと謀る。使主、覚《サト》りて走げ出で、京に詣でて状《アルカタチ》を言す。朝庭、臨断《ツミサダ》めたまひて、使主を以ちて国造として、小杵を誅《コロ》す。国造使主、悚《カシコマ》り憙ぶること、懐《ココロ》に交《ミ》ちて、黙し已むこと能はず。謹みて国家《ミカド》の為に、横渟・橘花・多氷・倉樔、四処の屯倉を置き奉る。

この説話は、古代史研究ではしばしば引用される箇所で、武蔵国造の地位をめぐって内紛が起こり、それを契機にヤマト朝廷が介入して、当時東国一帯に絶大な勢力を誇示していた上毛野君氏の影響力を削いだというものである。史実を反映しているのか否かは別にして、中央王権に従順な笠原使主と反抗的な小杵、上毛野君小熊のあり方は、「国譲り神話」におけるタケミカヅチとコトシロヌシ、タケミナカタの駆け引きを彷彿とさせ興味深い。

このように、地域ごとに生じたであろう「屯倉」献上としての「国譲り」は、各地の国造《クニヌシ》にとっては相当に深刻な事態であったはずである。日本書紀はこれを古事記のように神話として「一回的に典型化し集約して」語るのではなく、「屯倉」献上の起源譚として歴史化したのであった[2]。また「継体紀」二十二年十二月条には、いわゆる「磐井の乱」として知られる筑紫国造《クニヌシ》磐井とヤマト朝廷との戦闘が描かれているが、その鎮圧に際しては父親に連座して罰せられることを恐れた子の葛子が、反乱の贖罪として「屯倉」を献上したことが語られている。

筑紫君葛子、父の坐《ツミ》によりて誅《コロ》されむことを恐り、糟屋屯倉を献りて、死罪を贖《アガナ》はむことを求む。

これなども征服戦の敗者が服属の証しとして「屯倉」を献上したというもので、このような事例を歴史の累積としてくり返し伝えようとするのが日本書紀の方法であった。

二　ミヤケとオホヤケ

屯倉は、「垂仁紀」二十七年是歳条の注記に、「屯倉、此云彌弥気」とあるように「ミヤケ」と訓まれている。しかし、あてられた「屯倉」の漢字そのものに天皇や朝廷の直轄領という意味があるわけではない。古事記の表記する「屯家《ミヤケ》」（景行記・仲哀記）、「屯宅《ミヤケ》」（安康記）の場合も同様である。「屯」は、『廣雅、釋詁』他に「屯聚也」とあるように、物が一ヶ所に集まっていたり、人が一ヶ所にたむろしていたりする意である。そのような物や人が集積するヤケ（家・宅）が天皇や朝廷に献上された結果、「ミヤケ」という訓が生じたと考えられる。

たとえば、古事記・安康天皇条は、目弱王をかくまうことで雄略天皇に敵対してしまった都夫良意富美（葛城円大臣）が、雄略の軍勢に屋敷（ヤケ）を取り囲まれて敗北をさとった時、娘の訶良比売と「五処《イツトコロ》の屯宅《ミヤケ》を副へて献らむ」といって、「屯宅」を献上した伝承を載せている。一方、日本書紀・雄略即位前紀条では当該箇所の円大臣の発言を「臣が女韓媛と葛城の宅《ヤケ》七区とを奉献りて、罪を贖はむことを請ふ」と伝え、「屯宅《ミヤケ》」ではなく単に「宅《ヤケ》」と表記している。ツブラオミはいうまでもなく葛城氏の大豪族であって、有力豪族葛城氏の没落が「屯宅」の献上にからめて語られているのであるが、新編日本古典文学全集『古事記』の頭注が、この「五処の屯宅」について「この段階では都夫良意富美の私有地であるが、献上すれば朝廷の直轄地になる」と注しているように、用字としては古事記の「屯宅《ミヤケ》」よりも日本書紀の「宅《ヤケ》」が本来的なものである。この場合の「宅《ヤケ》」は葛城氏の倉や人が集まる拠点で、考古学にいうところの「豪族居館」に相当するとみられる。すると「宅《ヤケ》」の内実は次に述べる「オホヤケ」にあたるというべきである。

オホヤケは、本来「小宅《ヲヤケ》」に対する「大宅《オホヤケ》」（「大宅、於保也介」『和名抄』）であって、吉田孝が「オホヤケ考」の中で論じているように、周囲に垣をめぐらし、門を構え、その屋敷内に倉を備えた相当に大規模な施設や機関のことで、いわゆる「豪族居館」である。豪族居館といっても単に在地首長の住む屋敷という意味ではなく、穀物や武器、祭祀用具などの財を収納する、一つの独立した政治的・宗教的施設であり、かつ機関（経営体・組織体）であるという点が特に重要である。(3)

しかし、残念ながらというべきか、オホヤケの用例には資料的な制約があって、文献の上では「……薦枕　高橋過ぎ　物多《モノサハ》に　大宅過ぎ（於褒野該《オホヤケ》須擬）春日の　春日を過ぎ……」（日本書紀・武烈即位前紀）とあるように、地名（大和国添上郡大宅）や氏族名の中にしか残されていないのである。したがって、こうした資料的限界を突破するための方法としては、考古学や人類学の援用などが考えられるが、ここでは文献操作による「系譜学的な遡行」にこだわってみたい。

一つの論理的想定をいえば、オホヤケが史料上から姿を消すことと地方首長が「屯倉《ミヤケ》」の献上を通して「国造」に解体・再編されることとは対応していよう。それはちょうど「国造」の成立によって地域の「クニヌシ」観念が駆逐されたようなものである。それでは、一つの独立した政治的・経済的・宗教的機関であった豪族居館としてのオホヤケの意義は完全に消滅してしまったのであろうか。答えは否である。なぜなら、もしオホヤケが大化前代のミヤケに一掃されたというのであれば、「屯倉制の名残として各地に生々しく残っていたミヤケがなぜ「公」の訓とされなかったのかが説明できない」からである。(4) 言い換えれば、オホヤケは何ゆえに天皇・朝廷の直轄領地としてのミヤケを差し置いて「公私」の「公」（中国的な公平）概念を獲得したのか、という疑問である。前述のように、オホヤケ（豪族居館）はいわば「私有地」であるから、常識的にみればミヤケ（屯倉）こそが「公」（オホヤケ）の訓にふさわしい。事実、平安時代には「天皇」や「官」をオホヤケ（公）と称した用例が存するのである。にもかかわらず、オホヤケ（公共性）という語の基準が天皇・朝廷の直轄領地ではなく、豪族居館にあったというのは逆説的で実に興味深い。これはたとえていえば、天照大御《ミ》神よりも大《オホ》国主神や大《オホ》物主神の方がこの国の正統な神だといっているようなものではないか。

三　中国古典の「公」と日本書紀

ここで、古代中国の「公」観念についてみておくと、『礼記』「礼運篇」に孔子の言葉として「大道之行也、天下為公」とあり、孔子がかかげる「大道」（大同）という理想社会が実現すれば、「天下」は絶対的な公共性に蔽われるといわれている。この場合の「公」とは、『韓非子』「五蠹篇」に「自環者謂之私、背私謂之公」（自ら環する者之を私と謂ひ、私に背く之を公と謂ふ）とあるように、人が私利私欲から解放されてある状態を意味している。こうした理想社会《ユートピア》が実現していた五帝時代には、人々は外出する際に誰も家の戸締まりをしなかったという。

この点に関連して、日本書紀・推古十四年四月条をみると、いわゆる聖徳太子の十七条憲法が載っていて、その十五条には次のようにある。

私を背きて公に向《ユ》くは、これ臣の道なり。凡そ夫れ、人、私有れば、必ず恨み有り、憾み有れば、必ず同《トトノホ》らず。同らざれば、私を以て公を妨ぐ。……

このうち冒頭の「背私向公」の出典が『韓非子』「五蠹篇」にあることはすでに指摘されているとおりである（日本古典文学大系『日本書紀』下巻）が、注目したいのは、孔子の言葉とされる「天下為公」がもっぱら政治主導者たる王へ向けた批判原理であるのに対して、日本書紀では「これ臣の道なり」というように、官人の心得として位置づけられ、公共性（公平性）実現の主体が天皇から臣下へと巧みにずらされていることである。[5]

同じく、「天武紀」四年六月条をみると、壬申の乱に際して大海人皇子側について武勲を立てた豪族大分君恵尺にまつわる次のような話が載せられている。

大分君恵尺、病みて死せむとす。天皇、大きに驚き、詔して曰はく「汝恵尺、私を背きて公に向《オモブ》き、身命を惜しまず。雄々しき心を遂《トグ》るを以て大き役《エダチ》に労《イタハ》れり。……。故、爾既に死すと雖も、子孫は厚く賞《タマモノ》せむ」とのたまふ。

天武が壬申年の功臣を讃えた一文であるが、武勲を慰労する言葉として『韓非子』「五蠹篇」の「背私向公」を用いるのは、「推古紀」の用例をさらに逸脱するものであろう。「私」（私利私欲）との対概念として表われる「公」もオホヤケ（豪族居館）との直接的なかかわりは考えにくい。

ここで詳しく触れることはできないが、いずれにしてもこうした用例を検討した結果、中国古典の中の「公」や「推古紀」「天武紀」で用いられた「公」（「背私向公」）概念と、オホヤケ（豪族居館）の間には、いわば千里の径庭ともいうべき落差のあることがわかった。この落差を埋め、「公」字を「オホヤケ」と訓じる必然性をどこまで見届けることができるのか、それが次の問題となる。

四　オホヤケの共同体的機能

前に引用した吉田孝は「オホヤケ考」の中で、イヘ（家）とヤケ（家・宅）の違いを周到に論証した上で、『新撰姓氏録』に記された氏族の出自を分析して、「全体の傾向としては、オホヤケ氏は臣系豪族的な性格が強く、ミヤケ氏は連系豪族的な性格が強い」と指摘し、「ミヤケが朝廷と結びついていたのに対して、オホヤケはどちらかといえば一般的・在地豪族的な性格を持つ語であった」と述べて、オホヤケの本来的な担い手を在地首長、地方豪族とする視点を提示したのであった。そしてその在地首長としてのオホヤケが、一方で共同体的・公共的機能を担っていたので、結果的に「公」字の受容に際してもそれをオホヤケと訓む意識が働いたのではないか、という点まで示唆した。吉田論は、この意味では「オホヤケ」の資料的限界を大胆に突破していて、画期的なものがある。しかし、吉田はこのオホヤケ性の意義を「在地首長のオホヤケが共同体的機能をもっていたことは、共同体の共同性が民会によってではなく、首長によって代表されるという、日本古代の共同体のあり方と深くかかわっている」と評価し、旧来の「律令制」（文明）と「氏族制」（未開）とによる二元的国家論のパラダイムの範囲内に収めようとする。すなわち、「郡司層レヴェルでのオホヤケを温存したままで、国家レヴェルでのオホヤケを形成した」というわけである(6)。

はじめに触れたように、私はむしろ吉田の評価とは逆に、郡司層の担うオホヤケの農民共同体的機能こそ、中央集権的な律令国家に対峙する中間勢力として、皇帝型専制国家の形成を阻止する原理として作用したのではないかという見通しをもっている。たとえば、日本書紀・天武十四年十一月条には、軍防令に対応する次のような記事をみることができる。

丙午に、四方の国に詔して曰はく、「大角・小角・鼓・吹・幡旗と弩《オホユミ》・抛《イシハジキ》の類は、私家《ワタクシノヤケ》に存《オ》くべからず。咸に郡家《コホリノミヤケ》に収めよ」とのたまふ。

天武の詔によって、軍隊の指揮に用いる旗や鼓、武器となる弩・抛の類を所有することを禁じたものであるが、禁制の対象となる「私家」を日本書紀古訓では「ワタクシノヤケ」と訓み、コホリノミヤケ（郡家）に没収を命じているのである。そもそもこのような大がかりな武器を装備できる「私家」に相当するのは、個人的なヲヤケ（小家）ではありえず、地域首長のオホヤケ（豪族居館）であろう。このいわば古代の刀狩の実効性がどの程度のものであったのかはわからないが、そのような詔勅を出さざるをえないほどに、全国の「私家」には大量の武器が保管されていたことになる。これはほんの一例に過ぎないが、ここに読み取ることのできる事柄は、日本書紀・テキスト編者の意図を超えていよう。ミヤケに一掃されたかにみえたオホヤケも国造制下の地方公共機関として、したたかに生き延びていた可能性があるのだ。とりわけ畿外のミヤケは実質的には国造制に包含されるという指摘もあり、(7)こうした中間勢力の存在がやがて中央集権的な律令国家を形骸化させる原動力となるのであった。

なお、紙幅の都合でオホヤケ（豪族居館）の農民共同体的・公共的機能に関する説明が簡略になってしまった。詳細は別に論じたことがあるので参照されたい。(8)

注

（1）西郷信綱「国譲り神話」（『古事記研究』未来社、一九七三年）八九～九八頁。

（2）古事記の作品論的研究を標榜する立場からの「みやけ」論に、谷和樹「「みやけ」——古事記における制度として」（『国語と国文学』二〇〇七年八月号）がある。

（3）吉田孝「イヘとヤケ」（『律令国家と古代の社会』岩波書店、一九八三年）。
（4）溝口雄三「土着中国に対するこの土着日本」（『理想』第四七〇号、一九七二年七月）。
（5）奥村和美は、「「公」であること――『古記』所引の漢籍を中心として」（『萬葉語文研究』第一集、和泉書院、二〇〇五年）の中で、「公」の用例を漢籍から渉猟し、『令集解』「古記」との対照をとおして奈良時代の官人の倫理観を追究している。上代官人の「公平」の理念は「令においても官人考課の評価基準であっただけでなく、現実にしばしば官人のもつべき徳目として要請された」という。この延長上に「官」を「オホヤケ」と訓む平安時代古訓へのプロセスもみえてくる。
（6）注3に同じ。
（7）大津透「律令国家と畿内」（『律令国家支配構造の研究』岩波書店、一九九三年）。
（8）呉哲男「古代日本の「公」と日本書紀」（本書所収）。

第七章　ヤマトタケルと「東方十二道」

はじめに

古事記に描かれたヤマトタケルは、東西平定の立役者としてヤマト王権の領土確保に多大な貢献を果たしたにもかかわらず、西征の役割を終えた頃には中心の秩序から排除されて周縁に押しやられ、宙づり状態のまま不本意な東征を強いられることになる。こうしたヤマトタケルの悲劇は、自らが王権に征服された地方豪族（吉備氏）の出身であるにもかかわらず、一方では征服者の皇族将軍として使命を果たさなければならない、といった矛盾した側面をもつ境遇の中にすでに決定づけられていたようにもみえる。大王制から天皇制へと転換した王権側からみれば、覇者的な勇者としてその役割を遂げたヤマトタケルはすでに旧時代の「大王」として追放すべき存在であったかの如くである。

本章では、古事記中巻・ヤマトタケル物語の核心に迫る一つの手掛かりとして、西征から東征へと「移動」（オデセィア）する際に登場する「道」の語に注目してみたい。というのは東征の物語の中に「東方十二道」という古事記独特の表現が見出せるからである。「東方十二道」の道には、異郷を旅する人びとに課された通過儀礼としての「道」の神の祭祀と、律令国家が自らの拠りどころとした華夷思想が強いる辺境としての「道」（「有蛮夷日道」『漢書』巻十九）、さらには新時代を迎えた「律令七道制」の「道」（アウトバーン）の観念があり、この三つの「道」のはざまに文字通りヤマトタケルの「道行き」があったと考えられる。

一

ヤマトタケル東征物語のもつ悲劇性について考えようとすれば、その系譜にまで遡行してみなければならない。ヤマトタケルの系譜にはすでに指摘されているように、大別して二つの問題がある。まず古事記・景行記の冒頭部の系譜をみると次のように記されている。

大帯日子《おほたらしひこ》淤斯呂和気《おしろわけ》天皇、纏向《まきむく》の日代宮《ひしろのみや》に坐《いま》して、天の下を治めき。此の天皇、吉備臣等が祖《おや》、若建吉備津《わかたけきびつ》日子《ひこ》の女《むすめ》、名は針間の伊那毘能大郎女《いなびのおほいらつめ》を娶《めと》りて、生みし御子《みこ》は、櫛角別王《くしつのわけのみこ》。次に、大碓命《おほうすのみこと》。次に小碓命《をうすのみこと》、亦の名は、倭男具那命《やまとをぐなのみこと》。次に、倭根子命《やまとねこのみこと》。次に、神櫛王《かむくしのみこ》。……又、倭建命《やまとたけるのみこと》の曾孫《ひひこ》、名は須売伊呂《すめいろ》大中《おほなか》日子王《つひこのみこ》の女、訶具漏比売《かぐろひめ》を娶りて、生みし御子は、大枝王《おほえのみこ》。

景行天皇とヤマトタケルが父子関係にあるということを前提にして右の系譜記事を読むと、景行が「倭建命の曾孫」の「須売伊呂大中日子王」の女《むすめ》カグロヒメと結婚して「大枝王」を生んだ、という不可解な系譜になってしまうことの問題はすでに指摘されているとおりである。そこでこの系譜記事に添って「小碓命、亦の名は、倭男具那命」とヤマトタケル（倭建命）は、本来は別人であったとみれば系譜上の矛盾は氷解することになる。しかし、一方の物語部分では、明らかにヲウスとヤマトヲグナとヤマトタケルは一体の人物として描かれており、系譜と物語の間の齟齬は依然として残ることになる。現在、こうした矛盾を解消する仮説として、原古事記のある段階でヤマトタケルは景行天皇とは無関係に、大王（いわば倭武天皇として）の資格を獲得していたのではないか、という見解がある。(1)景行記の末尾に冒頭の系譜記事に対応するかのような、ヤマトタケルの系譜記事が載せられていて、歴代天皇と同等の扱いとなっているのはその一証といえる。また、景行記の物語には一貫してタケルを天皇と同等の立場で扱う待遇語がみえていて、タケルの死を悼む挽歌が「天皇の大葬歌」と記されている例などはその顕著なものである。こうした古事記の表現を支えているのは、かつてヤマトタケルを大王とみなす伝えが色濃く残っていたからではないか、というのがこの仮説の主旨である。現在、私はこうした見解に特に異論があるわけではないが、出発点としての系譜と物語との間にあるズレ（矛盾）は、ヤマトタケルの悲劇的生涯をあらかじめ示唆するものとして注目しておきたい。

次に問題となるのが、母の出自である。古事記・日本書紀は共通して、ヲウスノミコトの母を、播磨のイナビノオホイラツメとしている。とりわけ古事記はイナビノオホイラツメ（伊那毘大郎女）の父を若建吉備津日子と認定し、ヲウス（ヤマトタケル）の母方の出自を「建《たけ》」の名をもつ吉備地方の豪族としているところが重要である。この点に関連して早くに上田正昭は、ヤマトタケル説話の構成には吉備氏の伝承（家伝）が影響しているのではないか、と指摘している。(2)古事記では、ヤマトタケルの東征に「吉備臣等が祖、名は御鉏友耳建日子」が、そして日本書紀では吉備武彦《たけひこ》がそれぞれ随行したとされるが、私の考えでは、本来キビタケヒコはヤマトタケルの分身であり、キビタケヒコの名は母方の系譜である吉備臣の始祖のタイプ名であった。このような意味では、タケ（建・武）の名を継承するヤマトタケルもまた吉備氏系の一つのタイプ名であったといってよい。その「建」も西征物語の文脈の中では「御子の建く荒き情を惶り」というように、否定的に扱われていることに注意したい。

ところで、この吉備国造と古代王権の間に再三の軋轢があったことは、日本書紀の雄略紀・清寧紀などのよく伝えるところである。たとえば雄略紀七年是歳条によると、雄略天皇は吉備上道臣田狭の妻稚媛《わかひめ》が類いまれなる美貌の持ち主であることを聞き及び、わがものにしようと企んで、田狭を「任那の国司」として新羅に派遣させ、その隙を見計らって稚媛を「女御《みめ》」としてしまう。稚媛はいわゆる「略奪された花嫁」ということになる。これに対して怒った田狭が新羅国と組んでヤマト王権に反旗を翻すという話である。さらに清寧天皇の即位前紀にはこのあとの顚末も語られている。雄略天皇によって田狭との仲を引き裂かれた怨みを忘れない稚媛は、雄略との間に生まれた星川皇子にヤマト王権への反逆をすすめる。母の意思を継いだ星川皇子はついに決起する。さらには星川皇子の叛乱を聞き知った田狭が、星川皇子の救援のために新羅から軍団四十隻を率いて駆けつけるといった逸話までが残されているのである。吉備氏の叛乱はほどなくヤマト朝廷によって鎮圧されるのであるが、日本書紀の伝える吉備一族の義憤と勇敢さはこれを読むものにさわやかな印象を与えるのである。

一方、播磨国風土記に目を転じると、賀古郡条に有名な印南《いなみ》の別嬢《わきいらつめ》のナビツマ伝承がある。景行天皇が、後にヤマトタケルの母となる印南の別嬢（記は針間之伊那毘大郎女の妹とし、紀はイナビノオホイラツメの別名とする）のもとへ求婚の旅に出た際の話である。景行が求婚にやって来たと知った別嬢があわてて海中にある南毘都麻という嶋に逃げ隠れたという伝承である。花嫁が逃げ隠れるという伝承の背後には様々な民俗事例があるのだろうが、私がここで注目したいのは、この逸話と雄略紀におけるワカヒメの「略奪された花嫁」の話との間には響き合うものがあるのではないかということである。播磨国風土記の伝えるところでは、印南の別嬢の母は「吉備比古・吉備比売」のキビヒメで、これはいうまでもなく吉備一族のもう一つのタイプ名である。

こうした説話を総合すると、ヤマトタケルは生まれながらにして、星川皇子のような天皇の御子であると同時に略奪された花嫁（母）のルサンチマンをも背負う、といった両者の間で引き裂かれ、宙吊り状態にあることを強いられた存在であったことがみえてくる。しかし、考えてみればこうした運命は何も古代王権と吉備一族との固有の問題であったわけではなく、ヤマト朝廷と諸豪族間で戦われた征服戦争の後日譚としてみれば、むしろどこにでも見出せるありふれた古代史の一コマに過ぎないかもしれない。王権側からみれば、征服後に地方豪族の娘を娶ることはその地の祭政権を平和裡に奪うことであり、一方、敗者の側からすれば服属儀礼として采女の貢上は、諸豪族がそれを通してこれまた平和裡に皇室系譜に介入する契機になりうるという関係にある。吉備国造の叛乱伝承は、こうした王権と地方豪族の普遍的なかかわりを集約して示すものであった。

このようにみると、古事記はどこかでこうした王権と豪族との葛藤の歴史、すなわち征服された者が征服側の代行者になる、といったアイデンティティ喪失の悲劇のヒーローの物語を、「歌によるヤマトタケル」(3)（居駒永幸）の鎮魂の物語として語るべく要請されていた書ともいえる。たとえばそれが皇族将軍ヤマトタケルの悲劇の物語という形式をとったとしても、そこにはそれなりの必然性があったというべきである。

二

古事記・ヤマトタケルの東征物語（景行記）は、姨のヤマトヒメへ向けた次のような嘆きの言葉で始まる。

「天皇、すでに吾を死ねと思ほす所以《ゆゑ》にか、何とかも西の方の悪しき人等《ひとども》を撃ちに遣《つか》はして、返り参ゐ上《のぼ》り来し間に、未だ幾ばくの時を経ぬに、軍衆《いくさども》を賜はずして、今更に東《ひむかし》の方《かた》の十二《とをあまりふたつ》の道の悪《あ》しき人等を平らげに遣はすらむ。これによりて思惟《おも》ふに、なほ吾《あれ》をすでに死ねと思ほし看《め》すぞ」と、患《うれ》へ泣きて罷《まか》りし時に、……

ヤマトタケルが過剰な力（建《たけ》・武《たけ》）の持ち主であることは、兄のオホウスを「待ち捕らへつかみて、その枝を引き闕《か》きて、薦《こも》に裹《つつ》みて投げ棄て」たことや、クマソタケルを熟した瓜を切り裂くようにして殺した、といった行為に遺憾なく発揮されているが、ここではその過剰性ゆえに景行天皇から疎まれていることが自覚されていて哀れを誘う。

はじめに触れたように、ヤマトタケルの東征物語の特徴は「東の方の十二の道の荒ぶる神、またまつろはぬ人等を言向《ことむ》け和平《やは》せ」という勅命とともに幕が開いていることである。後に詳しく述べるように、ここにいう「道」とは通説にいうような「道路」という意味でも「国」という意味でもないことに注意したい。

「東方十二道」の初出は崇神天皇記にみえている。したがって、景行記のそれは崇神記の反復という側面がある。

この御世に、大毘古命《おほびこのみこと》は、高志道《こしのみち》に遣《つかは》し、その子建沼河別命《たけぬなかわわけのみこと》は、東の方の十二の道に遣して、そのまつろはぬ人等を和し平げしめき。……故、大毘古命、高志国に罷り往きし時に、……

崇神天皇の勅命によって、オホビコが北陸地方を、タケヌナカハワケが東海地方をそれぞれ平定したことが語られているのだが、「高志国」や「東国」が平定以前には「道」と表記されていることに注意したい。この「道」は、孝霊天皇記の吉備地方平定のくだりでは次のように表現されている。

大倭根子日子国玖琉命《おほやまとねこひこくにくるのみこと》は、天の下を治めき。大吉備津日子命と若建吉備津日子命との二柱は、相副《あひそ》ひて、針間の氷河之前《ひかはのさき》に忌瓮《いはひへ》を居《す》ゑて、針間を道の口として、吉備国を言向け和しき。

孝霊記においても崇神記同様に、吉備地方の平定を「針間の道」から「吉備国」へというプロセスの中で語っている。とりわけ「針間を道の口として」「忌瓮を居ゑて」吉備の土地の神を祀っている点が重要である。なぜなら、道は本来的に異郷の者が通過する際には祭祀が要求されるものであるからだ。一方、共同体の内部からみれば、道は外部から邪霊が侵入して恐るべき災厄をもたらす経路に当たっている。したがって、「道」（衢＝道俣）においてそれを阻止する祭祀を求めるのは当然といえる。

このような意味でいえば、道には「防御」（防塞）の概念が備わっている。たとえば、古事記・葦原中つ国平定神話には次のようなくだりがある。

思金神と諸の神と白しく、「天の安の河上の天の石屋に坐す、名は伊都之尾羽張神《いつのをはばりのかみ》、これ、遣すべし。もし亦、この神に非ずは、その神の子、建御雷之男神《たけみかづちのをのかみ》、これ遣すべし。また、その天尾羽張神は、逆《さかし》まに天の安の河の水を塞《せ》き上げて、道を塞ぎ居るが故に、他《あたし》の神は、行くこと得じ。……

ここではイツノヲハバリノ神が刀剣神として「道」を防御していて、いかなる神といえども立ち入ることができないと語られている。これは共同体の内部からみた表現であるが、異郷へと侵入する側の視点からみれば、全く逆になる。日本書紀では、西征を終えたヤマトタケルは熊襲国を平定した様子を景行天皇に次のように報告している。

臣《やつかれ》、天皇の神霊《みたまのふゆ》を頼《かが》ふりて、兵《いくさ》を一たび挙げて、頓《ひたぶる》に熊襲の魁帥者《ひとごのかみ》を誅《ころ》し、悉くにその国を平《ことむ》けつ。是を以ちて、西洲《にしのくに》すでに謐《しづま》り、百姓《おほみたから》事無し。唯《ただ》し吉備の穴済《あなのわたり》の神と難波の柏済《かしはのわたり》の神のみ、皆害《そこな》ふ心有りて、毒気を放ちて路人《みちゆきひと》を苦しびしめ、並に禍害《わざわひ》の藪《くら》となれり。故、悉にその悪神《あしきかみ》を殺し、並に水陸《みづくが》の径《みち》を開けり。 （景行紀二十八年二月）

ここでのヤマトタケルは「水陸の径《みち》」の交通を妨害する悪しき「済《わたり》の神」を勇ましく撃退したと宣言しているのだ。「済《わたり》の神」とは、いうまでもなく舟の渡し場の神で、ワタリは異郷との境界地に当たっている。ワタリ（渡）は、そこを通過する者に祭祀を要求する聖なる領域である。

さらに日本書紀を参照すると、東征の場面でも景行天皇はヤマトタケルに次のように命じている。

朕聞く、その東夷《あづまのゐみし》は、識性《しきせい》暴強《こは》く、凌犯《りようはん》を宗《むね》となす……。亦、山に邪神《あしきかみ》有り、郊《の》に姦鬼《かだましきもの》有り。衢《ちまた》に遮《さへぎ》り、径《みち》を塞《ふさ》ぎ、多に人を苦しびしむ……。故、往古《いにしへ》より以来《このかた》王化《おもむけ》に染《したが》はず……。即ち言を巧みて暴神《あらぶるかみ》を調《ととの》へ、武《たけき》を振ひて姦鬼を攘《はら》へ、とのたまふ。 （景行紀四十年七月）

「道」（径・衢）に関して、それを「邪神」や「姦鬼」が「衢《ちまた》に遮り、径《みち》を塞ぎ、多に人を苦しびしむ」と表現するのは、明らかに異郷の道の神を敵視する王権側の論理である。逆に共同体内の論理からすれば、たといそれが閉鎖的であると批判されようとも、外からの侵入者に対しては「衢《ちまた》に遮り、径《みち》を塞」ぐ防御処置をとらなければならない。それを「悪神」（景行紀二十八年二月）とか「邪神」（景行紀四十年七月）とみなすのはあくまでも王権側の論理である。

右にみた景行紀の東征条は『漢書』『後漢書』『礼記』『文選』といった漢籍からの引用を駆使した表現となっているが、一方、これに対応する部分を古事記・景行記から引用すると次のごとくである。

天皇、亦、頻《しき》りに倭建命に詔《のりたま》はく、「東の方の十二の道の荒ぶる神とまつろはぬ人等《ひとども》を言《こと》向け和し平げよ」とのりたまひて、……

記・紀の表現を比較すると、古事記独特の「東の方の十二の道の荒ぶる神とまつろはぬ人等とを言向け和し平げよ」は、明らかに日本書紀の「東夷也、識性暴強、凌犯為宗。……巧言而調暴神、振武以攘姦鬼」という漢文表現を翻案したものだということがわかる。しかし、くり返し指摘するように「道の荒ぶる神を言向ける」というのは、王権の論理である。共同体の内と外のどちらか一方に拠らないニュートラルな立場からみれば、本来、道の神の祭祀は「言《こと》向け」という政治的次元における支配する／支配される論理ではなく、むしろ「手《た》向け」という宗教的次元のものであった。ここではその本質をワタリ（渡）の神についてみてみよう。

弟橘比売命《おとたちばなひめのみこと》がヤマトタケルの身代わりとなって走水海から入水する場面は、古事記・東征物語のクライマックスの一つである。誰に請われたわけでもなく自ら進んで夫ヤマトタケルへの愛に生きるために死を選んだオトタチバナヒメの自己犠牲は、これを読むものに深い感銘を与えずにおかない。ここではこうした感動的な場面を生む背景となるものに目を向けてみたい。

まず、古事記はこの場面を次のごとく描いている。

そこより入り幸《いでま》して、走水海《はしりみづのうみ》を渡りし時に、その渡りの神、浪を興《おこ》し、船を廻《めぐら》せば、進み渡ること得ず。しかして、その后、名は弟橘比売命《おとたちばなひめのみこと》、白《まを》ししく、「妾《あれ》、御子に易《かは》りて、海の中に入らむ。御子は、遣《つかは》さえし政《まつりごと》を遂《と》げ、覆奏《かへりことまを》すべし」とまをしき。海に入らむとする時に、菅畳《すがたたみ》八重《やへ》・皮畳八重・絁《きぬ》畳八重を以て、波の上に敷きて、その上に下《お》り坐《ま》しき。ここに、その暴浪《あらなみ》、自ら伏《な》ぎて、御船《みふね》、進むことを得たり。しかくして、その后《きさき》の歌ひて曰はく、

さねさし　相模《さがむ》の小野に　燃ゆる火の　火中《ほなか》に立ちて　問ひし君はも

故《かれ》、七日《なぬか》の後《のち》に、その后の御櫛《みくし》、海辺《うみへ》に依りき。乃ちその櫛を取り、御陵《みはか》を作りて、治《をさ》め置きき。

一般にこの場面は、オトタチバナヒメが「渡りの神」の怒りを鎮めるために「御子に易り」、人身御供となって入水し、海神の妻の資格で海水をなだめる呪術的な力を行使したものだ、と説明されている。こうした解釈の背後には、古代人は呪術によって自然界（海神の怒り）を操作してきた、という判断がある。しかし、古代人の呪術に関するわれわれの側のこうした認識には誤りがあるのではないか。今村仁司が「供犠」について次のように述べているのが参考になる。

供犠は霊性のヴェールを破り、霊性の効力を中断して、霊性に包まれた自然的世界を事物的な世界として開示する。供犠とは、霊性的世界を宙づりにして、生きている自然としての世界を「生命のない、アニマのない」世界、つまり物体的世界にする。供犠は、霊的世界から「霊を抜く」。供犠は脱霊化である。それをアニマ的世界の「事物化」と定義する。

霊的世界の破壊としての脱霊化を具体的に実行するのが、儀礼的な殺害である。アニマを抜くことが肝心

であるから、犠牲にされるものは「生きている存在」でなくてはならない。それは人間であり、動物である。供犠動物の「身体」の破壊は、本来アニマをもつ身体（霊的身体）を脱霊化し、そうすることによって事物化することである。(4)

今村がここでいっていることは、人が呪術を施すのは儀式や呪文によって自然界（人事を含む）を支配しようとすることではない、ということである。そうではなく、古代的世界ではすべてのものが霊に覆われている（アニミズム）ので、人が日常的にかかわる場合は、一旦その霊の働きを中断して、事物的な世界への転換をはからなければならない、その手続きが「供犠」だ、といっているのである。この見解は実は特に目新しいものではない。なぜなら『礼記』「祭統」に「斉《さい》の言たる斉《さい》なり。斉《ひと》しからざるを斉《ひと》しくし、以て斉《ととの》ふるを致すものなり」（「斉之為言也、斉不斉以致斉者也」）といっていて、すでに神聖観念に関する核心に触れられているからである。そこでこれを現代的に解釈し直して、わかりやすく説明したものが今村論ということになる。なお、「斉」とは物忌みのことであるから、かつて本居宣長が『古事記伝』の中で「忌むと斎《いは》ふはもと同原」と言及したことにも関連する。

供犠によって「霊性を事物化する」とはすなわち「斉《ひと》しからざるを斉《ひと》しくする」ということであり、これによって供犠に「霊性の効力」を一時的に封印する力が備わっていることが示される。オトタチバナヒメが人身御供（供犠）として入水することで「渡りの神」の効力が一時的に封印された結果、ヤマトタケルは「事物化された世界」と切り結ぶことが可能になり「暴浪、自ら伏ぎて、御船、進むことを得たり」という結果を引き出すことに成功するのだ。

それではなぜオトタチバナヒメには「渡りの神」の「霊性の効力を中断」させる力が備わっていたのか、それが次の問題である。この謎を解明するためには、人類学者M・モースの『贈与論』が展開する、古代（未開）的社会のあらゆるシステムに存在する互酬交換としての「贈与」の原理を参考にする必要がある。[5]モースによれば、アルカイックな社会では、社会のシステムを円滑に機能させるために、言い換えれば支配と被支配といった階級観念の生まれる芽を摘むためのシステムとして、食物、財産、女性、土地、奉仕、儀礼、歌など、さまざまなものを贈与し、返礼する互酬のシステム、すなわち贈与と返礼からなる循環システムを導入した。これによって社会は恒常的に友好的な関係を維持することができると考えられたのだ。ここで重要なことは贈与された「もの」には、人であれ物であれ、そこにニュージーランド先住民マウリ族のいう「ハウ」と呼ばれる呪力が備わっていて、この「ハウ」（災厄）は贈与された後も持ち主のところへ戻りたがる性質があるとされていることだ。贈られたのは「使用権」で「所有権」ではなかったからだ（M・ゴドリエ『贈与の謎』）。したがって贈与された者は災厄に見舞われたくないからこれを送り返す、すなわち返礼の義務を負うことになる。贈与された状態のままでいることは負債の負い目をもち続けるということで、返礼しない限り事物化（脱霊化）された状態にとどまってしまうのだ。アニミズム的な世界観の支配する社会では、それは生死にかかわることなので、誰もがその状態を解消しようとする。その結果として、贈与と返礼の友好的で円滑な社会が実現するというわけである。

オトタチバナヒメの「渡りの神」への人身御供という「贈与」は、海神の「霊性の効力を」一時的に封印し、「暴浪、自ら伏ぎて、御船、進むことを得たり」という「返礼」（交換）を引き出したのである。オトタチバナヒメの入水から「七日の後に、その后の御櫛、海辺に依りき。乃ちその櫛を取り、御陵を作りて、治め置きき」とあるのは、贈与物に付随する「ハウ」（精霊）は、贈与された後も持ち主のところへ戻りたがるという性質に符合するものだ。愛のために死を選んだオトタチバナヒメの「霊魂」は、文字通りヤマトタケルのもとへと帰還したのである。

従来、オトタチバナヒメ説話の研究史は、人身御供という劇的な場面ばかりが注目されてきた。しかし、この話の核心はヒメの櫛（魂）がヤマトタケルの許に戻ってきたところにある。この見解は『贈与論』や『贈与の謎』の方法を導入することで初めて明らかになる。

なお、古事記が「さねさし相模の小野に……」をはじめとして十五首もの歌を載せて「歌によるヤマトタケル物語」として構成されているのは、「道」という境界領域の通過には歌が不可欠であった、ということを示すものであろう。したがって、贈与交換としての歌を伴う道の祭祀は本来「言向け」といった一方向に服させる非対称な対象ではなく、「手向《た》け」という対等な宗教的次元の水準にあるものであった。にもかかわらず、古事記の表現では「東の方の十二の道の荒ぶる神とまつろはぬ人等とを言向け和し平げよ」となっていることが、次なる課題ということになる。

三

律令国家における国家的な規模での「道」の祭祀は、延喜式・祝詞の「道饗祭」として記録されているが、ここで執行された邪霊撃退の祭祀は、「京城四隅」つまり都城に通じる経路（道）を遮る祭りであった。しかるに「東の方の十二の道の荒ぶる神」の祭祀は、辺境の地における王化に浴《おもむけ》さない反秩序に対するものとなっていて、ここに「手向《た》け」（祭祀）から「言向《こと》け」（政治）への転換を読みとることができる。

古事記は、古代律令国家の形成を支えるイデオロギーとして神の系譜に連なる王の物語をもったが、これはいわば国内共同体の共同幻想の範疇を出ないという限界があったので、併せて外部に照らして自己確証できるものが必要とされた。そこで導入されたものが中華帝国の採用する華夷秩序であった。宮都の中心には天子が君臨する一方、それに対応する辺境の地には未だ王化に従わない夷狄（野蛮人）が存在する。中華帝国の描く世界像では王化の外に東夷・南蛮・西戎・北狄を配するが、その具体的条件を欠く日本の古代王権では、それを東夷と西戎に集約して語っているのであった。天皇王権という中心定位のためには辺境の地の確定が求められたというわけである。古事記・景行記に描かれた西と東の平定物語の立役者ヤマトタケルこそ、この使命を担うヒーローに他ならない。

「東の方の十二の道」については、新潮日本古典集成『古事記』が本居宣長『古事記伝』の見解に従って、東海道十二国の伊勢・尾張・参河・遠江・駿河・甲斐・伊豆・相模・武蔵・総・常陸・陸奥を指すとするが、辻憲男は伊勢・尾張・参河を除外し、遠江・駿河・甲斐・相模・武蔵・上総・下総・常陸・陸奥と東山道の信濃・上野・下野を加えるのがよいと反論している。(6) そもそもこのような対立が生じるのは、古代の東国が伸びたり縮んだり移動したりする伸縮自在な「心象地理」的空間であることに由来する（本書第三部「表象としての東歌(一)・(二)」）。したがって「具体的な国名はあまり問題ではない」（新編日本古典文学全集『古事記』）といった見解も生まれることになる。

しかし、ここで問題としたいのは、本来「十二道」は「十二国」の意ではないということである。従来は「道、国也」（『広雅』釈詁）とあるのに基づいて「都を中心とする交通路を前提として、それに沿った地方をいう」（新編日本古典文学全集『古事記』）というように、「十二道」は東国地方の「十二国」と解釈されてきた。

「十二道」が用いられる文脈をみると、いずれも「まつろはぬ人等」（崇神記）、「荒ぶる神とまつろはぬ人等」（景行記）、「悪しき人等」（景行記）といった未だ秩序化されていない地域を表わす文脈の中に用いられる語であることがわかる。すなわち、ここにいう「道」とは、「道路」や「国」の意ではなく、征討すべき反秩序（混沌）を表象する空間なのだ。日本書紀・崇神紀十年四月条に、「四道将軍」を「戎夷」のいる地域に派遣したとあるのはまさにこのことを指し示している。「四道将軍」とは通説のような、北陸・東海・丹波・吉備の四「国」に派遣された皇族将軍という意味ではないことになる。早くに丸茂武重が指摘し、これを踏まえて多田一臣が展開していた（「ヤマトタケルの東征」）ように、蛮夷の地がヤマト王権に平定されることによって「道」から「国」へと転化するのだ。(7)

前に引用した崇神記に「この御世に、大毘古命は、高志道に遣し、その子建沼河別命は、東の方の十二の道に遣して、そのまつろはぬ人等を和し平げしめき。……故、大毘古命、高志国に罷り往きし時に」とあるように、言《こと》向け以前の「高志道」が、言向けの後に「高志国」と表記されているのがその証拠である。

「道」を「戎夷」の空間と規定するのは、前述のように古代中華帝国の華夷思想によるものである。皇帝の領有する「天下」観念を基調に成り立つ漢王朝では、中心をなす首都の「四方」に東夷・南蛮・西戎・北狄といった野蛮な地域の存在することが不可欠の前提とされていた。漢王朝では「天下」の領域を「凡郡国一百三、県邑千三百十四、道三十二、侯国二百四十一」（『漢書』巻二十八・地理志下）に分け、そのうち夷狄の雑居する県を「道」と称していた。同じく『漢書』巻十九・百官公卿表には「列侯所食曰国、皇太后皇后公主所食曰邑、有蛮夷曰道」とあって、列侯の支配する県を「国」といい、「蛮夷」の居住する県邑を特に「道」と称して区別していた。このように、天子の統治する文明圏の周囲に「言《こと》向け」ならぬ王化《おもむけ》の対象としての藩国や夷狄社会を従えて多元的に成り立つのが漢王朝の「帝国」たるゆえんであった。つまり漢王朝の中心定位には辺境の「道」が不可欠の構成要素だったのである。

興味深いのは、古代日本のような小帝国（小中華）意識をもたない韓半島の歴史観であって、独自の「天下」観念や「律令」をもたないがゆえに、中華王朝の中心に対する「辺境」（藩国）の意識を手放そうとしていない。韓半島全土を意味する「朝鮮《コリア》八道」（京畿道・忠清道・慶尚道・全羅道・江原道・平安道・黄海道・咸鏡道）はむろん日本の東海道や東山道と同じでない。
対して、日本の明治政府が一八六九年にそれまでの蝦夷地を改称して「北海道」と命名したのは、律令国家時代の小中華意識を反復したものである。

おわりに

ここまで、古代祭祀としての「手向《た》け」の「道」が、「言向《こと》け」（王化《オモムケ》）という政治的な観念を反映する「道」へと転換し、そのプロセスに古事記・ヤマトタケル物語の成り立つ契機があることをみてきた。この「東方十二道」のかかえた矛盾や対立は、やがて天武朝以降の「律令七道制」へと収斂されていくのであった。

注

（1）吉井巌『ヤマトタケル』（学生社、一九七七年）、西條勉『古事記と王家の系譜学』（笠間書院、二〇〇五年）、三浦佑之『古事記を読みなおす』（ちくま新書、二〇一〇年）など。
（2）上田正昭『日本武尊』（吉川弘文館、一九六〇年）。
（3）居駒永幸「歌による物語の生成」（『古代の歌と叙事文芸史』笠間書院、二〇〇三年）。
（4）今村仁司『交易する人間』（講談社選書メチエ、二〇〇〇年）。
（5）M・モース『贈与論』吉田禎吾・江川純一訳（ちくま学芸文庫、二〇〇九年）。
（6）辻憲男「『古事記』の「東方十二道」とは何か」（『親和国文』第四〇号、二〇〇五年十二月）。
（7）丸茂武重『古代の道と国』（六興出版、一九八六年）、多田一臣「「記紀」に見るヤマトタケルの東征」（『国文学　解釈と鑑賞』二〇〇二年十一月号。後に『古代文学の世界像』岩波書店、二〇一三年に所収）。

第八章　丹後国風土記逸文「水江浦嶼子説話」をめぐって——神話的アレゴリーの墜落——

学生時代に万葉集の講義の中で、浦島太郎はなぜ愚か者といわれるのかという課題が出されたことがある。万葉歌人の高橋虫麻呂が浦島伝説を素材とした長歌を詠む中で、浦島のことを愚か者と評しているからである。それ以来今日に至るまで、うまい答えが見つからないままどこか頭の片隅では気になっていた。ようやく最近になって、今までいろいろ考えてきたことと浦島伝説の問題が焦点を結ぶようになった。

古風土記に浦島伝説が載って以来、古代・中世・近世・近現代とくり返し手を替え品を替えながらこの話は書き継がれ語り継がれてきた。ちょうど、自分の姿が気になるとき鏡に映して見るように、日本人は時代の節目ごとに浦島の姿を鏡の中に映し出してきた。このような意味でいえば、浦島伝説の深層を探ることは日本人の自画像を描くことでもあるようだ。その出発点に立つのが丹後国風土記・逸文の浦島伝説である。

一

今年（二〇一三）は、『続日本紀』和銅六年（七一三）の記事に基づけば、いわゆる「風土記撰進の官命」が出て千三百年の節目にあたる。

そこでここでは、はじめに「畿内と七道との諸国の郡・郷の名は、好き字を着けしむ。その郡の内に生れる銀・銅・彩色・草・木・禽・獣・魚・虫等の物は、具に色目を録し、及、土地の沃瘠、山川原野の名号の所由、また古老の相伝ふる旧聞・異事は、史籍に載して言上せしむ」（『続日本紀』巻六・元明天皇・和銅六年五月二日）という太政官命が出されるに至る歴史的背景を俯瞰し、あわせてその文学史的な意義についても簡単に触れてみたい。

冒頭に掲げられた「畿内と七道（諸国）」とは、いうまでもなくヤマト朝廷における律令支配の及ぶ全領域を視野に収めた表現であるが、それを特に「道」の語を用いて規定するにはそれなりの理由がある。「七道」そのものは、平城京から各国の国府に連絡する東海、東山、北陸、山陰、山陽、南海、西海七道の交通路を指し、主として地方徴税システムの効率化と常備軍の円滑な運用といった観点から、急速に整備・拡大されたもので、中央集権的律令制国家を支える重要な役割をになっていた。

この「七道制」は、天武朝後半の安定期から東海道、東山道を中心に制度化が進められたが、そこにまつわりつく「道」の語にはその前史ともいうべき来歴がある。すなわち、大化前代のヤマト朝廷は、中華帝国が採用する華夷秩序に倣って、宮都（畿内）の中心には天子が君臨し、その周縁の「道」には王化に浴さない夷狄が存在するという世界像を描いていた。こうした世界観の一翼をになった「道」は、「有蛮夷曰道」（「蛮夷あるを道といふ」『漢書』巻十九・百官公卿表）という表現に端的に示されているように、宮都の中心から同心円状に広がる周縁地域に住む人びとを文化果つる野蛮な存在とみなしていた。古事記・中巻のヤマトタケル「東征説話」の中に定位された独特の表現「東の方の十二の道の荒ぶる神とまつろはぬ人等とを言向け和し平げよ」の「道」とは、こうした世界観に支えられた表現であった(1)。

律令制国家が、大化前代の「有蛮夷曰道」という華夷秩序観から脱却し「律令七道制」へと移行するためには、その間にいわば世界観（パラダイム）の転換が必要とされた。このパラダイムの転換はどのように促されたか、一例として小帝国（ヤマト朝廷）内の「東夷」に位置づけられていた常陸国風土記・総記を見てみよう。

国郡の旧事《ふるごと》を問ふに、古老の答へて曰はく、古は、相模の国足柄の岳坂《やまさか》より以東の諸の県《あがた》は、惣べて我姫《あづま》の国と称ひき。是の当時、常陸と言はず。……その後、難波の長柄の豊前の大宮に臨軒《あめのしたしろ》しめしし天皇の世に至りて、……時に、我姫の道、分けて八つの国と為し、常陸の国は、その一つに居《す》ゑたまふ。……或るひと曰へらく、倭武《やまとたける》の天皇、東《あづま》の夷《えみし》の国を巡り狩《みそな》はして、新たに井を掘らしめしに、……

（新編日本古典文学全集『風土記』以下同じ）

右の断片的な引用からだけでも読み取れることは、そもそも「倭武天皇」が東国巡行の際、そこは「東《あづま》の夷《えみし》の国」と呼ばれる地域であったこと、またアヅマが「八つの国」に分けられる以前は「我姫の道」と称されていたこと、かつ「相模の国足柄の岳坂より以東」がすべて「アヅマ」の範囲を指していたということなどである。これらを要約すると「総記」は、かつての「東夷の道」から「東《あづま》の国」への転換が果たされたということをいおうとしているのだが、この記述の裏には以下のような重要な事柄が潜んでいた。すなわち、東国の範囲の中から「坂東」という「中間領域」が設定されることで、それによって初めてエミシ世界とアヅマ世界とが明確に分離されるようになったということである。[2] この「中間領域」（「坂東」）という観念が成立すると、東海道足柄峠・東山道碓日峠以東の「道」は、未だ王化に浴さない不気味な地域（東夷）であることを止め、律令国家へ親和する可視的なトポス（領域）へと変貌を遂げることが可能になったのだ。また同じことであるが、それに連動して「道、国也」（『広雅』釈詁）という解釈がスムーズに受け入れられるようにもなった。

右に見た「坂東」概念を一例として、こうした「中間領域」が成立すると、宮都（畿内＝中央貴族）の人びとに植え付けられていた周縁世界に対する脅威の感情は緩和され、重圧から解放されるようになる。「郡の内に生れる銀・銅・彩色・草・木・禽・獣・魚・虫等の物は、具に色目を録し、及、土地の沃瘠、山川原野の名号の所由、また古老の相伝ふる旧聞・異事は、史籍に載して言上せしむ」という「風土記のカタログ化」が意味をもちうるのは、こうした中央ヤマトへ親和する価値が前面に押し出された結果といえる（対して、エミシやハヤトの文化が異文化として制度的に排除されたのもまたこの結果である）。風土記を一つの文学空間として対象化しようとするのであれば、風土記がかかえるこうした「心象地理」的側面にも留意する必要がある。

二

「有蛮夷曰道」から「律令七道制」へとパラダイムの転換が果たされたことで、中央から隔たった地域の生活・文化への関心が促進されることになる。この機運に乗じて「畿内」と「七道諸国（郡・郷）」との連係、すなわち中央集権的律令国家の官僚機構と地域秩序とをどのように有機的に結びつけるかが模索され構想された。そこに和銅六年（七一三）五月、風土記・撰進官命の一義的な狙いがあった、といえる。

こうした「国・郡・郷空間」（地誌）の創出は、むろん、後の「延喜式国郡図」（巻二十二）がそうであったように、中央政府の主導する上からの秩序化構想であり、あらかじめそれに対応するような行政単位が在地共同体の中に存在していたわけではない。したがって、これを上から一方的に「一望監視」（パノラマ化）するだけではすぐに形骸化してしまうおそれがある。ここで鍵を握るのは中央政府と地方の間を媒介する、いわば「中間領域」の担い手としての国司・郡司・郷《さと》（里）長《をさ》の動向である。風土記・撰進の官命は、国司・郡司・郷長といったローカル・エリートが、全国一斉（畿内七道諸国郡郷）の競合関係の中に投げ入れられたことを意味する。彼らは地誌の中央への報告を通して、「国・郡・郷空間」を組織化し、そうすることで自らを律令制国家を下支えする存在とみなしたのであった。

たとえば、兼岡理恵は、「『風土記』の世界――地方へのまなざし」と題する論の中で、「豊後国風土記」速見郡・柚富《ゆふ》郷の記事「柚富の郷。この郷の中に、栲の樹多に生ふ。常に栲の皮を取りて、木綿を造る。因りて柚富の郷と曰ふ」を引用して、次のように指摘している。

> ここで「常に栲の皮を取りて」とある点に注意したい。何気ない一節であるが、先述したように麻は刈り入れ時期が夏であるのに対し、樹木である栲を利用する木綿は、採取時期が麻と比較して限定されない。「常に」という表現には、この記事を記した者の観察眼が示されているといえよう。[3]

右の兼岡の指摘の尻馬に乗っていうと、「常に」という一語の中には、私こそが豊後国（速見郡・柚富郷）の地にあって天下国家を下から支えている存在だ、といったローカル・エリートの自負の念を読みとることができよう。

かかる地誌の編纂は、「其郡内所生、銀銅彩色草木禽獣魚虫等物、具録色目、及土地沃塉、山川原野名号所由、又古老相伝旧聞異事、載于史籍言上」とあるように、その土地に深く根ざした報告でなければならないが、一方「畿内七道諸国郡郷名、着好字」とあるように、各地の地名は東アジア文化圏のグローバル・スタンダードにふさわしい漢字二字でなければならないとも命じている。これは今日の感覚でいえば、歴史的な由緒を負う地名をいきなり英語に直せといった暴力的なニュアンスがある。要するに風土記の官命には、その当初より二律背反的志向がはらまれているのだ。

最近、北川和秀が論じた「郡郷里名二字表記化の方法について」は、律令制国家が強いるこうした二律背反的な要請の実態をあぶり出したものである。(4) この論は、好字二字化の官命に基づいて、一字もしくは三字表記の地名の訓みが、どのような方法で二字表記化されたのかを具体的にたどったもので、そこでは、たとえば、若狭国遠敷郡の「青郷」(平城宮木簡)が「安遠里」(長屋王木簡)へ、参河国の「鴨評」(石神遺跡)が「賀茂郡」(平城宮木簡)へ、出雲国杵築郡の「支豆支里」(藤原宮木簡)が「杵築郡」(出雲国大税賑給歴名帳)へ、というように二字化される様態が、分類整理され一覧できるようになっている。北川の指摘するところによれば、好字二字の組み合わせ条件を満たすために、意識的に文字が選定され、その結果「非二字表記の訓みと二字化された表記との間に大きな懸隔のあるものも見受けられる」という。

風土記の作者(筆録者)たちは、かかる二律背反的な要請に対して中華帝国の最先端にある四六駢儷体の漢文を駆使することで応対した。その意味でいえば、彼ら(国司)はローカル・エリートというよりもむしろ東アジア文化圏と地方(地誌)の間を媒介するグローカル・エリートというのがふさわしいかもしれない。次にみる、丹後国風土記「水江浦嶼子説話《みづのえのうらのしまこ》」の原作者と目される伊預部馬養《いよべのうまかひ》は、八世紀初頭の日本を代表する文人政治家でもあった。

三

丹後国風土記逸文に「水江浦嶼子説話」と「比治真奈井奈具社説話」の二編が載ることは、古代日本文学史におけるパラダイムの転換という観点からきわめて興味深いものがあるが、ここでは「浦嶼子説話」に則してその一端を論じてみたい。

この説話は冒頭に、

与謝の郡。日置の里。この里に筒川《つつかは》の村あり。ここの人夫《おほみたから》、日下部《くさかべ》の首《おびと》らが先祖、名を筒川の嶼子《しまこ》と云ふひとあり。為人《ひととなり》、姿容《かたち》秀《すぐ》れ風流《みやび》なること類なし。斯れ、所謂《いはゆる》水江浦嶼子といふ者なり。是、旧宰《もとつみこともち》、伊《い》預部《よべ》の馬養《うまかひ》の連《むらじ》の記せるに相乖《そむ》くことなし。故《かれ》、所由《ゆゑよし》の旨を略陳《の》べむとす。（風土記）

という断り書きがあり、つづいて「本文」、さらに歌謡で結ばれるという構成をもっている。したがって全体としては、冒頭部を「前書き」とし、以下の散文部を「本文」、結末の歌謡を風土記・編纂時の「補入」というように、三つに分けて考えることができる。

「前書き」と「本文」を分けるのは、筒川の嶼子を紹介するところで、多田一臣が指摘するように「嶼子の紹介にやや屈折した箇所が見られる」からだ。(5) 始めに「日下部の首らが先祖、名を筒川の嶼子と云ふひとあり」と紹介しておきながら、直後に「斯れ、所謂水江浦嶼子といふ者なり」と紹介し直している。「風土記」撰進の官命には二律背反的な要請があることを指摘したが、この二重の紹介の仕方はそれが露出したケースともいえる。すなわち、始めの「日下部の首らが先祖、名を筒川の嶼子と云ふ」という紹介は、従来の文脈でいえば日下部氏の始祖伝承や始祖神話へと展開するはずのものであるが、ここではそれが「所謂水江浦嶼子といふ者なり」というように引き取られ、いったん氏族伝承への流れが遮断されているのだ。「所謂」というのは「世間一般にいわれている」という意味ではなく、「典拠＝テキストに基づく」の意である。したがってこの「所謂」が指し示すものは、日本書紀・巻十四、雄略天皇二十二年七月条に、丹波国余社《よざ》郡管川《つつかは》の人水江浦嶋子、舟に乗りて釣し、遂に大亀を得たり。便《すなは》ち女《をとめ》に化為《な》る。是に浦嶋子《うらのしまこ》、感《め》でて婦《め》にし、相逐《あひしたが》ひて海に入り、蓬萊山《とこよのくに》に到り、仙衆《ひじりたち》に歴《めぐ》り観《み》る。語《こと》は別巻に在り。

（新編日本古典文学全集『日本書紀2』）

とある「別巻」のことであろう。ここにいう「別巻」とは、通説のように「旧宰、伊預部の馬養の連の記せる」巻、すなわち、丹後国風土記逸文「水江浦嶼子説話」の原作と目される馬養版「浦島子伝」と考えてよい。おそらく馬養版「浦島子伝」は、これこそが後代に書き継がれた様々な「浦島子伝」のオリジナル本と想定されるものだが、丹後国風土記の一編としてまとめられる以前に、一足早く宮廷知識人の間で受容され、またそれだけでなく官吏から話を聞かされた宮廷女官たちの間にもいわばポップな文学として流布し、もて囃されていたものとおぼしい。

始めに「筒川嶼子」という名を喚起しておくのは、それによってこの説話が本来的には、丹後（丹波）国・与謝郡・日置里・筒川村という土地に根ざした「古老相伝旧聞異事」であり、風土記としての要件を満たしていることを告知する必要があったからだ。ところがすぐ後に、こうした具体的な土地からは遊離したタイプ名「水江浦嶼子」を登場させ、「筒川嶼子」のもつ在地性を消去しようとしている。以後「本文」は「嶼子」「水江浦嶼子」というのみで「筒川嶼子」の名は用いられていない。「嶼子」の紹介に屈折が感じられるのは、主人公はその土地（在地伝承）に根ざした存在でなければならず、かつその土地に根ざしていてはいけないという風土記のあり方がそうさせているのである。

丹後国風土記逸文「浦嶼子説話」の「前書き」に「是、旧宰、伊預部の馬養の連の記せるに相乖くことなし。故、所由の旨を略陳べむとす」とあるように、馬養版「浦島子伝」と逸文「浦嶼子説話」とは、大筋において話の内容は一致しているとみることができ、また、それぞれの成立時期についても、馬養の履歴（渡来系か）をたどることで、ある程度推測することが可能である。ここでは多田一臣の要約するところを借りていえば、

馬養は、持統三年（六八九）六月、施基皇子らとともに「撰善言司」の一員に任ぜられた。……文武四年（七〇〇）六月には、『律令』撰定に参画した功により、禄を賜っている。大宝元年（七〇一）八月、『律令』完成に際しても、重ねて禄を賜っている。しかし、同三年（七〇三）二月の『律令』撰定の功に対して「田六町、封百戸」がその息男に与えられているところから判断すると、それ以前に没していたことになる。『懐風藻』に従駕応詔の五言一首を残しているが、そこには「皇太子学士従五位下」とあり、皇太子（軽皇子）の教育係をつとめていたことが記されている。馬養の学識が高く評価されていたことがわかる。馬養が丹波国の国司であった時期は不明だが「撰善言司」を辞してからの可能性が高い。(6)

ということになる。以上の履歴から推すと伊預部馬養が「浦島子伝」を書いたのは、六八九年〜七〇〇年の間の数年を丹波国の国司として過ごしていた時期か、その帰任直後とみるのが蓋然性としては高い。

一方、これを取り込んだ丹後国風土記の成立は、「与謝の郡。日置の里。この里に筒川の村あり」とあるのによれば、行政区画名として「国・郡・里」制を採用しており、出雲国風土記・総記の伝える「霊亀元年の式に依りて、里を改めて郷となす」の制度変更とを考え合わせると、和銅六年（七一三）から霊亀元年（七一五）の二年間のうちに撰進された、ということになる。私の印象では、逸文「浦嶼子説話」には後述するように、一般に天平文化の指標とされる「風流」の語が使われていて本説話のキーワードとなっているので、成立時期はもう少し降って天平時代に入ってからではないかと考えたいのだが、ここでは通説に従っておく。(7)

四

丹後国風土記逸文「浦嶼子説話」は、すでに指摘されているように『遊仙窟』の影響が顕著である。たとえば、小島憲之は類似表現の用例を指摘したうえで、馬養版「浦島子伝」に『遊仙窟』的な潤色を加えたものが、丹後国風土記逸文「浦嶼子説話」ではないかと結論づけている。(8) そこでここでは、主人公の「嶼子」が遊仙窟的趣味を発散させる「姿容秀美、風流無類」「風流之士」といった語で人物造形されていることの意味について考えてみたい。

まずこの説話は内容的には中国六朝時代から流行している神仙思想に基づいているにもかかわらず、話型としては異郷訪問神話の型を踏まえている。そのことはストーリーの展開が、古事記・日本書紀が伝える神話、ホヲリノ命（ヤマサチビコ）の海神の宮訪問神話を彷彿とさせるところからも明らかである。異郷訪問神話の型を踏まえるのは、この話が本来は日下部氏の祖先にあたる「筒川嶼子」の始祖伝承であったからだろう。曲亭馬琴以来、「浦嶼子説話」は日本の特定の土地に根ざした土着の伝説などではなく、中国から直輸入された神仙小説の翻案とみる見方が根強い。しかし、当初から中国の神仙思想を置かなくても、ちょうど薩摩国阿多郡で隼人族の祖先神話であった海神の宮訪問譚が、隼人の服属を契機として王権神話に取り込まれていったように、ここでは列島の海岸地方のどこにでも普遍的に存在する異郷訪問型の神話・伝承がベースにあったものと考えておきたい。与謝郡・日置里の「筒川嶼子」が日下部氏の始祖とみなされたのは、異郷を訪問し、歓待されて帰国するといった、何らかの霊異体験をもっていたからであろう。丹波国の国司をしていた伊預部馬養はこれに興味を抱いたが、この話をそのまま記録すると日下部氏の氏族伝承に回収されてしまうので、そこに一つの切断線を引いた（それは後述のように、異郷訪問神話のもつ超越性を保証する「禁室モチーフ」にかかわる重要事項である）。その際、利用されたのが当時宮廷で流行していた道教の神仙思想であった。馬養版「浦島子伝」は、話型としては異郷訪問神話に強く規制されながら「馬養の学識にふさわしく神仙趣味の横溢した六朝風な装いをもつ華麗な作品」(9)へと大胆に改作されたものと推測される。そしてこの趣向にさらに『遊仙窟』的な装いを凝らすことで磨きをかけたものが丹後国風土記逸文「浦嶼子説話」であろう。

異郷（他界）を訪問することのできる者が特別に選ばれた存在（スーパーヒーロー）であるのは、異郷訪問神話以来の約束事である。古事記によれば、海神の宮（綿津見神の宮）を訪問したホヲリノ命は「海の神の女豊玉毘売の従婢」から「麗《うるは》しき壮夫《をとこ》」と呼ばれており、また根の堅州国を訪問したオホアナムヂノ神（大穴牟遅神）は「麗しき壮夫」とも「麗しき神」とも形容されていた。いずれも「麗し」の語を以て神話的様式に則った選ばれし者であることが強調されている。しかるに、同じ異郷訪問であっても不老不死の神仙世界たるユートピアを訪れた「嶼子」は、「前書き」部で「人となり、姿容《かたち》秀《すぐ》美れ風流《みやび》なること類なし」と紹介されたあと、「本文」では改めて、

女娘の微咲みて対へて曰はく「風流之士、独り蒼海に汎べり。近く談らはむおもひに勝へず、風雲の就来れり」といふ。

というように「風流之士《みやびを》」と呼ばれ、まるで「風流」な男であることが仙女から選ばれた条件であるかのごとく告げられている。これは「浦嶼子説話」が海神の宮訪問譚という型を踏襲しながら、一方でそれをいかに克服し

て神話的思考への回帰を断つか、を課題としていたということでもある。すなわち、物語の始発において「嶼子」を「風流之士《みやびを》」というふうに人物造形するのは、同じスーパーヒーローであっても、この説話の目指すものが東アジア文化圏《グローバル・スタンダード》において最新流行の神仙思想に根ざす『遊仙窟』的なモチーフであることを示そうとしているのだ。

『遊仙窟』の冒頭部には、主人公が神仙世界の美女十娘に面会するために、自分はいままで天下の美女たちに出会うために幾多の遍歴を重ねてきました、と訴える場面がある。そこには、

贈書曰、余以少娯声色、早慕佳期、歴訪風流、遍遊天下。
（書を贈りて曰く、余以《よおも》んみるに、少《わか》きとき声色《せいしょく》を娯しみ、早く佳期《かき》を慕ひ、風流を歴訪し、遍く天下に遊びき）

とあるように、「歴訪風流」（風流な異郷遍歴＝自由に女にのめり込む旅）なる表現がみえている。この表現は日本書紀・巻十四、雄略天皇二十二年七月条に「到蓬莱山、歴覩仙衆」とあった「歴覩仙衆」に対応していよう。「浦嶼子説話」が仙女（「女娘」＝「亀比売」）との出会いを果たして異郷を遍歴し故郷に戻るまでの過程を「風流な異郷訪問」とみなすのは、従来の神話的アレゴリーとしての「常世＝他界」概念を相対化する役割を果たしている。

周知のように、『遊仙窟』のあらすじは、主人公・張郎（河源道派遣軍総司令部書記官）が「官命によって黄河の上流地方を経過する途中、桃源の仙郷にさしかかり、金銀珠玉をちりばめた豪壮な邸宅に立ち寄り、美女十娘と一夜の歓会を遂げて、別れて行く」（八木沢元『遊仙窟全講』「序説」）というものである。これをみると、主人公・張郎と重ね合わされたかのような「嶼子」を特に「風流之士《みやびを》」の語で表現するのは、『遊仙窟』にみえる

「風流」の用語例が、

勒腰須巧快、捺脚更風流。
（腰を勒《いだ》かば須らく巧みに快かるべし、脚を捺《おさ》へなば更に風流ならん）
雙燕子、可可事風流。
（雙燕子、よくよく風流を事とす）
自隠風流到、人前法用多。
（自ら風流の到れるを隠し、人の前にて法用すること多し）

とあることと密接に関連する。いずれも男女間の性行為に基づく欲情を示唆するもので、いわゆる「好色風流」に特化した語である。したがって、「女娘」が「嶼子」を「風流之士」と呼びかけるのは、「仙都」で「肩を双《なら》べ袖を接《あ》はせ、夫婦の理《まぐはひ》を成」したという官能的表現と相応じているのだ。要するに、ここにいう「風流之士」とは単に「都会風に洗練されたハイセンスな男」というだけではなく、色好みな男の雰囲気を濃厚に漂わせる語であった。

それでは丹後国風土記逸文「浦嶼子説話」をいわゆる恋愛ポルノ小説とみなせるかといえば、そうはいえない。なぜなら『遊仙窟』にみえるような「腰を勒《いだ》かば須らく巧みに快かるべし、脚を捺《おさ》へなば更に風流」といった過激なエロティック表現にまでは踏み込んでいないからだ。すると「浦嶼子説話」の内容が、従来にはない新しいタイプの「風流士《みやびを》の異郷遍歴」（神仙思想）であることを目指すのはなぜか。それはくり返しになるが、もっぱら始祖伝承がかかえる生産（生殖）性や豊穣性の表現、あるいは神婚説話的・異類婚姻譚的・貴種流離譚的性格といった、これまで執拗に反復されてきた神話的回路を断つための仕掛け（「神話」から「説話」への脱皮）にほかならないだろう。

五

とはいえ、すでに内容的には異郷訪問神話の型を脱しているにもかかわらず、表現形式のうえからは、その範疇にとどまろうとする例もある。「垂仁記・紀」にみえるタヂマモリ伝承は神仙思想に基づく異郷訪問でありながら、あくまでもこれを「常世の国」の出来事として語ろうとしている。垂仁天皇が三宅連の始祖タヂマモリ（多遅摩毛理・田道間守）に命じて常世の国にあるという「非時香菓《ときじくかくのみ》」（日本書紀）を取りに行かせたが、タヂマモリがこの木の実を手に入れて現世に戻って来たときには、天皇はすでに死んでいたという話である。この話では長寿が保証される霊妙な果実のことを「登岐士玖能迦玖能木実《ときじくのかくのこのみ》」（記）と称しているが、内容的には不老不死の仙薬に等しく、道教の神仙思想の影響が著しい。日本書紀では「是の常世国は、則ち神仙の秘区にして、俗の臻《いた》らむ所に非ず」と表現して、「常世の国」と神仙郷を同一視している。

タヂマモリ伝承は、中国大陸や韓半島経由で伝来したことが明らかな蓬萊山の思想を、[10] なぜ旧来の神話的な異郷訪問の型にのせて「常世の国」のこととして語ろうとするのであろうか。本来、「トコヨ」のトコは、「国常立尊」（書紀）のトコ同様、しっかりした土台の意から転じて永久不変の意味がある。ヨは、竹の節のヨなど、ひとまとまりの区切りとしての「世」「代」を意味する。古く、律令制国家成立以前の氏族制社会の人びとの観念では、トコヨすなわち永久不変の「世」（楽土）が、水平線の遙か彼方の異境に、現世に幸福をもたらす価値の源泉として存在すると信じられていた。このトコヨは、不老不死の仙人たちの住む蓬萊山の思想と共通する側面があったために、後に意図的に同一視されたきらいがあるが、本来は全く別個の価値体系に属する概念である。ところが逸文「浦嶼子説話」においても、本文で「蓬山（「仙都」「神仙之堺」）に赴《おもむ》かむ」とあったところを、歌謡部分で「常世辺に」と詠み換えていたり、後述の万葉歌（巻九・一七四〇）でも「老いもせず死にも」しない不老不死の神仙世界をあえて「常世」の「海若《わたつみ》の神の宮」と呼び換えるなど、常世と神仙世界とを同一視する表現がみられる。

歌謡や和歌は和文脈として発想するので別格としても、散文体で語られるタヂマモリ伝承をあくまでも「常世の国」の出来事とするのは、それが氏族伝承の範疇に属しているからである。三宅連にとって重要なのは、説話にかかわって一族の奉仕の根源と系譜の連続性とが明示されていることである。その意味でタヂマモリ伝承の由来は一族にとっての重大なエピソードを構成しているのだ。そうであれば、話の内容はどうあれ、それは旧来の異郷訪問神話の様式に則って表現されなければならない。ただ、タヂマモリの祖先が新羅国王の子・天之日矛という渡来系の人物であったために、その外来性もはっきりとしていた。そうであればなおのこと、古くから伝えられる異郷訪問神話の型を踏んだ「常世の国」の始原性が喚起されねばならなかったのではないか。

六

ここまで、逸文「浦嶼子説話」を中心に文学史の表現が、必ずしも一つの方向へ直線的には進まないものであることをみてきたが、たとい古代の一時期に、人びとが神仙思想と「常世の国」の思想とを意図的に同一視してきたにせよ、その間にある断層、伊預部馬養があえて引いた（七世紀と八世紀を分かつとでもいおうか）「一本の切断線」の存在を無視するわけにはいかない、という問題は残るのである。

勝俣隆著『異郷訪問譚・来訪譚の研究』は、異郷訪問譚の要素を含んだあらゆる神話・物語（黄泉国訪問譚、根国訪問譚、常世国訪問譚、綿津見宮訪問譚、浦島伝説、羽衣伝説、竹取物語など）の問題点をさまざまな角度から望みうる最上の徹底さをもって解き明かした快著である。そのうち、本章が問題として取り上げてきた点に限定していうと、勝俣は古事記・日本書紀の神話が描く異郷訪問譚には、以下のような共通の構造があることを指摘している。

この二つの異郷訪問譚の類似は、地上の支配者となるためには、一度、地上の現世を離れて異郷へ赴き、その支配者の娘と結婚し、その異郷の宝物を入手し、その宝物を使い、地上の敵対者を倒すことが必要であるという考え方が一般化していたことが考えられる。従って、火遠理命は、大穴牟遅神同様に綿津見宮という異郷を訪れることで、成長し、一人前の成人として認められ、結婚も出来、地上の王者となることも可能になったと看做すことが出来る。(11)

右の説明は、神話的な異郷訪問譚に関する的確なまとめといえる。他に、重複することを厭わずにつけ加えるとすれば、異郷訪問が主人公に通過儀礼的な試練を与えることで、不完全な存在から完全な存在へと変身させる契機をなしていること、異世界の超越（禁室モチーフ）に触れることで現世の価値のあらゆる源泉を身につけて復帰させることなどであろうか。これが異郷訪問神話に関する包括的な説明である。私は以上のことを神話のもつ「万能」（全能）感の表現と規定したい。

たとえば、古事記の根の堅州国訪問などを含む出雲国神話に登場するオホアナムヂノ神は、八十神の奸計によって火攻め、木攻めの難にあい幾度も殺されてしまうが、そのたびに御祖神《みおやのかみ》（母親）が現われて、生き返らせてくれる。死ねば母親が現われてたちまち生き返らせてくれる「万能」感、これは何もオホアナムヂ一人が備える不死身の性能なのではなく、記・紀神話に登場するアマテラスやスサノヲなどが本来的に備えている「全能」感の反復表現であった。

しかるに、同じように異郷訪問を果たして現世に舞い戻ったタヂマモリや浦嶼子の場合はどうであろうか。その結末に明らかなように、到底オホアナムヂがもった「万能」感など感じられなかったであろう。むしろ、異郷を訪問して不老不死のユートピアを体験したはずの浦嶼子を支配していた感情は「不全」感であったのではないか。

まずタヂマモリの場合には決定的な「遅れ」があった。せっかく「常世の国」を訪れ、「登岐士玖能迦玖能木実」（古事記）を入手したのに「その木実を採りて、縵《かげ》四縵・矛四矛を将《も》ち来る間に、天皇、既に崩《かむあがり》ましき」であった。「将ち来る間に」垂仁天皇は死んでしまったのである。タヂマモリは「間」が悪かった。「間」が抜けていたのだ。縵四縵・矛四矛の半分は大后に献上されたが、「此の后は狭木《さき》の寺間《てらま》の陵《みはか》に葬りき」とあるから、竹取物語において地上に取り残されてしまった人びと同様、大后は悲嘆にくれてこれを食さなかったものとおぼしい。むろん、タヂマモリの伝承は天皇の死を悲しんで垂仁天皇に殉じた彼の忠臣性に主題が置かれているので、「間」抜けであったことは強調されていない。しかし、「間」が抜けていた（タイムラグがあった）ことは、これを「浦嶼子説話」との関連性に照らしてみると、そこにはゆるがせにできない問題がある。

七

逸文「浦嶼子説話」との関連が指摘される歌に高橋虫麻呂の「水江の浦嶋の子を詠める歌」（万葉集・巻九・一

七四〇～四二）がある。虫麻呂は、丹後国風土記逸文「浦嶼子説話」を読んで、その伝奇的興味に惹かれて長歌を創作した、というのが通説である。虫麻呂が馬養版「浦島子伝」や逸文「浦嶼子説話」を知っていたという点に異論はないが、この歌の主題を「他の浦島子伝には見られない、虫麻呂独自のものである[12]」とするのは、疑わしいと私は思う。むしろ逸文「浦嶼子説話」との緊密な関連の中にこの歌を読み解くべきであろう。その意味では、逸文「浦嶼子説話」編纂時の「補入」と目される「歌謡」、

水江の　浦島の子が　玉匣　開けずありせば　またも合はましを

の後を独自に引き取り、展開させたのが虫麻呂歌であった。

虫麻呂歌には「風流」の語は用いられていないが、歌の背景には「浦嶼子説話」と同様、「風流之士《みやびを》の異郷遍歴」（歴訪風流＝歴観仙衆）という主調低音が響いている。むろん、二つの話には発想の違いも少なくない。たとえば、虫麻呂歌には「浦嶼子説話」のような風土記としての制約がないから、特定の「古老相伝旧聞異事」である必要はない。雄略天皇という時代設定は不要であり、特定の氏族伝承というしばりもないから、「筒川嶼子」ではなく普遍的な「水江浦嶋子」の歌として詠むことができる。また夫婦の破綻をあらかじめ予想させるような異類婚姻譚（亀比売との結婚）の話型からも自由であり、何よりも決定的な相違は結末の劇的な場面で主人公を死なせていることである。しかし、高橋虫麻呂が活躍した天平時代は「文化の指標」として「風流／みやび」の精神が掲げられた時代であった。長歌の中に「老もせず　死にもせずして」と「不老不死」の翻訳語を用いて神仙世界（常世）へのあこがれを表明している以上、同時代の大伴旅人の「松浦河に遊ぶの序」にみる「風流絶世」の歌（万葉集・巻五・八五三～六三）や「吾妹子は常世の国に住みけらし昔見しより変若《を》ちましにけり」（巻

四・六五〇）といった歌、あるいは巨勢宿奈麿邸での「風流秀才之士」の宴歌「海原の遠き渡を遊士《みやびを》の遊ぶを見むとなづさひそ来し」（巻六・一〇一六）の反映する時代の雰囲気、こうした高雅な「風流／みやび／あそび」の世界を楽しもうとする天平期の時代精神に無関心であったはずはない。

それでは「みやびを」たちのあこがれる桃源郷とは、具体的にはどのような世界か。通俗的には、不老長寿の仙人たちが集う豪華な邸宅の中で贅をつくした料理を味わいながら、絶世の美女（仙女）に囲まれ享楽的な生活を送る等々であるが、「浦嶼子説話」と虫麻呂歌では、それは次のように描かれている。

……其の地は玉を敷けるが如し。闕台《うてな》は瞭《あきらか》に映え、楼堂《たかどの》は玲瓏《てりかかや》けり。目に見えず、耳に聞かず。……斯に、人間《ひとのよ》と仙都《とこよ》の別を説き、人と神の偶会《たぐひ》の嘉《よしみ》を談議《かた》れり。乃ち百品《ももつしな》の芳き味を薦《すす》む。兄弟姉妹等、坏を挙げ献《くみ》酬《かは》せり。隣の里なる幼女等も、紅顔《にのほ》なし戯接《まじ》はれり。仙歌《うた》は寥亮《はるけくひび》き、神舞《まひ》は逶迤《もこよか》なり。其れ歓宴《うたげ》のさま、人間《ひとのよ》に万倍《よろずまさ》れり。ここに日の暮るるを知らず。但だ黄昏の時に、群の仙侶《やまひと》等、漸々に退《まか》り散《あら》け、即ち女娘《をとめ》独り留まりぬ。肩を双べ袖を接《あ》はせ、夫婦の理《まぐはひ》を成しき。……

（丹後国風土記逸文「浦嶼子説話」）

……海若の神の宮の　内の重《へ》の　妙なる殿に　携はり　二人入り居て　老もせず　死にもせずして　永き
世に　ありけるものを　……

（万葉集・巻九・一七四〇）

右を比較すると、虫麻呂歌は「浦嶼子説話」の四六駢儷の漢文体表現のもつ構成力を、ヤマトコトバの文脈に置き換えて発想し、とらえ直そうとしているのがわかる（後述）。

ところで、人は通常、故郷を離れて長く異郷の地を旅すると、一日も早く故郷の地に帰りたいと思うものである。いわゆる「羇鳥は旧林を恋ひ、池魚は故淵を思ふ」（陶淵明『帰園田居』）の世界である。しかし、偶然にせよ「浦嶼子」が訪れた場所は、誰もが憧れるにもかかわらず「俗《ただひと》の臻《いた》らむ所に非」（垂仁紀）ざる魅力満載の理想郷《ユートピア》であった。「浦嶼子」は文字通り千載一遇のチャンスを手にしたというべきであろう。「俗《ただひと》」の羨望の的であるべき「嶼子」は、だが何を思ったのか「忽《にはか》に懐土之心《くにしのひのこころ》を起し、独《ひとり》、二親に恋ひつ。故、吟哀《かなしみ》繁《しきり》に発《おこ》り嗟歎《なげき》日《ひにひに》益《ま》しぬ」（浦嶼子説話）という有様であったというのだ。

高橋虫麻呂の「水江の浦嶋の子を詠める歌」の中心テーマも「嶋子」へのこの詰問にあったとみるのが通説である。長歌で「老もせず　死にもせずして　永き世に　ありけるものを　世の中の　愚人の」とそしり、反歌に「常世辺に住むべきものを剣刀己《な》が心からおそや是の君」と対応させて詠んでいるのがその根拠である。これを踏まえた多田一臣は、虫麻呂歌の核心が「浦島子の存在を通して、この世の中に人間が生きることの意味を問い直すところにあった(13)」と見抜いたが、錦織浩文はさらに一歩踏み込んで「「常世辺に住むべきものを」という考え方は、他の浦島子伝には見られない、虫麻呂独自のものである(14)」との認識を示した。「家」に対するこだわり方は錦織の指摘するとおりであるとしても、他の浦島子伝と切り離して考えようとするのは「過たるは猶ほ及ばざるが如し」ということになりかねない。

私の考えでは「常世辺に住むべきものを」の前提となる「世の中の愚人《おろかひと》の」（長歌）、「おそや是《こ》の君」（反歌）の表現は、逸文「浦嶼子説話」の、

……嶼子、答へて曰く、僕《われ》近く親故之俗《かぞいろ》を離れ遠く神仙之堺《とこよのくに》に入りぬ。恋眷《こほしき》に忍びずて、輙《すなは》ち軽慮《たはこと》を申しつ。所望《ねが》はくは暫《しまし》本俗《もとつくに》に還り二親《かぞいろ》に奉拝《あは》まくほりす、といふ。……即ち棄心《うつけごころ》を銜《いだ》き、郷里《ふるさと》を廻《かへりみ》れど一親《かたおや》にすら会はず、既に旬月《ひとつき》を逕《へ》ぬ。……

という表現の中にある「軽慮」と「棄心」の語を直接ふまえているとみるべきである。「軽慮」とは、軽はずみな、愚かなことという意味であり、「棄心《うつけ》」もそれに近いニュアンスがある。「軽慮」は「愚人《おろかひと》」「おそ」に、「剣刀己が心からおそや是の君」（反歌）の「己《な》が心」は己《な》が「棄心」に対応していようか。この点で、逸文「浦嶼子説話」と虫麻呂歌の間には緊密な関連がある。先述のように虫麻呂の歌には直接「風流／みやび」の語は用いられていないが、この話は「風流之士《みやびを》の異郷遍歴」を基調とすることにおいて世界を共有している。「嶼子」の、誰もが憧憬する不老長寿の「仙都」（「神仙之堺」）を棄て、「本俗《もとつくに》」（「親故之俗」）へ帰ることを選んでしまった「軽慮」は、虫麻呂歌では「世の中の愚人の」「おそや是の君」としてとらえかえされている。すると「嶼子」は潜在的には「おその風流士」（万葉集・巻二・一二六）であったことになる。「間」が抜けていた（タイムラグがあった）という点ではタヂマモリの「遅れた」（鈍《おそ》い）帰還もまた「おその風流士」の系譜に連なるものであった(15)。

このようにみてくると神仙思想に基づく異郷訪問譚は、異郷訪問神話が発揮していた「全能」感とは対蹠的な「不全」感の中に位置づけられていることに気づかされる。こうした位置づけは『遊仙窟』や『遊仙窟』が下敷きにしたとされる陶淵明の『桃花源記幷詩』にもみられないから、独自のものであろう。もっとも、九世紀成立の唐代伝奇小説「杜子春伝」のように、仙界にいても両親への愛を棄てきれずに俗界に戻るという物語があるが、ここでの影響関係は問えない。すると「水江の浦嶼子」（嶋子）の話は、中国からもたらされた流行の神仙思想に独自の向き合い方をした結果生まれた話ということになる。この独自性は何に由来するのであろうか。

ここではそれを伊預部馬養が引いたと思われる「一本の切断線」と併せて考えてみたい。そもそも「嶋子」（「嶼子」）は誰もがあこがれる神仙世界を体験したというだけでなぜ「立ち走り　叫び袖振り　反側《こいまろ》び　足ずり

しつつ　たちまちに　情消失《こころけう》せぬ　若かりし　膚《はだ》も皺《しわ》みぬ　黒かりし　髪も白けぬ　ゆなゆな　気《いき》さへ絶えて　後つひに　命死にける」（万葉集・巻九・一七四〇）といった酷い仕打ちを受けなければならないのか。同じように異界（海神の宮）を訪問し、同じように「大きに一たび歎」き、同じように「見るな」の禁止を破ったホヲリノ命は、地上に帰還した後、全開の「万能」感を体感しているではないか。この落差は何なのか、それが問題である。

私の考えでは、異郷訪問神話のもつ超越性は禁室モチーフの「禁忌」に触れることによって、逆に保証されるという構造をもっている。現世と他界はメビウスの帯状の位相空間をなしていて、「見るな」の禁止が両者を往還する蝶番の働きをしている。その意味で、いわばゼロ記号としての禁室モチーフは一つの神話的アレゴリーの機能を果たしているのである。(16) 馬養版「浦島子伝」はこの禁室モチーフを逆手にとったというべきであろうか。ホヲリノ命にも海神の宮での三年間と地上に帰還してからの間に時差（タイムラグ）はあった。しかし、それは時間のギャップとしてはほとんど顕在化していない。ところが、馬養は三輪山型神話（驚くなの禁止）の小道具として登場する「櫛笥」（崇神紀）を流用し、開けてはならない「玉匣《たまくしげ》」に仕立て上げた。「玉匣」は勝俣隆が指摘するように「玉奇し笥」で、中に入っていたものは「不老不死の仙薬」であろう。(17)「嶼子」に「慎《ゆ》めな開き見そ」の「期《ちぎり》を忘れ」させ、「玉匣を開きあけ」させることで、神仙郷での「三歳」を現世の「三百余歳」に瞬間的にワープさせたのである。このような転位を可能にするのがメビウスの帯状の位相空間のトポロジカルな反転機能であった。「嶼子」はまるで故障したジェットコースターの急降下に身をまかせるかのように、「万能」感から「不全」感へと一気に墜落していったのだった。

このことは言い換えると、先に多田一臣の指摘にあったように、神仙世界を体験した浦島（浦嶼）子の存在を通して、現世に人間が生きることの意味が問い直される、ということであった。馬養がどの程度意識していたかは明らかでないが、これによって儒教的な孝行心など人間の内省的な問題が抱え込まれてしまったのである。しかし考えてみれば、泣けばたちまち母親が面倒をみてくれるような「万能」感情など、人の揺籃期の中でもあっという間に過ぎ去ってしまうものである。そのあとには長く苦しい現実の世界が待っている。これをアナロジーとして古代文学史の転換という大きな見取り図の中に置いてみよう。すると神仙的な異郷訪問の放つ「不全感」を現実の人間が生きる不全感として引き受けようとしたのが、記・紀神話以後の古代文学（風土記・万葉集・懐風藻・日本霊異記など）の一つの受けとめ方であった、ということがみえてくる。換言すれば、神話から物語へという文学史の大きなパラダイムの転換のためには、「中間的カテゴリー」として神話のパロディとしての「神仙思想」の介在が必要とされたということである。この「中間的領域」を介在させることによって初めて竹取物語など平安朝の物語類の展開が約束されたことになる。このように文学史的にも重要な位置に立つ「浦嶼子説話」を異郷訪問神話のパロディとしてとらえ、常世と神仙郷の間に最初のくさびを打ったのは他ならぬ伊預部馬養であったろう。

以上のようにみれば、丹後国風土記逸文「浦嶼子説話」は、千三百年後のわれわれに対して、なおも今日的でアクチュアルな課題を投げかけている、といえるのである

注

（1）丸茂武重は『古代の道と国』（六興出版、一九八六年）の中で「元来「道」とは『漢書』地理志にあるごとく蛮夷の土地であり、やがてヤマト王権の支配下に入ると「国」となる」と指摘している。詳細は多田一臣「「記紀」に見るヤマトタケルの東征」（『国文学　解釈と鑑賞』二〇〇二年十一月号、後に『古代文学の世界像』岩波書店、二〇一三年に所収）、呉哲男「ヤマトタケルと「東方十二道」」（本書所収）参照。

(2)平川南「古代東国史の再構築に向けて」(『上代文学』第九四号、二〇〇五年四月)、呉哲男「表象としての東歌(一)・(二)」(本書所収)、同「古代文学にみる異言語・異文化」(『日本文学』二〇一一年五月号)。
(3)兼岡理恵「『風土記』の世界——地方へのまなざし」(『文学』二〇〇八年一・二月号)。
(4)北川和秀「郡郷里名二字表記化の方法について」(『古事記年報』第五四号、二〇一一年)。
(5)多田一臣「水江浦島子を詠める歌」(『伝承の万葉集』笠間書院、一九九九年)。
(6)注5に同じ。なお、加藤謙吉は「渡来系知識人と『記』『紀』の成立」(『上代文学』第一一〇号、二〇一三年三月)の中で、青木和夫説として「語は別巻に在り」(雄略紀二十二年)の「別巻」は、伊預部馬養がその任にあった「撰善言司」の「善言」集の稿本であることを紹介している。また加藤は、馬養が日本書紀編者の一員であった可能性についても言及している。
(7)水野祐『古代社会と浦島伝説』(雄山閣、一九七五年)。
(8)小島憲之「遊仙窟の投げた影」「伝説の表現」(『上代日本文学と中國文学』中、塙書房、一九六四年)。なお、『遊仙窟』の成立は、「高宗の調露元年(六七九)ころ」(八木沢元「序説」『遊仙窟全講』)と推定されているので、第六回遣唐使派遣(六六九年)での伝来はなさそうである。通説のように、第七回遣唐使派遣(七〇四年帰国)の際に持ち帰ったとみるのが順当である。すると、伊預部馬養は大宝三年(七〇三)以前に没しているので、『遊仙窟』を用いて「嶼子」を「張郎」のような「姿容秀美、風流無類」「風流之士」の主人公に仕立てたのは、丹後国風土記逸文「浦嶼子説話」の筆録者であったと考えられる。なお、第七回の派遣に、この時まだ無位の下級官であった山上憶良が参加していて、晩年の「沈痾自哀文」の中に「遊仙窟曰、九泉下人、一銭不直」として、『遊仙窟』を引用している。この点から『遊仙窟』を将来したのは憶良自身であったという見方もある。反対に『遊仙窟』まがいの様々な神仙書類はいわゆるサブカルチャーとして早くから大陸・半島経由で流入していた、という説もある。
(9)注5に同じ。
(10)『史記』始皇帝本紀に「斉人徐市等上書言、海中有三神山、名曰蓬莱・方丈・瀛洲。……於是遣徐市発童男女数千人、入海求僊人……終不得薬」とある。
(11)勝俣隆「綿津見宮訪問譚」(『異郷訪問譚・来訪譚の研究』和泉書院、二〇〇九年)。
(12)錦織浩文「水江の浦島子を詠む歌」(『セミナー万葉の歌人と作品』第七巻、和泉書院、二〇〇一年)。
(13)注5に同じ。

（14）注12に同じ。

（15）周知のように、石川女郎と大伴田主の贈答歌（万葉集・巻二・一二六～七）に「風流」問答があり、女郎は田主に向かい「遊士《みやびを》とわれは聞けるを屋戸貸さずわれを還せりおその風流士」と詠んで、からかっている。この贈答歌の成立時期については諸説あるが、私は天平期の歌と考えている。この「風流」問答歌は歌そのものは凡庸なものであって、左注の物語的興味が喚起されれば誰にも詠める歌である。石川女郎は「恋多き女」のタイプ名であり、大伴田主の実在性も疑わしい（呉哲男「万葉の風流士」「万葉「風流」考」『古代日本文学の制度論的研究』参照）。天平時代に高揚した「風流／みやび／あそび」の文化に対してアイロニカルに反応した天平歌人が石川女郎に仮託して詠んだものとおぼしい。私の考えでは、日本の古典文学の中には「愚か者の系譜」とでもいうべき歴史がある。高踏的（美的）な「風流／みやび／あそび」の世界を楽しもうとする天平期の時代精神を反転させることで成立した「おその風流士《みやびを》」は、水江の浦嶋子をトップに相当長い射程距離をもっている。竹取物語において「なよ竹のかぐや姫」に求婚した「色好みといはるゝかぎり五人」の貴公子もまた「おその風流士」の系譜に連なる者であり、伊勢物語はテーマそのものが『遊仙窟』の「歴訪風流」（自由に女にのめり込む旅）を下敷きにしている。「三河の国、八橋」の「八橋」はラビリンスの入口を意味し、橋の向こうは異界であった。『遊仙窟』の主人公・張郎を「おその風流士」としてとらえかえしたときに「むかし、おとこ」の「異郷遍歴」が始まるのだ（呉哲男「ホモソーシャル文学の誕生」本書所収）。

（16）呉哲男「「見るな」の禁止はどこから来るのか」（本書所収）。

（17）勝俣隆「浦島伝説」（注11に同じ）。

参考文献

三浦佑之『浦島太郎の文学史』（五柳書院、一九八九年）。

同『日本古代文学入門』（幻冬舎、二〇〇六年）。

西條勉『古事記神話の謎を解く』（中公新書、二〇一一年）。

第三部　万葉集論

第一章　「鎮め」の論理――和歌形式の成立に関連して――

一

和歌が人に心情を伝えようとする営みであるとすれば、なぜ直接心の表現から始めて、心の表現で終えなかったのかという疑問は、素朴ではあるが本質的な問いでもあるだろう。心という目に見えないものは後回しにして、まずは集団の共有する眼前の事物（景）の表現から始めて、心情表現に達し、そこから「景」と「心」を自在に行き来させるのが和歌の作法だ、という認識はすでに論じ尽くされた観もする。これは確かに古代和歌の詠法として共感を得やすいルートであったろう。ただしそこには後述するような、もう一つ違った角度からの古代的論理が働いていたのではないか、すなわち心物対応は必ずしも自明の理ではなく、和歌の根底には「鎮め」の論理ともいうべき力が働いていたのではないか、ということを考えてみたい。

音数律定型としての和歌形式（五・七・五・七・七）の成立を概観するとき、これもよくいわれることだが、なぜ記・紀歌謡のあれだけの多様な形態の中から、まるで急転直下のごとく万葉集の短歌形式が定着したのか、という疑問は依然として謎の一つといってよい。したがって、これまでにも様々な立論がなされてきたのは周知のとおりである。

大雑把な言い方になるが万葉の和歌形式の母胎として次の二系統のとらえ方がある。一つは折口信夫の信仰起源説で、歌の発生形態を神の託宣としての「律文」（神語＝かみごと）の中に見出し、「一人称式に発想する叙事詩は、神の独り言である。神、人に憑って、自身の来歴を述べ、種族の歴史・土地の由緒などを陳べる。皆、巫覡の恍惚時の空想には過ぎない。併し、種族の意向の上に立っての空想である」（「国文学の発生」第一稿）としたうえで、記・紀の短歌謡の片歌形式も叙事詩の「律文」の一分化とみなすのである。叙事と叙情の神授一元論といえる。

一方、土橋寛は歌の発生を集団掛け合いの対立様式をもつ「歌垣」と関連づけ、中国や東南アジアの「歌掛け文化圏」の中に位置づけることで、折口信夫の神授一元論の呪縛を解き、歌の発生を多元的に考える可能性を提起した(1)。しかし、土橋の方法は上代文献の「歌垣」と現代の民謡とを直接結びつけて論じていたために、その間にあるギャップ、すなわち実体還元論に批判が集中した(2)。

こうした状況の中で、工藤隆の「現地調査報告　中国雲南省剣川白族《ペー》の歌垣」や『中国少数民族歌垣調査全記録１９８８』などは、従来の文献資料と論理的想定との間隙をうめる先駆的な業績であった(3)。この工藤の調査報告などを契機として「近年、東アジア少数民族の歌垣調査が飛躍的に進展し、その研究成果によって日本古代の歌垣研究に新たな知見が加えられつつある(4)」のは、周知のとおりである。しかし私は、工藤が自身のフィールドワークの中から「原型生存型の生存形態」として「始原のムラ段階の社会」を推定し、そこから「古代の古代」とか「歌垣の現場のX段階」といった発展段階的なモデル理論を駆使し、古事記以前や記・紀歌謡以前を論じることには、早くから批判的な立場にあった。たとえば、かつて次のように述べたことがある。

「生成」とは、……過剰で多方向に開かれたある動的な体系である。それはほんの一瞬原初の光景を照らし出してみせるという点で始原的であり、絶えまなく生起しつつあるという点で現在的である。村落共同体や国家はむしろこのような過剰で動的な力を排除することで安定した秩序を保とうとするものである。したがって、村落や氏族《クラン》の共同体とはこのような体系がそれぞれの段階で停滞し、閉じられることによって成立したものといえる。すると一方でムラ→クニ→国家という発展段階論的な想定が可能であるとすれば、その逆の図式も成り立つことになる。すなわち、国家の停滞したものがクニであり、クニの停滞したものがムラであるというように。たとえば、中国の少数民族である貴州省ミャオ族の村落共同体もそのようなものとして考えることができる。／すると、最近（二〇〇二年）工藤隆が盛んに主張する、中国少数民族文化の中に日本の「古代の古代」を見ようとする理論は転倒していることになる。(5)

今、なぜこんな古い文章を引っ張り出してきたのかというと、最近になってこの論を実証するかのような研究書が出現したからである。それがJ・C・スコットの『ゾミア』（二〇〇九年、邦訳、二〇一三年）である。「「ゾミア」とは、ベトナムの中央高原からインドの北東部にかけて広がり、東南アジア大陸部の五カ国（ベトナム、カンボジア、ラオス、タイ、ビルマ）と中国四省（雲南、貴州、広西、四川）を含む広大な丘陵地帯を指す新名称である(6)」。

この広大な丘陵地帯を生活圏とする「ゾミア」の人びとは、一般には平地の文明世界から隔絶した、あたかも原始人の生き残りであるかのようにみられ、それ故に文明以前の「我らの先祖」を想定するのにふさわしい存在とみなされてきた。しかし、同書の考察では、彼らはもともと平地の農耕民であったものが、国家の支配（奴隷、徴兵、徴税、強制労働、伝染病、戦争など）から逃亡するために山地に向かったものとされる。こうした人びとが暮らす「ゾミア」はJ・C・スコットの分析によれば、国家からの「避難地域とみなすのが適切」だという。また、「口承文化さえも、国家から距離を置くために選ばれた戦略」で、そのために一旦修得した文字文化を棄てた部族の事例も紹介されている。このようにみると、結果として「ゾミア」の人びとは平地の文明世界から隔離されていたようにみえるが、事実は市の交易などを通して絶えず国家との交通があり、「多方向に開かれた動的な力」が閉じられることはかつてなかったのである。要するに『ゾミア』書の出現は、中国少数民族の調査報告に基づく「古代の古代」モデルが論理的には成り立たないことを示したのであった。

一方、工藤隆の研究に並行するかのように、辰巳正明は『詩の起原』（二〇〇〇年）を上梓して、東アジア文化圏における恋愛詩の普遍的なあり方が、中国少数民族の歌掛け文化研究の中で使用される「歌路《かろ》」なる概念を用いることで説明できるとした。その理論は少数民族の歌垣だけでなく、詩経や楽府・玉台詩などの中国古典詩、あるいは韓半島の時調、さらに古代日本の歌垣や万葉集の歌にも適用しうる、という雄大な構想である。(7)「歌路」とは、工藤と共に中国少数民族フィールドワークを行っている岡部隆志の要約するところを借りていえば、「歌垣における歌の展開を、恋愛から結婚もしくは離別に至るプロセスに沿っていくつかの段階にわけ、その段階ごとに決まった歌い方があり、その決まった歌い方に沿って実際の歌掛けは進行していくということである。その決まった歌い方の展開を「歌路」という」ということになる。(8)具体的には、チワン（壮）族の歌会の「情歌」（恋歌）の中に「一定の定式」があり、初会、探情、離別、相思、重逢、責備、熱恋、定情の順に歌われるというものである。(9)

歌掛けの民俗（祭り）は、掛け合いが始まると短いものでも数時間、長い場合には七日間の長時間に及ぶケースもあることが報告されている。一見すると、辰巳のいう「歌路」に則って歌い交わすとそのような時間を要するようにもみえるが、実際は辰巳自身も断っているように「歌路」の全行程が成就されることはない。これはどういうことであろうか。

歌会の祭りの現場を調査した岡部隆志は、そこに歌の掛け合いにおける「持続の論理」を見出している。岡部はまず「歌の掛け合いはなぜ持続するのか」という問題設定をしたうえで、「その持続そのものに、歌垣の本質があらわれるのではないか」と結論づけている。男女の掛け合いの現場では、「歌路」の進行を逸脱したり、ストップしたり、停滞させたりして、進行に逆らう場面にしばしば遭遇するという。「歌路を進行させようとする男と、それに抗する女の側との駆け引きは……歌路を停滞させるが、停滞させることで、掛け合いのエネルギーが生まれている。停滞によって生じるこのエネルギーが同時に持続を促すエネルギーになるのだ。歌路を簡単に進行させないことが、逆に、歌掛けの持続の論理になっているのである」[10]。

反発や切り返し、はぐらかしを含めた「持続そのものに、歌垣の本質があらわれる」ということは、言い換えると歌垣の本質はプロセスにある、ということになる。すると、辰巳のいう「歌路」の始まり（初会）と終わり（定情）という「定式」はかえって歌垣の本質を覆い隠すことになりかねない。極論すると、歌垣には原理的に終わりはない、ということではないか。むろん、現実の祭りの現場には始まりがあれば当然のごとく終息もある。終わる理由は物理的な制約の他に、感情的な合一（定情）やその逆の破綻（離別）などさまざまであろう。常陸国風土記・筑波郡に歌垣での掛け合いがうまくいかなかった男の歌二つを載せたあと「筑波峰の会《つどひ》に、娉の財《つまどひ　たから》を得ざれば、児女《をとこをとめ》と為ずといへり」と記すとおりである。しかし、現実に終わりがあるということと、歌垣の本質が持続にあるということは矛盾しない。さらにいえば、掛け合いの持続のエネルギーの根源にあるのは原型的な男女の「対立」であろう。「対立」の「持続」が歌垣の本質なのだ。これは五・七／五・七の韻律のくり返しを旨とする和歌形式を考えるうえで示唆的である。

ここで、背景に歌垣の恋争い（男女の対立）が揺曳しているのではないかと指摘されてもいる初期万葉（歴史的実体ではない）の代表的な歌に目を転じてみよう。

天皇の、蒲生野に遊猟したまひし時に、額田王の作れる歌

あかねさす紫野行き標野《しめの》行き野守《のもり》は見ずや君が袖振る

皇太子の答えませる御歌

紫草《むらさき》のにほへる妹を憎くあらば人妻ゆゑにわれ恋ひめやも

（万葉集・巻一・二〇・二一）

この歌は題詞・左注によれば、天智天皇七年五月五日、蒲生野における端午の遊猟の宴での額田王と大海人皇子の贈答ということになっている。またこの二首は、民間の歌垣における男女の掛け合い、はぐらかしの原理を応用した宮廷恋愛風の贈答歌（雑歌）に仕立て上げられているとされる。私はこの歌についてかつて次のように書きつけたことがある。

額田が「君が袖振る」とうたうのは、あたかも大海人の方から積極的なはたらきかけがあったかのような表現だ。したがって、これを男から女へ歌いかけるという贈答歌本来の基本パターンに置き直すとすれば、まず大海人の側から袖を振るという行為を伴った積極的な求愛の贈歌があり、次にそれをはぐらかし、切り返す形で額田の二〇番歌があり、さらにそれを受けて再び強く言い寄るのが大海人の二一番歌で、再度これに反発する額田の応答歌が想定できるということである。(11)

ここに述べられていることは、歌垣の恋争いに根ざした宮廷恋愛風贈答歌の本質には始めも終わりもなく、そ

ここにあるのは恋の「プロセス」だけだということである。すなわち、「対立」の「持続」がすくい取られているのだ。本質がすくい取られているからこそ名歌の誉れが高いのであろう。

同じことは額田王のいわゆる春秋判別歌（万葉集・巻一・一六）についてもいえる。題詞にいう「春山の万花の艶」と「秋山の千葉の彩」との優劣を競うという宴の遊びには、その背景として歌垣の男女対立の原理が潜んでいる。これについては早くに森朝男が指摘していて、「春秋競憐の裏には、もっと原質的な対立が隠れている。額田が態々「歌を以ちて」それをなしたと記される点に注意すべきで、春方・秋方双方まとめて向こうに回して、いわば男官らの詩に対して女の歌（やまと歌）を出すという男女対立の、いってみれば歌垣と何ら変わらぬ原理が彼女の姿勢にはある」[12]というとおりである。そもそも春の季節表現である「冬ごもり春さり来れば　鳴かざりし鳥も来鳴きぬ　咲かざりし花も咲けれど　山を茂み入りても取らず　草深み取りても見ず」と、秋の季節表現である「秋山の木の葉を見ては　黄葉をば取りてそしのふ　青きをば置きてそ歎く」とは、論理的にはそれぞれ相拮抗していて、秋が勝《まさ》っていると宣言する「秋山われは」の根拠にはならない。「秋山われは」は、春秋判別をめぐって延々と「対立」が「持続」するであろう歌を打ち切るための額田王のいわば趣味判断にすぎないのだ。すなわち、この歌もまた原理的には終わりがないのである。

さて以上のようにみてくると、歌を詠み終わっても潜在的には完結しない歌垣（ひいては和歌）の本質に、持続のエネルギーともいうべき力が働いていることがわかった。

そこで次に、ではどうすればこの持続のエネルギーを実質的にも終わらせることができるのか、ということを歌の形態面から探ってみたい。結論を先取りしていうと、万葉の和歌形式はこの持続の力とそれを回収して歌いおさめる力（鎮めの論理）とがせめぎ合う中に成立したのではないか、と考えるのである。

二

ここでは、万葉和歌形式の成立に記・紀歌謡の歌いおさめの方法が密接にかかわっているのではないか、ということを西條勉の理論を借りながら考えてみたい。

短句＋長句（五・七）の韻律句は、日本語のリズムの基本単位とされている。この五・七の韻律句をくり返すことが和歌の「持続する論理」を形式面から支えていることになる。そこで対立句でもくり返しでもない独立的な七音句（終息句）をどこに添えるかによって、それぞれ片歌形式や、短歌体、長歌体などの相違がうまれてくる。この「持続」に決着をつけるべき七音句は、次の行に向かおうとする歌のリズム（気息エネルギー）を阻止する働きがあるとされる。その場合、片歌形式（五・七・七）は叙述を展開する以前に終息を迎えてしまうので完結性が不足気味になる。このため万葉集では改めてくり返しが要求されて六句体の旋頭歌といった、問答による対立形式が派生している。その点、長歌体のもつ五・七の韻律句のくり返しは、叙述の展開が十分に保証された文字通りの「持続する論理」といえるが、逆に「反歌」（短歌）の歌いおさめが必要とされる現象が生じている。これに対して五句体の定型短歌（和歌）は、その中間にあって叙述の展開にも過不足がなく結果として片歌形式（旋頭歌）や長歌体を凌駕するものとなっている、[13]とひとまず説明することができる。

記・紀歌謡は本来的には音数律定型がなく多様な形態をしているが、その半数近くは三句体か五句体の短歌謡である。したがって万葉の定型短歌（五・七・五・七・七）成立の淵源について考えるには、記・紀の短歌謡まで遡る必要がある。和歌形式の定着は、一般には三句体・五句体短歌謡のもつ音楽性が払拭され、「詠む」歌への転換が果たされたところにあるとみられているからである。

この短歌謡について触れる前に、記・紀歌謡そのものの素性を概観しておくと、一般にはテキストとしての記・紀を基準に民間歌謡（独立歌謡）、宮廷歌謡、物語歌謡の三つのレヴェルが考えられている。研究史の詳細は省略するが、従来おおむね記・紀歌謡を右の三つのレヴェルに解体して、そのどれに当てはまるかが論じられてきた。その流れを受けて最近西條勉がまとめた『アジアのなかの和歌の誕生』（二〇〇九年）では、宮廷歌謡と宮廷「楽府」（ウタマヒノツカサ）との関連性について、より踏み込んだ分析がなされている。

たとえば西條は、記・紀以前に宮廷歌謡集が存在したであろうテキスト上の痕跡を、神武天皇にまつわる記（9）・紀（7）歌謡の中から取り出すことに成功している。次にその歌謡を引用してみよう。

已にして弟猾《おとうかし》、大きに牛酒《ししさけ》を設けて皇師《みいくさ》を労《ね》ぎ饗《みあへ》す。天皇、其の酒宍《さけしし》を以ちて軍卒《いくさびと》に班《あか》ち賜ひ、乃ち御謡《みうたよみ》して曰く、（謡、此《こ》こには宇多預瀰《うたよみ》と云ふ）

莵陀《うだ》の　高城《たかき》に鴫羂《しぎわな》張る　我が待つや　鴫は障《さや》らず　いすくはし　くぢら障り　前妻《こなみ》が　肴乞《なこ》はさば

立ち柧梭《そば》の　実《み》の無けくを　こきしひゑね　後妻《うはなり》が　肴乞はさば　檪《いちさかき》　実の多けくを　こきだひゑね

とのたまふ。是《こ》を来目歌《くめうた》と謂ふ。今し楽　府《うたまひのつかさ》に此の歌を奏《うた》ふには、猶《なほ》し手量《たはかり》の大き小《ちひさ》きと、音声《こゑ》の巨《ふと》き細きと有り。此　古《これいにしへ》の遺《のこ》れる式《のり》なり。

（日本書紀・歌謡7）

然して、其の弟宇迦斯が献れる大饗は、悉く其の御軍に賜ひき。此の時に、歌ひて曰はく、

宇陀の　高城に　鴫罠張る　我が待つや　鴫は障らず　いすくはし　鯨《くぢら》障る　前妻が　肴乞はさば

立ち柧梭の　実の無けくを　こきし削《ひ》ゑね　後妻が　肴乞はさば　厳榊《いちさかき》　実の多けくを　こきだ削《ひ》ゑね

ええ（音引）しやごしや（此《これ》は、いのごふそ）
ああ（音引）しやごしや（此は、嘲咲《あざわら》ふぞ）
（古事記・歌謡9）

まず西條は、古事記・歌謡9に囃し詞（「ええしやごしや此は、いのごふそ」「ああしやごしや此は、嘲咲ふぞ」）が付いていることに着目し、そこから地の文と歌詞と囃し詞とがうまくかみ合うのはどのレヴェルであるかを問う。古事記の文脈では鴨罠を仕掛けたのはエウカシであり、これを歌詞に連続させると、この罠にかかった獲物（鯨）は神武天皇とその軍勢になってしまい、囃し詞のもつ罵りや嘲りは自身に向けられたものとなってしまう。したがって、「〈歌詞＋囃し詞〉のセットが、神武東征説話に合わせて作られた物語歌である可能性はほとんどない」という。

対して囃し詞をもたない日本書紀・歌謡7には「是を来目歌と謂ふ。今し楽府に此の歌を奏ふには、猶し手量の大き小きと、音声の巨き細きと有り。此古の遺れる式なり」という曲名の由来と宮廷の「楽府」（ウタマヒノツカサ）による介在が示されている。するとそこには歌舞司の「楽人らによって演じられる神武建国の歌舞劇における台本の類」が想定でき、鴫わなを仕掛ける「我」は神武天皇であり、わなに引っかかった獲物（鯨）は敵のエウカシということになる。地の文・歌詞・囃し詞がかみ合うこのレヴェルに宮廷歌謡集の存在を想定すれば、囃し詞の罵りや悪意はエウカシに向けられたものと解釈でき、地の文との整合性がえられるという。要するに古事記が文脈上の矛盾を犯してまで歌謡の歌詞の中に囃し詞を採用したのは、記・紀以前にすでに文字化されていた歌謡テキスト（宮廷歌謡集）が存在していた証拠、と結論づけるのである。(14)

記・紀以前に文字化されていた宮廷歌謡集の存在に西條がこだわるのは、歌謡（歌舞音楽）から「詠む」歌（定型の母胎）へ転換するためには、その中間に宮廷「楽府」における歌舞司の「節《よ》む」営み、すなわち歌謡の文字化が必須と考えているからである。

以上のような西條理論を前提に、改めて記・紀の短歌謡に関する仮説を追ってみよう。西條は、古事記の「片歌」の曲名をもつ短歌謡（記・33／73）が、いずれも数種からなる長歌謡群（記・30・31／71・72）の末部に置かれていることに注意を促し、長歌謡群がどれも非定型の音楽性の強い偶数句歌体であるのに対して、三句体の片歌が音数律定型（五・七・七）であることを指摘する。その上でこのアンバランスは、宮廷楽人が音楽性の強い歌謡を宮廷楽曲用に編曲する際、歌詞の終息用に新作したためではないか、と推測するのである。つまり「片歌は楽曲を終息させるために作られた」とみなすのである。同様に、記28／57、紀28などの例から五句体歌謡のもつ完結性が「複式長歌」に取り入れられて、やはり一首全体を終息させる役割を果たした、とも論じている。西條は万葉以前の短歌形式は「複式長歌」としてすでに宮廷歌謡の中に誕生していた、と考えたいのだ。これはかつて吉本隆明が『初期歌謡論』（一九七七年）の中で示唆していたものを改めて実証した形になる。

記・紀長歌謡の歌いおさめに三句体、五句体の短歌謡が密接に関連したということは、本章のテーマである「歌の持続する力」をどこで終息させるか、という課題にとってゆるがせにできない。前述のように、短句＋長句の韻律句のくり返しが歌の「持続する力」であるとすれば、そこに独立的な七音句（終息句）を添えることの意味が改めて問われることになる。次にこの点を万葉集も視野に入れて検討してみたい。

三

たとえば、次の柿本人麻呂長歌の歌いおさめの七音句の使い方に注意してみよう。

(1)やすみしし　わご大君　高照らす　日の御子《みこ》　神ながら　神さびせすと　太敷《ふとし》かす　京を置きて……み雪降る　阿騎《あき》の大野に　旗薄《はたすすき》　小竹《しの》をおしなべ　草枕　旅宿りせす　古へ思ひて　（万・巻一・四五）

(2)石見の海　角《つの》の浦廻《うらみ》を　浦なしと　人こそ見らめ　潟《かた》なしと　人こそ見らめ　よしゑやし　浦は無くとも　よしゑやし　潟は無くとも……夏草の　思ひ萎《しな》えて　偲《しの》ふらむ　妹が門見む　靡けこの山　（万・巻二・一三一）

(3)玉藻《たまも》よし　讃岐の国は　国柄《くにから》か　見れども飽かぬ　神柄《かむから》か　ここだ貴き　天地　日月とともに……玉鉾の　道だに知らず　おほほしく　待ちか恋ふらむ　愛《は》しき妻らは　（万・巻二・二二〇）

(1)～(3)の歌は、いずれも五・七の二句単位で緊密に結ばれ、それぞれ対等（対応、対立）の関係を維持しながら、十分に叙述が展開された後に、終息の七音句として「古へ思ひて」「靡けこの山」「愛しき妻らは」の言葉でしめくくられている。いうまでもなく人麻呂長歌を代表する歌でもある。ただここで指摘したいことは、この終わり方はそれまで五・七音句でくり返されてきた文脈からは独立しているということである。「古へ思ひて」「靡けこの山」「愛しき妻らは」で終息することは専ら詠み手の任意、すなわち詩的な飛躍に委ねられていて、そこに論理的な必然性があるわけではない。「詩的な飛躍」を可能にしたのは論理とは別に、感情の流れが歌の脈絡の中に一貫しているからである。すると極論だが、叙述をさらに続けて歌い継ごうと思えば、五・七の二句の後に再び枕詞＋被枕詞などの語句をもってくればよいということになる。したがって、長歌体もまたどこから始めてどこで終わってもよい、決着の定まらぬ、原理的には終わる方法をもたない形式といわなければならない。

五・七の二句を何回もくり返すことが長歌の基本的な律調であるから、これは長歌自身の形式に内在する論理的帰結でもある。大伴家持の越中守在任時代の長歌（自然詠）は、むしろこの特徴を逆手にとって鬱屈する思いの丈を晴らしたといえるのかもしれない。

一方、短歌に目を向けると、ある意味では短歌も長歌の最小単位を内包しているから例外扱いはできない。短歌の前身と目される次の五句体短歌謡などはそのことをよく示している。

八雲立つ　出雲八重垣　妻籠《ご》みに　八重垣作る　その八重垣を　（記1）
大和へに　行くは誰が夫《つま》　隠《こも》りづの　下よ延《は》へつつ　行くは誰が夫　（記56）
多遅比野に　寝むと知りせば　立薦《たつごも》も　持ちて来ましもの　寝むと知りせば　（記75）
うるはしと　さ寝しさ寝てば　苅薦《かりこも》の　乱れば乱れ　さ寝しさ寝てば　（記80）
朝霜の　御木《みけ》のさ小橋《をばし》　群臣《まへつきみ》　い渡らすも　御木のさ小橋　（紀24）
ぬば玉の　甲斐の黒駒《くろこま》　鞍着せば　命死なまし　甲斐の黒駒　（紀81）

右の短歌謡は、一見すると上二句（五・七）と下三句（五・七・七）に分かれて短歌体を実現しているかのようであるが、その内実は第五句の終息句が第二句のくり返しになっている。したがって、実質は第一・二句と第三・四句が対応する偶数四句体で、意味的には第五句はなくてもよいことになる。第五句は歌を終息させるために独立的に添えられたという点では、長歌の終わらせ方とおなじ構造である。ただこれらの短歌謡には、人麻呂長歌にみられた終息七音句の「詩的な飛躍」はない。すると問題は、歌を持続させる原動力としての五・七／五・七の偶数句体の反復、対応のリズムをいかに崩すかという点に焦点化されることになる。

これについては、早くに森朝男による「短歌的修辞の基礎構造――上下句の双分と連接と」という論がある。(15)これは古代和歌の成立を「双分」（掛け合い、対立）から「連接」（調和）への過程に見出そうとする出色の論である。森は、

大君の　八重の組垣《くみかき》　懸《か》かめども　汝《な》をあましじみ　懸かぬ組垣（紀90）
赤玉の　光はありと　人は言へど　君が装《よそひ》し　貴《たふと》くありけり（紀6）
御諸《みもろ》に　築《つ》くや玉垣　斎《つ》き余《あま》し　誰にかも寄らむ　神の宮人（記94）

などの五句体短歌謡にていねいな分析を加えたうえで、そこに「上・下句が反復・双分の構造をやや崩して」「上二句を従とし、下三句が歌の主題を中心的に表出する傾向」にあることを認める。「古代歌謡に一般的な［短句＋長句］の構成単位が次第に崩れ、第二・三句の［長句＋短句］連接が形成される、というかたちで、ここにいわゆる第二句切れ五七調から、第三句切れ七五調へ展開する短歌史の端緒が見えはじめることになった」と俯瞰するのである。また、細部についてみると主想となる心象表現が次第に下句に重点を置くようになり、下句の七・七（長・長）という「重厚な音数律が、この部分に主題を表出させる」ことになったと述べる。その際第三句のつなぎ言葉が第二・三句連接の重要な役割をになうことになる。これによって「万葉の多くの寄物型短歌の地平が見えてくる」というわけである。

この森の把握を本章のテーマに引きつけていうと、短句＋長句の持続のリズムを突き崩したのが第二・三句連接という新しいつなぎ言葉であり、これによってようやく和歌形式内部から終息の論理の必然性が見通せるようになったということである。終息のための七音句の必然性というのは奇妙なものいいであるが、和歌は単に五・

七／五・七のくり返しを止めるための七音句では完結しない、という含意がある。

四

全万葉歌の四分の一を占めるとされる寄物型短歌が、音数律定型としての和歌形式を様式的に支えていることは改めていうまでもないであろう。景＋心の二部形式が成立することで上句と下句が自在に行き交うようになり、万葉歌の表現に安定感をもたらしているのである。

大伴の御津の浜にある忘れ貝家にある妹を忘れて思へや　（巻一・六八）
明日香河川淀さらず立つ霧の思ひ過ぐべき恋にあらなくに　（巻三・三二五）
み熊野の浦の浜木綿百重《ももへ》なす心は思《も》へど直《ただ》に逢はぬかも　（巻四・四九六）
千鳥鳴く佐保の河瀬のさざれ波止む時も無しわが恋ふらくは　（巻四・五二六）
宇治川の瀬瀬のしき波しくしくに妹は心に乗りにけるかも　（巻十一・二四二七）
春楊《はるやなぎ》葛城山にたつ雲の立ちても坐《ゐ》ても妹をしそ思ふ　（巻十一・二四五三）

右に引用した歌は、いずれも下句の心象表現に「類歌性」「類同性」をもつ歌であるが、きまり文句ふうの表現という点でいえば、上句の「（枕詞＋）地名＋物象」表現の型も下句と同様の類型性をもっている。鈴木日出男は、この「心物対応構造」が万葉集の「先験的に賦与された表現形式」であるとみる。(16)景と心の間にある「適度の間隙」が記・紀歌謡にはない豊かな物象表現と心象表現との往来を可能にしたというのは、鈴木の指摘するとおりであろう。

ここではその「先験的に賦与された表現形式」の一歩手前に立ち止まって、「適度の間隙」の因って来《きた》るところについて考えてみたい。「枕詞＋地名」「地名＋物象」の定型が五・七音の韻律を作り出し、そこから導き出されるようにして「心」が表現されるということであるが、すでに指摘されているように、その背景には広く事物一般に宿る霊（アニミズム）への信仰的な感情が伴っていただろう。吉本隆明は『初期歌謡論』の冒頭部に、記・紀・祝詞などの地の文における韻律化された成語・成句・成文・律文・韻文・枕詞の類を抜き出している。そこに取り出された「律文」は実に夥しい数にのぼっているが、その中の一つに古事記・海幸彦と山幸彦神話の、

山さちも／己がさちさち、海さちも／己がさちさち

がある。この語は五・七／五・七の律調で構成されているが、古事記の諸注釈が「「餅屋は餅屋」（餅は餅屋）の諺に同じ」と記すように、すでにもとの意味は忘れ去られている。本来、この律文を含む「易佐知《さちかへ》神話」（記）は、古代国家成立以前の山と海の共同体間の贈与にかかわる伝承を背後にもっている。(17)「山さち」「海さち」の「さち」とはモノとしての道具（釣針・弓矢）の意であり、「己がさちさち」の「さち」とは交換を通して回帰したモノ（釣針・弓矢）に宿るモノ（霊）のことを指している。つまり、ここに始原的な意味での心物対応構造がみてとれるのである。国家成立以前の氏族《クラン》社会では共同体間の紐帯をもたらすという意味で、贈与はすべての行為に優先する互酬の原理であった。贈られたモノは一旦己の手を離れるが、己から遠ざかれば遠ざかるほど聖性を帯びることになる。それと同時に贈られたモノは「新しい主人の手元をのがれて〈もとの古巣〉へ戻りたがり、帰りたがっている」(18)ので、やがて神聖性（呪力）を携えて己へと回帰することになる。この往還の回路は「見る

な」の禁止を蝶番にして現世と他界が交流するメビウスの帯状の位相空間を想起すればよい。メビウスの帯がトーラス（円環）に変容して意識（国家）が発生したところで、その実質的な機能は閉じられることになる。[19]

中央集権的律令国家成立以前の共同体の首長は、贈与（ギフト）の行われる場としてしきりに宴を催し、宴のさなか人びとに土地や武器など様々なプレゼントをふるまうが、その際大量の歌も贈与された。多くの歌を分配することで首長は人びとからますますはるかに遠ざかり、それによってさらなる聖性や権威を帯びることになる。また宴は地名、神名、人格などへの讃詞（贈与）の飛び交う場でもあった。その延長上に万葉集の「雑歌」の詠まれる空間を位置づけることも可能であろう。枕詞はそのような歌の互酬的やりとりの実質的な意味が喪失したところに成立した。

やすみしし↓我が大君
ちはやぶる↓神
ぬばたまの↓夜
あしひきの↓山
ひさかたの↓天

など古層の枕詞と被枕詞の間にある間隙は、「山さちも／己がさちさち」のもつ回帰のしくみを補って考えるべきである。周知のように枕詞は本来、人びとに畏怖の念を抱かせるものであり、それを発することが畏怖すべきモノへの鎮魂の機能を果たすとみられているが、その前提に贈与を通した交換の機能、すなわち讃えるという形で対象を遠ざけ隔離して神聖化してから、改めて聖性を帯びた荘厳な言葉として人びとの元へ降りてくるという機能、それを歌の導入とする機能のあったことを認識しなければならない。

吉本隆明はこの枕詞と被枕を同格同語の〈畳重ね〉とみた。また、同じ論法で上句と下句が心物対応構造をもつ寄物型短歌にも一方の語が他方の語との間で〈虚喩〉の関係が成り立つ〈畳重ね〉とみている。この〈虚喩〉の機能が実質的に失われたところに万葉和歌形式が成立するというのが『初期歌謡論』の結論である。この結論に格別の異論はないが、しかし重要なことは、その前提に贈与を通した「回帰するしくみ」を設定することだろう。くり返しになるが、そこには始原的な意味での、言い換えれば忘却された起源としての心物対応構造がみてとれるからである。

なお、この〈虚喩〉の機能を万葉歌の「音」に即して追究し、心象表現の形成を考えたのが近藤信義の『音喩論』（おうふう、一九九七年）である。

五

私はかつて古代倫理に関する「心」の発生を、「清明心の発生」として論じた。[20]「心」は人に内在するものではなく、神的・超越的な他者（三輪山の天皇霊など）に「面ひ」（敏達紀）合う中から導き出された、という趣旨である。最近、この論のキーワードとして使った「へだての念」（隔離の念）という用語について、精神療法（内観法）の臨床医でかつ理論家の長山恵一が、フロイトの「超自我」に相当する認識と評価した。[21]「清明心」は本来外部から強制されたものであるが、続日本紀・宣命の用例ではそのことが忘れられ、あたかも臣下の内面から自発的に生まれた「心」（忠誠心）であるかのように表現されている。その無意識性がフロイトのいう「超自我」に相当するということであろう。また、この「心」は外からやって来るという論に触発された野田浩子と猪股ときわは、これを歌の「心象」表現の次元でとらえかえし、古代和歌における「景と心」の問題として展開した。野田は「〈心〉は喩によってしか顕わしようのない何者かであり、表現されてはじめて〈心〉たりうることを示している。つまり〈物〉が〈心〉を導き出しているのである」と述べ[22]、猪股は「歌をうたうときにも、「こころ」は向こう側から歌い手についてきて、うたわせてしまうものと考えられていた」と指摘している[23]。私が「清明心の発生」を書いた時点では、これを倫理的な分野に限定して考えていたが、長山恵一、野田浩子、猪股ときわの論を受け、ここでは万葉和歌における心象表現の形成にかかわる問題としてとらえ直してみたい。

野田の「景と心」の論は、多田一臣によって次のように簡潔に要約され、かつ発展的に論じられている。

神的なものとの対応とは、外界との関係によって心が知覚されるその作用の不可思議さをいうのだろう。そのことはまた、「心神《こころど》」（③四五七）「精神《こころど》」（③四七一）「聡神《さときこころ》」（⑫二九〇七）など、「こころ」の表記にしばしば「神」字が用いられる例があることからも確かめられる。／ココロのこうしたありかたは、和歌の基本ともいうべき景＋心の構造の根幹にもかかわってくる。景＋心の「心」とは、平たく言えば歌い手の心情を意味する。和歌の心情表現が「心」になる。……このように、一般的には景を心の比喩と説明することが多いのだが、始原的には、景は比喩ではなく、むしろ心そのものの像であっただろう。景に触発されることで発見された心の姿がそこに感じ取られていたのである。その意味で、「景迹」を「こころ」と訓む例のあることが注意される。……『名義抄』が「景」に「オモハカル（リ）」の訓みを与えており、「景」が心的作用にかかわって理解されていたことがわかる[24]。

さて、このようにして万葉和歌の心象部は形成されてくるのだが、それが七・七音の終息句によって占領されるのはなぜであろうか。

さざなみの国つ御神《みかみ》の心《うら》さびて荒れたる京《みやこ》見れば悲しも　（巻一・三三）
大夫《ますらを》や片恋ひせむと嘆けども醜《しこ》の大夫なほ恋ひにけり　（巻二・一一七）
朝曇り日の入りぬればみ立たしし島に下り居て嘆きつるかも　（巻二・一八八）
家にあらば妹が手まかむ草枕旅に臥《こや》せるこの旅人《たびと》あはれ　（巻三・四一五）
わが形見見つつ思《しの》はせあらたまの年の緒《を》長くわれも思はむ　（巻四・五八七）

物に寄せたふうの短歌なので下句に心情表現が集中するのは当然のごとくであるが、ここまで問題にしてきたことは、形式的にも意味的にも歌を終息させる論理は何かということであった。

真木柱《まきはしら》太き心はありしかどこのわが心鎮《しづ》めかねつも　（巻二・一九〇）

という歌があるように、「心」は鎮まってある状態を基準として、それが異性によって支配されてしまうことを「恋ひ」といい、逆に異性に対して積極的に働きかける状態を「思ふ」といったりする。いずれも鎮まってある「心」の均衡から逸脱する働きを指している（浮遊する「心」を個体が統御できない不可思議な力の作用といってもよい）。したがって、何らかの理由で均衡を失い、遊離し浮遊する「心」には、直接的に言葉に表わさないとしても常にこれを鎮めようとする圧力が加わるので、結果として下句に心情表現が集中することになる。[25]
　その際注意すべきは、下降する「心」の着地点にはしかるべき指標があるということである。津城寛文が折口信夫における「マレビト論」と「鎮魂論」は密接にかかわると指摘するように、[26]「神」（マレビト）が訪れ、鎮まる場所は「清」（聖）なる空間であった。あるいは「祟り」という現象が何らかの神の心のゆらぎにかかわるものであるとすれば、常陸国風土記・久慈郡の載せる立速男《たちはやを》の命《みこと》という祟り神の説話は興味深い例証となる。

東の大き山を、賀毗礼《かびれ》の高峰と謂ふ。すなはち天つ神在《いま》す。名を立速男の命と称す。……神の祟り、甚厳《いといつく》し。……近き側に居《す》む人、毎に甚く辛苦《たしな》みて、状を具べて朝《みかど》に請ひましき。片岡の大連を遣りて敬《ゐやま》ひ祭らしむるに、祈《の》み曰さく「今、此処に坐《いま》せるは、百姓近くに家《いへゐ》して、朝夕に穢臭《けがら》はし。理《ことわり》、坐すべからず。避り移りて、高山の浄《きよ》き境《さかひ》に鎮まりますべし」とまをしき。ここに、神、禱告《ねがひ》を聴きて、遂に賀毗礼の峰に登りたまひき。

祟り神の鎮座の由来を記したものであるが、神を説得する際に世俗の穢れた場所を離れ、「高山の浄き境《さかひ》に鎮まりますべし」と述べているのが重要である。祟り神の鎮まる場所もやはり「清」（聖）なる空間であったことがわかる。延喜式巻第八の「遷却祟神」祝詞に「山川の広く清き地《ところ》に遷り出で坐して」の句が強調されるのと同じ思想であろう。「坐《ます（います）》」（鎮座）とは「清なる空間に鎮座する」という意味である。
古事記においてもスサノヲ（というマレビト）の出雲国への鎮座の由来は次のように記される。

故是を以て、其の速須佐之男命、宮を造作《つく》るべき地《ところ》を出雲国に求めき。爾くして、須賀《すが》といふ地に到り坐《ま》して詔《のりたま》はく、「吾、此地に来て、我が御心、須賀須賀《すがすが》し」とのりたまひて、其地に宮を作りて坐《いま》しき。故、其地は、今に須賀と云ふ。

神の鎮まる場所は「清なる空間」でなければならないことを端的に表現したものであるが、「心」の鎮まってある状態を「我が御心、すがすがし」といっていることが重要である。「我が御心、すがすがし」といった「心」の均衡状態が地名起源と結びつくところに次のようなスサノヲ伝承の変容も生まれることになる。

安来《やすき》の郷《さと》。郡 家《こほりのみやけ》の東北廾七里一百八十歩なり。神須佐乃袁《かむすさのを》の命《みこと》、天の壁立ち廻《めぐ》り坐《ま》しき。その時、此処に来坐《きま》して詔《の》りたまひしく「吾が御心は、安平《やす》けく成りぬ」と詔りたまひき。故《か》れ、安来と云ふ。

（出雲国風土記・意宇郡）

また、古事記は歴代天皇記を叙述するにあたり次のように始める様式をもつ。

畝火《うねび》の白檮原宮《かしはらのみや》に坐《いま》して、天《あめ》の下を治《をさ》めき。（神武天皇）

御真木入日子印恵命《みまきいりびこいにゑのみこと》、師木《しき》の水垣宮《みづかきのみや》に坐して、天の下を治めき。（崇神天皇）

伊久米伊理毘古伊佐知命《いくめいりびこいさちのみこと》、師木の玉垣宮に坐して、天の下を治めき。（垂仁天皇）

大帯日子淤斯呂和気天皇《おほたらしひこおしろわけのすめらみこと》、纒向《まきむく》の日代宮《ひしろのみや》に坐して、天の下を治めき。（景行天皇）

歴代天皇の「天の下を治め」る「宮」は、いちいち断ってはいないがスサノヲ伝承同様「清なる空間」（「坐《いま》す」空間）であったことは、「久邇《くに》の新しき宮を讃めたる歌二首」（万葉集）の反歌に、

三日《みか》の原布当《ふたぎ》の野辺《のへ》を清みこそ大宮所《おほみやどころ》定めけらしも（巻六・一〇五一）

と詠まれているのが証拠になる。「布当の野辺」という場所と「大宮所」の空間が「清み」（「清し」のミ語法）という因果関係によって結ばれているからである。私はこれを「清《す》（居《す》）めば京《みやこ》」と呼んでいる。

さて、このようにみてくると神（マレビト）が心を安め鎮まること、すなわち安息としての着地点を見出すには、「清」（聖）なる条件に満たされていなければならないことがわかった。アナロジーとして、これを和歌形式における心象部の形成に結びつけて考えられないであろうか。神が聖（清）なる場所に心を落ち着けること（鎮座すること）と短歌形式の終息の七音（心象部）の定着とを類比的にみるのである。つまり和歌のジャンル（部立て）に「鎮魂」（挽歌）があるというのではなく、和歌の形式それ自体に「鎮め」の論理が作用しているのではないか、ということである。これによって、実質的にも形式的にも和歌は自己完結する契機をもった。

はじめに触れたように、人は歌を詠むにあたって、「心」という目にみえないものは後回しにして、集団の共有する眼前の「景」の表現から始めた。人びとは景（事物）が共同体の所有としてあることを、すべてのモノには「霊」が宿るというように観念した。その自然（事物）を歌で讃えることはいわば人から自然への純粋贈与であった。これによって「景」は己からますます遠ざかり神の領域に近づくことによって畏怖すべき存在となったが、それ故に聖性を帯びて〈もとの古巣〉へと戻ってくるのである。これを鈴木日出男のいう「景」と「心」の間にある「適度の間隙」とみてもよい。この始原的な心物対応が古代和歌における心象部の形成に密接しつつ、かつその意味が忘れ去られた後も、いわば集団的な超自我として無意識裡に歌を終息させる圧力として働いていたのではないか、ということである。

古代の日本語には「ゐや」（礼）という言葉があって「敬う」の語源でもあるが、この語を子細に分析すると対象を神の領域に遠ざけて神聖化してから人の心へと回帰する仕組みを表わした語であることがわかる。「清明心」の内実にあたるといってよいが、つまるところ、ここまで述べてきた歌を詠むという営みも、根源的には聖なるものへの畏怖（「へだての念」）という古代倫理の発想に規制されてあったということになる。

注

（1）土橋寛『古代歌謡の生態と構造』（塙書房、一九八八年）。
（2）古橋信孝『古代歌謡論』（冬樹社、一九八二年）など。
（3）工藤隆「現地調査報告　中国雲南省剣川白族《ペー》の歌垣」（『大東文化大学紀要』第三五号、一九九七年）、同『中国少数民族歌垣調査全記録1988』（共著、大修館書店、二〇〇〇年）、同『四川省大涼山イ族創世神話調査記録』（大修館書店、二〇〇三年）、同『雲南省ペー族　歌垣と日本古代文学』（勉誠出版、二〇〇六年）など。
（4）居駒永幸「日本古代の歌垣」（『歌の起源を探る　歌垣』共著、三弥井書店、二〇一一年）。
（5）呉哲男「歴史の隠蔽について」（『古代日本文学の制度論的研究』おうふう、二〇〇三年）。
（6）J・C・スコット『ゾミア』佐藤仁監訳、池田一人ほか共訳（みすず書房、二〇一三年）。
（7）辰巳正明『詩の起原』（笠間書院、二〇〇〇年）。
（8）岡部隆志「白族《ペー》「海灯会《ハイドンホイ》」における歌掛けの持続の論理」（『中国少数民族歌垣調査全記録1988』注3）。
（9）注7に同じ。
（10）注8に同じ。
（11）呉哲男「女歌の系譜」（『古代言語探究』五柳書院、一九九二年）。
（12）森朝男『古代和歌と祝祭』（有精堂、一九八八年）。
（13）西條勉「定型の母胎」（『アジアのなかの和歌の誕生』笠間書院、二〇〇九年）。
（14）同「記紀歌謡にもどって」（注13に同じ）。
（15）森朝男「短歌的修辞の基礎構造――上下句の双分と連接と」（『古代和歌の成立』勉誠社、一九九三年）。
（16）鈴木日出男「万葉和歌の心物対応構造」（『古代和歌史論』東京大学出版会、一九九〇年）。
（17）呉哲男「古事記の神話と対称性原理」（本書所収）。
（18）M・モース『贈与論』森山工訳（岩波書店、二〇一四年）。

(19) 中沢新一「神の発明」(『カイエ・ソバージュ』第四部、講談社、二〇一〇年)。
(20) 呉哲男「清明心の発生」(古代文学会編『シリーズ古代の文学3 文学の誕生』武蔵野書院、一九七七年。後に一部省略して『古代言語探究』に所収)。
(21) 長山恵一「天皇制の深層(2)」(『現代福祉研究』第七号、二〇〇七年。同論はネット上に公開されている)。
(22) 野田浩子「〈もの〉と〈こころ〉」(『万葉集の叙景と自然』新典社、一九九五年)。
(23) 猪股ときわ「歌の「こころ」」(『歌の王と風流の宮』森話社、二〇〇〇年)。
(24) 多田一臣「こころ」(同編『万葉語誌』筑摩書房、二〇一四年)。
(25) 中嶋真也「おもふ」(注24に同じ)。
(26) 津城寛文『折口信夫の鎮魂論』(春秋社、一九九〇年)。

第二章　表象としての東歌 (一)

一　古代文学にとって東国とは何か

「東国」（アヅマ）は不思議な空間である。時に、三関（伊勢・鈴鹿、美濃・不破、越前・愛発）より東といい、また足柄峠、碓日峠より東ともいい、あるいは東海道遠江・東山道信濃より東ともいう。これに陸奥が加わったり、除外されたりする。さらに東国内の「日高見国」は、常陸にあったかと思えば、宙を飛んで奥羽地方に移る。要するに記・紀・風土記などに記された古代東国とは、伸びたり縮んだり移動したりする空間であり、この伸縮自在さは「東国」（アヅマ）なる概念がこの上もなく「心象地理」（E・サイード）的なものであることを示している。地理的区分が心象作用として行われるとすれば、それは多分に恣意的なものとなり、そこでは自己にとって身近なものと遠く隔たったものとの差異性ばかりが強調されることになる。東国（アヅマ）は遠く隔たった異質な地域であるという感覚は、むろん中央ヤマトの人びとのものである。中央ヤマトの人びとは、自己に身近な世界と境界のはるか東方に横たわる世界を心の中で区別する。その結果、おのれの空間にとってなじみの薄い「彼等の」空間は、野蛮人の住む土地だという地理的区分を押し付け、そこをさまざまな空想で満たそうとする。東国の視察から戻った武内宿禰の報告はそのことを象徴的に示している。「東夷《あづまのひな》の中に、日高見国《ひだかみのくに》有り。其の国の人、男女並に椎結文身《ついけんぶんしん》し、為人《ひととなり》勇悍《ようかん》なり。是総て蝦夷《えみし》と曰ふ。亦土地《くに》沃壌《よくじやう》にして曠《ひろ》し。撃ちて取るべし」（景行紀・二十七年）。この報告を根拠に、その後ヤマトタケルの東征説話が展開するのはいうまでもない。武内宿禰が東国人の習俗は野蛮でその性格は猛々しいと夷狄視する時、その言外に「我々」都の文明世界との対比があることに注意すべきである。同時に「土地沃壌にして曠し」といって、東国は無尽蔵の富に包まれた国だとのあこがれも語られている。ここにあるのは東国の実状いかんではなく、「我々の」世界と「彼らの」世界は本質的に異質なのだという一つの強固なイメージを付与しようとする意識である。そこでは蔑視と憧憬が矛盾なく同居している。こうして東国は「我々」を遠く隔てる差異として劇化され、その結果われわれ中央貴族（律令官人）という自己意識はさらにいっそう強化されるのである。

　これを説話世界の話としてすますわけにはいかない。なぜなら、この感覚はそのまま万葉集の東国理解へと持ち越されているからである。巻十四「東歌」を先取りするかのように高橋虫麻呂は筑波山の歌垣ならぬ「嬥歌《かがひ》」の行事を「人妻に　吾も交じらむ　わが妻に　他《ひと》も言問《ことと》へ」（巻九・一七五九）と、まるで東国の習俗には未だ野蛮な乱交行事が残っているかのように歌う。この律令の規範に抵触する行事は、しかし「この山を　領《うしは》く神の昔より　禁《いさ》めぬ行事《わざ》ぞ」として、単なる野蛮な習俗であることは否定され、神に許された「聖なる野蛮」であることが強調されている。しかもこの「聖なる野蛮」さは「自坂已東諸国男女」（常陸国風土記）、すなわち足柄の坂から東の諸国の男女という地理的区分とともに語られる。なかでも東国女のイメージを伝える恰好の題材として虫麻呂によって取り上げられたのが「上総の周淮《すゑ》の珠名娘子《たまなのをとめ》」であったことはよく知られている。珠名娘子は夜ごと男どもの誘惑をすべて受け容れてしまう「胸別《むなわけ》の　ひろき吾妹《わぎも》」（巻九・一七三八）、すなわち胸は高いがプライドは低い愚かな（「たはれてありける」）女として描き出されている。(1) しかし、東国女を一方的に侮蔑しようというのは虫麻呂の本意ではない。なぜなら、「玉桙《たまほこ》の　道行く人は　己が行く　道は行かずて　召ばなくに門に至りぬ」というように、珠名娘子は他方で全男性のあこがれの的としても歌われているからである。ここでは珠名娘子もまた「聖なる野蛮」さをそなえた存在なのだ。だがそうであるにしても、こうした舞台の仕掛けが中央ヤマトの貴族たちの好奇のまなざしを十分に意識した虫麻呂の演出であることには疑いの余地がない。

ことわるまでもないが、東国が異質な世界であるというイメージをふりまいたのは、ひとり奈良朝文学だけではない。「舌だみ」（拾遺集七・四一三）とか「いやしきあづまごゑ」（源氏物語・東屋）というような東国の言葉を蔑視するものいいが、平安朝文学にも散見される。それだけにこうした排他的構造の成り立ちを発生論的に定位する必要がある。要するに、古代文学にとっての問題は東国それ自体にあるのではなく、そこにまつわりつくさまざまなイメージ（表象）にある、といえる。すなわち、問題は東国がいかにして「東国化」されたかということである。

二　表象としての東歌

中央貴族の和歌集である万葉集が、わざわざ非貴族的な東国の歌一巻を収める理由は何か。それは万葉集にとって「東歌」が「隠された自己」、もしくは自己を映し出す鏡に他ならないからだ。「東歌」二百三十余首に盛られた「聖なる野蛮」さは、中央貴族が東国という異文化をまなざす際にもった「蔑視と憧憬」という相矛盾する意識を映し出すものである。万葉集は東国の歌を「聖なる野蛮」として疎外することにおいて、見かけとは裏腹に古代貴族和歌集としての自己確認を果たしている。このような意味でいえば、「東歌」一巻は万葉集が自らのアイデンティティーを獲得するために幾度となく立ち戻ろうとする歌の源泉であるのだ。ここでは「表象」（representation）という概念を用いてそのことを明らかにしてみよう。(2)

くり返していえば、万葉集・巻十四に収められた「東歌」とは、中央貴族にとって「蔑視と憧憬」（聖なる野蛮）の間を揺れ動く体験であった。そこには新鮮なものに対して感じる喜びと、野蛮なものに対して抱く侮蔑の念が入り混じっている。万葉編纂者は、東歌が貴族和歌集の付属物であるという役割を十分に考慮して、そのために必要な形態を付与する。その結果、「東歌」に割り当てられた性格は野卑な官能性、汗の匂いのする労働、何とも説明のつかない俚言などであり、これらが東歌の特徴として配分される。そこにあるのは東国という異質な文化への正当な他者理解ではなく、「聖なる野蛮」の表象を通して、逆に自らのアイデンティティーを形成しようとする意識である。東歌が、中央貴族にとってなじみ深い定型短歌に統一されていることは、東国のもつ無限の豊かさをわがものにしようとした「表象技術」（和歌形式）の勝利である。

ところで、巻十四「東歌」に柿本人麻呂歌集の歌が混在していることは周知に属するであろう。このことは、『万葉集略解』が「東ぶりならざる」歌と指摘して以来、諸注釈の説明に苦労している点である。武田祐吉があえて「東歌を疑ふ」という項目を立てたのも『略解』の発想を直接継承するものであった(3)。戦後「東歌」研究史が、東歌を東国民謡の素朴な反映とする説の否定に重点を置くことで形成されてきたのは、『略解』の指摘の延長上にあるといってよい。詳しい紹介は省略に従うが(4)、早くに亀井孝が、音韻面の分析から東国方言の東歌への直接的反映を否定して、「萬葉集巻十四も、他の巻に劣らず、純然たる貴族文学の文献である(5)」と断じ、これを承ける形で浅見徹が中央貴族による「東言葉らしき観念的俚言」偽装の可能性を論じた(6)。現在の東歌研究の水準は、これらの見解を批判的に継承する品田悦一が、東歌成立の契機を東国に根ざした文化的成熟にみようとする見解を否定し、東歌は八世紀に固有の中央と地方の「交通」の所産と規定し、中央集権的な国家秩序の側の働きかけに軸足を置く認識に示されているといってよい(7)。とりわけ、東歌成立の要因を在地に置く論者たちの指標である、中央文化の東国への「波及・摩滅・混入の三原理」を疑問視して、ならばそのような経緯を経て生まれた在地の歌が「東歌」成立以後「杳として行方知れずになってしまうのはなぜだろうか」と問うのは痛烈である。(8)むろん、東歌の発生基盤に集団的・民謡的・方言的な特徴のあることは何人も否定できないが、だからといってその成立契機を東国の側に置くと、「鄙の国」たるアヅマの「聖なる野蛮」な歌々こそ万葉集の自画像形成に不可欠な構成要素である、という本質を見誤ることになりかねないのである。

三 中間領域としての巻頭五首

東歌研究は、まず東歌は東国に根ざした歌でなければならず、かつ東国に主体を置いた歌であってはならない、という二律背反の中にあることを認めるところから出発すべきである。これはどういうことであろうか。巻十四の巻頭を飾る五首を手がかりにしてこの問題に接近してみよう。

夏麻《なつそ》引く海上潟《うなかみがた》の沖つ渚《す》に船はとどめむさ夜更けにけり　（三三四八）

右の一首は、上総国の歌の歌

葛飾《かづしか》の真間《まま》の浦廻《うらま》を漕ぐ船の船人《ふなびと》騒ぐ波立つらしも　（三三四九）

右の一首は、下総国の歌

筑波嶺《つくはね》の新桑繭《にひぐはまよ》の衣《きぬ》はあれど君が御衣《みけし》しあやに着欲しも

或る本の歌に曰はく、たらちねの又云く、あまた着欲しも　（三三五〇）

筑波嶺に雪かも降らる否《いな》をかもかなしき児ろが布乾《にの》さるかも　（三三五一）

右の二首は、常陸国の歌

信濃なる須賀の荒野《あらの》にほととぎす鳴く声聞けば時すぎにけり　（三三五二）

右の一首は、信濃国の歌

右の五首は直接「雑歌」とは記されていないが、巻十四の目録には総題「東歌」のあとに「上総国の雑歌一首」とあって、五首すべてに「雑歌」の表記があるので、「伝来の間に脱落したもの」（伊藤博『万葉集釋注』）と考えられている。だが、なぜ上総国から始まるのか。以下に続く「相聞」（三三五三〜三四二八）には、東国の範囲である遠江国・駿河国・伊豆国・相模国・上総国・下総国・常陸国（東海道諸国）・信濃国・上野国・下野国・陸奥国（東山道諸国）の順に整然と歌が配列されているので、確かに巻頭五首が上総国の歌から始まるのは「相聞」に比較して唐突な感じがする。そこからこの雑歌五首は「本来は巻十四東歌の巻頭を飾る歌ではなかった」（『釋注』）との推測が生じることにもなる。だが、本来この「雑歌」がそれに続く「相聞」と同様に遠江国・駿河国・伊豆国……の順に並んでいたにせよ、最終的に現行テキストにある歌が選択されたのには、それなりの意味があったと考えなければならない。

実はこの問題は古くて新しい問題である。はやくに賀茂真淵が「こゝにのする五首の中、初二首と末一首は、東ぶりならず」（『万葉考』）と指摘して以来、前述のように「東歌を疑う」（武田祐吉）類の論は絶えることがない。また、それに対して「東歌を疑う」必要はないとする反論がくり返されてきた、というのが東歌研究の現状である。

そこでまず三三四八の歌をみる。周知のように、万葉集の中にはこの歌の類歌が三首ある。

夏麻引く海上潟の沖つ洲に鳥はすだけど君は音もせず　（巻七・一一七六）

我が舟は比良の港に漕ぎ泊てむ沖へな離《さか》りさ夜更けにけり　（巻三・二七四）

我が舟は明石の水門に漕ぎ泊てむ沖へな離りさ夜更けにけり　（巻七・一二二九）

巻七・一一七六歌について、中西進『万葉集全訳注』は、三三四八の東歌と「むしろ入れ代わるのが妥当」と注しているように、三三四八は始めから東歌らしくないのである。また、水島義治『万葉集全注』巻十四も「一語の訛音・訛語も用いられていないし、歌いぶりや歌のひびきも何ら都人の作とは変わらない。この点からは、確かに「東ぶり」ならざるものである。いずれにしても自ら漁撈に従い、それを世過ぎとする者の歌でないことは確かであろう」と指摘し、東国地方に出自する生活人の歌であることを否定している。それではなぜ東歌の巻頭は「東ぶりならざる」都ふうの歌なのか。

おそらく東歌の原資料となる歌の蒐集は雅楽寮の前身たる宮廷楽府（宮廷歌儛所）の楽人たちによって集められ、編集の手が加えられることで東国の雑多な歌謡類も定型短歌へと整えられていったものと考えられる。その際、蒐集所の編集方針は前述の「東歌は東国地方に根ざした歌でなければならず、かつ東国地方に主体を置いた歌であってはならない」という命題《テーゼ》であったはずだ。その理由は後述するとして、その方針に従えば、三三四八の作者は奈良の都から上総国へ派遣された国司ということになる。海上郡は上総と下総の二ヶ所にあるから、実際にどちらで詠んだ歌かは作者も含めはっきりしない。しかし、問題は事実関係ではなく、東歌編纂上の一典型《タイプ》として上総国の国司の歌、すなわち都からやって来た官人が上総の地で詠んだ歌とみなすことができれば、それでよいのだ。

これは二首目の三三四九の歌の場合も同じで、巻七・一二二八に次の類歌がある。

風早の美穂の浦廻を漕ぐ船の船人さわく波立つらしも

どちらの歌も、船上で漁撈に従っている海人の歌ではなく、そこから距離を置いて風景として眺めている都（ヤマト）の旅行者（官人）の歌である。「美穂」は和歌山県の三尾で、三三四九はそれを下総の真間の地に置き換えたものである。前歌と同じく編集方針の上から、あえて律令官人による東国の生活風景を詠んだ歌とわかるように配置されている。

次に三首目、三三五〇の歌意は次のごとくである。

筑波嶺一帯の、新桑で飼った繭の着物はあり、それはそれですばらしいけれど、やっぱり、あなたのお召し物がむしょうに着たい。　（伊藤『釋注』）

この歌のポイントは、「あなた」と訳された「君」（伎美）にある。東歌二百三十八首中の二十首（三三六一・三三六五・三三七四・三三七七・三三八八・三四〇〇・三四一三・三四四八・三四七〇・三四七五・三四九三・三四九五・三四九八・三五〇六・三五一四・三五二一・三五二三・三五五八・三五六一・三五六八）に「君」が詠み込まれている。むろん「君」というからには女性の立場からの歌であるが、

武蔵野の小岫《をぐき》が雉《きぎし》立ち別れ去《い》にし宵より背ろに逢はなふよ　（三三七五）

信濃道《しなのぢ》は今の墾道《はりみち》刈り株《ばね》に足踏ましなむ履《くつ》はけわが背　（三三九九）

などの歌のように「背」と呼ばず「君」としているところが重要である。渡部和雄が「東歌では「君」というのは都から来た官人を指して言う」と指摘しているように、ここでは東国の女と「都から来た官人」という非対称な男女関係の恋が詠まれているのだ。(9) この「君」と呼びかける歌の外《そと》には「都から来た官人」の世界が広がっていて、一見地方色豊かな歌とみえても、その前提には都（律令官人）の関与があり、必ずしも東国に主体のある表現とはいいきれない面がある。たとえば、「武蔵嶺の小峰見かくし忘れ行く君が名かけて吾《ね》を哭し泣くる」（三三六二）の場合、「相模嶺の小峰見かくし忘れ来る妹が名呼びて吾《ね》を哭し泣くな」（或る本歌）と対の関係にあり、「忘れ行く君」と「忘れ来る妹」の立場の相違から詠まれている。二歌は「忘れる」という言葉の共有から次の歌との比較が参考になる。

藤原宇合大夫の遷任して京に上る時に、常陸娘子の贈る歌一首

庭に立つ麻手刈り干し布さらす東女《あづまをみな》を忘れたまふな　（巻四・五二一）

この歌の「常陸娘子」は遊行女婦で、藤原宇合が常陸国府での任を無事に終えて奈良の京へ帰郷する折りの送別の宴で詠まれたものとされる。私のような卑しい「東女《あづまをみな》」でもどうぞ「忘れたまふな」と詠んだ儀礼的な挨拶歌である。すると、三三六二の歌も同じようなケースと考えることができる。「忘れ行く君」は任を終えて京へ帰る「官人」であり、「吾を哭し泣くる」と詠むのは送り出す側を代表する遊行女婦の儀礼的な挨拶歌ということになる。渡部和雄が「ここは送別儀礼の場であるから、個人が泣いているわけではなく、送る側が泣いているという表現である。帰京する官人の名を呼んで、私達は泣くことよ、といっているわけである」と解釈しているのが正解であろう。(10) 東国を舞台としつつ視線はヤマトに向けられているのだ。この他、「君」という言葉の有

無とは別に、大半の東歌も子細に検討すれば右の用例と事情を等しくすると考えられる。

四首目の三三五一歌は、巻頭五首のうち最も東歌らしい生活感をただよわせたもので、ベースには歌垣の祭りにおける男女の掛け合い歌がありそうだ。唯一訛り（「布《にの》」）をもった歌でもある。

末一首の三三五二歌は、東国の果て、信濃の地で都のほととぎすを詠むという趣向で、巻頭五首の性格を端的に表わしている。周知のように、ほととぎすは東歌の中にはこの一例しかなく、東国との縁は薄い鳥とされている。また「信濃なる」という信濃の地を対象化した詠みぶりも「東国人ならぬ都人の詠で」「具体的には国司として信濃の地に赴任していた人」（信濃国府の官人）が「時鳥の声を聞くにつけても、都の妻を離れてはるけくも遠く来ていること、東国の異郷にあって久しくも時をへていること」（『釋注』）を感慨深く詠んだものとされている。

以上のようにみてくると、東歌の巻頭五首が「東歌は東国地方に根ざした歌でなければならず、かつ東国地方に主体を置いた歌であってはならない」という二律背反の中に位置づけられた、東歌の命題《テーゼ》を象徴するものであることがわかるであろう。問題は、東歌はなぜそのような引き裂かれたともいうべき状況を抱え込まされているのか、ということになる。

この問題を考えるには、それでは逆に巻頭を飾るにふさわしい、いわゆる「東ぶり」の歌とは何か、ということを思い浮かべてみるのがよい。ただちに想起されるのは貴族たちが決して口にしない性愛の直截的表現、すなわち「寝」（「嶺」「根」）、「愛し」といった言葉を含んだ一連の歌々である。

上野安蘇《かみつけのあそ》の真麻群《まそむら》かき抱《むだ》き寝《ぬ》れど飽かぬを何《あ》どか吾《あ》がせむ　（三四〇四）

伊香保ろの八尺《やさか》の堰塞《ゐで》に立つ虹《のじ》の顕《あらは》ろまでもさ寝をさ寝てば　（三四一四）

川上の根白高萱《たかがや》あやにあやにさ寝をさ寝てこそ言に出にしか　（三四九七）

ま愛《かな》しみさ寝に吾は行く鎌倉の美奈の瀬川に潮満つなむか　（三三六六）

潮船の置かれば愛《かな》しさ寝つれば人言《ひとごと》しげし汝《な》を何《ど》かも為《し》む　（三五五六）

新田山嶺には着《つ》かなな吾によそり間《はし》なる児らしあやに愛《かな》しも　（三四〇八）

貴族たちが詠めば赤面するに違いない右の歌々は、しかし貴族、庶民の違いを超えて恋愛相聞の本質を言い当てる言葉であり表現だ。東国の人々の臆面もないこうした歌に初めて触れた中央貴族は、ここに新鮮なものに対して感じる喜びと、粗野な表現に対して抱く軽侮の念が入り混じる経験、すなわち蔑視と憧憬（聖なる野蛮）の間を揺れ動く体験をすることになる。ひとりの人間の心の中で蔑視と憧憬が逆説的に一致する（どちらも自分の隣にいる普通の他者の詠む歌とみなしていない点で同じ）状態とは、換言すれば、中央ヤマトの官人層が、東国という異文化との出会いに際して、未知なものに対する恐れと喜びの間を揺れ動いている状態にあることを示している。このような場合、人はそこに「中間的な領域」（E・サイード）を考え出し、異質なものに対する感情的脅威を緩和させようとする。すなわち、東国の異質さといってもよくみると、それは「我々」が全く初めて目にする新しいものというわけではなく、既知のものの変形に過ぎないのではないか、と考えるのである。新奇とみえたものが実は「我々」がもつ原型（都ふうの歌）の焼き直しに過ぎないとみずからに適応させることによって、異文化に向かい合う感情の重圧を軽減し馴致可能なものへと移行させるのである。このような移行過程、すなわち「中間的な領域」（ニュートラルゾーン）に最もふさわしい歌として選び出されたのが「巻頭五首」ということになる。このようないわば「地ならし」（均質化）ともいうべき過程を経て、初めてニュアンスに富んだ東国独自の「異文化」を受容することが可能になるのである。

この「中間的領域」の導入という手続きを中央貴族和歌集・万葉集における巻十四・東歌編纂の問題へ及ぼして考えてみれば、巻頭五首の定着も、右のような東国に対する「心象」作用と類比的に考えることができる。すなわち、東歌の巻頭を飾る歌（雑歌）は、まず三三四八、四九のような都の律令官人の「視線」を経て、いわゆる「東ぶりならざる」歌として配置されることで、この「均質化」を前提に、以後三三五〇、五一の歌のように安んじてその独自性——東国方言の中で汗の匂いのする労働と性愛の官能的喜びを詠み上げる——を発揮することが可能になったのではないか、ということである。

四　仮名表記の問題

東歌がなぜ一字一音の仮名表記で書かれているのか、という問題も右の「中間的領域」と密接なかかわりがある。一字一音表記が可能にする東国方言について、それを「観念的俚言」という言い方が適当か否かは別にして、広く中央語圏からの相対化作業とみなせば、正訓字表記からの書き改め（原資料の解体再編）問題を含め、いずれも「中間的カテゴリー」への編入プロセスの問題として位置づけることができるだろう。

土佐秀里は、万葉集の仮名表記は国語史的な文字表記の発達過程とは逆に、万葉後期に入ってから用いられているので、最も高度な表記体系に属すると指摘している。また、こうした文芸的に成熟した表記体系の中で、あえて一字一音の仮名表記が採用された東歌には、万葉集の中に占める東歌固有の位置、もしくは固有の価値の追究があったはずだという点に注意を喚起する。さらに、東歌の一字一音表記は東国方言を仮構するために必要とされた措置で、「「歌」に「方言」を交えるという方法は、中央貴族によって、新たな表現技法として開発されたもの」であるとし、なぜ中央貴族はそのような人工的な「方言」を必要としたかに言及している。それによると

「中央貴族たちが必要としていたのは、本物の野生の言語などではなく……適度な異質さであり、了解可能な差異であった。そして〈了解可能な差異〉こそが、中央貴族が「東国」に対して求めたものだった」と結論づけている。(11) 私はこの土佐の見解に基本的に同意するものであるが、絶対的差異でなく「了解可能な差異」の創出という概念自体、私のいう「中間的領域」の成立を前提にして初めて可能になる点に留意すべきである。東歌は中央貴族にとってなじみ深い定型短歌で統一されている点において了解可能であり、かつ東国方言が混ざる部分で了解不能である、というのが土佐のいう「了解可能な差異」の創出ということであろう。

これを要するに、「東ぶりならざる」歌が「東ぶり」を可能にするのであって、その逆ではないということである。

前述のように、恋愛感情にともなう「寝」「愛《かな》し」といった表現が東歌の独占するところとなり、都人がそれを詠もうとすると、

ぬばたまの夜霧の立ちておほほしく照れる月夜の見れば悲しさ　(巻六・九八二)
春の野にすみれ摘みにと来しわれそ野をなつかしみ一夜寝にける　(巻八・一四二四)
春の野に霞たなびきうら悲しこの夕かげに鶯鳴くも　(巻十九・四二九〇)

といった内省的な叙景表現へと傾斜しがちになるのは、中国文化摂取をパラダイムとする中央集権的律令国家体制に組み込まれた都人たちのむしろ生存の条件であった。しかし、「都の風雅」という名のグローバリズムへの一体化は、一方で当然それに対する違和感、すなわち人間の本性的な表現への抑圧として受け取られるものである。その時、中央貴族たちは肉体性を失った「かなし」みの代償として、東国という周縁の歌の中に官能の直截

的表現への喜びを見出すのだ。いわば抑圧されたものの回帰として。東歌が万葉集にとって「隠された自己」、あるいは「自己を映しだす鏡」であるというのはこのような意味においてである。

五 〈表象＝代表〉としての防人歌群

防人歌の現在の研究水準はどのあたりにあるのか。実は肝心のこの点が私には十分把握できていない。したがって、ここでは「表象」（representation）という概念を用いることで以下の議論ができるというに過ぎない。天平勝宝七歳諸国防人歌群（巻二十）の問題は、その表現内容が訛語の多用という外形とは裏腹に、いわゆる防人歌としての独自性が乏しいことである。渡部和雄の「家持は自らの抒情に似せて防人歌の発想を規制したのである」という指摘が端的に示すように[12]、一連の防人歌群は「既知のものの変形に過ぎない」「「我々」がもつ原型（都ふう）の焼き直しに過ぎない」という評価を否定できないのである。大伴家持は、兵部省の兵部少輔の立場から防人歌群を蒐集するにあたり、これを都人（律令官人）の感性になじみ深い羈旅相聞悲別発想歌の外側にさまよい出ないように防人部領使への訓示という形でディシプリン（規律＝訓練）を課した。というのも東国諸国の部領使によって初めて家持に届けられた防人歌群は、家持の目には手当たり次第にかき集められた、およそ収拾のつかない散漫な歌の集積と映ったに違いないからである。「拙劣歌は取り載せず」というもの言いがそれを裏づける。家持は、このとらえどころのない歌群を受け手にとってのあるべき姿に変形してから宮廷に届けようとした。その結果、防人歌群は、苛酷な運命に翻弄される防人たちの悲しみの表出という一個の明確な抒情として把握可能なものへと導かれたのである。今私たちが読むことのできる万葉集・巻二十の中の歌々がそれだ。

しかし、一方でこのことは、防人は防人自らの感情を表出できない、誰かに代表（representation）して表象

（representation）してもらわなければならないということを意味する（むろん防人自身の関知するところでも承認するところでもないが、それは無視される）。「天平勝宝七歳乙未二月、相替遣筑紫諸国防人等歌」（巻二十）と題された歌群に割って入るかのように大伴家持の歌（長歌四首、短歌十六首）が挿入されているのはこのためである。そのうち長歌一首（四三九八）の題詞「防人の情と為りて思を陳べて作れる歌」は、防人歌群の意義を象徴的に示している。すなわち「防人の情と為りて」とは、防人の気持ちになり代わって＝代表（representation）して、という意味であり、「諸国の防人等の歌」は家持によって「表象」（representation）されるものとして在ったことがわかる。その結果、巻二十に収められた防人歌は、まるで家持のおかげで存在しているかのような観を呈することになった。

都人（官人層）の羈旅相聞悲別発想歌にはなく、防人歌群のみの特徴とされる「父・母」を詠む歌の存在も、渡部和雄によれば「別離の対象の〈父母〉の表現も官人の系譜を流れて家持に到りついているのである。防人難波歌壇における大君の命畏み・父母に別れ・神に祈り、という図式は家持に基礎を置く」ものであったと総括されるゆえんである。(13)

いわゆる「難波歌壇」を実体化して考えるのは疑問であるが、難波津の場が防人歌群の形成にとって決定的に重要であったことに変わりはない。家持が課したディシプリン（規律＝訓練）とは、具体的には難波津を場としていると考えられるからである。渡部和雄の仕事を批判的に継承する林慶花の分類によれば、⑴歌の場への参加による作歌指導、⑵蒐集された歌の添削、⑶部領使への訓示など、三つの可能性が想定されるという。(14)

難波津は、東国諸国から家郷を離れ別々のルートでやってきた防人たちが結集する地点であると同時に、筑紫へ向けた海路の旅へ再出発する地でもあった。林慶花によれば、兵部少輔家持をはじめとする「律令国家の側にとっては難波津こそ防人軍の出発地であり、防人の側は二重の出発地（家郷という私的な出発地と派遣軍としての公的な出発地）を抱えていた」という。[15] その難波津で詠まれたことが確実な防人歌の多くに、出航にあたって眼前にない家人の不在を歎く共通の抒情がみられるという指摘は示唆的である。なぜなら representation という概念には、「再現前」という意味も含まれているからである。

大君の命畏み磯に触り海原渡る父母を置きて（四三二八）
八十国は難波に集ひ舟飾りあがせむ日ろを見も人もがも（四三二九）
難波津に装ひ装ひて今日の日や出でて罷らむ見る母なしに（四三三〇）
百隈の道は来にしをまた更に八十島過ぎて別れか行かむ（四三四九）
白波の寄そる浜辺に別れなばいともすべなみ八度袖振る（四三七九）

家持にとって難波津は、防人歌を表象＝代表（representation）する場として存在したが、一方、防人たちにとっての難波津とは不在の家人を改めて招喚する「再現前」（representation）の場であったことになる。このことは、音仮名表記の原資料性の問題を含め、防人たちの家郷からの表現や難波津へ向けての経過地からの表現を実体化して考えることの危うさを示唆するものである。すなわち、難波津は不在の対象の代理となることで、それらを再現前させる表象作用をもつ。難波津に現前しているものを通して、不在の家郷（父母・妻子）へと防人たちを送り返す作用をもつのである。すでに存在していたものの再現前のみならず、これから存在するであろうもの、あるいは潜在的に存在していた願望をも現前化する場、それが難波津であった。いわゆる「防人歌群」が巻十四ではなく巻二十に載ることの意味を私は以上のように考える。

なお、東国出身の農民戦士たる防人（東国人）たちが、その抑圧された本性を解放して中央貴族を打倒するのは、鎌倉時代以後を待ってのことであった。

注

（1）多田一臣は、高橋虫麻呂の筑波山の嬥歌の歌と上総の周淮の珠名娘子の歌をあげて次のように述べている。

興味深いことに、このエキゾチシズムは、植民地時代の西洋のオリエンタリズムの思考ともきわめて類似する。E・サイードによると、植民地の女たちは、限りない官能の魅力を発散し、多少なりとも愚かで、男に唯々諾々と従う存在として造型されるという（E・サイード『オリエンタリズム』平凡社ライブラリー、一九九三年）。この性的魅力をたたえた女の像は、珠名娘子の姿とぴったりと重なる。……こうした東国幻想を生み出すことで、大和の王権は東国をその内側に抱え込み、国家としてのありかたを定位していったのではないか。

（「東歌と防人歌」、多田編『改訂　上代の日本文学』日本放送出版協会、二〇〇四年）。

（2）「表象」（representation）という概念は、M・フーコーが『言葉と物』（新潮社、一九七四年）で用いて以来一般に定着した言葉であるが、ものそのものではなくそこから思い描かれたイメージや記号という意味の他に、「かわりになること」（代表）、不在の対象の代理となることで、それを「再現前」させるといった意味がある。本章では、E・サイード『オリエンタリズム』（平凡社、一九八六年）の用法に拠っている。また、この概念がM・フーコーやE・サイードの用法を離れて、広く一般に社会的・文化的事象の分析に用いられていることは周知の通りである。

（3）武田祐吉「東歌を疑ふ」（『上代国文学の研究』一九二一年）。

（4）東歌研究の現在の水準については、品田悦一に簡潔で要を得た分析があるので参照されたい（「東歌の文学史的位置づけはどのような視野をひらくか」『国文学　解釈と鑑賞』一九九〇年五月号）。

（5）亀井孝「方言文学としての東歌・その言語的背景」（『文学』一九五〇年九月号）。

（6）浅見徹「上代の東国俚言」（『萬葉』第四〇号、一九六一年）。

（7）品田悦一「万葉集東歌の原表記」（『国語と国文学』一九八五年一月号）、同「万葉集東歌の地名表出」（『国語と国文学』一九八六年二月号）、同「万葉集巻十四の原資料について」（『萬葉』第一二四号、一九八六年）など。なお、品田がこうした実証的研究の上に『万葉集の発明』（新曜社、二〇〇一年）を著し、万葉集が貴族から庶民までの歌を載せる一大国民歌集である、といった紋切り型説明の虚構性を暴いたのは記憶に新しい。
（8）注4に同じ。
（9）渡部和雄「遠江国・駿河国・伊豆国・相模国の相聞」（『セミナー万葉の歌人と作品』第十一巻、和泉書院、二〇〇五年）。
（10）注9に同じ。
（11）土佐秀里「東歌と仮名表記」（『古代研究』第三九号、二〇〇六年）。
（12）渡部和雄「時々の花は咲けども」（『国語と国文学』一九七三年九月号）。
（13）注12に同じ。
（14）林慶花「天平勝宝七歳防人歌の場」（『日本文学』二〇〇一年三月号）。
（15）注14に同じ。

第三章　表象としての東歌㈡

一

万葉集・巻十四「東歌」という特異な巻がなぜ万葉集に載せられているか、というのは繰り返し問われている問題である。ここでは、少し長くなるが、伊藤博が編纂論的・構造論的立場から説いたものを引用してみよう。

大きくは、中央の歌の集合体である巻一～十三に、小さくは、古代宮廷歌謡集、古代宮廷長歌集として成長した巻十三に対するもので、東国人の風俗・心情を都人に知らせるためにまとめられたものと認められる。『万葉集』は、「古」（巻一・二）「古今」（巻三～四・巻七～十二）、「今」（巻五～六）という体系を踏んできたのだが、宮廷歌謡集にして「古」と「今」の組織とは無縁の、純粋な類聚歌巻巻十三を、その古今構造である巻一～十二の最後に据えた。「都」の正規の歌々の集成はそこで終わった。そこで、そのあとに、「鄙」の国の歌の集団である「東歌」を置いたのである。……／「東歌」は、然るべき人をその地に赴かせて、体系的、集中的に集めたものではない。蒐集者は都におり、蒐集所は都にあった。そこへ、長い時間をかけて、東国人自身が運んだもの、都人が現地から運んだものなどが、直接間接に落ちたもので、巻十一・十二などの歌々が、もともと大和圏（畿内）の名も知らぬ人びとの歌として幅広く集められ、大きな集団を成していたと察せられるのと同様に、それと発信地を一にしつつ、その大和歌謡圏（畿内歌謡圏）に踵を接し、対応的、並列的に蒐集された東国の歌として、混声集団を成していたものと考えられる。……混声集団を区分けする時に用いたものは……巻十四の編纂当時、統治体系の典本として存在していた上代国郡図式（『延喜式』『和名抄』）がその資料であったと思われる。(1)

右の概括は、伊藤自身の用意周到に練られた、かつ説得的な万葉の構造論を踏まえたものであるので、今日ではほぼ通説化しているといってよい。(2)だが問題がないわけではない。中央貴族の歌集である巻一～十三に対する「鄙」の歌集である、という規定はその通りであるにしても、その編纂目的が「東国人の風俗・心情を都人に知らせるため」というのは善意に過ぎる。そこで、あらかじめ私の結論を提示しておけば、「東歌」は天皇をはじめとする中央貴族のデフォルメされた自画像であって、巻一～十三と巻十四（東歌）は相互に支え合い、互いに相手を反映し合っている、という意味で「東歌」をもたない万葉集は歌集として自己完結しえない存在なのである。このような意味でいえば、「東歌」は中央ヤマトの貴族たちの「自己を映し出す鏡」であり、かつ「隠された自己」であるといってもよい。したがって、「鄙」の歌集といっても、それは伊藤が位置付けたような周縁的という意味ではなく、万葉集にとって本質的なものである。

その際、巻十四が東方という地理的区分を特権的にかかげた「東歌」という総題をもち、そこから順次「上総国」「下総国」「常陸国」「信濃国」「遠江国」「駿河国」「伊豆国」「相模国」「武蔵国」……、というように東国の国名を細分化した目録をもつのは、これまでにもしばしば指摘されてきたように、他巻にはみえない特徴である。伊藤は、こうした国別の分類は歌の中の地名や郡名をもとに、いわゆる延喜式的図式に拠って配列されたと述べるが、はたして事の深刻さをどの程度自覚しての立論なのか、疑問である。そもそも延喜式的な国郡図式とは、「国家の統治体系を一望のもとに表示したもので」（伊藤、傍点引用者）、本来身元不明のしまりのない集合体であった一大歌群（混声集団）を、中央貴族にも理解可能なように体系的に並べかえ、遠江・信濃から東の国を、国ごとに整然と展開する歌のパノラマへと変貌させる装置であった。持統朝には確立したとされるこの延喜式的一覧表（M・フーコー風にいえば一望監視装置《パノプティコン》）は、古代律令国家による全国支配の縮約図といえるが、「東歌」の成立がこの制度と不可分の関係にあることの意味が問われなければならない。素朴で明るく健康的で民謡的とも称される東国の歌々がその実、中央から一望監視式《パノプティック》に見出されたことの意味は何か。それは「東歌」が中央貴族の「心象地理」的な観念に基づく空間区分と視線による支配によって、色濃く映し出された歌集であることを告げているのだ。(3)

二

そこで、やや迂遠であるがアヅマ（東国）とは何か、というアヅマの出自にかかわるところから出発してみたい。アヅマは、『和名類聚抄』に「辺鄙、阿豆万」とあるように、一つの負の領域である。このことを明確に対象化したのが、景行天皇がヤマトタケルに語ったとされる次の言葉である。

東夷《あづまのえみし》は、識性暴強《こは》く、凌犯を宗《むね》となす。村に長《をさ》無く、邑に首《かみ》勿し。各封堺《さかひ》を貪りて並びに相盗略《かす》む。亦山に邪神有り、郊《の》に姦鬼《かだましきもの》有り。衢《ちまた》に遮り、径《みち》を塞ぎ、多《さは》に人を苦しびしむ。其の東夷の中に、蝦夷《えみし》は是尤も強《こは》し。男女交り居《ゐ》、父子別無し。冬は則ち穴に宿《い》ね、夏は則ち樔《す》に住む。毛を衣《き》、血を飲み、昆弟《えおと》相疑ふ。山に登ること飛禽《とぶとり》の如く、草を行くこと走獣《はしるしし》の如し。恩を承けては則ち忘れ、怨を見ては必ず報ゆ。是を以ちて、箭《や》を頭髻《たきふさ》に蔵し、刀を衣の中に佩《は》き、或いは党類を聚めて辺界《ほとり》を犯し、或いは農桑を伺ひて人民を略む。撃てば草に隠れ、追へば山に入るときく。故《かれ》、往古より以来、王化に染《したが》はず。

（日本書紀・巻七・景行天皇四十年七月）

ここではアヅマ（東国）は、「東夷の中に、蝦夷は是尤も強し」とあるように、エミシの住む領域として強く意識され、「王化に染《したが》は」ない、すなわち中央ヤマトの支配の及ばない野蛮人の住む土地とみなされている。ヤマトの政権が、ひとたび、その中華思想にもとづいてアヅマの地をはるか東方に横たわる化外（蛮夷戎狄）の民の領域とみなせば、その空間はほとんど荒唐無稽といってよいような空想に満たされることになる。このうち、東歌との関係で注意しておきたいのは、「男女交り居、父子別無し」とあるように、性的な放縦による野蛮さということと東国とが画一的な連想として織り込まれていることである。後にみるように、東歌の世界の人々が性的に放縦な官能的快楽を享受する人々であること、その旺盛な性的魅力がとりわけて東国的なものとして提出されていることに注意したい。私は前章でこれを「心象地理」的な区分に基づく東国の「東国化」と呼んだが、それは右の景行紀の記述にも露わである。(4) 景行天皇の口を借りて表現された、中央ヤマトのなじみ深い空間（文明世界）に対置された「東夷」の世界は、「識性暴強」で「凌犯を宗とな」し、「村に長無く」「相盗略」み、「邪神」「姦鬼有り」「穴に宿ね」「樔に住」み、「血を飲」み、「飛禽の如く」「走獣の如し」など、『漢書』『後漢書』『礼記』『文選』といった漢籍の表現を駆使し、ありとあらゆる種類の恣意的な作り話で満たされた。実はこれは「向こう側」（「東夷」）の世界に対する脅威の感情の裏返しの表現でもあるのだ。このような意味で、従来から指摘されているように、「東歌」という語のニュアンスには、『文選』（巻五）「呉都賦」にみえる「登東歌、操南音」すなわち「夷狄の音楽」という蔑視の感情が厳然として含まれている。
日本書紀に比較すると古事記の方はより類型化されているが、「東方十二道」[5]「東国」が負の領域に属するものとして表現されていることにかわりはない。

○東《あづま》の方の十二道《とをあまりふたみち》の荒ぶる神とまつろはぬ人等とを言向《ことむ》け和《やは》し平《たひら》げよ、とのりたまひて……
○今更に東の方の十二道の人等を平げに遣しつ。
○東《あづま》の国に幸《いでま》して、悉く山河の荒ぶる神と伏《まつろ》はぬ人等とを言向け和し平げき。……
○其（走水海）より幸して、悉く荒ぶる蝦夷《えみし》等を言向け、亦、山河の荒ぶる神等を平げ和して、……

（古事記・中巻・景行天皇）

ここでもアヅマは、「荒ぶる神とまつろはぬ人等」の跋扈する異文化領域とみなされ、ヤマトタケルの平定に服すれば「国造」の地位を与えられ、王化に浴さない場合には野蛮な「蝦夷」として討伐の対象となる。荒井秀規は、記・紀にみえるアヅマの比較検証を行い、ヤマトからみて、エミシ世界との中間地帯にあるのがアヅマであるとし、エミシ世界の接点としてアヅマを位置付ける。さらに、古事記の東国が関東までであるのに対し、日本書紀の東国は陸奥にまで及んでいて、本来のヤマトタケルの東征対象は関東地方の「東夷《あづまのえみし》」であったものが、書紀では「陸奥の蝦夷」が意識され、新たに東北地方にまで拡大していると指摘している。[6]

このうち書紀に「其の東夷の中に、蝦夷《えみし》は是尤も強《こは》し」とあって、東方の夷《ひな》の国の中でも特に蝦夷が強暴であることを強調している点に注意したい。これは斉明朝を皮切りに、元明朝の和銅頃から蝦夷の反乱記事が激しくなることとも無関係ではあるまい。

陸奥・越後の二国の蝦夷、野心ありて馴れ難く、屢《しばしば》良民を害す。（続日本紀・和銅二年三月）

陸奥国奏して言さく、「蝦夷反き乱れて按察使正五位上上毛野朝臣広人を殺せり」とまをす。（続日本紀・養老四年九月）

陸奥国奏言さく、「海道の蝦夷反きて、大掾従六位上佐伯襧児屋麻呂を殺せり」とまをす。（続日本紀・神亀元年三月）

こうした陸奥国内の反乱に対する支配強化策を受けて成立したのが、周知のように「坂東」概念である。

丙申、式部卿正四位上藤原朝臣宇合を持節大将軍とし、宮内大輔従五位高橋朝臣を副将軍とす。判官八人、主典八人。海道の蝦夷を征たむ《う》が為なり。癸卯、坂東九国の軍三万人をして、騎射を教習し、軍陣を試練せしむ。（続日本紀・神亀元年三月）

「坂東九国」（「道」といわない点に注意）は、公式令・義解にいう「駿河与相模界坂」、すなわち足柄の坂より以東の相模・安房・上総・下総・常陸・上野・武蔵・下野・伊豆の九国をさす。この後に「坂東八国」（続日本紀・天平宝字三年九月条以下）として定着する「坂東」概念の成立が古典文学にとってもいかに重要であるかは、平川南の次の指摘からも明らかである。

それまでのヤマトとアヅマ（東国）という構図から、ヤマト政権がアヅマ（東国）世界に新たに「坂東と蝦夷」という対立図式を設定したといえる。その設定作業がヤマトタケル東征伝承に描かれていると思われる。[7]

こうした指摘を踏まえつつ、ここでは「東歌」に関連する問題に引きつけて考えてみよう。まず、日本書紀のヤマトタケル東征説話を通していえることは、ヤマトタケルが景行天皇と一体化することで、中央ヤマトの優位が東国の後進性に対して徹底的に主張されていることである。対する古事記では、ヤマトタケルは王権から疎外されることで悲劇的な結末をむかえることになる、という相違がある。しかし、記・紀いずれの伝承にせよヤマトタケルが東国への旅を終えない限り古代王権の自画像はついに完成をみない、ということが重要である。なぜなら、平川が主張するように、これによって征服された地域（アヅマ）と未だ征服されざる地域（陸奥のエミシ）とが再区分される、というところにヤマトタケル東征伝承の本質があったからである。

次に、さらに重要なことは、東征説話を通してアヅマ（東国）は単なる負の領域から、より中央に近い「中間領域」（ニュートラルゾーン）への転換を遂げていることである。アメとヒナという本来的な二項対立関係からすれば、アヅマ（東国）は依然として辺境の異域に違いないが、一方でエミシ世界が明確に画定されることで、東海道足柄峠・東山道碓日峠以東の空間は、未だ王化に浴さない不気味な領域であることを止め、中央ヤマトの人々にとって一つの可視的なトポス（場所）へと変貌したのである。

この変貌の意味するところ、すなわち「中間的領域」成立の意味するところは大きい。なぜなら、「東夷《あづまのえみし》」から「蝦夷」が分離することによって「中間的領域」（東夷ならぬ東国）が成立すると、記・紀の東征説話に描かれていたような東国に対する脅威の感情は緩和され、重圧から解放されるようになるからである。こうしてヤマトと親和する価値が前面に押し出された結果、アヅマ（東国）は文学（万葉集・巻十四「東歌」）の空間として初めて対象化されることが可能になる。従来、同じ東国を対象としながら記・紀の東征説話と「東歌」の問題（どちらも奈良朝人の手になる）は、範疇を異にするものとして同一次元で論じられることはなかったが、このように考えることで理論的には架橋されたことになる。

東歌の問題に即していえば、本来こうした地域で詠まれていたであろう無秩序でとらえどころのない歌々も、中央人がしかるべく手を入れて、変形を加えてやれば、都人の鑑賞にも耐えることが可能になり、宮廷貴族の自我の安定にとって教育上有用であるかもしれない、といった思考の働きを可能にしたのだ。

三

現在、東歌研究を先端のところで行うとすれば、最初に参照しなければならないのは、品田悦一の一連の論考であることに異論はなかろう。[8] 私が品田の論に一通り目を通した印象は、その重要さにもかかわらず、積極的な提言は意外に少ない、ということだった。この理由ははっきりしている。それまで、というか現在に至るも東歌研究の主流をなす、民謡性（土着の抒情性）と非民謡性という二項対立を（言葉の悪しき意味で）発展的に止揚した論（従来の対立的な諸説を全部飲み込んだ発展段階論）に対して、そのつどノーを突きつける消耗戦を強いられてきたからである。その孤軍奮闘ぶり（私は品田自身の引用によって知ったものだが）を遠藤宏は次のように総括している。

品田氏の諸論考は昭和六十年から平成二年にまで及んで発表されたものであるが、その間およびその後も現在に至るまで、氏の提言に対する反応はほとんど皆無に近く、敢えて言えば無視されているに近い。依然として、東歌の民謡性・庶民性を楽天的に指摘するか、あるいは非民謡性・非在地性を摘出する試みを行うかという形で東歌論は行われている。そのような現象のみを捉えれば、全体としては、品田論が提出されても昭和六十年以前と変わってはいないというのが、東歌の「読みの現在」であるということになってしまう。(9)

この状況は「その後も現在に至るまで」変わっていない。そこで、ここでは品田の提言を参考にしながら、発生論的なレヴェルから東歌の成立を想定してみよう。品田によれば、「巻十四の原資料は、私たちの推定では少なくとも四種類以上存在したものと考えられ、そのうち二種類以上、歌数にして全体の半数以上が正訓字主体の書式であった」とし、音仮名表記のかなりの部分が正訓字からの書き改めを経たものであり、東歌を特徴付ける地名重畳や国名表示、五音に整えられた枕詞などはいずれもその数次にわたる書き改めの過程で生み出されたものので、中央人によって「筆録されることを通して幾重にも在地性を剝奪され、そのようにされることによって初めて東歌は「貴族たちの文化財」たり得たのである」(10)としている。

「在地性を剝奪」とは、私の言葉でいえばアヅマ（東国）のもつ他者性を無化するということであり、そのことを通して「中間的領域」が誕生する。そのプロセスを大胆に推定すると以下のようになる。前資料《プレ》（原資料以前）が雑多に存在し、歌の所属も表記もまちまちであったとすれば、東歌（東方の歌）は本来意味不明の一大歌群であった可能性が高い。すなわち、

伊香保ろに天雲い継ぎカノマヅク人とオタハフいざ寝しめとら　（三四〇九）
多胡の嶺に寄綱延《よせつなは》へて寄すれどもアニクヤシヅシその顔よきに　（三四一一）
伊香保せよ奈可オモヒトロクマコソシツと忘れせなふも　（三四一九）
崩岸辺《あずへ》から駒のユゴノス危はとも人妻児ろをマユカセラフ　（三五四一）

安治可麻の可家の水門に入る潮のコテタズクモカ入りて寝まくも　（三五五三）

といった歌がむしろ主流を占めていたのではないかと考えられる。これらは本来収拾のつかないほど散漫で疎遠な歌の集積であったが、一方で魅惑的でもあった。東国は、中央ヤマトの貴族にとって、遠く隔たった異質の領域であったが、またそれゆえに無尽蔵の豊饒性をもたらしてくれる憧れの対象でもあったからだ。私は前章で、「東歌」とは中央貴族にとって「蔑視と憧憬」（聖なる野蛮）の間を揺れ動く体験だった、と述べている。そこで彼らはこの異質な歌々を排除するのではなく、かといってそのまま受け入れるわけでもなく、一定の方向（イメージ）に誘導することを通して、すなわち受け手にとって望ましい姿に組み換えることで、この富をわがものにしようとした。そこで導入されたのが五・七音の定型短歌という表象技術《リプレゼンテーション》（再表出＝変形＝書き改め）であった。巻十四「東歌」が中央貴族にとってなじみ深い定型短歌に統一されているのは全くこのためである。しかし、その際無感覚なまでの図式化、すなわち東国の歌には、野卑な官能性、汗の匂いのする労働、何とも説明のつかない訛語など、総じて非貴族的なものをその特徴として割り当てる、という図式化が施されたことを忘れてはならない。「東歌」をそのように配分することで、一方の極に位置する宮廷貴族の自画像は完成をみることになるのだ。

つとに亀井孝が分析したように、(11)「東歌」がウメ（梅）を烏梅、モノ（物）を物能、クルシ（苦）を苦流思、スベ（術）を為便、ヤナギ（柳）を楊奈疑、クサ（草）を久草、シカ（鹿）を思鹿、モトメケム（求）を物得米家武、アサヒサシ（朝日射し）を安佐日左指、コヒ（恋）を孤悲などと表記しているのは、東国訛語のもつバルバロイな雰囲気（一字一音の仮名表記）と正訓字のもつ意味性との欲求を同時に満たす、高度なレヴェルにおいての表象技術の勝利といえる。

中央貴族が、東国をまなざす際に抱いた「蔑視と憧憬」の念は、どちらも東国の現実と無関係であるという点で逆説的に一致し、その意味でも中央人の発想そのものであるが、中央貴族の「心象地理」的な好奇心を刺激してくれれば、東国の素材そのものは彼らの作り上げた表象技術（和歌形式）ほどには重要でなくなってくる。かくして、たとえば宮廷貴族が口にすることをはばかる性的な魅力と東国とが画一的につなげられ、次に引用するような歌が「東歌」を特徴付けるものとして導き出されることになる。こうした男女共寝の喜びの直接的表現が東国人と結び付けられなければならない必然性は本来どこにもなく（性の官能的喜びは東西の別なくあるはずで）、むしろこれは宮廷貴族の抑圧された官能性の発露に見合うものというのが正しく、彼らの「デフォルメされた自画像」、ないしは「隠された自己」そのもの表出である。

上野安蘇《かみつけのあそ》の真麻群《まそむら》かき抱《むだ》き寝《ぬ》れど飽かぬを何《あ》どか吾《あ》がせむや　（三四〇四）
伊香保ろの八尺《やさか》の堰塞《ゐで》に立つ虹《のじ》の顕《あらは》ろまでもさ寝をさ寝てば　（三四一四）
川上の根白高萱《たかがや》あやにあやにさ寝をさ寝てこそ言に出にしか　（三四九七）
ま愛《かな》しみさ寝に吾は行く鎌倉の美奈の瀬川に潮満つなむか　（三三六六）
潮船の置かれば愛《かな》しさ寝つれば人言《ひとごと》しげし汝《な》を何《ど》かも為《し》む　（三五五六）
新田山嶺には着《つ》かなな吾によそり間《はし》なる児らしあやに愛《かな》しも　（三四〇八）

注

（1）伊藤博「巻十四　東歌」（『萬葉集釋注』七、集英社、一九九七年）。
（2）同「東歌」（『萬葉集の構造と成立』上、塙書房、一九七四年）。
（3）「心象地理」という概念は、実証的な地理学に対するもので、自己にとってなじみ深い空間と、なじみのない（異文化空間とを心の中で任意に区別し、後者を荒唐無稽な空想で満たして地理的区分に反映させること。E・サイード『オリエンタリズム』（平凡社、一九八六年）参照。
（4）呉哲男「表象としての東歌㈠」（本書所収）。
（5）古事記独特の表現とされる「東方十二道」の「道」は、「有蛮夷曰道」（『漢書』地理志）とあるように、野蛮人の住む地域の意。
（6）荒井秀規「東国とアヅマ」（関和彦編『古代東国の民衆と社会』名著出版、一九九四年）。
（7）平川南「古代東国史の再構築に向けて」（『上代文学』第九四号、二〇〇五年四月）。
（8）品田悦一「万葉集東歌の原表記」（『国語と国文学』一九八五年一月号）、同「万葉集東歌の地名表記」（『国語と国文学』一九八六年二月号）、同「万葉集巻十四の原資料について」（『萬葉』第一二四号、一九八六年）など。
（9）遠藤宏「東歌」（『国文学　解釈と鑑賞』一九九七年八月号）。
（10）品田悦一「万葉集東歌の原表記」（『国語と国文学』一九八五年一月号）。
（11）亀井孝「方言文学としての東歌・その言語的背景」（『文学』一九五〇年九月号）。

第四章　後期万葉宴歌における「抒情」の行方

一

はじめに、万葉集の中から次のような心物対応構造をもった歌を掲げる。

(1)み熊野の浦の浜木綿百重なす心は思へど直に逢はぬかも　（巻四・四九六）
(2)未通女らが袖振る山の瑞垣の久しき時ゆ思ひきわれは　（巻四・五〇一）
(3)夏野ゆく牡鹿の角の束の間も妹が心を忘れて思へや　（巻四・五〇二）
(4)白波の寄する磯廻《いそま》を漕ぐ船の楫取る間なく思ほへし君　（巻十七・三九六一）

右の四首は、下句に「思ふ」という心情語を共有する典型的な心物対応歌で、いずれも男女の恋と見まがうばかりの相聞の情調を濃厚に漂わせた歌である。このうち(1)〜(3)の歌が柿本人麻呂の相聞の名歌であることは周知のとおりであるが、(4)は越中における宴席での大伴家持の大伴池主への贈歌（の一首）である。とはいえ、こうした万葉研究における知識を一旦除外して、和歌的抒情表現の仕組みそのものに注目した場合、両者にはどのような差異があるのだろうか。

たとえば(1)の場合は、聖地熊野の海岸の浜辺に群生する浜木綿の、一本の茎のまわりを幾重にも取り囲む幅広の葉の様子に重なってしまうような「わが思ひ」が、恋人に逢えない焦燥感として鮮烈に詠まれている。それはアニマ的な自然に即して心情語が導き出されるという、寄物陳思歌の本来的なありようを彷彿とさせもする。対して(4)の歌は、「白波の寄する磯廻を漕ぐ船の楫取る」景が喩（序詞）として下句「間なく思ほへし君」を導き出し、待ち人の到来を今か今かとせわしなく待ちこがれる「わが思ひ」をそれなりに表現しえている。「大和路の島の浦廻に寄する波間も無けむわが恋ひまくは」（巻四・五五一）といった類想的な歌の存在なども併せて考えれば、抒情表現の仕組みとしては両者にそれほどの差異はないということになる。

にもかかわらず、(1)〜(3)の歌と(4)の歌との決定的な違いは、(4)が宴席で詠まれた男同士の挨拶歌であるという一点に存する。たとい抒情の質が見かけの上では同じでも、外部の状況が一変してしまっているのだ。いわゆる恋歌と恋歌的表現（恋歌仕立て）との違いである。前期万葉と後期万葉との間にある断層といってもよい。このうち恋歌的表現に分類される(4)の歌が象徴的に示しているのは、後に詳しく述べるように、奈良時代の律令官人たちが宴席の場で互いのコミュニケーションを図ろうとすると、(1)〜(3)歌と同じような恋愛相聞の情調を漂わせた歌を詠まざるをえなくなっていたという時代状況である。奈良朝の官人たちは、彼らの重視する宴席空間では、男女の恋愛関係を装うような情調を介することが不可欠と考えていた節があるのだ。それはなぜか、ということが問題である。

そもそもなぜ恋愛相聞の歌は、宴席の挨拶歌に転用可能なのであろうか。従来の説明をみておこう。まず、鈴木日出男は「非恋歌に恋歌を導入するという意外さによって表現に機知を賦与して、そのために贈答における挨拶性を強化することにもなるらしい。こうした恋歌表現の転用が、奈良朝以後の贈答歌の新しい傾向であった」

と述べて、(4)の歌が「恋歌表現の転用」であることを認めている。[1] また、高野正美は「同性同士でも親交の表現は恋歌的になる場合があると見たほうがよい。……起居相聞歌の多くは恋歌の表現に倣って詠まれたために、区別しがたいものとなっている。というよりも情愛の機微を尽くす表現は恋情も親交の情も類同の表現になりやすいことから截然と区別しがたいのだといえよう」と述べている。[2] 高野の論を本章に引きつけていえば、男女を問わず宴席や起居相聞など、親交の表現は「恋歌の表現に倣って詠まれた」ものであるゆえに、(1)～(3)の歌と(4)の歌とは題詞や左注の説明でもない限り、「截然と区別しがたいのだ」ということになる。さらに、セ・セコで呼びかける大伴家持と池主の贈答歌群について触れた青木生子は、二人の歌は「恋歌の伝統の表現を内包しつつ、交友の情を尽くす表現を成立させている」と指摘している。[3] これも本章に引きつけていえば、(4)の歌は「恋歌の表現を内包」しつつ、文人の交友という新しい要素をつけ加えて成ったものだとみていることになる。

以上のような説は、一読すると、なぜ相聞歌は起居相聞や文人交友を含む挨拶歌に転用可能なのか、という疑問に答えているようにみえる。少なくとも誤った説明ではない。だが鈴木の論は結果論であり、「非恋歌に恋歌を導入するという意外さ」の因って来《きた》るところを説明していない。また高野のそれは恋歌と恋歌的表現の差異を、「情愛の機微を尽くす」点では同じというように同一次元に解消してしまっている。さらに青木の論は、極論すれば悪しき発展段階論に過ぎない。いずれの説も(1)～(3)の恋歌表現と(4)の恋歌的表現の間にある、微妙ではあるが決定的な差異について触れるところがない。

二

抒情詩成立のプロセスには、自然（事象）をまるごと「喩」に還元する段階から、その一部を「情」（心）に転換する段階がある。「情」（心）は、アニマ的自然から導き出されたものであるだけに、強いテンションをもつ。このテンションについて佐藤和喜は「景の表現は神の世界を眼差す人の立場の表現であり、心の表現は神の世界の側に転位した神の立場の表現である」として、この「情」（心）を「激情」と呼んだ。[4] 佐藤の独特の定義とは別に、「思ふ」「恋ふ」「嘆く」「悲しむ」といった心情語のもつ対象讃美のあり方を「激情」ととらえることは有効である。ただし、ここで問題としたいことは、なぜこのような「激情」を抱えた「心情語」が、万葉集の中で心物対応構造をもつ和歌としてかくも大量に（全万葉歌の四分の一に相当）詠まれるまでに至ったのか、ということである。この点に関連して、近年、岡部隆志が和歌的抒情としての「心情語」の成立を「貨幣」という卓抜な比喩を用いて論じているのが参考になる。すなわち、万葉集の歌の基本的な構造である心物対応表現が奈良朝前後に急速な普及をみるのは、古代の都市国家を背景とした貨幣の成立とその普及に見合うものがあり、貨幣としての「心情語を抱え持った歌い手は、時々に、眼前の景を上句に描出しながら下句の心情語につなげることで、いつでもどこでも自立した歌（詩）の世界を生きることが出来た」というのである。[5]

「古今相聞往来歌類之上・下」（巻十一・十二）の中の、「寄物陳思歌」に収められた膨大な数の恋歌の存在は、確かに岡部のいうように「心情語という貨幣」を手にした律令官人が、景と心の「交換」として詠み継いだものと想定すれば納得がゆく。ただその場合、本来的に強いテンションをもつ心情語（激情）が、儀礼や祭式の場から遊離したということだけで、そうたやすく「貨幣」へと転位することができるのか、疑問が残る。したがって、そこに至るまでのプロセスを埋める何らかの論理的な媒介項が求められるのだ。

私の考えでは、宮廷社会など狭い共同体の中では、この「情」（心）のもつテンションの高さは他者への通達の具、すなわち官人同士の連帯の表明としてきわめて効率のよいコミュニケーションの手段とみなされた。それは一般的な恋歌のみならず「羇旅発思」（巻十二）など旅の恋歌の存在からも知られるように、家郷に残した妻や恋人のもとへ送り届ける思い（激情）としても有効なものとみなされたであろう。するとそこにある顚倒が生じることになる。本来ならば異性への恋情（＝対象讃美）がまずあって、それが恋歌を詠む動機付けになるのだが、奈良時代に入って、恋歌はコミュニケーションの効率がよいという意識が定着すると、そこに逆転現象が起こるのだ。すなわち、実際の「情」（心）の働きとは別に、共同体（宴席空間）を維持しようとすれば男女の恋愛関係（激情）を装うのが効果的である、という顚倒である。それが「非恋歌に恋歌を導入するという意外さ」の正体ではないのか。

私はこのような意識の顚倒後に詠まれた恋歌を、「恋歌のコード化」（「コード化された恋歌」）と呼び、本来の恋愛相聞の歌とは区別したい。このように恋歌に対する意識がコード化され、それが宮廷社会を中心に同心円的な広がりをもつ律令官人層の間に浸透すると、心情語はどれも類同的で持ち運びの手軽な「貨幣」、すなわち互いに異質な物と物を等価にしてしまうような「使用価値」として、中央と地方の間に流通する道が開けてくるのではないか。鈴木日出男の指摘にもあるように、後期万葉に特徴的な恋歌仕立て（非恋歌）による宴席での挨拶性（社交性）の強化という側面には、「貨幣」（心情語＝激情）を使用することで社会の効率化を促進しようとする古代律令（官僚）国家の備える都市、法（実定法）、文字（木簡）といった諸機能の抽象度に対応するものがあるのである。

またこのようにみれば、大伴旅人、山上憶良をはじめとする奈良朝の著名な律令官人（万葉歌人）たちが、本来的な恋愛相聞の歌を詠みえなくなっていた事情もおのずと了解できるのである。

三

奈良朝前後の宴席での送別歌が、「恋歌のコード」に則って恋歌仕立てで詠まれる例は枚挙に暇がない。

大神大夫の長門守に任けらえし時に、三輪川の辺に集ひて宴せる歌二首

三諸の神の帯ばせる泊瀬川水をし絶えずはわれ忘れめや　（巻九・一七七〇）

後れ居てわれはや恋ひむ春霞たなびく山を君が越えいなば　（一七七一）

右の歌は、三輪朝臣高市麻呂が大宝二年（七〇二）の正月に、長門守に任ぜられた際の送別の宴で詠まれたものである。一七七〇番歌が旅立つ夫の立場からの歌で、一七七一番歌が家に残る妻の立場からのものであるが、これらの歌が「恋歌のコード」に則って詠まれたものであることは、次のような類想歌や類歌があることによっても知られる。

神山《みわやま》の山下響み行く川の水をし絶えずは後もわが妻　（巻十二・三〇一四）

後れ居てわが恋ひ居れば白雲のたなびく山を今日か越ゆらむ　（巻九・一六八一）

後れ居てわれはや恋ひむ稲見野の秋萩見つつ去なむ子ゆゑに　（巻九・一七七二）

明日よりはわれは恋ひむな名欲山《なほりやま》石踏みならし君が越えいなば　（巻九・一七七八）

この時の送別の宴では、こうした「コード化された恋歌」（伝承歌）を踏まえながら、当人ではない第三者が高市麻呂とその妻の立場に立って詠んだものである。ただし、「恋歌のコード」に沿って詠まれた歌は、そうであるがゆえに真情が籠もっていない、というわけではないことに注意したい。コードに沿いつつ（ということは効率化を図りつつということ）、その上でさまざまな工夫がこらされているのは、一七七〇、七一番歌が高市麻呂の出自にちなんで聖地の三輪や泊瀬川、葛城連峰などを詠み込み、高市麻呂を送り出す宴にふさわしい「情愛の機微を尽くす表現」に仕上がっていることからもわかる。

また、次にみる巻十四・東歌の送別儀礼歌も事情は右に等しい。

相模嶺の小峰見かくし忘れ来る妹が名呼びて吾を哭《ね》し泣くな　（三三六二）

この歌も「恋歌のコード」に則って詠まれているのは、異伝歌として「武蔵嶺の小峰見かくし忘れ行く君が名かけて吾を哭し泣くる」（三三六二）の歌が載せられていることからわかる。二首は、対の関係にあって「忘れ来る妹」と詠むのは旅立つ官人の立場からの歌で、「忘れ行く君」と詠むのは東国に残された女の立場からの歌である。「君」は、東国での任を終えて京へ帰る律令官人であり、「吾を哭し泣くる」のは、見送る女（妻や恋人）の立場を装う遊行女婦の儀礼的な挨拶である。渡部和雄が「ここは送別儀礼の場であるから、個人が泣いているわけではなく、送る側が泣いているという表現である。帰京する官人の名を呼んで、私達は泣くことよ、といっているわけである」と指摘しているように、「吾を哭し泣くる」と詠むのは東国に残された女の立場を代表して「激情」を装う表現である[6]。

さらに、次に引用するのは、後期万葉の男同士や女同士の間で流行したとされる恋歌的表現に心情を託す歌

（すなわち私のいう「コード化された恋歌」）の例として、しばしば引き合いに出される歌である。

大宰帥大伴卿の京に上りし後に、沙弥満誓の卿に贈れる歌二首
まそ鏡見飽かぬ君に後れてや朝夕にさびつつ居らむ　（巻四・五七二）
ぬばたまの黒髪変り白髪ても痛き恋には逢ふ時ありけり　（五七三）
大納言大伴卿の和へたる歌二首
ここにありて筑紫や何処白雲のたなびく山の方にしあるらし　（五七四）
草香江の入江にあさる葦鶴のあなたづたづし友無しにして　（五七五）

この歌は、大宰府での任を終えて奈良へ帰京中の大伴旅人のもとへ、歌友の沙弥満誓が大宰府から追いすがるようにして贈った歌と、それに対する旅人の答歌である。ここで注目したいのは沙弥満誓の歌であって、五七二番歌の場合は、「古今相聞往来歌類・下」（巻十二）の「悲別歌」に分類された「まそ鏡手に取り持ちて見れど飽かぬ君におくれて生けりとも無し」（三一八五）を踏まえていることからもわかるように、日常的に鏡を携帯する貴族の女の立場を積極的に装って恋情を吐露したものである。また、五七三番歌は、出家の経験のある満誓が「黒髪変り白髪」になる年になって初めて「痛き恋」に遭遇しました、といった機知を盛り込んで別れの悲しみを強調した歌でもある。こうした表現の背景には、満誓の個別の心情とは別に、宴席などでの餞の歌は、恋歌的表現に心情を託すのが最も効率のよいコミュニケーションの手段であるという共通の認識（意識の顚倒）がまずあって、満誓の歌もそのコードに従って詠まれたものと考えられるということだ。つまり沙弥満誓は三一八五番歌のように「悲別」の情に基づいてこの歌を恋歌に仕立てたわけではないのである。むろん、コードに従った上

でさまざまな表現の工夫がこらされ、それが結果として歌友旅人への情を尽くすことになるのに違いはない。だがそうであるからといって、恋歌と恋歌的表現の差異を同一次元に解消してはならない。なぜなら、「コード化された恋歌」にははじめから「激情」など備わっていないからである。激情を抱えていないからこそ「痛き恋」といった激情を装う必要が出てくるのだ。また、そのように「激情」を対象化しているゆえに、そこにユーモアや誇張表現が生まれ、挨拶性（社交性）の強化へと導かれてゆくことになるのである。

四

後期万葉の世界ではこうした「コード化された恋歌」は、宴席空間のみならず天皇への「献歌」といった特殊な状況下での歌や、「起居相問」といった日常性を旨とする世界にまで浸透している。(7)

天皇に献れる歌二首　大伴坂上郎女の春日の里にして作れり

にほ鳥の潜く池水情あらば君にわが恋ふる情示さね　（巻四・七二五）

外にゐて恋ひつつあらずは君が家の池に住むとふ鴨にあらましを　（七二六）

この歌は、外命婦として後宮に出仕し歌を献じる立場にあったと推定されている坂上郎女が、何かの折りに出仕できなかった非礼を詫びるために、聖武天皇へ敬慕の念を交えて献上した二首である。問題はその歌がまるで聖武天皇への愛を告白するような激しい恋歌に仕立てられて献上されていることである。特に七二六番歌は、磐姫皇后が仁徳天皇を「思《しの》ひて」贈ったと伝えられている「かくばかり恋ひつつあらずは高山の磐根し枕きて死なましものを」（巻二・八六）の類想歌であり、「激情」が込められている。むろん、郎女が実際に聖武天皇へ恋情を感じていたのではなく、それは「恋歌のコード」に則って装われた「激情」に過ぎないが、天皇への忠誠心を伝えるには相聞仕立てにするのが最も効率的であるというコード（いわば不可視の装置）に従って詠まれたものであり、それゆえに聖武天皇との信頼関係を前提としたユーモアすら感じさせる挨拶歌となっている。

さらに、親しい親族同士の間で近況を尋ね合う様子を恋歌仕立にしたものがいわゆる「起居相問」歌である。

大伴宿禰駿河麿の歌一首

大夫の思ひ侘びつつ度まねく嘆く嘆きを負はぬものかも　（巻四・六四六）

大伴坂上郎女の歌一首

心には忘るる日無く思へども人の言こそ繁き君にあれ　（六四七）

大伴宿禰駿河麿の歌一首

相見ずて日長くなりぬこのころはいかに幸くやいふかし吾妹　（六四八）

大伴坂上郎女の歌一首

夏葛の絶えぬ使いのよどめれば事しもあるごと思ひつるかも　（六四九）

右、坂上郎女は、佐保大納言卿の女なり。駿河麿は、この高市大卿の孫なり。両卿は、兄弟の家、女孫は、姑姪の族なり。ここを以て、歌を題し送り答へ、起居を相問へり。

この歌の左注は、大伴家持が記したと推定されているが、もしこの注のない状態で後世に伝えられていれば、駿河麿と郎女は恋愛関係にあったとみられかねない内容の歌になっている。「激情」とは最も遠い関係と考えられる親戚同士の挨拶が「恋歌のコード」に沿って詠まれているというところに、後期万葉における恋歌的表現の一大流行とその自己目的化を感じないわけにはゆかない。

「起居相問」歌のもつこうした敷居の低さは、転じて和歌のケ（日常性）の世界への埋没に拍車をかけることになった。古今和歌集の仮名序に和歌が「色好みの家に、埋もれ木の、人知れぬ事と成」ってしまったと嘆かれているのは、「コード化された恋歌」の行き着いた先を物語るものであろう。

五

和歌（「コード化された恋歌」）が日常性に埋没する傾向をしり目に、当時、宮廷の内外の宴席で支配的であったのは、漢文学的な文雅を前提とした詩宴であった。周知のように、懐風藻には多くの侍宴応詔詩と並んで同士の交遊するさまを詠んだ私宴詩が残されている。奈良時代における、かかる文人詩や詠物詩の存在は、律令国家の成立を背景とする古代日本の文芸世界が、唐帝国を中心とした東アジアのグローバリズムの一端を担うものであったことを示している。そこでは、漢詩文の享受こそが律令官人たちの教養の基盤を支えるものと認識されていた。しかしこうした建て前を除外すると、八世紀の宮廷社会の中で漢詩文が効率的なコミュニケーションの具とみなされることはなかった。なぜなら、律令官人たちにとって漢詩文はあくまでも外来の文芸であり、どこか疎遠な感じがつきまとうテンションの低い文芸であったからである。つまり、詠物詩であろうが交友詩であろうが致命的であったのは、そこには「激情」（ハイテンション）が欠けていたということである。

するると、万葉の歌人でもあった律令官人にとっての喫緊の課題とは、和歌をケ（日常性）の世界への埋没から救出し、かつ八世紀のグローバルな世界とシンクロさせるためにはどうすればよいのか、ということであった。

そこで、改めてハレ（雑歌的世界）への参入の願いを込めて導入されたのが、中国漢詩文の世界（花鳥諷詠の詠物詩など）を意識した四季歌（巻八・巻十）であった。巻八・巻十にみえる季節＋相聞の組み合わせは、花鳥諷詠というグローバルな題材と、それが欠いている「激情」（共感の共同性）とをコラボレイトさせたものであり、その点では実に巧妙な歌のシステムといえる。

　巧妙な歌のシステムという点でいえば、前に引用した大伴旅人と沙弥満誓の贈答歌などもその例にもれない。満誓は、「恋歌のコード」という不可視の装置に従って恋歌的表現に心情を託す歌を贈った。対する旅人は「草香江の入江にあさる葦鶴のあなたづたづし友無しにして」（巻四・五七五）と答えている。もともと旅人は恋愛相聞の具たる和歌の伝統を廃棄し、和歌を中国漢詩文と同等の文人交友の世界へとバージョンアップさせようと企てていた[8]。この歌の「友無しにして」も「君がため醸みし待酒安の野に独りや飲まむ友無しにして」（巻四・五五五）と同様、旅人のこだわる男同士の「交友」をテーマに据えようとしたものである。それは同じ贈答の世界でも、伝統的な男女のそれではなく、『文選』詩部にみえる男同士の「贈答」の世界に位相を転換させようとしたものだ。にもかかわらず、全体として旅人と満誓の贈答歌が巧妙であるのは、『文選』の「贈答」という八世紀のグローバルな世界を主題に据えることで高いポジションを維持しつつ、なおかつそこに男女の恋とみまがうばかりの相聞の情調とをコラボレーションさせているからである。

　われわれはここでようやく最初に設定した問い、すなわち、奈良朝の律令官人たちは、彼らの重視する宴席空間の中で、なぜ男女の恋愛関係を装うような相聞の情調を漂わせた歌を詠む必要に迫られたのか、という問いに回答を与えることができるようになった。それは一言でいえば、彼らが八世紀の唐帝国を中心とした東アジアのグローバルな世界を共有する、という高いポジションに立ちつつ、その宴席の場を「共感の共同性」（「激情」）

によって下支えしようとしたからである。それは、漢詩と和歌が抱える互いの欠陥を補完するという相関図でもあった。

そのような相関関係が大伴家持と池主の贈答歌群にも貫かれていることを確かめて本章の終わりとしよう。そこで、はじめに引用した大伴家持の歌に戻る。

相歓びたる歌二首

庭に降る雪は千重敷く然のみに思ひて君を吾が待たなくに　（巻十七・三九六〇）

白波の寄する磯廻《いそま》を漕ぐ船の楫取る間なく思ほへし君　（三九六一）

右は、天平十八年八月を以ちて、掾大伴宿禰池主、大帳使に附きて、京師《みやこ》に赴向きて、同じ年十一月に、本任に還り到れり。仍りて詩酒の宴を設け、弾糸《だんし》飲楽す。この日、白雪忽ちに降りて、地《つち》に積むこと尺余なり。この時に、漁夫の船、海に入り瀾《なみ》に浮かぶ。ここに守大伴宿禰家持、情《こころ》を二つの眺《なが》めに寄せて、聊《いささ》かに所心《おもひ》を裁《つく》れり。

題詞に「相歓歌」と書かれた短歌二首で、大帳使の任を終えて京から越中に戻ってきた大伴池主を歓迎する宴席での家持の歌である。池主と再会できる「歓び」が、くだんの「恋歌のコード」（不可視の装置）にしたがって詠まれているので、この宴席空間にもまた恋愛相聞の情調が漂っていたことがわかる。それと同時に左注に注目すると当日の宴の属目の景として、

是日也、白雪忽降積地尺余。

是時也、復漁夫之船入海浮瀾。
爰守大伴宿禰家持寄情二眺、聊裁所心。

とある。雪の降る海に漁夫の船が出ているという景は現実にはありえないので、これは一つの漢詩文的な構図であることがわかる。すでに指摘されているように、「是日也」「是時也」を冒頭に据えて、当日の景を対句で表現するのは、王勃ら初唐の詩・詩序の常套手段であり、家持の左注はこれに倣ったものである。[9]

するとこの「相歓歌」二首もまた、男女の恋とみまがう相聞の情調を基調としつつ、一方左注で王勃ら初唐詩人の詩や詩序を踏まえた八世紀のグローバルな文芸であることを喧伝しようとしたものであることがわかる。すなわち、漢詩文的な構図という高いポジションを維持しつつ、それゆえに欠けている「激情」をそこにコラボレイトさせたものなのである。

なお付言すると、この小論は大伴家持論ではない。現在、大伴家持像はゆらいでいる。万葉研究者は家持を万葉を代表する歌詠みと評価するが、一方古代史家は家持を不屈の陰謀家とみている。さらにそこに家持同性愛説が加わる。[10] これらを統一したところに新しい家持像が生まれるのであろう。

注

（1）鈴木日出男「相聞歌の展開」（『古代和歌史論』東京大学出版会、一九九〇年）。
（2）高野正美「相聞歌の系譜」（『上代文学』第八三号、一九九九年十一月）。
（3）青木生子「男性による女歌」（『萬葉』第一六八号、一九九九年）。
（4）佐藤和喜「景と心」（『万葉への文学史　万葉からの文学史』笠間書院、二〇〇一年）。
（5）岡部隆志「心情語論」（『文学』二〇〇八年一・二月号）。
（6）渡部和雄「遠江国・駿河国・伊豆国・相模国の相聞」（『セミナー万葉の歌人と作品』第十一巻、和泉書院、二〇〇五年）。

（7）「起居相問」の本来的な意義については、佐野あつ子に論がある（『女歌の研究』おうふう、二〇〇九年）が、ここでは拡大解釈はせず、左注に即して親族が互いの近況を尋ね合う歌の世界とみておく。

（8）中西進「文人歌の試み」（『万葉と海彼』角川書店、一九九〇年）。

（9）小島憲之校注、日本古典文学大系『懐風藻　文華秀麗集　本朝文粋』（岩波書店、一九六四年）、田中大士「相歓歌の論」（『萬葉集研究』第十五集、塙書房、一九六二年）。

（10）呉哲男「大伴家持と同性愛　一～四」（『古代日本文学の制度論的研究』おうふう、二〇〇三年）。

第五章　万葉集羈旅歌の基礎構造

万葉集の「羈旅」の歌は、雑歌・相聞・挽歌といった三大部立の一つを形成するわけではないが、巻七・雑歌に「羈旅作」九十首を収め、巻十二・古今相聞往来歌に「羈旅発思」五十三首をまとめて載せる他にも多くの歌数を擁し、万葉集中に重要な位置を占めていることはいうまでもない。各地の地名や、離れてある「妹」を詠み込むことが旅の歌の指標であるとすれば、それは叙景歌や相聞歌を生み出す母胎でもある。その意味では、全万葉歌中に通奏低音の如き響きを奏でているのが「羈旅」の歌である、といえようか。

一

(1)家離《さか》り旅にしあれば秋風の寒き夕に雁鳴きわたる　(巻七・一一六一)
(2)去家《たび》にして妹を思い出いちしろく人の知るべく嘆きせむかも　(巻十二・三一三三)

(1)は、巻七「羈旅作」九十首の冒頭に位置づけられた一首にふさわしく、「家」と「旅」を対比して用い、家(手枕)から離れてあることが旅(草枕)の本質であることを強調しつつ、下句に「秋風」「寒き夕」といった旅愁をさそう言葉を配する。「雁」を家郷と旅人(われ)との間を結ぶ使者とみなすことで上句の「家」に回帰するという構造をもち、羈旅の歌群九十首を統括する歌へと仕立てられている。(2)は、巻十二「羈旅発思」の中の一首で、この歌も旅をあえて「去家」と表記して旅の本質を示唆しながら、「妹」(妻)の不在が旅という状況そのものであることを予測として示す。二つながら「家郷」(妹)に焦点をあわせることが羈旅歌の一典型であることを示している。

一方、次のような旅にまつわる一群の歌がある。

(3)秋の野のみ草刈り葺き宿れりし宇治の京の仮廬し思ほゆ　(巻一・七)

(4)梓弓引き豊国の鏡山見ず久ならば恋しけむかも　(巻三・三一一)

(5)若狭なる三方の海の浜清み往き還らひ見れど飽かぬかも　(巻七・一一七七)

(6)佐保過ぎて寧楽の手向に置く幣は妹を目離《か》れず相見しめとそ　(巻三・三〇〇)

(7)あをによし　奈良山過ぎて　もののふの　宇治川渡り　少女らに　相坂山に　手向草　幣《ぬさ》取り置きて　吾妹子に　淡海の海の　沖つ波　来寄る浜辺を　くれくれと　独りそわが来る　妹が目を欲り　(巻十三・三二三七)

(3)は、いうまでもなく額田王が万葉集に登場する最初の一首で、近江への行幸従駕の途次に旅宿りした宇治の京を、皇極天皇に成り代わって詠んだ「宮讃め」の代作歌である。旅の途中に立ち寄った地を忘れがたいと讃えるのは、その土地の地霊に対する挨拶であり、こうした讃歌は旅の一行に要請された約束事でもあった。(4)も(3)と同じ性格の歌で、題詞に「豊前国より京に上りし時に作れる歌」とあるように、豊国から奈良へ帰京する際の旅立ちの儀礼歌で、滞在した豊前国にある鏡山の美しさを讃えた歌である。(5)は、京の官人が若狭の三方湖を通過する際に詠んだ歌で、若狭の湖が讃美すべき清らかな風景であることをいう典型的な叙景歌である。特に「見れど飽かぬかも」で結ぶのは、この叙景歌が「土地讃め」の国見歌の様式を踏襲するものであることを示している。おしなべて万葉の叙景歌は、旅先で目にした景を讃美の対象として詠むものであるが、その根底には通過する土地の霊（国魂）を慰め、もって行旅の安全を祈願する「羇旅信仰」が存するのである。

(6)(7)は、叙景歌が成立するいわば一歩手前にある旅の道行き歌で、「寧楽」山や「相坂山」の峠（境界）の神に「幣《ぬさ》」を「手向《たむけ》」祭って旅路の安全を祈願すると同時に、一日も早く家郷の妹（妻）に再会できるよう祈った歌で、羇旅歌の原型的なあり方を示すものである。

概略右にみたような万葉羇旅歌の基本的なあり方を、万葉集全体の問題として誰よりも重視するのは伊藤博であって、そのことを次のように述べている。(1)

> 古代人は、旅中、ある場所を通過するにあたってそこでのあるものを見てタマフリを行ない鎮魂の歌をうたう習俗を、古く記紀歌謡の時代から持っていた。その鎮魂歌は、対象のとらえかたによって、およそ三つの種類に分類される。第一は自然を見てそれを讃える歌、第二は自然を通して家郷を偲ぶ歌、第三は滅んだものを見て哀傷する歌、この三種である。うたいかたに一見異質な面があるけれども、三種は生命力の充足を祈請して行路の安全を祈り、無事なる帰郷を招《お》ぐことを目的とするタマフリの行為である点で、本質を等しうした。すなわち、自然を讃えることはその躍動する生命力を自己の体内に感染させて、より安全な旅を祈ることであった。家郷への思慕をうたうことは家郷の生命力を招ぎ家郷との魂合いを祈請することによって安全な行路を期することであった。さらに、滅んだものをうたうことはその霊魂を慰めたり畏服したりすることによって生命力の充足を願い行路の安全を招ぐことであった。

伊藤論のいう第一と第二の種類は、羇旅歌が旅先の土地（地名や風景）に執する方向と、家郷（妹）に執する方向という、いわばベクトルを異にする二つのタイプがあるというように要約でき、この点についてはほとんどの万葉研究者の認めるところである。また、ベクトルを異にする二層（行旅と望郷）の表現が「一見異質」ではあっても、旅の安全を祈願する羇旅信仰へ収斂するという大きな方向性そのものに異論はない。しかし、私は、たとえば旅先の「自然を讃えることはその躍動する生命力を自己の体内に感染させ」ることだ、といったもの言いについては、違うのではないかといいたい。なぜなら、伊藤論の基本的な発想は、J・G・フレイザー『金枝篇』のいう「感染呪術」や「共感呪術」に拠っているのだが、羇旅歌のベースにある表現をフレイザーの理論で説明するのは、後述するように的はずれだからである。

ここでは、(6)(7)歌にみえる「手向に置く幣《ぬさ》」「手向草　幣《ぬさ》取り置きて」に即して考えてみよう。いうまでもないが、旅路を行く者が山の峠を越えることは、そこが異郷の入り口にさしかかったことを意味していて、物理的にも精神的にも旅人にとっての最大の難所であった。したがって、そこを無事に通過することを祈って境界の神に捧げ物としての「幣《ぬさ》」を手向けるのは古くからの慣習であった。万葉集ではこうした状況下の歌は(6)(7)歌以外にも広く詠まれている。

(8)ありねよし対馬の渡り海中に幣取り向けて早帰り来ね　（巻一・六二）

(9)……　難波潟　三津の崎より　大船に　真楫繁貫き　白波の　高き荒海を　島伝ひ　い別れ行かば　留まれる　われは幣《ぬさ》引き　斎《いは》ひつつ　君をば待たむ　はや還りませ　（巻八・一四五三）

(10)荒津の海われ幣奉《ぬさまつ》り斎《いは》ひてむ早還りませ面変りせず　（巻十二・三二一七）

(8)〜(10)の歌は、海路の旅にある者になりかわって海神に捧げものをしたり、勧めたりして旅人の無事の帰りを祈るものとなっている。古代では海路そのものが異界への旅であり、よそ者の侵入による渡りの神の怒りをなごめるための捧げものが不可欠と信じられていた。(6)〜(10)の歌からは、異郷の神に幣を手向けることが家郷の妹との結びつき(魂合い)を保証するものであると信じられていた様子が読み取れるのであるが、これを伊藤論のように「感染呪術」や「共感呪術」で説明すべきではない。というのは、「幣《ぬさ》」は万葉時代には神に祈るときに手向ける、木綿や麻、紙などで作られた幣帛で、すでに記号化されているが、本来はそのような簡略なものではなかったはずだ。後述するように、「幣」を捧げるベースには人からの贈与(幣)と神の返礼(この場合は航路の安全)、あるいは反対に神からの贈与と人からの返礼という互酬(贈与)交換のシステムが働いているのである。幣帛を捧げるのは後代になってからの代用で、本来はおそらく身体の一部を捧げる(傷つける)などの厳粛な儀礼行為を伴うものであったろう。「魏志倭人伝」の「持衰《じさい》」はその一例である。

神に「幣」を捧げる役割に相当するものは、起源的には「供犠」と呼ばれる儀礼であった。たとえば、供犠の儀礼の説話化されたものを古事記・ヤマトタケル東征説話の中にみることができる。オトタチバナヒメがヤマトタケルの身代わりとなって走水海から入水する有名な物語で、ここには「供犠」の原型的なあり方が示されていて、羈旅歌の基底にあるものを考える上でも有効である。

そこより入り幸《いでま》して、走水海《はしりみづのうみ》を渡りし時に、その渡りの神、浪を興《おこ》し、船を廻《めぐら》せば、進み渡ること得ず。しかくして、その后、名は弟橘比売命《おとたちばなひめのみこと》、白《まを》ししく、「妾《あれ》、御子に易《かは》りて、海の中に入らむ。御子は、遣《つかは》さえし政《まつりごと》を遂《と》げ、覆奏《かへりことまを》すべし」とまをしき。海に入らむとする時に、菅畳《すがたたみ》八重《やへ》・皮畳八重・絁《きぬ》畳八重を以て、波の上に敷きて、その上に下《お》り坐《ま》しき。ここに、その暴浪《あらなみ》、自ら伏《な》ぎて、御船《みふね》、進むことを得たり。し

かくして、その后《きさき》の歌ひて曰はく、

さねさし　相模《さがむ》の小野に　燃ゆる火の　火中《ほなか》に立ちて　問ひし君はも

故《かれ》、七日《なぬか》の後《のち》に、その后の御櫛《みくし》、海辺《うみへ》に依りき。乃ちその櫛を取り、御陵《みはか》を作りて、治《をさ》め置きき。

一般にこの場面は、オトタチバナヒメが「渡りの神」の怒りを鎮めるために「御子に易り」人身御供となって入水し、海神の妻の資格で海水をなだめる呪術的な力を行使したものだ、と説明されている。こうした解釈の背後には、古代人は呪術によって自然界（海神の怒り）を操作してきた、という判断がある。しかし、フレイザーの『金枝篇』に基づくところの古代の呪術に関する、長年にわたるこうした認識の誤りはそろそろ清算すべき時である。ここでは今村仁司が「供犠」について次のように述べているのが参考になる。

供犠は霊性のヴェールを破り、霊性の効力を中断して、霊性に包まれた自然的世界を事物的な世界として開示する。供犠とは、霊性的世界を宙づりにして、生きている自然としての世界を「生命のない、アニマのない」世界、つまり物体的世界にする。供犠は、霊的世界から「霊を抜く」。供犠は脱霊化である。それをアニマ的世界の「事物化」と定義する。

霊的世界の破壊としての脱霊化を具体的に実行するのが、儀礼的な殺害である。アニマを抜くことが肝心であるから、犠牲にされるものは「生きている存在」でなくてはならない。それは人間であり、動物である。供犠動物の「身体」の破壊は、本来アニマをもつ身体（霊的身体）を脱霊化し、そうすることによって事物化することである。……

供犠は、霊的世界に「穴」を開けて、霊的力の効果を一時的に封印する。たとえ一時的であれ、自然すなわち霊的世界は霊なき物体になるからこそ、人間はそこに人間的な力を押しつけ、世界を物体的に処理することが可能になる。世界が「物体」になってはじめて、人間は世界と結ぶことができる。(2)

今村がここでいっていることは、人が呪術を施すのは儀式や呪文によって自然界（人事を含む）を支配しようとすることではない、ということである。そうではなく、古代的世界ではすべてのものが霊に覆われている（アニミズム）ので、人が日常的にかかわる場合は、一旦その霊の働きを中断して、「事物的な世界」への転換をはからなければならない、その手続きが「供犠」だ、といっているのである。この指摘は実は特に目新しいものではない。なぜなら『礼記』「祭統」に「齊《さい》の言たる齊《さい》なり。齊《ひと》しからざるを齊《ひと》しくし、以て齊《ととの》ふるを致すものなり」（「齊之為言也、齊不齊以致齊者也」）とあって、すでに神聖観念に関する核心に触れられているからである。これを現代的に解釈し直して丁寧に説明したものが今村論ということになる。

供犠によって「霊性を事物化する」とはすなわち「齊《ひと》しからざるを齊《ひと》しくする」ということであり、これによって供犠に「霊性の効力」を一時的に封印する力が備わっていることが示される。オトタチバナヒメが人身御供（供犠）として入水することで「渡りの神」の効力が一時的に封印された結果、ヤマトタケルは「事物化された世界」と切り結ぶことが可能になり「暴浪、自ら伏ぎて、御船、進むことを得たり」ということになるのだ。

それではなぜオトタチバナヒメには「渡りの神」の「霊性の効力を中断」させる力が備わっていたのか、それが次の問題である。この謎を解明するためには、人類学者M・モースの『贈与論』が展開する、古代（未開）的社会のあらゆるシステムに存在する互酬交換としての「贈与」の原理を参考にする必要がある。(3) M・モースによれば、社会のシステムを円滑に機能させるためにアルカイックな社会では、食物、財産、女性、土地、奉仕、儀礼、歌など、さまざまなものを贈与し、返礼する互酬のシステム、すなわち贈与と返礼の義務という循環システムを導入した。これによって社会は恒常的に友好的な関係を維持することができると考えられたのだ。ここで重要なことは贈与された「もの」には、人であれ物であれ、そこにニュージーランド先住民マウリ族のいう「ハウ」と呼ばれる呪力が備わっていて、この「ハウ」（災厄）は贈与された後も持ち主のところへ戻りたがる性質（「使用権」は贈られても「所有権」は移らないという二重の性質〔M・ゴドリエ『贈与の謎』〕）があるとされていることだ。贈与された者は災厄に見舞われたくないから、ハウを滞留させることなくお返しをすることになる。その結果として、贈与と返礼の友好的で円滑な社会が実現するというわけである。

ヤマトタケル側の「渡りの神」への人身御供という「贈与」は、海神の「霊性の効力を」一時的に封印し、「暴浪、自ら伏ぎて、御船、進むことを得たり」という「返礼」（互酬交換）を引き出したのである。この時、贈与に付随するハウ（霊）は持ち主のもとへ戻りたがる性質があったために、オトタチバナヒメの入水から「七日の後に、その后の御櫛、海辺に依りき」となるのであった。従来の研究史では、オトタチバナヒメの入水というドラマチックな部分に注意が集中し、この話の核心が后の御櫛（霊魂）の帰還にあることへの認識が欠落していた。全面的に修正しなければならない。なお、官僚の主導で編集された日本書紀では、この話の肝の部分が抜けている。

長い引用になったが、以上の論理を万葉羇旅歌のベースにある羇旅信仰にあてはめて考えると、伊藤博による前述の説明は根本的に考え直す必要のあることが判明するだろう。

万葉羇旅歌のベースには、旅先の土地や風景に執する方向と、家郷（妹）に執する方向という、ベクトルを異にする二つのタイプがあったが、贈与の互酬交換の論理を間に置いて考えると、この二つの流れをワンセットのものとして統一的に把握することができる。まず、(3)〜(5)歌のような旅先の景を讃える表現は、基本的には地霊もしくは異郷の神への「贈与」表現ととらえるべきである。「若狭なる三方の海の浜清み往き還らひ見れど飽かぬかも」（巻七・一一七七）などの歌は、歌い手の律令官人にとって、もはや地霊への挨拶（脱霊化）といった意識は希薄であるにしても、三方の海浜を讃美すべき清らかな景と讃えるのは、異郷の地への「贈与」表現の様式化したものと考えることができる。一方、「去家《たび》にして妹を思い出いちしろく人の知るべく嘆きせむかも」（巻十二・三一三三）、「佐保過ぎて寧楽の手向に置く幣は妹を目離《か》れず相見しめとそ」（巻三・三〇〇）というように、旅の歌に家郷（妹）を偲ぶ表現があるのも贈与の互酬交換の観念で把握することができる。旅人が異郷の神に手向ける「幣」（贈与）には旅人のハウ（霊）が宿っているので、それを受け取る異郷の神には旅人の行路の安全を保証する義務（返礼）が生じると同時に、付随するハウ（霊＝災厄）を滞留させることなく持ち主のところ（家郷＝妹）へ戻さなければならない。羇旅信仰における旅人と異郷の神の間にはこうした給付（贈与）と反対給付（返礼）の互酬交換の観念が作用していたのである。万葉の旅人が家郷（妹）を偲ぶ歌を詠む背景（ベース）には、贈与に付随した霊が家郷に帰りたがっているという固い信念が働いていたからに違いない。むろん律令時代の官人の旅は、律令七道制に則った旅であるから、旅に対する危機の認識はそれ以前に比較すると圧倒的に減少しているとみられる。しかし、贈与交換の観念が羇旅歌のベースにあるからこそ家郷（妹）を偲ぶ表現が様式化され、巻十二の「羇旅発思」として定着したのである。

以上の理由から、旅の歌を詠む万葉人の精神作用の説明としては、従来の論理とは異なる説明が可能と考える。

二

佐々木幸綱『万葉集の〈われ〉』によれば、万葉集は古今集や新古今集などの勅撰和歌集にくらべて、〈われ〉の語を含む歌の割合が断然多いという。佐々木は、旅の歌の中の〈われ〉をはじめとして、さまざまな角度から万葉集の〈われ〉に周到な分析を加えた上で、一人称詩の中にあえて〈われ〉を押し出してうたうのが万葉集の特徴であると結論づけている。ここでは、佐々木の説くところを参考にしながら〈われ〉の発生する様態を追ってみよう。

本来、和歌の五・七・五・七・七という短歌形式には、言霊を発揮させるための装置という側面があり、句の頭に〈われ〉を強く響かせることで神を依りつかせる効果が期待されていた。言語のもつアニミズムの作用である。このように歌も起源にさかのぼれば、神との交信の手段と考えられていて、日常語とは別次元の言葉づかいを「歌」が採用したのは、人間以外の誰か、つまり神との交信を目的としていたからである。やがて万葉の時代になると、歌はもっぱら人間の次元の表現を目的とするようになるが、それでも日常語ではいえない事物や心情を表現しうる詩形としての機能は存続していた。したがって、万葉の時代に入ってからも、固有の〈われ〉が文学史に登場するのは簡単なことではなかった。古くは「個」は「共同体」と一体化していたために、〈われ〉と〈われら〉の未分化状態が続いていたからである。このような意味で、〈われ〉はまずは集団の中の〈われ＝われわれ〉としてあった。以上は概略、佐々木幸綱の考える〈われ〉の発生する仕組みである。

以下は、佐々木説の延長上で私が考えた発生論である。はじめに指摘しておかなければならないことは、本来「われ」は人間の心に内在するものではなく、それが人間の心に移行し、定着するのは二次的なものであったという点である。「われ」は本来、共同体の所有の観念と密接する社会的なものであった。人びとは「われ」が「共同体の所有」（「われわれ」）としてあることを、すべてのモノには霊が宿るというように宗教的な形態の中で考えた。つまり〈われ〉は神聖なものとして一旦神の領域に遠ざけられ、そこから改めて人間のもとへと降りてきたものである。神の領域に遠ざけるというのは、前に引用した『礼記』「祭統」でいえば「齊《ひと》しからざるを齊《ひと》しくする」ということであり、いわば事物的な「われ」に神聖化を施すことである。

たとえば、巻十六・乞食者《ほかひびと》の詠《うた》（三八八五）では、

……鹿待つと　わが居る時に　さ牡鹿の　来立ち嘆かく　頓に　われは死ぬべし　大君に　われは仕へむ
わが角は　御笠のはやし　わが耳は　御墨の坩　わが目らは　真澄の鏡　わが爪は　御弓の弓弭　わが毛ら
は　御筆はやし　わが皮は　御箱の皮に　わが肉は　御鱠はやし　わが肝も　御鱠はやし　わが眩は　御塩
のはやし　耆いぬる奴　わが身一つに　七重花咲く　八重花咲くと　申し賞さね　申し賞さね

というように長歌一首の中に「われ（わが）」が十三回もくり返されている。そして「わが角」「わが耳」「わが目」「わが爪」「わが毛」……という表現に見られるように、「われ」は本来的に所有の観念と密接に関係していることがわかる。この歌は、宮中奉仕のための門付芸人の伝える舞や踊りを伴った、万葉集の中でも特殊な歌であるが、むしろそれだけにかえって「われ」の原型的なあり方を伝えているといえるかもしれない。この執拗ともいえる「われ」のくり返しは言語のアニミズムそのものといえるが、「われ」が神授に由来するものであることを示唆している。「われ」の反復によって歌の呪力が増幅し、宮中に供される鹿の痛みが表現されているのだ。

またたとえば、「大津皇子の屍を葛城の二上山に移し葬りし時に、大来皇女の哀しび傷みて作りませる御歌」の題詞をもつ次の歌にも、短歌の中に二度も「われ」が詠まれている。

うつそみの人にあるわれや明日よりは二上山を弟世《いろせ》とわが見む　（巻二・一六五）

この場合、大来皇女（われ）の見る二上山は客観的な対象としての山ではなく、大津皇子の霊の宿る山である。

その霊（二上山＝大津皇子）との関係の中に生きる「われ」も一般的な意味での「われ」とは異質であるといわなければならない。俵万智は、大来皇女の歌には「われ」の語が際立っていることを指摘し、その理由として大来が神に仕える伊勢斎宮という境遇にあったことが大きいのではないかと述べている。「俗世間から隔離されて、ただひたすら神に仕える。そういう暮らしの中で、自然と「我」を見つめる目が養われていったのではないだろうか」というのである。(4) ここにもたどり方は逆にはなるが、「われ」が神授に由来するというプロセスが示唆されているのではなかろうか。

三

荒栲の藤江の浦に鱸《すずき》釣る白水郎《あま》とか見らむ旅行くわれを　（巻三・二五二）
網引する海子《あま》とか見らむ飽の浦の清き荒磯を見に来しわれを　（巻七・一一八七）
潮早み磯廻《いそみ》に居れば潜きする海人《あま》とや見らむ旅行くわれを　（巻七・一二三四）
家人《いへびと》は帰り早来《はやこ》と伊波比島《いはひじま》斎ひ待つらむ旅行くわれを　（巻十五・三六三六）

右の羈旅歌にみえる「われ」は、これまでにみた乞食者の詠の「われ」や大来皇女の「われ」とは根本的に異質である。「旅行くわれ」の表現に象徴されるように「われ」は羈旅歌の主題として縁どられ、対象化されている。ここでは「旅行くわれ」は「白水郎《あま》」（野蛮）と律令官人（文明）のコントラストという作為的な構図の中に収められ、文明（「旅行くわれ」）の優位さで地方（「白水郎《あま》」）を覆い尽くそうとしている。前者の「われ」との間には根本的な態度の転換がみられるのであるが、こうした転換はどのように果たされたのであろうか。

「旅行くわれ」に従来との態度の転換を迫ったものは、すでに言い古されている指摘ではあるが、七世紀後半から八世紀にかけて加速した中央集権的な律令制国家の建設とその整備であろう。藤原京や平城京といった大都市の出現は、おびただしい数の律令官人を生みだし、中央と地方の間に人と物を流通させた。畿内七道制に象徴されるように情報（文書）を運ぶための新しい交通網が整備され、旅はもはやかつてのような危険と隣り合わせのものではなくなっていたのだ。旅先の地霊への挨拶が、風光明媚な景に対する讃歌へと転換するのはこの時である。マルティン・ブーバー風にいえば、「われ」は「我―汝」の関係（アニミズム）から「我―それ」という態度（脱霊化）への転換が生じたということである。自然（景）が本来的に備えていた霊的力を一時的に封印し、それが「事物化」されることで、たとえば高市黒人のような旅の歌が生まれる条件が整うのではないだろうか。

四

そこで、最後に高市黒人について少しふれて結びとしよう。高市黒人は、万葉集中に収める十八首すべてが旅路で詠んだ短歌であるために旅の歌人と目されている。生没年は未詳であるが、柿本人麻呂より少し遅れて持統・文武朝に仕えた宮廷歌人と考えられている。次の歌は、題詞に「高市連黒人の羈旅の歌八首」とある歌群の中の歌とその近辺に収められた歌である。

旅にして物恋しきに山下の赤《あけ》のそほ船沖へ漕ぐ見ゆ　（巻三・二七〇）
四極山《しはつやま》うち越え見れば笠縫の島漕ぎかくる棚無《たなな》し小舟《をぶね》　（巻三・二七二）
わが船は比良の湊に漕ぎ泊《は》てむ沖へな離りさ夜更けにけり　（巻三・二七四）

何処《いづく》にかわれは宿らむ高島の勝野の原にこの日暮れなば　（巻三・二七五）

住吉の得名津に立ちて見渡せば武庫の泊《とまり》ゆ出づる船人　（巻三・二八三）

これらの歌をはじめとする黒人の羇旅歌の特徴については、次に引用する多田一臣の説くところがほぼその要点を言い尽くしている、といってよい。

（黒人歌は―引用者注）いずれも国見歌の様式を基本としながらも、そこに見られる景は讃美の対象としてはうたわれず、むしろうたい手の位置をきわめて不安定なものとして浮かび上がらせるようなありかたをしている。家郷にも向かわず土地にも執しないこのようなありかたは、鎮めの契機をもたないという点で、旅の歌としてはきわめて異例である。が、それゆえにこそそこには漂泊する孤独な心があらわれるのである。読み手が黒人の歌につよく感じる旅愁とは、このような表現性に由来するのだといえよう(5)。

右の掲出歌についても多田の説明をそのままあてはめて考えることができる。二七〇番歌「見ゆ」の結びは「国見歌の様式を基本としながらも、そこに見られる景は讃美の対象としてはうたわれず」、また従来の羇旅歌のように家郷の妹に向かうこともない。旅にあって寄る辺ない漂泊の思いが強調されるばかりである。この歌の抒情の特質は、都を離れて旅人となった律令官人の「旅にして物恋しきに」という漠然とした旅愁が沖へ遠ざかって行く「赤のそほ船」に重ね合わされるように表現されているところにある。全体としてみても「山下の」「うち越え見れば」「立ちて見渡せば」といった俯瞰的視点に立ってパノラマ的表現から始めながら、それが「赤《あけ》のそほ船」「棚無《たなな》し小舟《をぶね》」「出づる船人」というように微小なものへと焦点化され、律令官人のアイデンティティーのゆらぎが鎮められない心の不安として、これら微小なものへと投影されている。

黒人の歌のこうした繊細な感性は何に由来するのだろうか。むろん、前述したような中央集権的な律令制国家の確立に伴い、中央と地方の往き来が活発になった結果、古い氏族共同体から切り離された律令官人の心の動揺が表現されたともいえる。

それと同時に私は、眼下に広がる海と眼前から遠ざかって行く船という景を、パノラマ的な俯瞰表現の中で切り取るこれまでにない構図のとり方に、中国文学の影響を感じるのである。「景の事物化」には中国文学も一役買っているだろう。中国文学の旅をテーマとする詩の伝統は、すでに『文選』の「行旅」や唐代の詩人たちの中に見出すことができる。中国文学の旅の詩は、推移する時間の上に規定される人の悲しみと、人は何と果てしない世界に生きているのか、という空間的な感慨を詠むものであった。黒人歌の時間と空間の意識と中国文学のそれはどう切り結ぶのか興味深い課題といえる。

注

(1) 伊藤博「柿本人麻呂とその作品」(『萬葉集の歌人と作品』上、塙書房、一九七五年)。
(2) 今村仁司『交易する人間』(講談社選書メチエ、二〇〇〇年)。
(3) M・モース『贈与論』吉田禎吾・江川純一訳(ちくま学芸文庫、二〇〇九年)。
(4) 俵万智「大伯皇女の六首」(『万葉集Ⅱ　和歌文学講座3』勉誠社、一九九三年)。
(5) 多田一臣「万葉史の中の黒人」(『額田王論――万葉論集』若草書房、二〇〇一年)。

参考文献
佐々木幸綱『万葉集の〈われ〉』(角川選書、二〇〇七年)。
三浦佑之「アとワ」(『古代語を読む』桜楓社、一九八八年)。
稲岡耕二「共感の表現――「吾と吾等」」(『人麻呂の表現世界』岩波書店、一九九一年)。

大浦誠士「羇旅歌の表現構造」(『万葉集の様式と表現』笠間書院、二〇〇八年)。

野田浩子「古代の旅」(『万葉集の叙景と自然』新典社、一九九五年)。

森朝男「古今集羇旅歌部の特色と構造」「高市黒人」(『古代和歌の成立』勉誠社、一九九三年)。

高野正美「自然詠の様相」(『万葉集作者未詳歌の研究』笠間書院、一九八二年)。

伊藤博「伝説歌の形成」(『萬葉集の歌人と作品』下、塙書房、一九七五年)。

M・ブーバー『我と汝・対話』植田重雄訳(岩波文庫、一九七九年)。

戸倉英美『詩人たちの時空』(平凡社、一九八八年)。

第六章　「乞食者の詠」（巻十六・三八八五）の「われ」――「無主物」に抗して――

乞食者《ほかひびと》の詠《うた》

いとこ　汝背《なせ》の君　居り居りて　物にい行くとは　韓国《からくに》の　虎といふ神を　生け取りに　八頭《やつ》取り持ち来　その皮を　畳に刺し　八重畳　平群の山に　四月《うづき》と　五月《さつき》との間《ま》に　薬猟《くすりがり》　仕ふる時に　あしひきの　この片山《かたやま》に　二つ立つ　櫟《いちひ》が本に　梓弓　八つ手挟《たばさ》み　ひめ鏑《かぶら》　八つ手挟み　宍《しし》待つと　吾《わ》が居る時に　さ牡《を》鹿《しか》の　来立ち嘆かく　たちまちに　吾《われ》は死ぬべし　王《おほきみ》に　吾《われ》は仕へむ　吾《わ》が角は　御笠のはやし　吾が耳は　御墨《みすみ》の坩《つぼ》　吾が目らは　真澄みの鏡　吾が爪は　御弓の弓弭《ゆはず》　吾が毛らは　御筆はやし　吾が皮は　御箱の皮に　吾が宍は　御鱠《みなます》はやし　吾が肝も　御鱠はやし　吾がみげは　御塩のはやし　老いはてぬ　吾が身一つに　七重花咲く　八重花咲くと　申《まを》し賞《はや》さね　申し賞さね

右の歌一首は、鹿の為に痛みを述べて作る。

（万葉集・巻十六・三八八五）

一般に、近代的な「われ」（主体）の成立は、これを日本文学史の問題に限定しても錯綜した経緯があり、さかのぼれば集団性を背負った「われ」（われわれ＝共同体）に帰着することは予想の範囲としても、さらに突きつめて考えると「われ」の根源に物（事物）に由来する「所有」の観念を想定することができそうだ。山野に漂う霧や海に泳ぐ魚のように、誰のものでもない公共領域に属する事物を「無主物」と規定する法律用語があるが、最近、この概念は東京電力が福島第一原発事故によってまき散らした放射性物質について、その所有責任を回避する言葉として持ち出され有名になった。果たしてこの「無主物」に対抗する論理は可能であろうか。「われ」に関して、これを古代から近代へ至る発展段階的な諸相の中にみるのではなく、現象学的な還元として読み解いてみたい。

一

佐々木幸綱『万葉集の〈われ〉』は、万葉集のおよそ四千五百首のうち、実に千七百八十回にわたって「われ」が用いられている、その突出ぶりに注目する。(1) なぜ万葉集の一人称詩の中でことさらに「われ」が使用されるのか、その具体なあり方が明かされる。佐々木によれば、頻出する「われ」の背景には、中央集権的な律令制国家成立（七〜八世紀代）のもとで整備された官僚制度の影響が大きいという。律令官人たる「われ」の中にあらたな階級対立が持ち込まれたために、自身がどの位置にいて、どういう立場なのかを絶えず表明せざるをえなくなっていた意識の反映がある、というのだ。人びとは、いわば旧来の世界に対する態度の変更をせまられていたというわけである。とりわけ宴席という空間で詠まれた歌に頻出する「われ」（われわれ）は、律令官人たちがあらたなヒエラルヒーのもとで自らの位置を相互に確認する場であったといってよい。そのようないわば主流に属する万葉の「われ」の中にあって、特異な歌として佐々木が注意を促したのが冒頭の「乞食者の詠」（巻十六・三八八五）であった。

この歌は、佐々木によれば一首のうちに「なんと十三回も〈われ〉が出てくる。……この歌の内容は、鹿〈われ〉の立場でめでたさをうたう寿歌である。……鹿のかっこうをした男が、鹿の所作をまねた舞や踊りをしながら、めでたい言葉をうたったのだ。すると、めでたい言葉の力で、めでたい現実が引き寄せられる。演技者が演じる鹿〈われ〉が「……七重花咲く、八重花咲く……」とうたうことで、あらまほしき情況が実現する。言語のアニミズムである。演技者が〈われ〉を十三回も繰り返すことで鹿〈われ〉がうたううたの呪力が増幅されたのだと思われる」。こうして「乞食者の詠」の「われ」は始原的様態である言霊《ことだま》を発揮させ、句の頭に「われ」を強く響かせながら言語のもつアニミズム作用の効果を最大限に引き出したのである。

二

「乞食者の詠」のもつ祝言性は、佐々木の言及するとおりであるとして、一方で左注に「右の歌一首は、鹿の為に痛みを述べて作る」とある、鹿の「痛み」との整合性は問われなければならない。この点については後に触れるが、この「詠《うた》」の課題の核心部分は、

　薬猟《くすりがり》　（吾が）仕ふる時に
　宍《しし》待つと　吾が居る時に
　さ牡鹿の　来立ち嘆かく
　たちまちに　吾は死ぬべし

にあるといってよい。すなわち、大君に仕える「われ＝狩人」（一人称）が御贄献上用の宍を待ちかまえていると「さ牡鹿」（三人称）がやって来て、すぐに「われ」（一人称）は死ぬでしょうと告げる。歌い手でもある狩人

「われ」が、狩人に狩られる「さ牡鹿」と一体化して「われ」の死を告げる。一人称から三人称へ、そして再び一人称へと目まぐるしく転換する人称は、狩人「われ」がさ牡鹿「われ」に重なり合っているように読めるのである。この人称転換のもつ不可解さは、いうまでもなく近代的な主体（われ）が基準となっているところからもたらされる。この点については、従来、日本書紀・顕宗天皇即位前紀にみえる「室寿《むろほぎ》」の歌謡の詞章などに共通する様式として説明されてきた。たとえば、三浦佑之は折口信夫の「神の一人称語り」説をふまえながら「「吾」が第三者の台詞を直接語法によって語りなおすというかたち」があることは、「古代日本《ヤマト》の表現にも自叙の様式が〈語り〉の方法としてあったということの証左」であるとして、「自叙の様式からいえば、三人称的にみえる自らの名告りから「我」への展開はごくあたりまえのことでしかない」と指摘し、「さ牡鹿」も始原的には神そのものなのだ、と述べている[2]。

一方、猪股ときわは「異類に成る」と題して「乞食者の詠」の「われ」が孕む問題を剔抉している。そこでは猪股はいきなり始原の神を想定することなく、まず「詠《うた》」の文脈を忠実にたどろうとする。「歌の中で、牡鹿は一貫して「神」とは呼ばれず食物である「宍」であり、「さ男鹿」である。牡鹿を「神」という用語にまで普遍化するよりは、狩人から見た人ならざるもの、「異類」と呼んでおくほうがふさわしい[3]」とする。そのうえで、「牡鹿の身体は角・耳・目・爪・毛・皮・肉・内臓類へとばらばらにされ、調度や鱠に加工されてゆく。なぜ牡鹿は、弓矢を手挾み獲物である「宍」を待ち受ける「われ」の前に身を晒すようにして「来立ち」、「嘆」きつつも「頓に吾可死」と自分の死を表明するのであろうか」と問うのである。それに対する回答は多岐に及んでいるので、ここでは私の問題機制に直接かさなる部分の引用にとどめたい。

猪股は、アイヌ狩猟民の生活・信仰様式などを念頭に置きながら、「（鹿の）身体各部位の解体過程は、牡鹿にとっては皮衣を脱ぎ、もとの存在へと帰ってゆく過程であり、狩人であった「われ」の側からすれば牡鹿である

「われ」に近づき、その声を聞いて皮衣を脱ぐときの痛みを体験しつつ、異類に成ってゆく階梯であったのではないか」と推定する。それは言い換えれば、「「乞食者の詠」の歌による解体・加工表現も、歌い手である「われ」をそうした「霊」の位相へと移行させる働きをもったと考えられよう。異類の身体を形成している各部位をばらばらに切り離して「死」を迎えさせ、別のものに再生させる過程じたいが、皮衣を解き放ち、別の次元を現出し、いわば「霊」の領域に立とうとする階梯であり、異類と人との融合状態を歌表現によって実現しようとする営みであった」とも読めるというのだ。要するに、猪股は「乞食者の詠」の狩人（われ）と牡鹿（われ）の中にほんの一瞬の間の光景であったにせよ、人と動物が世界を共有するトポロジカルな反転があったことを読み取ったのである。

むろんそこには中沢新一が展開する「対称性人類学[4]」の諸相がふまえられている。

三

「乞食者の詠」において、牡鹿の身体の解体過程が、角・耳・目・爪・毛・皮・肉・内臓類へと、歌い手によって一つ一つ丁寧に詠み上げられることの意味は猪股の指摘するとおりであるとして、そのいちいちに「吾が角は・吾が耳は・吾が目らは・吾が爪は・吾が毛らは・吾が皮は・吾が宍は・吾が肝も・吾がみげは」というように、「われ」が執拗に反復されるのはなぜであろうか。「われ」を強く響かせることで言語のもつアニミズム効果を発揮させ、呪力の増幅を期待した、という説明だけでは不十分であると私は思う。

はじめに、三人称の「さ牡鹿」が一人称へ転換して「吾は死ぬべし」と告げる万葉集の手法を不可解に感じるのは、私たちが近代的な主体（われ）を基準としているからだと述べた。しかし逆にいうと、ちょうどそれと同じ不可解さを、古代人も感じたのではないか。すなわち、狩人（われ）は、「さ牡鹿」（われ）との「融合状態」を一時的にせよ封印しないと、大君への御贄の献上は困難であったという事態に対してである。

林屋辰三郎は「古代芸能の成立と特質」[5]の中で、宮廷に奉仕する隷属民に「乞食者」の存在を推定している。ホカヒヒトが大御饗を献上する際は、自ら鹿（山の幸）などの猟を行い動物供犠の儀礼をほどこしたうえで、贄として天皇の食膳に上せていたのだろうというのだ。その際、同時に現在も東北地方などに伝わる鹿踊《ししおどり》のような演技も実演していたのではないか、と述べている。

そこで、右の見解をふまえると次のような想定が可能である。狩人（われ）は、「さ牡鹿」（われ）とあらかじめ共有する世界をもっているので、「さ牡鹿」を猟と称して殺すことには「痛み」がともなう。死後の「霊」につきまとわれるからである。「さ牡鹿」（われ）を殺すことは「われ」（狩人）を殺すことと同義であり、それをカッコに括って「異類に成る」ことは困難をきわめるのだ。一方、大君の大御饗に献上するために贄として鹿を殺すことは絶対的な命令である。左注に「右の歌一首は、鹿の為に痛みを述べて作る」とあるのは、本来的にはこうした「われ」と鹿の引き裂かれた情況を編者が直観したことによるもの言いであろう。

そこで「われ」は、いわば世界に対する態度の切り替えをせまられることになる。その際、行われるのが動物供犠としての「さ牡鹿」の身体の解体である。今村仁司は、供犠は「霊性の効力を中断して、霊性に包まれた自然的世界を事物的な世界として開示する」ことだと指摘している。また、供犠は霊的世界から「霊を抜いて」（脱霊化）、アニマ的世界を「事物化」することだ、とも定義づける。[6]この今村の認識は、そのまま「乞食者の詠」の牡鹿の身体の解体過程にあてはめて考えることができる。「われ」（狩人＝さ牡鹿）が自らの身体を一つ一つ丁寧に詠み上げるのは、本来はそれによって身体の各部位から「霊」を抜き取るための儀礼的な象徴表現である。「霊」を抜き取る解体過程を経ることで牡鹿の身体は単なる「事物」、すなわち物体としての角・耳・目・

爪・毛・皮・肉・内臓類への転換を果たすのである。「事物化」された身体の各部位は、そこで初めて「御笠のはやし」「御墨の坩」「真澄みの鏡」「御弓の弓弭」「御筆はやし」「御箱の皮」「御鱠はやし」「御塩のはやし」といった加工された「品物」になりうるのだ。

このことはしかし逆もまた真なりで、「事物」を神聖化する階梯としてみることも可能である。というのは『礼記』「祭統」をみると、「斉《さい》の言たる斉《さい》なり。斉《ひと》しからざるを斉《ひと》しくし、以て斉《ととの》ふるを致すものなり」とあるからである。「斉《ひと》しからざるを斉《ひと》しく」するとは神聖観念の核心部分を一言で要約したものであり、霊性を事物化する過程を表わすとも、逆に事物を神の領域に遠ざけて霊性を付与する過程ともいえるのである。いわば「メビウスの環」と「トーラスの環」の変換過程にたとえることができよう。猪股ときわの言葉を借りていえば「異類に成る」階梯と人に降りてくる階梯があった、ということになる。

そこで改めて、牡鹿の身体に冠される「吾《われ》」の意味を考えてみる。E・デュルケムは『社会学講義』の中で、神聖（マナ）の観念と所有権の観念とは直接のつながりがあり、「前者が後者の母体をなす」と述べている。(7)「乞食者の詠」に即していうと、牡鹿の身体（事物）は、霊性に包まれたアニマ的世界の「所有」になるものであった。すると、そこに冠される「吾角・吾耳・吾目……」といった「吾」（われわれ）は本来人称ではなく、牡鹿の身体の不可侵性に由来するものであったことになる。すなわち、初めにあったのは物＝霊の神聖性であり、それが緩和され解体される過程で人称へと移行したが、それは二次的なものであった。とはいえ、「吾」（われわれ）は霊的世界から降りてきたもののゆえに、強い呪力と所有の観念をもつことになる（このような意味でいえば、「無主物」というのは近代的概念であって、アニマ的世界では成り立たないであろう）。

以上の論述からしても、万葉集中における「乞食者の詠」の異色さがきわだつが、これが奈良朝律令官人の宴席空間においてとらえかえされたことの意味は別に考えてみなければならない。

注

（1）佐々木幸綱『万葉集の〈われ〉』（角川選書、二〇〇七年）。

（2）三浦佑之『古代叙事伝承の研究』（勉誠社、一九九二年）。

（3）猪股ときわ「異類に成る」（『日本文学』二〇〇九年六月号）。

（4）中沢新一「対称性人類学」（『カイエ・ソバージュ』講談社、二〇一〇年）。

（5）林屋辰三郎「古代芸能の成立と特質」（『中世芸能史の研究』岩波書店、一九六〇年）。

（6）今村仁司『交易する人間』（講談社選書メチエ、二〇〇〇年）。

（7）E・デュルケム『社会学講義』宮島喬・川喜田喬訳（みすず書房、一九七四年）。

（付記）本稿脱稿後に、岡千曲「さけを「はやす」ということ」（『北のオントロギー』国書刊行会、二〇一六年）を読んだ。民族学の立場から、山形県の山間の集落で古くから行われている祭りを中心に論じたもので、そこでは「はやす」とは、鮭の聖なる身体部位を薄く切って神に供える儀式をさしている、という。「はやす」には、賞《はや》す、囃す、生《は》やす、切り刻む、増殖する、など多義的な意味があり、その儀礼過程には神と「人間をつなぐ贈与の円環」がある、という。私はこの視点から改めて「乞食者の詠」の「はやし」について論じてみたいと思った。

第七章　ホモソーシャル文学の誕生——伊勢物語と万葉集を横断する——

はじめに

「ホモソーシャル」とは、同性間の友情や連帯感、ライバル同士の絆、主従愛、師弟愛などを社会的に表明する不可視の装置で、異性をその絆の強化確認のために利用するシステムである、というように概念規定することができるとすれば(1)、伊勢物語・第十六段の「紀の有常」と「友だち」との「うるわしい連帯」（新日本古典文学大系『伊勢物語』脚注）の物語などは、四十年間連れ添った妻の出家を代償として強化確認された友情ということになり、さしずめこれをもって典型的なホモソーシャル文学の誕生ということができる(2)。

とはいえ、第七・八・九段から第十五段をもって終わる「東くだり」物語群の直後に、京の「ねむごろにあひ語らひける友だち」（十六段）の話が始まるというのは、いかにも唐突といった感をぬぐえない。文脈の連接を重視すれば、必ずや「うるわしい連帯」が顕在化する動機が「東くだり」挿話群に潜在しているはずである。そのように考えると、「おとこ、身をえうなき物に思なして、京にはあらじ、あづまの方に住むべき国求めにとて行きけり」（九段）という「東くだり」のモチーフそのものもまた唐突である。これとて第一段から六段の中に動機の潜在していることが想定できる。そのように文脈を遡行したときに、そもそも「いちはやきみやび」（一段）とは何かということが、伊勢物語挿話群の問題のいわば総量として集約されているのではないか、ということに思い至るのである。

「みやび」の用例は、平安朝の物語群の中ではごく少数であり、ある意味ではすでに物語に内面化されたことばと考えることもできる。対して、奈良時代の万葉集には豊富な「風流／みやび」の用例があり、とりわけこの概念を抜きにして後期万葉は論じられないという研究状況にある。(3)

中国の律令制度を全面的に導入した奈良・平安時代は、宮廷を中心にした律令官人たちによる政治的支配の（建て前の上では）貫徹した社会であった。そこでは男同士が相互に緊密な関係を保ちながら秩序の維持がはかられており、「友だち」同士の「うるわしい連帯」観もこうした社会的背景のもとに醸成されてきたと考えられる。狭い宮廷社会に限定されていたとはいえ、そこでは「紀の有常」の妻がそうであったように、生身の女性が疎外されているという意味では、社会体制そのものがきわめてホモセクシャルな雰囲気を醸し出していたのだ、ということに注意を向ける必要がある。

一

「東くだり」挿話群の冒頭は次のように始まっている。

むかし、おとこありけり。京にありわびて、あづまにいきけるに、伊勢、おはりのあはひの海づらを行くに、（七段）

……

むかし、おとこ有りけり。京や住み憂かりけん、あづまの方に行きて住み所求むとて、友とする人ひとりふたりして行きけり。信濃の国、浅間の嶽にけぶりの立つを見て、……　（八段）

むかし、おとこありけり。そのおとこ、身をえうなき物に思なして、京にはあらじ、あづまの方に住むべき国求めにとて行きけり。もとより友とする人ひとりふたりしていきけり。道知れる人もなくて、まどひいきけり。三河の国、八橋といふ所にいたりぬ。……　（九段）

「東くだり」の導入部が三段に分かれて語られているのは様々な意味で重要である。まず、七段は単に「おとこ」が京に居られなくなって東に出かけたというのみであるが、八段では「友とする人ひとりふたりして行きけり」というように、そこに「友」が加わり、さらに九段に至ってそれが「もとより友とする人ひとりふたりしていきけり」と「もとより」という言葉が追加されている。「もとより」と強調されることで「おとこ」の東くだりには「友」の同伴が不可欠の前提であることが示唆されている。すなわち、七・八・九段と短い挿話を積みあげながら友の同伴が「東くだり」物語群のもう一つのテーマとして迫り上がってくる、という構成になっているのだ。

「とも」の内実をめぐって、それが「友」なのか「供」（従者）なのか、従来、見解の分かれている点であるが、「紀の有常、御供に仕うまつれり」（八十二段）、「狩しにおはします供に、馬頭なる翁仕うまつれり」（八十三段）などの用例をみると、「とも」は主従関係にあっても単なる「下人」ではなく、身分の上下関係を超えて、うたの心を解するなど精神的なつながりを優先させた「友」の意とみることができる。ただでさえ不安の先立つ「東くだり」（都落ち）の旅に、京の風流を解する者をにわか仕立てでもよいから身近に置いておきたかった。それが「友とする人ひとりふたり」ということであろう。また、そうでなければ三段に書き分けて登場させる意味がない。

ところで、「おとこ」が「京にはあらじ、あづまの方に住むべき国求めにとて行きけり」という窮地に追い込まれるに至った事情は、すでに二～六段の中で後に「二条の后」となる高貴な女性との禁じられた恋を重ねていたことによると示唆されており、その点は無理なく了解できる。しかし、それがなぜ特に「あづまの方」なのかということは改めて問われてよい。ここで「道知れる人もなくて、まどひいきけり」（九段）という東国の「道」は、律令七道制による東海道か東山道のいずれかを指していると考えられるが、まず東海道沿いの「伊勢、おはりのあはひの海づらを行」（七段）きながら、次に一転して東山道沿いの「信濃の国、浅間の嶽」（八段）に飛び、それから再び「三河の国、八橋といふ所にいたりぬ」というように、文字通り「あさましい」「まどひ」の旅となっている。加えて「三河の国、八橋」という「この先、旅を続けるのにどの橋を渡ったらよいのかわからなくなるような」架空の橋までが設定されているという具合である。[4] その意味でいうと「八橋」とはラビリンスの入口ということであり、橋の向こうは異界への旅立ちでもある。それは、たとえていえば『遊仙窟』の主人公の若者が、神仙世界の美女との恋愛遍歴を求めて「歴訪風流」の旅に出たのと似た設定にある。すると、伊勢物語の「東くだり」とは実際の東路《あづまぢ》の旅とは無縁な、平安貴族の脳裏にある伸縮自在な「心象地理」的文学空間を舞台とするものであって、その舞台を飾る「八橋」や「都鳥」といった小道具は徹底的に虚構世界のものであることがわかる。そこには古代以来連綿とつづく東国の「東国化」というテーマが横たわっているのだが、この点についてはすでに論じたことがあるので省略する。[5]

二

「そのおとこ、身をえうなき物に思なして」（九段）の「えうなし」は「要なし」で、「自分を役立たずの無用者と納得させる」意とされるが、この言葉は「みやび」や「友」と並び伊勢物語のキーワードの一つといえる重要語である。一般に伊勢物語の「おとこ」は、自らを社会の無用者とみなす「すね者」精神の持ち主で、九世紀の貴族社会において政治的・文化的な頽廃を身につけた中・下層の不遇な官人たちの欲求不満をみたしてくれる理想のタイプとされている。奈良時代にも成熟した都市文化の頽廃を経験することを通して、「みやび」の世界に韜晦しようとする傾向をもった貴族が存在しないわけではなかったが、「えうなし」の語にぴったりとあてはまる人物は思い浮かばないので、自らを体制のアウトサイダーと規定するこの語は、平安時代に新たに生まれたキャラクターを指し示す言葉といってよい。

しかし、そうはいうものの「おとこ」は好きこのんで「あづまの方に住むべき国求めに」旅立ったわけではない。一方では、京に残してきた女のことが気がかりでならないのだ。八橋の沢のほとりの木陰で「友とする人」から「かきつばたといふ五文字を句の上にすゑて、旅の心をよめ」と求められた「おとこ」は、その場で当意即妙に「唐衣きつゝなれにしつましあればはるばるきぬる旅をしぞ思ふ」と詠んだ。この場面の結びは次のような有名な一文で締めくくられている。

みな人、乾飯《かれいひ》のうへに涙落して、ほとびにけり。（九段）

この文は、一般には、それまで旅の愁いを忍んでいた一行が感傷的な歌に共感してどっと泣いた、その感涙によって食べかけの固い乾飯が涙に濡れてふやけてしまった、と解釈されている。つまり「みな人、乾飯に涙落として、（乾飯）ほとびにけり」という構文理解である。しかし、「みな人、……ほとびにけり」の主語述語関係を重視する小松英雄は、「ほとび」関連の語を詳細に分析した結果、「乾飯が涙でふやけてしまった」という理解は不自然であり、ここは「食べかけになっていた乾飯がとめどなく流れ落ちる涙に浸かっており、気がついたら自分の顔も涙でグシャグシャになっていた」と読み取るべきだと主張している。[6] 誇張表現である点では共通していても、従来のようにふやけた乾飯に重点を置くのではなく、感涙にむせぶ「みな人」に焦点が合わされている点が重要である。

ここで、はじめに「短い挿話を積みあげながら友の同伴が「東くだり」物語群のもう一つのテーマとして迫り上がってくる」と述べていたことを想起したい。つまり「もとより友とする人ひとりふたりしていきけり」の一文は、「みな人、……ほとびにけり」という男同士の「うるわしい連帯」を劇的に表明するためにあらかじめ用意されていた巧妙な仕掛けというわけである。

さらに、この旅の一行の「うるわしい連帯」は「すみだ川」に至って頂点に達する。

> その川のほとりにむれゐて思ひやれば、限りなく遠くも来にけるかなとわびあへるに、渡し守「はや舟に乗れ。日も暮れぬ」といふに、乗りて渡らんとするに、みな人物わびしくて、京に思ふ人なきにしもあらず。さるおりしも、白き鳥の嘴と脚と赤き、鴫の大きさなる、水のうへに遊びつゝ魚をくふ。京には見えぬ鳥なれば、みな人知らず。渡し守に問ひければ「これなん都鳥」といふを聞きて、
>
> 名にし負はばいざ事問はむ都鳥わが思ふ人はありやなしやと

とよめりければ、舟こぞりて泣きにけり。（九段）

この場面の「みな人」は、むろん「おとこ」をはじめとする「友とする人ひとりふたり」を含む「みな人」であるが、一同はこの先迎えなければならないさらなる辺境への旅の不安と京へ残してきた恋人への思いで大いに気が滅入っていた状況にある。そんな時に目にした名も知らぬ華麗な鳥が、船頭に「都鳥だ」と聞かされたのだ。藁にもすがる思いで「おとこ」が詠んだ歌に人々は感極まって「舟こぞりて泣きにけり」となる。あえて「みな人こぞりて」と言わずに「舟こぞりて」と書き分けているのは、「あれほど不機嫌だった渡し守までがこの和歌にほだされて、もらい泣きしてしまったことを含意して」いると読むことができる。(7)「東くだり」挿話群における男同士の「うるわしい連帯」が頂点に達した場面といってよい。

このようにみてくると、「友」による「うるわしい連帯」の挿話（七・八・九段）は、「ねむごろにあひ語らひける友だち」（十六段）のテーマを導き出すための布石の役割を果たしていたことがわかるであろう。

さらに付け加えていえば、第三十八段の親密な間柄とされる有常と「おとこ」の恋についての応酬や、第四十六段の「男同士の、あたかも異性間の恋愛感情にも似た親愛の関係」（新日本古典文学大系『伊勢物語』脚注）の挿話からホモソーシャルな雰囲気を読み取ることができるように、物語の進行はそうした雰囲気を抱え込みながら、やがて第八十二段の惟喬親王と右馬頭と紀の有常との主従愛の物語へと収斂してゆく仕組みになっているのである。「上中下《かみなかしも》みな歌よみけり」（八十二段）の「みな」は、「東くだり」物語群の「みな人」に遠く響き合っているのだ。(8)

なお、「男同士」の「うるわしい連帯」をホモソーシャル文学の成立というためには、「女性の排除」がその要件として満たされていなければならない。これについては、野口元大が第十四段の物語を、「おとこ」が自らの

「みやび」を証明するために女の愛を裏切り、踏みにじってゆく話であるとして痛烈に指弾していた論が想起される。また野口は伊勢物語全般を通してもこういう傾向がみられるとして、それを「みやびの頽廃」と規定していた。[9]このようにみれば、伊勢物語における「男同士」の「うるわしい連帯」と「色好みの風流」と「女性嫌悪」（女性蔑視）とは、それぞれに矛盾することなく併存しうる概念である、といわなければならない。イヴ・K・セジウィックはシェイクスピアのテキストを分析した『男同士の絆』の中で、ホモソーシャリティはミソジニー（女嫌い）によって成り立つと同時に、ホモフォビア（同性愛嫌悪＝色好み）によって維持されると述べていたが、それはあたかも伊勢物語の「おとこ」についての言及であるかのようだ。

次に述べる万葉集の大伴家持の作品についても、それを「家持歌集の構造」としてとらえた場合、伊勢物語について指摘したのと同じ位相からアプローチすることが可能である。

三

私は、すでに「後期万葉宴歌における「抒情」の行方」の中で、奈良朝以後に急速に普及した宴席空間での恋歌仕立ての挨拶歌（社交歌）のあり方を、「恋歌のコード（記号）化」という概念を用いて説明した。[10]それは、恋歌ならぬ恋歌的表現が宮廷社会を中心とする狭い共同体の中で、官人同士の「うるわしい連帯」の表明としてきわめて効率のよいコミュニケーションの手段とみなされてきた結果である。恋愛相聞の歌がひとたびコード（記号）化されてしまうと、宴席の場で詠まれる歌には、男が女を装ったり、あるいは逆に女が男を装ったりするなどして、男女が自由に立場を入れ替えた虚構の恋歌を作ることが流行するようになる。このような傾向が主流になると、逆にいわゆる純粋な恋愛相聞歌が詠みにくくなるのは当然の成り行きであろう。とりわけ男性の律令官人（万葉歌人）の場合にはそれが当てはまる。たとえば、大伴旅人が恋愛の対象として歌の中で取り上げたのは宴席での遊行女婦や神仙世界の仙女に限られていた。

後期万葉の右のようなあり方の中に大伴家持歌を置いてみると、多くの女性たちとの恋愛遍歴を物語るかのような家持歌の存在は一見例外的にみえるが、果たしてその理解は正しいといえるのか、大いに再検討の余地がある。われわれが現在みることのできる万葉集・二十巻本は、その編集に大伴家持の息がかかる家持的和歌集であることはいうまでもないが、それはまた家持自身の歌の配列の仕方についても指摘できる点である。つまり、越中赴任以前の若き日の家持歌と越中守時代の歌、それに帰京後のそれ、という三区分には相当多く家持自身の構成意識が働いているということである。

ここでは通説に従い家持の作歌時期を三期に分けて、それを「家持歌集の構造」として取り出してみる。まず越中赴任に先立つ第一期の家持歌は、巻三・四・六・十六・十七にみえるが、その中心は巻四と巻八とである。また、歌の内容からみると雑歌・挽歌に比べて相聞歌が圧倒的に多く詠まれているのは周知のとおりである。つまりこの時期の家持は、自らを恋多き相聞歌人として位置づけていたことになる。対して、第二期の巻十七以降にみえる越中守時代の歌は、大伴池主との交流を中心に越中の自然と向き合う歌によって占められていて、相聞歌といえば正妻坂上大嬢とのものに限られてくる。さらに帰京後の第三期の歌は、独詠歌を含めた宴席での歌が中心になる。この巻十七以降の第二・三期は、いわゆる大伴家持の「歌日誌」とされる歌巻であるが、その構成意識について鉄野昌弘は次のように指摘している。

末四巻は、単に集めた歌を日付順に並べたのではなく、素材を取捨選択しながら構成されている面が大きいのではないだろうか。例えば、巻四・八のような女性との相聞歌がほとんど見えないのは、……そうした歌を排除して成り立っていると見ることもできるのではないか。平群氏女郎の歌も、異質であるがゆえに、一々来贈の時点に置くことなく、越中時代の冒頭にまとめられたとも考えられよう。(11)

また、多田一臣も鉄野の指摘を受けて次のように述べている。

鉄野氏が述べるように、家持が女性と私的に交わした歌は意識的に排除されており、名流大伴氏の氏族意識に裏打ちされた、官人家持の精神生活を表現するにたる歌のみが選ばれている。(12)

右の二人の説を要約すると、いわゆる家持の「歌日誌」(第二・三期)の時代は、公的性格の強い官人家持の精神生活の表現に比重が置かれ、巻四・八のような女性との相聞歌を中心にして編まれた私的性格の色濃い第一期とは鋭く対峙する構成をとっているということになる。

そこでここでは「相聞歌巻」たる巻四の中から家持の華麗なる恋愛遍歴の内実をたどってみよう。家持と巻四に登場する女性との歌のやりとりを整理して掲げると次のごとくである。

大伴坂上大嬢の大伴宿禰家持に報贈れる歌四首　(巻四・五八一〜五八四)
笠郎女の大伴宿禰家持に贈れる歌二十四首　(五八七〜六一〇)
大伴宿禰家持の和へたる歌二首　(六一一〜六一二)
山口女王の大伴宿禰家持に贈れる歌五首　(六一三〜六一七)
大神女郎の大伴宿禰家持に贈れる歌一首　(六一八)

中臣女郎の大伴宿禰家持に贈れる歌五首（六七五〜六七九）
＊大伴宿禰家持の娘子に贈れる歌二首（六九一〜六九二）
＊大伴宿禰家持の娘子の門に到りて作れる歌一首（七〇〇）
＊河内百枝娘子の大伴宿禰家持に贈れる歌二首（七〇一〜七〇二）
＊巫部麻蘇娘子の歌二首（七〇三〜七〇四）
＊大伴宿禰家持の童女に贈れる歌一首（七〇五）
＊童女の来報へたる歌一首（七〇六）
＊粟田女娘子の大伴宿禰家持に贈れる歌二首（七〇七〜七〇八）
＊大伴宿禰家持の娘子に贈れる歌七首（七一四〜七二〇）
大伴宿禰家持の坂上家の大嬢に贈れる歌二首（七二七〜七二八）
大伴坂上大嬢の大伴宿禰家持に贈れる歌三首（七二九〜七三一）
また、大伴宿禰家持の和へたる歌三首（七三二〜七三四）
さらに、大伴宿禰家持の坂上大嬢に贈れる歌十五首（七四一〜七五五）
紀女郎の大伴宿禰家持に贈れる歌二首（七六二〜七六三）
＊大伴宿禰家持の娘子に贈れる歌三首（七八三〜七八五）

右のうち、正妻である大伴坂上大嬢との歌の贈答はひとまず除外して考えると、家持の相手は女王・郎女（女郎）グループと、娘子・童女グループとに二分することができる。万葉集の「娘子《をとめ》」（童女）についてはすでに橋本四郎の分析があり、そこでの「娘子」は遊行女婦か物語のヒロインに限定され、＊を付した家持と娘子との贈答は、湯原王と「娘子」の「報贈歌」（巻四・六三一〜六四二）のもつ物語性のあり方から類推して、「娘子」の存在自体が架空の、虚構の恋歌であると断じられる。[13] 対する女王・郎女（女郎）グループの実在性は強いが、贈答と称しながら女性側からのみ贈られた歌が多く、実際の贈答があったのか否かは留保を要する。すると自立した男女が対等の関係で、ということは宴席での遊行女婦を相手とした遊戯的な恋歌などではなく、真剣な「情熱恋愛」として向き合った贈答は笠郎女との相聞歌だけということになる。しかし、その内実はというと、家持との恋に命をかけた笠郎女の絶唱二十四首（巻四・五八七〜六一〇）に比して「家持の和へたる歌二首」というのはいかにもアンバランスという他はない。しかもその内容は、

今更に妹に逢はめやと思へかもここだわが胸いぶせくあるらむ　（六一一）
なかなかは黙もあらましを何すとか相見そめけむ遂げざらまくに　（六一二）

というもので、自分には大人の恋はできませんと告白しているようなものである。家持が笠郎女の愛を裏切り、踏みにじってゆく様は、美貌の青年貴公子（「性識聡敏、儀容端正」内舎人の規定）の華麗なる恋愛遍歴というイメージからはほど遠く、その実態はミソジニー（女嫌い）であったのかもしれない。家持がその生涯で真剣に愛したのは坂上大嬢ひとりであった、というのが通説であるが、これも疑わしい。なぜなら大嬢との関係が一筋縄でなかったのは、巻四・七二七の題詞に「離絶数年、復会相聞往来」と示唆されていて、おそらく家持が大嬢との関係を清算できなかったのは、叔母坂上郎女の影響力が働いていたからではなかろうか。

おわりに

なぜ家持は、「家持歌集」の第一期を「恋多き相聞歌人」として構成しようとしたのであろうか。いくつかの理由が考えられるが、一つにはやはり柿本人麻呂以来の相聞歌の伝統に自らも連なっていたいという願望であろう。二つ目には『遊仙窟』や『玉台新詠』などからの影響による中国情詩の受容が考えられる。さらに三つ目の理由としては、これがこの本章の結論となるが、越中守時代の大伴池主とのホモソーシャルな文人交友の世界を実現するためには、是非ともどこかに自らが異性愛者であること、すなわちホモフォビア（同性愛嫌悪＝色好み）であることを担保しておきたかった、という思いからであろう。要するに、ホモソーシャリティはミソジニー（女嫌い）によって成り立つと同時に、ホモフォビア（同性愛嫌悪＝色好み）によって維持されるという指摘は、家持のケースにもあてはめて考えることができるのだ。

なお、家持と池主との文人交友の関係についてはすでに論じているので、関心のある向きは参照されたい。[14]

注

（1）イヴ・K・セジウィック『男同士の絆――イギリス文学とホモソーシャルな欲望』（名古屋大学出版会、二〇〇一年）、四方田犬彦・斉藤綾子編『男たちの絆、アジア映画――ホモソーシャルな欲望』（平凡社、二〇〇四年）。

（2）伊勢物語がホモソーシャルな文学であることは、すでに神田龍身が『紀貫之』（ミネルヴァ書房、二〇〇九年）の中で以下のように言及している。

（伊勢物語の―引用者注）惟喬章段として、他に一六段、三八段がある。そこでは昔男と有常との間にあるホモ・ソーシャル的な熱き関係がさらに強調されていて大変興味深いが、ここではふれない。近藤さやかが「友」「友だち」という鍵語から、『伊勢物語』における「ホモ・ソーシャル」なるものを総合的・体系的に論じているので参照されたい。

（第五章）

（3）呉哲男「風流論」（『古代日本文学の制度論的研究』おうふう、二〇〇三年）。

（4）小松英雄『伊勢物語の表現を掘り起こす』（笠間書院、二〇一〇年）。

（5）呉哲男「表象としての東歌㈠・㈡」（本書所収）。

（6）注4と同じ。

（7）注4と同じ。

（8）神田龍身は前掲『紀貫之』の中で「上中下《かみなかしも》みな歌よみけり」（八十二段）の「「上中下」が歌に興ずることに「やまと歌」なるものの存立根拠をみたのが『伊勢物語』であった」（第五章）と述べている。この指摘を受ける形で、近藤さやかは「「とも」という言葉が持つ、友情関係と主従関係という異なった意味を区別しながら、一方で同化させる意識は、「かみ、なか、しも（第八十二段）」と身分差を意識させながら、直後「みな歌よみけり」と同化させることにも表われている」と述べると同時に、「男」と紀有常と惟喬親王との「友だち」関係の「根底には政治的敗者の連帯感がある」とも指摘している（「『伊勢物語』における「友」・「友だち」」『学習院大学国語国文学会誌』第五二号、二〇〇九年）。また、後藤幸良は「『伊勢物語』の「友」の物語」（『相模女子大学紀要』第六三号、一九九九年）と題する論の中で「「友」の章段は、恋する男の一代記を支えるために所々に布置され、特に物語り前半においては、男の恋の若さと激しさに対応して、異性愛的一面を抱え込んだのである」と述べ、若者の恋の異性愛にも同性愛にも振れる激しさが、いわばレンジの広い恋として同性愛的雰囲気をも醸し出したのだと指摘している。私の問題意識とは異なるが、新羅花郎における若者宿との関連と併せて考えることもでき、面白い観点である。

（9）野口元大「みやびと愛――伊勢物語私論」（『古代物語の構造』有精堂、一九六九年）。

（10）呉哲男「後期万葉宴歌における「抒情」の行方」（本書所収）。

（11）鉄野昌弘『大伴家持の「歌日誌」論考』（塙書房、二〇〇七年）。

（12）多田一臣「大伴家持の「歌日誌」」（古橋信孝編『万葉集を読む』吉川弘文館、二〇〇八年）。

（13）橋本四郎「幇間歌人佐伯赤麻呂と娘子の歌」（『橋本四郎論文集　万葉集編』角川書店、一九七六年）。

（14）呉哲男「エロスとしての交友論――大伴家持と同性愛」（『古代日本文学の制度論的研究』注3）。

付論

一　戦後の神話研究はどのように語られてきたのか

戦後（一九四五年）生まれの私が、学生時代に修士論文の研究テーマとして「清明心の思想」を取り上げたい旨を指導教授に相談したところ、教授は一瞬だが不快な表情を浮かべた。その時は意味がわからなかったが、後になって「清明心」は戦時中に忠君愛国の精神を発揚することばとして、毎朝ラジオのプロパガンダ放送の中で使われていたものであることを知った。放送の主は誰あろう指導教授よりもやや年長の、世代も専門も同じくする国文学の大御所・久松潜一であった。察するに教授は、戦後も公式には戦争責任を問われることのなかった久松に対して苦々しい思いを抱いておられたのであろう。

同じようなこだわりは、戦後の神話研究にも作用した。現在の教育事情にはうといが、私たち戦後世代の初等・中等の歴史教育は、戦前の皇国史観の反動から神話を学ぶ機会はまったくといってよいほどなかった。日本の古代とは縄文・弥生時代の土器や金属器であった。どの教師も精神的な領域には踏み込まない、徹底して物に即した教育が行われていたのである。私などはそれだけにかえって大学で初めて出会った古事記の神話には新鮮な衝撃を受けたものだ。

こうした戦後日本の社会一般が抱えていたトラウマから人々がようやく解き放たれたのは、一九六五年から刊行が開始された中央公論社版『日本の歴史』（全二十六巻）あたりからではないだろうか。なぜなら古代史家・井上光貞の執筆になる第一巻のタイトルが「神話から歴史へ」と銘打たれていたからである。この表題は一見すると、戦前の超国家主義的な「神国」史観の再現とも誤解されかねない挑戦的なものである。しかし、むろん井上の「少し大胆」な試みはそれとは似て非なるものであって、井上は戦前と戦後の歴史教育がいずれも一つの方向に偏りすぎた結果、日本人の歴史像が分断されてきたことを危惧して、その統合を企てたのである。この狙いが成功したのは、同書が一般読者の支持を得て版を重ね、現在でも文庫版であれば容易に入手できることからも明らかである。以後、神話の終わりの項と歴史の始めの項をつなぎ合わせて語るのは、中国史書などには例のない古事記・日本書紀特有の「構想」であることが一般にも受け入れられるようになったといってよい。

敗戦から二十年後の「神話から歴史へ」の出版を契機に日本の神話研究はにわかに活況を呈してきたような印象を私はもっているが、むろんそれ以前から津田左右吉をはじめとして時勢に左右されない実証精神を堅持して神話を論じていた研究者は少なくない。とりわけ、一九五四年から五八年にかけて刊行された松村武雄『日本神話の研究』全四巻（培風館、一九五四～五八年）は、神話学原論やギリシャ神話研究を専攻する著者が世界神話の一環として日本神話を位置づけた大著で、学生時代の私はこの著作をとおして神話とは宗教や政治を超えた「古代の哲学である」という認識をもつに至ったものである。

井上光貞につづいて、神話と歴史のねじれ現象を「構造」という概念を導入して解きほぐすことに成功したのが、西郷信綱の手になる岩波新書『古事記の世界』（一九六七年）であった。本書が一般読書人からも歓迎されたのは、その学術論文臭くない文体の魅力によるところも大きいが、より本質的には、戦後多くの「天皇制」論がマルクス主義的なイデオロギー批判に終始して身動きがとれなくなる状況の中にあって、それを「王権」論と言い換えることで妙な怨念から解放された自由な議論を可能としたからである。その前提となったのが二十世紀最大の思想家の一人と目される文化人類学者レヴィ＝ストロースの提唱になる「構造主義」の方法であった。平安時代の延喜式・践祚《せんそ》大嘗祭《だいじょうさい》の祭式と古事記の神話という、時間と形式を異にするものの間に同一の「構造」を見出した西郷は、古事記の神話は大嘗祭の祭式の時間的な展開であることを発見したのだ。なお、日本では近年に至ってようやくレヴィ＝ストロース神話学の集大成である『神話論理』全四巻（二〇〇六〜一〇年）の邦訳が刊行（みすず書房、二〇〇六〜一〇年）されるという珍現象が起きているが、『古事記の世界』執筆当時の西郷信綱は果たして英語版でこれを読んでいたのか否か、興味のあるところである。

ところで、これは私の憶測に過ぎないが、西郷が自らの古事記研究の総仕上げと位置づけた『古事記注釈』全四巻（平凡社、一九七五〜八九年）が二巻以後、十年あまりにわたって中断したのは、第一巻刊行直後に現われた西宮一民による痛烈な批判が原因なのではなかろうか（西宮による書評は『文学』一九七六年二月号参照）。颯爽《さつそう》と登場した古事記の注釈書も、西宮の厳格な文献批判の前では形なしという風にみえたからである。このような意味でいえば、西宮一民による新潮日本古典集成『古事記』（一九七九年）の出現は、『古事記注釈』に対抗すべく著者自身による実証的研究の成果（後年『古事記の研究』おうふう、一九九三年などにまとめられた）が注ぎ込まれたものであり、西郷のような華やかさはないものの、神話研究には不可欠の一書となっている。また、巻末付録の「神名の釈義」はそれだけでも一読に値するものがある。

西郷がこだわった「文脈に即した読み方」を批判的に継承しつつ、古事記の神話を祭式・儀礼の反映とみなす反映論から解放し、作品としての完結性を力説したのが、私と同世代の古事記研究者・神野志隆光であった。神野志の『古事記の達成』（東京大学出版会、一九八三年）や『古事記の世界観』（吉川弘文館、一九八六年）の放つインパクトがアカデミズムの世界でいかに強かったかは、現在の古事記研究の主流が「作品論」であることからも了解できる。しかし、間違えていけないのは、古事記の作品としての独自性は、日本書紀をはじめとする同時代のあらゆるテキスト、場合によっては文化人類学やアジアの少数民族文化など関連諸学を総動員しつつ、それらを比較対照させることによって初めて帰納できるものであって、古事記だけ読んでいればそれでよいというものではない。この点、現今の若手研究者の「省エネ」型研究スタイルは、神野志の学問を誤解しているという他ない。

正統派の古事記神話学者である吉井巖著『天皇の系譜と神話』全三巻（塙書房、一九六七〜九二年）の神話学を継承しながら、そこから離陸して独自の古事記論を開拓したものに西條勉『古事記と王家の系譜学』（笠間書院、二〇〇五年）がある。西條の仕事は、専門家の間では『古事記の文字法』（同、一九九八年）に対する評価が高いといえる。古事記の文字表記のもつ「物質性」を究めた一書であるが、一般読書人にはかなりマニアックであり、完成度としては『古事記と王家の系譜学』の方が高いというのが私の見立てである。同書は古代天皇家の権威が王権の否定的媒介の論理によって組織化されたものであることを論じたものだが、大王から天皇へ至る内的必然を、ヘーゲル的な弁証法の論理の中で描いてみせたところがミソである。これには意外に強固な説得力があって、論破するのには一苦労するだろう。

さて、出版界では現在（二〇一〇年）も古事記の神話ブームがつづいているという。このブームの口火を切ったのが三浦佑之著『口語訳　古事記』（文藝春秋、二〇〇二年）であったことは記憶に新しい。以後今日にいたるまで「二匹目のどじょう」狙いの類書が後を絶たないという始末である。古事記の神話に関する書物がアカデミズムの世界を超えて一般読者の間で話題となり、一つの社会現象にまでなったというのは、私にとっても初めての経験である。著者から直接聞いたところでは、中高年の読者層を中心に読まれているということであった。実際、私の大学のゼミ生から「父親が読んでいる」という話を何回も聞いた。これははじめに触れた戦後世代の初等・中等教育での神話離れに関係があるだろう。日々の生活に少しゆとりをもてるようになった世代の人々が、自らの足もとを改めて見つめ直したいと思うのは当然のことである、と私は思う。その欲求に合致したのが三浦版『古事記』であった。内容的には、三浦が投げかける、古事記にはあって日本書紀には存在しない「出雲神話」（カムムスヒ—スサノヲ—オホクニヌシ系神話）の問題、言い換えればヤマト朝廷の国家とは直接にはかかわらないところで成り立ったかもしれない神話の問題を重く受けとめたいと思っている。

二　国家／王権論の展開――学会時評から――

本稿が論述の対象とする二〇〇五～六年は、日本と中国・韓国・北朝鮮といった東アジアの諸国家の間でナショナリズムという「季節はずれの嵐」が吹き荒れた時であった。ナショナリズムは、「国民国家」の成立を前提とした近代的概念なので、それが古代文学の問題と直結することはないが、近代国家が白紙の状態から生まれたものでない以上、東アジア国家間の対立の構図には、古代以来の歴史的な反復の構造が存することを見ておく必要がある。

こうした問題意識を念頭に置きながら、古代文学の国家論にかかわる近年の研究動向を探ってみたい。上述の文脈の中で一貫して国号「日本」のあり方にこだわり、それを一般読者も手に取りやすい新書版の形でまとめた神野志隆光『「日本」とは何か』（講談社、二〇〇五年）は、タイムリーであると同時に著者の状況触知能力がなまっていないことを示すものでもある。神野志によれば、日本書紀の「日本」（本文に二百十九例ある）は文字通り「日本」に覆われてあり、その意味するところは中国・朝鮮《コリア》という外部との関係において成り立つ概念であるという。すなわち、隣国＝中国王朝からの承認と藩国（朝貢国）朝鮮《コリア》からの命名として誕生したのが国号「日本」である、というのが日本書紀の立場だというわけである。そこにはいわゆる「東夷の小帝国」としての自覚があらわである。対して、古事記にはそのような外部への意識はなく、したがって「日本」を用いることはない。「日本」の代わりに「倭」（六十四例ある）の文字を用いるところに、古事記の「天下」観が端的に示されているという。

以上のような指摘は、古代国家の本質を正確に言い当てたものということができる。なぜなら、国家とは外部に国家があることを前提に、外部と外部の間に成り立つものの謂いであるからである。日本書紀を通読した者は誰もがそこに剝き出しにされた外部を感じるが、なかには韓半島の記事を除外すると一巻の体をなさない（巻十四、雄略紀など）のではないかと思えるような巻もある。このことは一般に考えられているような共同体の延長上に、その拡大されたものとして国家があるのではない、ということを示唆している。しかし、問題はその先にある。著者は、ここから古事記・日本書紀を論じるに際し「多元的にある神話」とか、複数の「古代」とかいう発想をとる。ここが私の見解と異なるところであって、古事記と日本書紀のテキストの間にはもっと有機的な関係があるとみるべきで、その関係を暗黙の前提としながら隠蔽することはできない。というのは、国家とは共同体の外部に成り立つものであると同時に共同体の内部に根ざすものでなければならない、という二律背反の中にあるからである。言い換えれば、古事記が外部をもたないのは、外部への意識を欠落しているからではなく、むしろ逆に日本書紀のもつ剝き出しの外部を内面化して、あたかも共同体内部からの表現であるかのような形態をとっているところにその特徴がある。すなわち、国家／王権論としては古事記の方が成熟した段階にあることを示しているのだ。

古代文学研究にとっての二〇〇五年とは、十年後に振り返ると西條勉『古事記と王家の系譜学』（笠間書院、二〇〇五年）の上梓された年として記憶されることになるのではないか。前著『古事記の文字法』（同、一九九八年）と併せてみると現在の古事記研究の水準がどこにあるか、おのずから明示される格好になっているからである。同書は一言で要約すると、天皇家の権威が王権の否定的媒介の論理によって組織化されたことを述べたものだが、それは換言すると、大化前代の王制が律令天皇制の下へ解体・再編される物語として考察されている。

「王権の否定的媒介の論理」とは、律令天皇制のもつ外部性（超越性）が諸氏族共同体に対して、征服の記憶としてではなく、血縁系譜の組み換えという形を通じて自主的に受け入れられたものである、と装う論理である。その仕組みがたとえば「引き裂かれた女」サホビメの場合には、氏族共同体のヒメ・ヒコ制の終焉に立ち会った者の悲劇として、あるいはまた大王制の黄昏を告げるヤマトタケルの運命が系譜の再構成をとおして必然の悲劇として緻密に論じられる。なかでも第五章以下の皇祖神アマテラス誕生にまつわる一連の論考には、皇祖神アマテラスのもつ外在（ヨソモノ）性が消去され、あたかも共同体内部から超越的な神が生まれてきたかのようにみなされる過程が丹念にたどられている。現在、若手の研究者の中にさえ、アマテラスの内実を巫女から日の神を経て皇祖（始祖）神へ発展する三層構造として実体的にとらえ、地方で信仰されていた太陽神が国家神へと拡大・上昇したかの如くに考えている者がいるが、それは結果を原因と取り違えているにすぎない。古事記の王権論理のワナにまんまとはまらないためにも同論の精読を勧めたい。同書の論考の一つ一つが読後に達成感を与えてくれるのもうれしいところだ。それにしても西條勉にはヘーゲルがよく似合う。負けを知らない弁証法といったところか。

次に、皇祖神アマテラスとの関連から、大物主神についてみてゆく。矢嶋泉「大物主神から天照大御神へ」（『大美和』第一〇八号、二〇〇五年）、同「『古事記』の大物主」（『青山語文』第三五号、二〇〇五年三月）は、大物主神の本質が祟り神にあるという通説を退け、「国作り」に協力する大物主神の側面に光をあてて新しい読みの方向を示そうとするものである。古事記・上巻の国作り神話が、中巻では大物主神の保証する国作りへと受け継がれてゆくと考え、壬生幸子「大物主神についての一考察」（『古事記年報』第一九号、一九七七年）を踏まえながら、大物主の本質を「生成の力を内在させる神」ととらえ直している。このようにいうと、直ちにそれではアマテラスとの相違は何かとの疑問が浮かぶが、これに対して矢嶋は、タラシヒコグループ（景行、成務、仲哀、神功、応神）とイリヒコグループ（崇神、垂仁）の間には、東西平定、国家制度の整備、新羅・百済の帰服などの諸点で対応関係が見出せると指摘し、かつての皇統譜においてアマテラスの位置にいた神こそが大物主神ではないか、と推定している。もともと建内宿禰系譜にみられる世代数の矛盾の解消を目指した論ではあるが、それでもやはり、すぐに次のような疑問が浮かぶであろう。なぜ大物主神は皇祖神アマテラスに取って代わられたのか。あるいは同じことであるが、なぜ皇祖神オホモノヌシはありえないのか。天上から降臨する神と「海を光して依り来る神」との相違であろうか。おそらく、背景には律令制国家の強いる交換（支配と保護）の構造と大王制のそれとの違いがあるのだろう。かつて世界のすべてのモノはモノ（霊性）に覆われていたが、モノ（物）とモノ（霊性）が分離することで大物主神は相対化された。大物主が国家の超越神たりえないことはこの時すでに約束されていたものなのか。いずれにしても矢嶋の仮説はわれわれの想像力を刺激して止まない。

ある問題が解決をみるのは、それが問われなくなったときだとすれば、最近改めて大和岩雄（「『古事記』成立をめぐる諸問題」『古事記年報』第四八号、二〇〇六年）や三浦佑之（「古事記「序」を疑う」『古事記年報』第四七号、二〇〇五年）によって精力的に論じられている古事記・序文偽書説は、太安万侶の墓誌発見によって打ち止め、というわけにはゆかないことを示している。大和は、『東アジアの古代文化』（第一二三号、二〇〇五年五月）誌上に「『古事記』偽書説をめぐって（一）」と題して連載を開始して以来、今日（第十一回）まで継続中であり、三浦も『古事記のひみつ』（吉川弘文館、二〇〇七年）と題して一書にまとめている。多様な観点から序文の疑わしさが指摘されているので、それぞれについて検討を加える必要があるが、ここで深入りすることはできない。ただ序文を偽作したのは、弘仁年間に活躍した多朝臣人長だ、という主張は成り立たないのではないかと私は思っている。なぜなら桓武天皇から嵯峨天皇の時代は、奈良朝の基礎を築いた天武の施策がことごとく抹殺された時代だからである。こうした状況下で天武神話とも称される序文をでっちあげることなど、身に及ぶ危険を併せ考えると難しいのではないか。事実、嵯峨天皇が多人長に命じて講じさせたものは、古事記ではなく日本紀であった。

古代王権を保証する装置の一つに異界の存在があるが、黄泉国をめぐって対照的な論文が発表された。一つは、勝俣隆「伊邪那岐命の黄泉国訪問譚の解釈」(『長崎大学教育学部紀要』第七二号、二〇〇六年三月)である。古事記に描かれた黄泉国の位置をめぐっては、古来さまざまに論じられてきたが、同論はそれら先行諸説を俯瞰・整理したうえで、改めて「地下にある暗黒の穢れた世界」説の支持を打ち出したものである。みるべきはその論証手続きであって、文脈に即してちりばめられた新見は、今後の黄泉国論の流れを方向付けるものといって過言でない。勝俣隆の論文の特徴はどの論考にも当てはまるが、限定された古代のテキストの表現を氷山の一角とみて、そこに直結する水面下の世界までをも関連諸学の総動員によって再構成しようとするところにある。その学問的態度には、近時定着しつつある作品論の方法を、断念から出発して自己完結しようとする精神の堕落、とみなすかのような激しさがある。

対する一つが、新進の研究者・植田麦の「黄泉比良坂と伊賦夜坂」(『古事記年報』第四七号、二〇〇五年)である。植田は、黄泉国論で通常見逃されている「伊賦夜坂」との関連を論じるに際し、テキスト(古事記)外の論理を持ち込まないで読む作品論の方法を標榜する。そこでは、神話世界の「黄泉比良坂」と現実世界の「伊賦夜坂」が、物語の内容と物語外部の「語り」という位相の下で有機的なつながりをもつものとして見出されている。意外性のある好論だ。植田論は異界について正面から論じようとしたものではないのでやむをえないが、古代の「坂」(境界)には現世と異界の間を遮断し、かつ繋ぎとめるという自己言及のパラドックスがあり、その視点を導入するとどうなるか、興味なしとしない。植田麦にはこの他に「古事記における「至今」型書式とその機能」(『古事記年報』第四八号、二〇〇六年)、「日本書紀の今」(『上代文学』第九六号、二〇〇六年四月)などがあり、センスのよさが光る。

古代文学研究者の支配的なドグマの一つに、律令制度をはじめとする中国文化の受容を絶対視する見方がある。仮にそれが事実であれば、古代の日本は中国のような皇帝型専制国家になっていなければならない。そうなっていないのは、古代の日本が中華帝国やその周辺に位置するコリアとは位相を異にする「亜周辺」国家だったことによる。中国語である漢字を受容しながら古事記のような奇怪な文体が生まれたのもこのことと密接にかかわる。過去に、古事記の文体や木簡の文体をめぐって様々な術語が用いられてきた。変体漢文、和化漢文、非漢文、日本語文等々。私自身も「俗語文体」などといってみた（「言語とナショナリズム」『日本文学』二〇〇三年四月号）が、そのいずれもが定着するに至っていない。その点、毛利正守の提唱する「倭文体」（「和文体以前の「倭文体」をめぐって」『萬葉』第一八五号、二〇〇三年。「古事記の書記と文体」『古事記年報』第四六号、二〇〇四年など）はよい命名である。古代文学研究者はあまり意地を張らずにこの術語に統一してみてはどうであろうか。命名者の誉れはそれとして、便宜的な術語の使い方にあまり過剰な意味づけをしないほうがよいと思えるからである。

古事記の文体に関連して、誰が古事記（本文）を書いたかという大きな問題がある。この問題を考える際に私が常に学んでいるのが小谷博泰の諸論考で、それがまた新たに『木簡・金石文と記紀の表現』（和泉書院、二〇〇六年）として一書にまとめられた。

まだまだ触れなければならない論・著は多いが、紙数が尽きた。お許し願いたい。なお、表題の「国家／王権論」には国家と王権は違うということが含意されているが、詳細は別稿に譲る。

三　書評　西條勉著『アジアのなかの和歌の誕生』『柿本人麻呂の詩学』

西條勉の『アジアのなかの和歌の誕生』（笠間書院、二〇〇九年三月）と『柿本人麻呂の詩学』（翰林書房、二〇〇九年五月）が相次いで上梓された。学術書の頁を繰る前にそわそわ、どきどきするといった感覚を味わうのは随分と久しぶりのことだ。雑誌などに発表された論文はそのつどおおよそ目を通していたが、一冊の書物としてまとまったものを一気に読むのはまた格別である。二書を読み終えた感想を一言でたとえると、よく吟味された食材が名シェフの腕を通して全く次元の異なる創作料理となってテーブルに供された、というおもむきである。全編をつらぬくのは明晰さと開拓精神。およそ研究とはこうありたいと思わせる力がある。

二著は、『アジアのなかの和歌の誕生』（以下『和歌の誕生』）が和歌文学の発生原理の追究であるとすれば、『柿本人麻呂の詩学』（以下『人麻呂の詩学』）がその応用編にあたる、といったように相互に照応する有機的な関係にある。

巻末の「初出一覧」をみると、どちらも一九九九年に始まり、二〇〇八年に終わっているので、およそこの一〇年の間に並行して書き継がれていたものであることがわかる。この論考が発表される直前の一九九八年三月三日は、私たち古代文学研究者にとっても衝撃的な一日であった。飛鳥池遺跡から「天皇」の称号を含む大量の木簡が出土したとのニュースが全国紙のトップ記事として報じられたからである。西條はこの時すでに、いわゆる「歌の文字化論争」の第二幕の渦中に割って入っていた一人であった。稲岡耕二の人麻呂歌集略体表記「古体」

説に異を唱える西條にとって、天武朝木簡の発見報道は追い風となるものであった。『人麻呂の詩学』の巻頭を飾る「天武朝の人麻呂歌集歌」（初出は、『文学』一九九九年十月）はその当時の熱気を今に伝える実にスリリングな論となっている。

現在（二〇一〇年）、文学の発生論は東アジアの中で考えるというのが一つの大きな潮流となっている。とりわけ、中国少数民族の歌垣研究には勢いがある。研究者は誰でもそうだと思うが、空間的・共時的に分類整理の可能な作業を終えると、次にそれを時間的なものに置き換えたいという欲望から逃れられない。中国少数民族の歌垣研究の場合も、たといそれが近代国家による保護の対象という留保条件がついていたとしても、それでもなお日本文学の起源に置いてみたくなるものだ。そういうわけであるから、勇み足だったとしても阿蘇瑞枝の人麻呂研究における表記の略体と非略体の一覧を見た稲岡耕二が、それを「古体」と「新体」の時間に置き換える欲望をおさえられなかったとしても、やむをえない面がある。あるいは、稲岡の名誉のためにこう付け加えてもよい。あのダーウィンですらリンネの植物分類の一覧表を前にして、それを時間に置き換える誘惑に勝てなかった、と。

大部な著である『和歌の誕生』は、序章の「和歌とは何か」に次いで、第一章「発生論」、第二章「成立論」、第三章「普遍的なもの」、第四章「楽府との比較」、第五章「郷歌との比較」、第六章「サンガムとの比較」、第七章「記紀歌謡にもどって」と続く構成で、ここまでが本書の前半部をなすといえる。この組み立ては一見すると、西條もまた「楽府」「郷歌」「サンガム」（終章に「ペー族の歌会」が置かれている）といったアジアの歌を日本文学の起源に置こうとしているのかと思ってしまう。が、それは早計であった。「楽府との比較」の章で、著者は本書の方法の一端を次のように述べているからである。

通時的な比較と共時的な比較は、必ずしも排他的な関係にあるわけではない。和歌の誕生などを考えるばあいは、むしろ両者を相互補完的な関係で捉えておいた方がよいだろう。なぜなら、和歌の誕生は文学史の問題としては確かに通時的な出来事に属するが、起源的なものの構造が、そのまま和歌形式の本質に転化されている点からいえば、〈誕生〉の問題はなお共時的な性質をもっているからである。　（八四頁）

ここでは、類似することの意味を共時的に比較する、いわゆる「対照研究」の方法が採られているので、日本の記・紀歌謡、中国の楽府詩、韓国の郷歌はいわば等価である。それらは和歌ならぬ「詩の誕生」に至るまでの普遍的なプロセスを共有するものとして位置づけられている。したがって、そこから和歌の根源が探り当てられたとしても、五七調定型を日本固有のものとみなすナショナリズムの論調とは無縁となる。それでは「起源的なものの構造」とは何か。著者がそこで見出したものは、音楽性からの脱却と二部形式（心身分離）の成立であった。和歌という「詩の形式」に「声のことば」と「文字のことば」が関与するのはいうまでもないが、ことばを歌うことと書くことの矛盾は「詠む」ことで止揚される。といって「和歌は詠むものだ」などと常識的なことが指摘されているわけではない。ヨムとは、〈節《よ》-ム〉（ことばの流れを分節化して節をつける）ことだと定義して、音数律定型を成り立たせる根源的な要件とみなすのである。著者独自の解釈が施されているといってよい。

後半部の第八章「音数律以前」から第十三章「音数律の誕生」までは、近時あまり顧みられることのなかった詩学理論の歴史が招喚される。巻末の「リズム論・韻律論研究文献」（明治以降から今日までの主な資料が刊行年次順に掲げられている）の一覧表をみると、著者の詩学理論への思い入れの深さが感じられる。それと同時に、本書のさまざまな新見・提言が研究史を参照し、それに対する的確な批判を経たうえでのものであることがわかる。つまり学問への誠実さに裏打ちされているということだ。

後半の枠組みを単純化のそしりを恐れずに要約すれば、和歌定型の成立は、意味を超えた日本語のリズムそのものに内在するものであり、それは二音一単位の習性、強弱アクセントの法則、四拍子のリズムを集約した「四拍節定型」から成るもので、意識の次元を超えた身体的・生理的な形式に支えられてあるという。「書くことの文学」を探究してきた西條の結論が、「始源としての身体」（第一章）や「身体性の回復」（終章）へ帰着するのはやや意外な感じもするが、こうした危険水域にまで錘鉛を降ろそうとするのは、「書く」ことがいわば「母語の無意識」を意識化する契機を果たしていたと考えてのことだろうか。

そういえば同書の要所で、記・紀歌謡の制作に携わっていた宮廷歌儛所の楽師・楽人たちこそが定型の創出者だったのだという指摘がなされている。和歌の成立と歌儛所のかかわりは従来から問題にされていたが、ここまで踏み込んで言及されるのは初めてのことであろう。無名の楽師・楽人集団が民間の歌謡を採集しつつ、一方でそれを解体して定型和歌へ再編したというわけである。著者はそんなことは一言もいっていないが、こうした無名性の中に詩人柿本人麻呂の出現が用意されていたのかと妙に納得してしまうのである。

『人麻呂の詩学』は、「天武朝の人麻呂歌集歌」「人麻呂歌集旋頭歌の略体的傾向」「人麻呂歌集七夕歌の配列と生態」「人麻呂歌集略体歌の固有訓字」「人麻呂歌集略体歌の「在」表記」「人麻呂作歌の異文系と本文系」「石見相聞歌の生態と生成」「人麻呂の声調と文体」「枕詞からみた人麻呂の詩法」の全九章から構成されている。目次にみられるとおり、同書は人麻呂歌集（作歌）表記の基礎的解明を目指したもので、直接作品の内容を問うものではない。しかし全体を読み終えると、従来の作品論、編纂論の枠を超えて、万葉集研究があらたな段階を迎えたことを告げる書となっている。

人麻呂歌集をめぐる表記論争は、すでに稲岡耕二、渡瀬昌忠らの世代によって先導されていて、著者の構想もそこからインスパイアされたものであるのは、彼らが「しのぎを削って論議した光景は、その場に臨みえただけでも幸福であった」と回想しているところから知れるが、直接の動機といえばやはり先行世代の論争への違和感であろう。それが最も劇的に表われたのが稲岡説批判であった。

同書の前半は、稲岡によって掲げられた図式、すなわち略体表記を非略体表記の前段階に位置づけ、旋頭歌を媒介にして非略体短歌へ発展したという見方を、非略体から略体へと位置づけ直した論の集成である。七世紀代にさかのぼる一字一音式表記の「和歌木簡」の発見が続々と報告されている今日の状況では、この論争の決着はすでについた観が強いが、しかし私は国語表記の歴史と個体の文学的営為とは単純に重ね合わせない方がよいと思っている。人麻呂にとっては略体表記であれ非略体表記であれ不可逆的なものではないはずだからである。その意味で、西條が歌集略体歌の固有訓字をテコにして、略体歌のあり方は宮廷社会に広く流布して人口に膾炙していた恋歌を「文字の衣装で飾る」詩体を志向する営為であったとするのには共感を覚える。根本に文学的視点が据えられているからである。

同書後半の圧巻は、「人麻呂作歌の異文系と本文系」によって提起されたパラダイムの転換である。従来、人麻呂作歌に特徴的ないわゆる「異文」の存在は、人麻呂作歌の草案から完成へのプロセスを示す「推敲」説が通説となっていたが、「一云・一或云」「或本歌曰」といった異文の存在を「草稿」と評価する近代的な発展段階論を西條は切って捨てる。その代案として人麻呂作歌のすべてを同一範疇の中に置いて、その上で誦詠用の作品と歌集用の作品への振り替え、すなわち用途の違いを説く。そしてそれが一方で〈原万葉〉の編纂へと接続していくというのであるから、文字通り大胆な発想の転換といえる。以後の人麻呂論は、しばらく『人麻呂の詩学』を軸に展開することになりそうだ。万葉研究者はこの点を自覚的に受けとめてほしい。

四　反白川静論

一

白川静の中国学、より限定していえばその甲骨文字《もんじ》学の業績に関することがらについて論じてみたい。周知のように、白川静の甲骨文字学を中心とした業績は一般読者を対象とした『漢字』（岩波新書、一九七〇年）を刊行して以来、高い評価を得ていて、晩年の文化功労者選定（一九九八年）や、文化勲章の受章（二〇〇四年）などはそれを決定づけるものとなっている。また没後（二〇〇六年）においてもその評価はうなぎのぼりで、まさに「業績が巨匠をほめる」（ゲーテ）といった趣すら漂わせる勢いである。ただ、私の印象では「白川静はこんなにすごい！」（『白川静読本』平凡社、二〇一〇年）といった類の雑誌の特集号（『大航海』第六三号、二〇〇七年、『ユリイカ』二〇一〇年一月号など）の執筆者の顔ぶれをみると、甲骨文字学の専門家はおらず、いずれも門外漢のいわゆる「文化人」が名を連ねて旗振り役を買って出ている。

いわゆる「文化人」はなぜこんなにも白川静に弱いのか、それが問題である。「文化人」が権威に弱いのは今に始まったことではないが、「白川伝説」「白川神話」のルーツはある程度たどることが可能である。むろん、それは甲骨文字学の研究そのものとは何の関係もないところから生まれている。

時は一九六〇年代の後半にさかのぼる。安保闘争に揺れていた立命館大学において、中国文学科内で白川と同僚であった高橋和巳は、というよりも立命館大学教授・白川静の尽力によって専任講師の職を得た高橋は、小説家という立場と中国文学研究者としての立場、加えて学生たちの学園闘争の間に立って煩悶する日々の心情を評論集『わが解体』（河出書房新社、一九七一年）として綴った。今では想像もつかないが、この書物は一九七〇年代前半の全共闘世代に最も支持された一冊であった。実にこの『わが解体』の一節から白川伝説が始まるのだ。学園紛争のさなか、講義を終えた教員たちは先を争うようにして研究室を後にするのだが、高橋和巳によれば、そうした中で、ひとり、白川静の研究室だけは毎晩十一時まで煌々と研鑽の灯りがともり続けていた、というのだ。「対立する学生たちが深夜校庭に陣取るとき、そのたった一つの部屋の窓明かりが気になって仕方がない。……（白川が─引用者注）団交に出席すれば、一瞬、雰囲気が変わるという。無言の、しかし確かに存在する学問の威厳を学生が感じてしまうからだ」というわけである。講義を妨害したり学園を破壊したりして多少とも後ろめたい思いを抱く全共闘世代の人びとが聞けば、泣けてくる話ではないか。

しかし、私の考えでは、『わが解体』の一節は「白川伝説」の端緒にすぎない。この「伝説」をさらに「神話」にまでバージョンアップさせたのは、白川が一般読者向けに書き下ろした、今日では画期的な名著とされる『孔子伝』（中央公論社、一九七二年）の帯の推薦文に、吉本隆明がこの一件を改めて取り上げたことによる。吉本隆明が同趣旨の推薦文を『白川静著作集』（平凡社、一九九九年）の中で「白川静伝説」と題して述べているので、その一部を引用しておこう。

日本の大学がすべて崩壊しても、二食分の弁当をもって夜おそくまで研究室に籠もって研究を続けておられる白川静さんの立ち姿だけは遺るだろうという話が、現在、わたしのようなものの俗耳に入ってくる伝説だ。

これには根拠があるとおもう。いまから二十数年前、暴れん坊の学生たちのデモも白川さんの研究室には踏み込めなかったと学生たち自身から聴いたおぼえがあるからだ。

吉本隆明によって『孔子伝』の帯の推薦文が書かれた一九七二年は、連合赤軍のあさま山荘事件が起きた年でもあり、この事件を契機にそれまで全共闘運動を通じて安保闘争や学園紛争にかかわってきた人びとが「日常」に回帰したとされている。団塊の世代でもある彼らの多くは、その思想的挫折の救済を吉本隆明の「大衆の原像」に求めた。私学出身で立志伝中の、職人的な「手仕事」（甲骨文字の復元）に徹する白川静の姿は、本人の関知するところでないにもかかわらず、「大衆の原像」のイメージに合致するものとみなされた。現在、社会的に活躍する「文化人」で、無根拠に白川文字学を礼賛する人びとの多くは、かつて一人勝ちしていた、いわゆる「吉本隆明の時代」の影響下に在った人たちである。私のこの小文は、白川静当人というよりも、むしろこうした「文化人」に向けての批判である。

たとえば、吉本の推薦文を読んで震撼した書家の石川九楊は、四十年前のこの帯文を今でも大切に保存しているという。かくして「白川伝説」は「白川神話」へと昇華する道をたどることになる。数ある吉本信奉者の一人である文芸評論家の三浦雅士は、おそらくこの「神話」に触発されてのことだろう、わざわざ「白川静問題」（『アステイオン』二〇〇七年、後に『人生という作品』NTT出版、二〇一〇年に所収）という一文をものし、ことさらのごとく官学（東京大学、京都大学）アカデミズムによる白川静バッシングをことあげしている。曰く、京都大学の吉川幸次郎や貝塚茂樹、東京大学の藤堂明保ら中国学の権威は、私学出身で立志伝中の白川の仕事に対して終始冷淡で無視し続けた、と。いかにもありそうな話ではあるが、三浦雅士の妙な入れ込みようには、かえって違和感が残る。そもそも国公立・私立の別なく大学教授というのがいかにいい加減で頼りにならない存在であるのかは、三・一一以後の原子力関係の研究者が証明してしまっているではないか。

二

そこで次に、名著とされる白川静の『孔子伝』が、そもそも論理的には破綻したテキストであることを具体的に指摘してみたい。

まず白川は、孔子の伝記を論じるにあたって、従来の孔子研究者が依拠する司馬遷の『史記』「孔子世家」を痛烈に批判する。いまその主な箇所を列挙すると次のごとくである。

司馬遷は『史記』に「孔子世家」をかいている。孔子の最も古く、また詳しい伝記であり、『史記』中の最大傑作と推賞してやまない人もあるが、この一篇は『史記』のうちでも最も杜撰なもので、他の世家や列伝・年表などとも、年代記的なことや事実関係で一致しないところが非常に多い。（一一頁）

孔子の伝記資料は、いちおう『史記』の「孔子世家」に集成されている。しかし、それは遷の史筆にふさわしくないほど一貫性を欠き、また選択と排次を失したものである。（一三頁）

孔子の世系についての『史記』などにしるす物語は、すべて虚構である。（二二頁）

白川による右のような『史記』「孔子世家」批判は、基本的に支持することができる。なぜなら、私もかつて

「孔子世家」の文献批判を試みたことがあり、白川と同様の思いを抱いたからである。しかし、問題はそのあとである。「孔子世家」を「『史記』のうちでも最も杜撰なもの」「孔子の世系についての『史記』などにしるす物語は、すべて虚構である」と断じた、その舌の根も乾かぬうちに、

わが国にも、周公や孔子などの古聖人を、みな侏儒とする不思議な学説の所有者があるが、孔子は身の長九尺六寸、人みな長人とよんでこれをあやしんだ［史記・世家］と伝えられる偉丈夫であった。（七一頁）

と断定しているのだ。「不思議な学説の所有者」（加藤常賢―引用者注）の論を否定するために、自らが「最も杜撰」で「すべて虚構である」と全否定した伝記資料を論拠とする、その神経が私には理解できない。白川静の『孔子伝』を論理的に破綻したテキストとみなすゆえんである。

ちなみに、「孔子世家」の中で孔子を身の長九尺六寸の頑健な大男であると伝える一文を引用してみよう。

已而去魯、斥乎斉、逐乎蔡・衛、困於陳・蔡之閒。於是、反魯。孔子長九尺有六寸。人皆謂之長人而異之。魯復善待。由是反魯。

右の引用文は、一読して分かるように文脈が混乱している。孔子が諸国を遊説している最中に追放されたり迫害されたりして身の振り方に苦労したと語る文脈の中に、唐突に「孔子長九尺有六寸」の長人であったという一節が挿入されているからである。「孔子長九尺有六寸。人皆謂之長人而異之」をカッコに括って読むと前後の意味がスムーズに通じるので、「孔子長九尺有六寸」云々は司馬遷以後の人の手になる衍文とみるのが自然であろ

う。したがって、白川のように、「孔子長九尺有六寸。人皆謂之長人而異之」を論拠に、その生い立ちを記した「生而首上圩頂。故因名曰丘云」（孔子は生まれつき佝僂の小人であったので、丘〔孔丘〕と名づけられたという）を否定するのはナンセンスである。要するに、「孔子世家」が「孔子長九尺有六寸」といい、「生而首上圩頂」というのは、孔子が尋常の身体性の持ち主ではない、ということを強調しているのであって、一方を論拠に他を否定することなどできない。長人伝説も侏儒伝説も孔子のカリスマ性に結びつき、同じコインの表と裏の関係にあるのだ。この一事を以てしても白川静の『孔子伝』はそもそも論理的に破綻したテキストであるといわざるをえないのである（一箇所いい加減ということは、他もいい加減である可能性がある）。

三

そこでさらに、問題の核心に迫ってみよう。

白川静甲骨文字学のキーワードは、いうまでもなく漢字の「部首」や「旁」「偏」などに多用される「口」「口《さい》」（𠙵）字をすべて「神への祈りの文である祝詞を入れる器」と断定することである。今、試みに「祝詞を収める器の形」（『字通』）と関連させて解釈されている文字群の一例を列挙してみよう。

口・曰・祝・吾・兄・言・和・名・品・合・如・可・谷・司・器・吉・若・暦・誓・加・君・客・皆・否・
善・臨・結・暗・繰・路・召・保・沿・答・命・哉・詞・書・招・辞・治・哀・始・各・唐・党・塔・問・
普・哲・亭・呈・石・喜・向・喪・拘・害・語・計・啓・俗・感・嗣・史・音・個・豆・固・高・故・歌・
足・諾・右・告・古・知・占・同・叱・話・叶・号・唯・只・台・叩・吸・叫・吐・請・浩・喉・恰・后・

格・造・某・呉・臣・信・割・稿・講・吟・呼・呪・吠・獄・拾……

右の用例を一瞥しただけでも、いかに多くの漢字の中に「口」「口《さい》」（𠙵）字が含まれているかが分かるが、白川静は実にこれらの文字を「神への祈りの文である祝詞を入れる器」に関連づけて説いているのである。

はじめにはっきりさせておかなければならないのは、現在の甲骨文字学の研究水準では、「口」（𠙵）字と「口《さい》」（𠙵）字の字形はまったく同じで、「字形から両者を識別することは困難である」（落合淳思『甲骨文字小字典』二〇四頁、筑摩選書、二〇一一年）という点である。さらに問題であるのは、「口《さい》」（𠙵）字が「器物の象形」であったとしても、それは「特定の器種ではなく、器物の一般像である」（同）ということだ。すなわち、白川静のいうように、「口」「口《さい》」字が「神への祈りの文である祝詞を入れる器」である根拠はどこにもないということになる。また、「口」字にしても通説のように開いた口の象形とみるのが自然で、「祝詞を唱える口」と解釈するのは本末転倒であろう。もっとも、たとえば「寧為㆓鶏口㆒、無㆑為㆓牛后㆒（後）」（『史記』「蘇秦伝」）の「鶏口」（鶏のくちばし）と「牛后」（牛の尻）は対応していて、人（動物）の耳、鼻、口、尻の器官にそれぞれ「口」があるように、「穴」の意である。

以上のように、白川の字説は「起源の忘却」（三浦雅士、前掲書）というにはあまりにも主観的にすぎるのだが、それでもまだ『字統』（平凡社、一九八四年）や『字訓』（同、一九八七年）や『字通』（同、一九九六年）は、大人向けの辞書だから是非の判断は読者に委ねるとしても、中学生や高校生を対象とした『常用字解』（同、二〇〇三年、第二版、二〇一二年）に至っては相当問題があると思われる。

また、少し視点を変えていうと、日本各地の国立博物館等で数年おきに開催される「中国古代文明展」の類は人気があって、館内はいつも満員の盛況である。私もよく見学に行くが、最近では「日中国交正常化40周年」と銘打った特別展「中国王朝の至宝」(二〇一二年十~十二月、於東京国立博物館)にも足を運んだ。見学の際は注意して展示物の中に白川のいう「神への祈りの文」「祝詞を収める器」を探し出そうとしてきたが、ただの一度もそのような説明のある「文」や「器物」をみたことがない。殷代から周の青銅器時代への移行があったとしても、祝詞を収める「聖なる器」なのであるから、その神聖性ゆえに、実在していたのであれば急に廃棄されたとは考えにくい。その片鱗くらいは遺っていてもよいのではないかと思われるが、一つとしてその痕跡が見出せないのはどうしたことであろう。白川文字学の提灯をもつどなたか(石川九楊でも松岡正剛でも誰でもよい)に、ぜひ釈明していただきたいものだ。

一体、「無前提に呪術に関連づけて解釈したため、牽強付会の説も少なくない」(落合淳思、前掲書、三一六頁)とされる、白川静のこの奇妙な情熱は何に由来するのであろうか。私の見立てでは白川は、折口信夫の「古代研究」が全面的に展開する「祝詞」論に震撼したのではないだろうか。一言でいえば、折口信夫コンプレックスがこの奇怪な情熱を駆動させた正体である。

折口信夫のテキストのもつ多義性は、今後もさまざまに読み換えられる可能性があるが、盤石と思われた白川静のテキストは気鋭の甲骨文字学者・落合淳思の登場(前掲書、『甲骨文字の読み方』講談社現代新書、二〇〇七年、『甲骨文字に歴史をよむ』ちくま新書、二〇〇八年など)によって、今後急速に「液状化」していくのではないか。

あとがき

友人の三浦佑之さんからは「遅い。仕事が遅い」といわれ続けてきた。そのとおりに、この本もまとめるのに十年以上を費やしてしまった。荏苒として日を過ごすうちに、昨年のことだが、私より四歳も五歳も年少の研究仲間を相次いで亡くした。丸山隆司さんと西條勉さんだ。丸山さんは問題作『海ゆかば——万葉と近代』(491アヴァン札幌)を上梓してほどなくであった。札幌で研究会があった折、郊外の支笏湖に案内してもらい、みんなで湖をながめながら露天風呂に入った楽しい思い出がある。西條さんは長年の研究テーマに一区切りをつけたところであった。二人で一日かけて飛鳥遺跡周辺をめぐり、日が暮れて大神神社前の蕎麦屋でそうめんとビールで纒向《まきむく》遺跡のことなど議論したことをなつかしく想い出す。そう多くはない研究仲間を亡くすのはつらいことだ。が、ここで少し思い直すことにした。同志ではあっても日常的にしょっちゅう会っていたというわけではない。また話がしたくなれば書架に手を伸ばせばよいではないか。研究仲間とのつきあいはいつだって精神的な交わりを通した連帯の表明であって、それはもともと生死を超えて成り立つものではないか、と。

私が長年勤務した相模女子大学の校歌は、冒頭「さねさし　相模の小野」(金田一京助作詞)で始まっている。いうまでもなく古事記・ヤマトタケル説話のなかのオトタチバナヒメの歌謡をふまえた一節だ。その縁で、退職後も毎年新入生に校歌の背景を解説するように大学から委嘱されている。そこで私は自説を開陳することになるのだが、これについては本書のなかで再三にわたり言及しているとおりである。オトタチバナヒメの伝承は走水の海での入水による人身御供のことばかりが注目されているが、この話の肝は実は結びの一節「故《かれ》、七日《なぬか》の後《のち》に、その后《きさき》の御櫛《みくし》、海辺《うみへ》に依《よ》りき」にある。この解釈は贈与論を援用することで初めて導き出されるもので、私はそこに本書と校歌との不思議な縁を感じている。

本書の表紙絵は、友人でもある独立美術協会会員・斎藤研さんの画「誄歌《るいか》」（二百号の大作）を使わせてもらった。研さん曰く「物書きはよい。本を書いたら人にプレゼントできるから。絵描きはそうはいかない」と。そのとおりに、私はこれまで多くの同業者からたくさんのプレゼントをいただいてきた。この機会にわずかながらお返しすることができて、正直ホッとしている。贈与交換論者がもらいっ放しというわけにもいかないので。

本書を森話社から刊行することになったきっかけは、友人の斎藤英喜さんが編者となった『越境する古事記伝』（森話社）に収録する座談会に私を招いてくれた折に、同社の大石良則氏を紹介してもらったことであった。この時の本作りに大石氏の確かな編集手腕を感じた。その縁で、このたび書きためた論文を一書にまとめたいと相談したところ「良い本を作りましょう」と応じていただき、とてもありがたかった。感謝致します。

なお、本書の索引作りには相模女子大学時代のゼミの教え子で、現在学位論文（博士）を申請中の青柳まやさんに協力を仰いだ。感謝します。

二〇一六年八月

呉　哲男

初出一覧（掲載にあたり初出に加筆・訂正をほどこした）

第一部　古事記・日本書紀論
第一章　神功皇后と卑弥呼――東アジア漢字文化圏の帝国／小帝国（原題「神功皇后と卑弥呼――音と繋がる帝国／小帝国」『古代文学』第五五号、古代文学会、二〇一六年）
第二章　古事記の成立――稗田阿礼と太安万侶（原題「稗田阿礼と太安万侶とは何者か」『古事記小事典』勉誠出版、二〇一一年）
第三章　古事記の成立と多氏（原題「古事記の成立と多氏のことなど」『東アジアの古代文化』第一三五号、大和書房、二〇〇八年）
第四章　古事記と日本書紀の世界観（原題「古事記の世界観」、三浦佑之編『古事記を読む』吉川弘文館、二〇〇八年）
第五章　古事記の神話と対称性原理（原題・同、『文学』岩波書店、第一三巻第一号、二〇一二年）
第六章　贈与（互酬）交換としての国譲り神話――古代国家と古事記（原題・同、『現代思想』、三浦佑之編「出雲」青土社、第四一巻第一六号、二〇一三年）

第二部　古代文学における思想的課題
第一章　古代国家論――天皇制の起源をめぐって（原題「古代国家論――天皇の起源をめぐって」『相模国文』第三六号、二〇〇九年）
第二章　「見るな」の禁止はどこから来るのか――大物主神に関連して（原題「見るなの禁止はどこから来るのか」『相模国文』第三四号、二〇〇七年）
第三章　文字の受容と歴史の記述――いくつもの日本へ（原題「文字の受容と歴史の記述」、赤坂憲雄ほか編『いくつもの日本Ⅱ　あらたな歴史へ』岩波書店、二〇〇二年）
第四章　日本書紀と春秋公羊伝――皇極紀の筆法を中心に（原題・同、『相模女子大学紀要』、二〇〇六年）
第五章　古代日本の「公《おほやけ》」と日本書紀（原題・同、『相模女子大学紀要』、二〇一〇年）

第六章　オホヤケ（公）の系譜学的遡行――日本書紀・古事記から（原題・同、『国文学　解釈と鑑賞』ぎょうせい、第七六巻第五号、二〇一一年）
第七章　ヤマトタケルと「東方十二道」（原題・同、『國學院雑誌』第一一二巻第一一号、二〇一二年）
第八章　丹後国風土記逸文「水江浦嶼子説話」をめぐって――神話的アレゴリーの墜落（原題・同、『風土記研究』第三六号、二〇一三年）

第三部　万葉集論
第一章　「鎮め」の論理――和歌形式の成立に関連して（原題・同、『相模国文』第四二号、二〇一五年）
第二章　表象としての東歌㈠（原題「表象としての東歌」『上代文学』第九四号、上代文学会、二〇〇五年）
第三章　表象としての東歌㈡（原題・同、『相模国文』第三三号、二〇〇六年）
第四章　後期万葉宴歌における「抒情」の行方（原題・同、針原孝之編『古代文学の創造と継承』新典社、二〇一一年）
第五章　万葉集羈旅歌の基礎構造（原題「万葉集羈旅歌の基礎構造――旅ゆく〈われ〉」『相模国文』第三九号、二〇一二年）
第六章　「乞食者の詠」（巻十六・三八八五）の「われ」――「無主物」に抗して（原題・同、『日本文学』第六一巻第六号、二〇一二年）
第七章　ホモソーシャル文学の誕生――伊勢物語と万葉集を横断する（原題「ホモソーシャル文学の誕生――「東くだり」論から「家持歌集」論へ」『相模国文』第三八号、二〇一一年）

付論
一　戦後の神話研究はどう語られてきたのか（原題「戦後、神話はどう語られてきたのか」『歴史読本』第五五巻第四号、二〇一〇年）
二　国家／王権論の展開――学会時評から（原題「国家／王権論の展開」『文学・語学』全国大学国語国文学会編、第一九〇号、二〇〇八年）
三　書評　西條勉著『アジアのなかの和歌の誕生』『柿本人麻呂の詩学』（原題・同、『国文学研究』早稲田大学国文学会編、第一六〇集、二〇一〇年）
四　反白川静論（原題・同、『相模国文』第四〇号、二〇一三年）

主要神名・人名索引

【あ】

【い】

【う】

【え】

【お】

【か】

主要語彙索引

研究者名索引

［著者紹介］
呉　哲男（ご　てつお）
1945年東京都生まれ。二松学舎大学大学院博士課程単位取得退学。
古代日本文学専攻。
共立女子短期大学、武蔵大学、立正大学、二松学舎大学の兼任講師を経て、相模女子大学教授。現在、相模女子大学名誉教授。
著書に『古代言語探究』（五柳書院）、『古代日本文学の制度論的研究』（おうふう）など。

古代文学における思想的課題

発行日……………………………2016年10月25日・初版第1刷発行

著者………………………………呉　哲男
発行者……………………………大石良則
発行所……………………………株式会社森話社
〒101-0064　東京都千代田区猿楽町1-2-3
Tel　03-3292-2636
Fax　03-3292-2638
振替　00130-2-149068
印刷………………………………株式会社厚徳社
製本………………………………榎本製本株式会社

ISBN　978-4-86405-102-6　C1095